U0084021

古典詩歌研究彙刊

第二九輯

龔鵬程 主編

第7冊

清初吳喬《圍爐詩話》散論

胡幼峰 著

國家圖書館出版品預行編目資料

清初吳喬《圍爐詩話》散論／胡幼峰 著 -- 初版 -- 新北市：
花木蘭文化事業有限公司，2021〔民 110〕
目 2+260 面；17×24 公分
（古典詩歌研究彙刊 第二九輯；第 7 冊）
ISBN 978-986-518-325-7（精裝）
1.（清）吳喬 2. 詩話 3. 詩評
820.91   110000263

ISBN-978-986-518-325-7

9 789865 183257

古典詩歌研究彙刊
第二九輯　第七冊　　　　　　ISBN：978-986-518-325-7

清初吳喬《圍爐詩話》散論

作　　者　胡幼峰
主　　編　龔鵬程
總 編 輯　杜潔祥
副總編輯　楊嘉樂
編　　輯　許郁翎、張雅淋　美術編輯　陳逸婷
出　　版　花木蘭文化事業有限公司
發 行 人　高小娟
聯絡地址　235 新北市中和區中安街七二號十三樓
　　　　　電話：02-2923-1455／傳真：02-2923-1452
網　　址　http://www.huamulan.tw 信箱 service@huamulans.com
印　　刷　普羅文化出版廣告事業
初　　版　2021 年 3 月
全書字數　198972 字
定　　價　第二九輯共 12 冊（精裝）新台幣 25,000 元　　版權所有・請勿翻印

清初吳喬《圍爐詩話》散論

胡幼峰 著

作者簡介

　　胡幼峰，1951年出生於台南市。輔仁大學中文系碩士，撰《金詩研究》，師從葉慶炳先生。東吳大學中國文學博士，撰《清初虞山派詩論》，師從鄭騫先生。曾任美國耶魯大學東亞文學研究所訪問學者、輔仁大學中文系、所專任副教授。今退休兼任，講授「明清詩學專題研究」、「陶謝詩研究」、「蘇辛詞研究」。

　　另有專書《沈德潛詩論探研》；並於國際學術會議及學術期刊發表多篇明清詩學相關論文，如〈沈德潛《唐詩別裁集》編選之得失〉、〈錢謙益「弇州晚年定論說」質疑〉、〈清初詩話對蘇軾的評價〉等等。

提　　要

　　吳喬《圍爐詩話》散論，是筆者在輔仁大學專任期間陸續發表的論文。這十篇各自獨立的文章，看似散漫，實則就其著作討論了幾項重要問題：

　　第一、吳喬之生平交游及著作，從不同的角度考察他與虞山詩派的關係及許學夷對他產生的影響；《圍爐詩話》與《逃禪詩話》成書之先後曾引發學術界不同的意見，本文乃詳作辨析。《圍爐詩話》的主要內容及主客問答的議題均作概括以見其詩觀。

　　第二、吳喬論詩體的逐漸演變，從古體到近體，述說詳盡。他的詩體觀有創新也有繼承，馮班之說在《圍爐詩話》引述頗多，但本文乃針對「漸變」和許學夷的《詩源辯體》細加比較。

　　第三、創作論是《圍爐詩話》最精采最複雜的部份，也是本書最後完成的一篇。創作原理中的創作目的、作家個性、創作方法，吳喬的論述散見於各條目中，筆者進行梳理，期能重構體系。

　　第四、唐詩分期的討論，吳喬從嚴羽《滄浪詩話》的以「時」區別到四唐之分；從贊成派及反對派的各種論述，以及他的「隨題成體」的概念，均有針鋒相對之處。他更駁斥「三唐變而益下」的說法，肯定中、晚唐之佳構，細論「中、晚之變」，這正是吳喬詩宗晚唐的展現。

　　第五、吳喬的批評論有五篇，一為他對宋詩的總體評價：宋詩變古不知復古，宋人作詩不知比興，宋人詞勝而詩亡……。他透過個人的詩歌發展史觀、詩體觀、創作觀銳利的批判宋詩。

　　第六、吳喬對個別詩家的評論，晚唐李商隱、韓偓二家，皆處朝政複雜危亂之際，創作環境艱難，勢必運用比興以寄託幽微。論韓偓最具識見，「香奩體」並非全然「艷情」之語，他利用史事證明忠臣的幽憤孤詣。十分值得重視。

　　第七、明代詩家，本書二篇評論李夢陽、李攀龍及其所形成的弘、嘉習氣。詩乃心聲，詩之中須有「人」在，吳喬舉出二人的模擬作品，指瑕批謬，譏為「句樣」，不得詩意之所在。李攀龍尚有詩歌選本盛行鄉塾，影響更大，吳喬的批判更為犀利。

目

次

吳喬之生平交游及著作辨疑

論文提要：

　　本文乃針對吳喬的生卒年、籍貫、交游、著作產生存疑及爭議的部分作出辨析。一方面參酌比對各家的研究成果，一方面尋找相關的論證資料，提出個人之淺見；尤其是《圍爐詩話》、《逃禪詩話》孰先孰後的問題，筆者本諸吳喬的詩論、當時詩派的氛圍及詩話的特質作為參考依據，期能將這些疑義，予以合理的解釋。其次，每卷之中夾雜了許多答問。筆者根據《清詩話續編》張海鵬刻本之《圍爐詩話》整理其問答，共得三十七問：其內容有吳喬的詩歌理論、創作方法、作品鑑賞、流派群體的評議、作家個性及風格之區別等。

關鍵詞：詩話、詩派、吳喬、許學夷

壹、前言

　　清初吳喬（1611～1695）在詩學方面的著作，以《圍爐詩話》及《逃禪詩話》最引人注目。其詩學理論中的詩體論，在《圍爐詩話》中直接引述馮班（1602～1671）《鈍吟雜錄》的主張，並且摘錄文字極多；但《逃禪詩話》中對許學夷（1563～1633）及其《詩源辯體》之推崇凌越馮班，而《圍爐詩話》卻對其人其言隻字未提。這個現象引發研究者

的注意並且參與討論的學者甚夥；二書今日均分別出版，遂又引發成書孰先孰後的問題。筆者乃不揣翦陋，從不同的角度考察，提出個人之辨析。本文之論述分為三部分：一、從吳喬的生平及交游，見其與虞山詩派的關係及許學夷在其心目中之地位。二、從《圍爐詩話》、《逃禪詩話》的成書經過，可見其寫作目的及討論議題，進而判斷孰先孰後。三、從吳喬的主要詩觀、論詩立場，判斷《圍爐詩話》何以不見許學夷的詩體論。

貳、吳喬的生平及交游辨疑

一、吳喬之生卒年

　　吳喬，又名殳，字修齡，自號滄塵子。相關史傳沒有其生卒年的記載。《清史稿》列傳第二百七十一所載資料非常簡略，僅有短短數語：

> 殳，字修齡，原名喬，亦常熟人也。著《圍爐詩話》，云：「意喻則米，炊而為飯者文，釀而為酒者詩乎？」又曰：「詩之中須有人在。」執信歎為知言。〔註1〕

《清史列傳》卷七十所載稍長：

> 吳殳，字修齡，江蘇崑山人。工詩，王士禎嘗以善學西崑許之。其論詩，謂詩中須有人在，趙執信服膺以為知言。所著《圍爐詩話》七卷〔註2〕，有云：「意喻之米，文炊而為飯，詩釀而為酒；飯不變米型，酒則變盡。」又云：「唐詩有比興，其詞婉而微；宋詩少比興，其詞徑以直。」又云：「作詩學古則窒心，騁心則違古。惟學古人用心之路，則有入處。」閻若璩嘗讀之，歎以為「哀梨并翦」云。〔註3〕

〔註1〕 楊家駱主編《清史稿》（台北：鼎文書局，1981年9月），頁13333。
〔註2〕《圍爐詩話》應為六卷，此云「七卷」有誤。
〔註3〕 周駿富輯《清史列傳》（台北：明文書局，1985年），頁669。

從以上資料並無法知其生卒年。不過，根據《圍爐詩話》卷四「庚戌，賤齒六十，友人欲以詩壽」〔註4〕一語逆推，當生於明神宗萬曆三十九年辛亥（1611）。《圍爐詩話》卷六又有「天啟癸亥（1623），年始十三」〔註5〕一語可作佐證，確實無誤。至於吳喬的卒年，清王昶（1725～1807）等修《直隸太倉州志》〔註6〕云：

> 吳殳，字修齡，為贅壻於昆山，崇禎中補諸生，尋被斥，喜博覽，下至醫藥、卜筮、壬奇、禽乙，靡不精心，於詩服膺常熟馮班，金壇、賀裳二人合採其說成《圍爐詩話》，嘗取義山無題諸詩，詳說其意，為《西崑發微》，又據吳偉業《綏寇紀略》為《撫膺錄》。晚年事佛兼好神仙，聞江淮有異人往從之，聚金試爐火術不成，猶不悔也。年八十五卒，詩曰《舒拂集》。

清人王祖畬（1842～1918）《太倉州志》〔註7〕亦云：

> 吳殳字修齡，贅壻昆山補諸生。被斥嘗取義山無題詩，詳說其意，為西崑發微。又據吳偉業《綏寇紀略》為《撫膺錄》。晚年事佛，兼好神仙。聞江淮有異人，往從之學爐火術，旋自悔者。有《他石錄》，年八十五卒。

二則資料均謂吳喬「年八十五卒」，若此說可靠，則吳喬當卒於清康熙三十四年乙亥（1695）。有關吳喬生卒年的討論，張健《清代詩學研究》僅標明生年1611，卒年不詳，但云「康熙三十四年（1695）尚在世」，未作說明。鄭滋斌〈吳喬年譜新編〉，亦稱吳喬生卒年為1611～1695，另有旁證為據〔註8〕：

〔註4〕見《圍爐詩話》卷四，頁596。本文採用郭紹虞主編《清詩話續編》（台北：藝文書局，1985年9月）之張海鵬刻本。文中標示卷數乃據《圍爐詩話》，頁碼乃據《清詩話續編》之總頁。

〔註5〕見《圍爐詩話》卷六，頁666。

〔註6〕清乾隆進士王昶等修《直隸太倉州志》，《續修四庫全書》第697冊，卷35（上海：上海古籍出版社，2002年3月），頁562。

〔註7〕清・王祖畬《太倉州志》卷十九，《中國方志叢書・江蘇省・太倉州志・卷十九・人物三》（台北：成文，1972年），頁1277。

〔註8〕有關吳喬生卒年的討論，張健《清代詩學研究》（北京：北京大學出版

　　吳喬《手臂錄》附錄卷上云:「崇禎癸酉敬巖至婁,寓報本寺,
　　余約同里夏君宣、玉如、陸梓亭拜學焉。玉如、梓亭與余同
　　辛亥生,君宣長一年。」　　(頁二五b,道光二十二年錢熙
　　祚校刻本)。

　　此條資料則係吳喬自言其生年,應屬可信。其卒年之資料鄭滋斌
又以錢陸燦〈彙刻列朝詩集小傳序〉之語佐證:

　　前三年(錢序在康熙三十七年,則逆數之當在是歲),吳君在
　　婁東,遙知玉峰上巳禊飲之篇想見頭童齒豁如予,未知其在
　　以否。　　(頁4)。

　　張健可能據此而認為吳喬康熙三十四年以後行蹤無可考。而筆者
贊同鄭滋斌,採「年八十五卒」之說。

二、吳喬的籍貫

　　至於吳喬的籍貫,出現兩說:

1. 《清史稿》作常熟人。王士禎《漁洋詩話》卷上有云:「今日善
　　學西崑者,無如常熟吳殳修齡。」〔註9〕楊際昌《國朝詩話》
　　亦有「常熟吳修齡」一語。〔註10〕
2. 趙執信《談龍錄》〔註11〕、沈德潛《國朝詩別裁集》卷八〔註
　　12〕、錢泳《履園譚詩》〔註13〕、徐世昌《晚晴簃詩匯》卷三
　　十八以及《清史列傳》,都以吳喬為崑山人。

　　社,1999年11月)僅標明生年1611,卒年不詳,見第四章,頁156。
　　鄭滋斌〈吳喬年譜新編〉(《大陸雜誌》第82卷第2期,1991年2月),
　　頁35~39。
〔註9〕丁仲祜編訂《清詩話》(台北:藝文書局,1971年10月),頁219。
〔註10〕郭紹虞主編《清詩話續編》,頁1708。
〔註11〕趙執信《談龍錄》有「崑山吳修齡」一語,見丁仲祜編訂《清詩話》,
　　頁383。
〔註12〕沈德潛《國朝詩別裁集》(即今本《清詩別裁集》)卷八,有「吳殳,
　　字修齡,江南崑山人」一語(台北:廣文書局,1970年),頁202。
〔註13〕錢泳《履園譚詩》云:「吳喬又名殳,字修齡,崑山人」。見《清詩話》,
　　頁1117。

　　吳喬本為太倉人，曾招贅於崑山，故又為崑山籍，此據《圍爐詩話》卷末所附張海鵬之跋語。王昶《直隸太倉州志》及王祖畬《太倉州志》均採據。由此不難理解其里籍有二說的原因。

三、吳喬之交游：依倚及對立

（一）東海諸英俊

　　吳喬不曾有過功名，嘗於《圍爐詩話·自序》云：「一生困阨，息交絕游」。由張海鵬跋語「修齡本畸人」又「贅於崑」推測，他一生困阨的原因，必與此相關。但是，是否如其所言「息交絕游」？則頗值得探究。《圍爐詩話·自序》有一段敘述成書因緣的話，其中提到「東海諸英俊」：

> 辛酉冬，萍梗都門，與東海諸英俊圍爐取暖，噉爆栗，烹苦茶，笑言飆舉，無復吟哇。其有及於吟詠之道者，小史錄之，時日既積，遂得六卷，命之曰：圍爐詩話。（《圍爐詩話》自序，頁469）。

　　在《答萬季埜詩問》〔註14〕的起始第一句「昨東海諸英俊，問出韻詩」，也出現同一批論詩的人物。「東海諸英俊」應和吳喬往來密切，並且以後輩的口吻，向吳喬提出許多與詩學相關的問題。根據張健《清代詩學研究》一書中的考據，「東海諸英俊」指的是崑山徐乾學（1631～1694）、徐秉義（1633～1711）、徐元文（1634～1691）兄弟。據王揅《今傳是樓詩話》所載：

> 清初徐氏，一門鼎盛，健庵（徐乾學）以康熙庚戌（九年）進士第三人及第，官刑部尚書，尤為士類所歸。京師為之語曰：「萬方玉帛朝東海，一點丹誠向北辰。」東海，徐郡也。弟秉義，字果亭；元文，字公肅，又字立齋。並以一甲登第，海內絕稱「三徐」焉。〔註15〕

〔註14〕《清詩話》，頁37。詩問當為〈答萬季埜書〉。

〔註15〕王揅（1878～1946），字慎吾，後更名揅，號揖唐，別號「今傳是樓主

東海徐氏三兄弟才學俱富，足堪以英俊稱之。而其中徐乾學有藏書樓，名為「傳是樓」。萬斯同（1638～1702）曾賦〈傳是樓藏書歌〉，中有「東海先生性愛書，胸中已貯萬卷餘」之句，則專指徐乾學。與徐氏兄同時的李光地，在其《榕村語錄》中，即稱徐乾學「東海」或「徐東海」。換言之，所謂「東海」者，泛稱時指東海徐氏兄弟，單稱時則為徐乾學。〔註16〕康熙二十年冬，吳喬遊於京師，客居徐乾學府邸，〔註17〕遂有《圍爐詩話》之書成。萬斯同及徐氏兄弟，常與吳喬論詩，從《圍爐詩話》應答的對話文字可推斷，吳喬年長於諸英俊二十年有餘，交情長久，因此直言無諱，詞語激切，臧否人物，毫無掩飾。吳喬五十一時曾抨擊詩壇領袖錢謙益（1582～1664），引起軒然大波，即被認為他是依倚徐乾學兄弟。〔註18〕但筆者以為當時徐乾學兄弟年紀尚輕，應是吳喬欲出人頭地之所為也。詳見下文。

（二）雲間陳子龍

吳喬除了對宋、明詩抨擊外，當時以陳子龍（1608～1647）為首的雲間詩派，亦屢遭詆諆。譬如卷六第一條「諸英俊以陳臥子所選明詩界余曰：『丈丈高論，請於此指其實焉』。」吳喬則明白指述明七子的缺失，並認為「臥子此選，即七才子之遺調也」。並且在該卷多處批評陳子龍，如「臥子氣岸，其學詩也，才知平仄，即齊肩於李、杜、高、岑，不須進第二步……其論詩也，一出語便接踵於西河、鍾嶸……」；「返觀

人」。見清‧王揮唐著，張金耀校點《今傳是樓詩話》（瀋陽：遼寧教育出版社，2003年3月）。

〔註16〕 以上參閱張健《清代詩學研究》第四章，頁157、158。

〔註17〕 見江櫻嬌《圍爐詩話研究》（台北：東吳大學中國文學研究所碩士論文，1983年），頁16～25；鄭滋斌〈吳喬交遊考〉（《大陸雜誌》第76卷第2期1988年2月），頁30。蔣寅〈逃禪詩話與圍爐詩話之關係〉指出：陳維崧《湖海樓詩集》卷八〈屢過東海徐先生家不得見吳丈修齡詩以柬之〉一詩可推知吳喬在徐邸（《蘇州大學學報》第3期，2000年7月），頁39。

〔註18〕 見鄧之誠《清詩紀事初編》卷一〈歸莊傳〉（上海：上海古籍出版社，1990年），頁9。

《盛明詩選》，無不蠟厄其外，敗絮其中……」。又云：「丙申（1656）丁酉（1657）余在都中，與臥子高足張青琱相晨夕，熟聞此集中議論。積久難忍，因調之曰……少陵第一，空同第二，臥子第三，第四更無他人也」；又與張青琱云：「君須進生大黃一斤，瀉去腹中陳臥子，始有語話分」。由此可知，吳喬年四十六、七時，即視陳子龍為弘、嘉七子的後繼者，對他頗有微詞，直迄七十六歲《圍爐詩話》成編〔註19〕，他與雲間詩派相對立的態度，一直都沒有改變。案：張宸，字青琱，號平圃，為陳子龍高足弟子，鄧之誠《清詩紀事初編》卷四有傳。

（三）虞山錢謙益

除雲間詩派外，虞山詩派的領袖錢謙益（1582～1664），名重東南詩壇，士林仰重，而時年五十一的吳喬，竟撰《正錢錄》抨擊八十元老〔註20〕，掎摭其弊。此書抨擊過當，引起極大的爭議。楊際昌《國朝詩話》云：「常熟吳修齡嘗著《正錢錄》，以駁牧齋，王漁洋、計改亭（東），極不喜之」。當時擁戴錢謙益者群起圍攻。〔註21〕由資料顯示，

〔註19〕 詳見下文對《圍爐詩話》成書之考述。

〔註20〕 《正錢錄》，此書今已亡佚，當為吳喬五十一歲時批評詩壇大老錢謙益文章的手札。鄭滋斌〈吳喬與《正錢錄》〉一文乃針對《正錢錄》創作之年、創作之因以及引發之波瀾，詳作考述，可參閱（《大陸雜誌》第88卷第3期，1994年3月），頁43～48。

〔註21〕 王士禎《居易錄》云：「前輩大家，各有本末，非後生小子一知半解所得擅議。近代如陳晦伯、胡元瑞之〈正楊〉是也。吳人吳殳字修齡，予少時友，其人嘗著《正錢錄》以駁牧齋，予極不喜之。……」詳見王士禎著《帶經堂詩話》卷二，引《居易錄》語（台北：廣文書局，1971年11月）。《分甘餘話》云：「近吳殳修齡作《正錢》余在京師亦嘗面規之。」卷二（北京：中華書局，1989年），頁37。「吳人有為《正錢錄》者，攻摘牧齋，不遺餘力。」摘自易宗夔《新世說·輕詆第二十六》（太原：山西古籍出版社，1997），頁403。王應奎《柳南續筆》云：「計甫草深為不平，因與鈍翁曰：『僕由山東來，曾遊泰山，登日觀峰，神智方悚慄，忽欲小遺甚急，下山且四十里，不可忍，乃潛溺於峰之側，恐得重罪，然竟無恙，何也？山至高至大，人溺焉者眾，泰山不知也』。鈍翁躍起大罵。」卷四（北京：中華書局，1983年），頁210。由此可知王士禎、計東二氏之不滿。此外，歸莊亦作〈難壬〉一文以攻吳，錢陸燦作「駁正」《正錢錄》六條以正吳之失，

吳喬係以詩文謁錢謙益，竟不見答，乃憤而作書。〔註 22〕時人認為吳喬「工於詆訶，與世齟齬」〔註 23〕；鄧之誠《清詩紀事初編》論斷此事為：「歸莊雜著中〈難壬〉，謂吳修齡依倚徐乾學兄弟，作《正錢》以詆謙益」。〔註 24〕錢陸燦於《彙刻列朝詩集小傳·序》曾作駁正《正錢錄》六條，由此六條，或可一窺全豹。茲臚列如下：

1. 《正》曰：「『以漬於成』，漬字雖出《詩》；藏。弄字雖出《漢書》，歐、蘇古文不用」

   駁曰：「既出《詩》，出《漢書》，何以不可用？豈歐、蘇在《詩》與漢之前耶？昔人謂韓文、杜詩，無一字無出處，然則將出於何處耶？」

2. 《正》曰：「元美之文，北京稱長安。明之長安，自屬西安府。吏部無大家宰之名。」謂「牧齋引用，多類元美，文理為不通。」

   駁曰：「《漢書·翟方進傳》，以宰士督察天子奉使命文士。案：宰士出《羊傳》，古人往往以古銜貌時事。文理不通，自班固始耶？」

3. 《正》曰：「空同換古句，元美遂換古字。以枋換柄，以晉換進，以跳換逃，以並換傍，牧齋換字不少。」

   駁曰：「曾子固，歐陽之門人，其序鑑湖圖曰：『南並山，西並堤。』至宋金華為星吉公碑，『跳走數千餘里』，又『湖廣地並江北』，金華則其錄中所謂國初景濂，尤守模範者。」

4. 《正》曰：「永叔不求新奇，絕無塵言。宋子京好新奇，便塵腐滿紙。牧齋矯尾厲角，嘔心鈰腎，急就倚待，洛頌職志，舍《新唐書》，無此字句。」

俱可見當時物議所在。
〔註 22〕 詳見錢陸燦《列朝詩集小傳·序》（台北：明文書局，1991 年）。
〔註 23〕 詳見錢陸燦《列朝詩集小傳·序》（台北：明文書局，1991 年）。
〔註 24〕 鄧之誠《清詩紀事初編》卷一〈歸莊傳〉，頁 9。

駁曰：「韓琦不悅宋祁，指《新唐書・列傳》文采雕飾，命歐公看詳改正，歐公歎曰：『宋公前輩，所見不同。且於此日久功深，我可掩其長哉！』觀歐之傾倒於宋，則《新唐書》亦未可輕議。」

5. 《正》曰：「『太守謂誰？廬陵歐陽修也。』但可一用。『余，廬山蒙叟錢某也。』屢用。八十元老，無限童心。」

駁曰：「太史公之文，變化極矣！吳君固云子長不易言。然如〈平準書贊〉，自高帝前『尚已，靡得而聞已』，句法亦屢用，太史公豈有其童心也耶？」

6. 《正》曰：「《馬裕傳》，既曰『生四子矣』，兩行後又云：『兄弟四人』。」

駁曰：「《漢書・原涉傳》，既曰『祁太伯同母弟王游公』，後不必曰『游公母即太伯母』。《五代史》：『劉仁瞻降，其副使孫羽等作為降書』。贊又曰：『實錄載降書，其副使孫羽所為也。』何為也？至謂〈童某傳〉，削菫之字非竹簡也，蹴張，弩名，足踏而張之，不當襲古人誤用也，箏、琵二字之無出也；〈王逢年傳〉，古文奇字之非孔壁篆字也，生員之無辟召也，屬吏之不稱故吏也；詩次韻之不當題再用前韻也；諸如此類，疑偽弘多，略舉數條，不為典要。若必順吳氏而為之辭，則是劃天水為鴻溝，辦香歐、蘇；截漢、唐為荒服，屏斥班、韓。嘻！其甚矣！故僭有此駁。」

陳寅恪嘗言：「修齡之《正錢錄》乃正牧齋《列朝詩傳》中，其文不合於歐、曾者。論詩之旨，則全與牧齋相同，特標出此點，以免世人言《正錢錄》者之誤。」〔註25〕是否誠如所言，由於現今全本不存，故未能妄議。然吳喬之「正」，如引文1，指錢謙益好用僻字；引文2、3錢謙益好用古字、古語、古事以求古樸，其實並無不可；引文4、5譏

〔註25〕陳寅恪《柳如是傳》（上海：上海古籍出版社，1980年8月），頁993。

諷錢氏模仿；引文 6 指斥錢氏犯「重出」之失，均未涉及論詩大旨。不過，錢謙益當時位高名重年長，而吳喬位卑且屬後輩，竟加詆諆，必然引發評議，亦不免予人嘩眾之譏。

　　《正錢錄》今已亡佚，而其七十六歲時成編的《圍爐詩話》，非但不見批評文字，並云：「常熟以牧齋故，士人學問都有根本。鄉先達之關係，顧不重哉！」〔註 26〕可見吳喬中年氣盛，自恃所見，為人特立獨行；邇後爭勝態度稍斂，於他人所長亦知取捨，尤其是對明詩的批評，多處徵引牧齋之見。〔註 27〕歸莊指出吳喬「蕭奉竺乾氏之教，若具佛菩薩心，於此等人方愁救渡之無路，又何忍與之為難乎。幸兄其置之？」〔註 28〕或因向佛，或因對虞山詩派的尊重，其於文壇所激之紛擾，終乃平息。二十年後成書的《圍爐詩話》，稱述錢氏者，竟有六條之多。而此書係在徐氏府邸公開場合談詩所成，可見他論詩態度的轉變。

（四）許學夷、馮班、賀裳、閻若璩

　　吳喬論詩與錢謙益的門生、虞山詩派的後繼者馮班（1602～1671）多處謀合〔註 29〕，並摘錄馮班《鈍吟雜錄》中詩體論的文字甚夥。〔註 30〕而評論唐宋詩歌則兼取賀裳（生卒年不詳）《載酒園詩話》中語。《圍爐詩話·自序》云：「一生困阨，息交絕游，惟常熟馮定遠班，金壇〔註 31〕

〔註 26〕　《圍爐詩話》卷六，頁 667。

〔註 27〕　《圍爐詩話》卷六「獻吉高聲大氣……為牧齋所鄙笑。」頁 665；「弘嘉詩文為牧齋艾千子所抨擊，醜態畢露矣！」頁 668；抨擊陳子龍《皇明詩選》則云：「若牧齋列朝詩早出，此選或不發刻耳！」頁 668；「于鱗倣漢人樂府為牧齋所攻者，直是笑具。」頁 675。

〔註 28〕　歸莊《歸莊集》卷五（上海：上海古籍出版社，1962 年 4 月），頁 335。

〔註 29〕　詳見拙著《清初虞山派詩論》第六章第二節（台北：國立編譯館，1994 年 10 月）。

〔註 30〕　《圍爐詩話》摘錄馮班論詩的文字多條，如卷一，頁 492～495；卷二，頁 520～524，544、545；卷四，頁 589 等。《圍爐詩話》出自《清詩話續編》本。

〔註 31〕　江蘇省《重修丹陽縣志》卷二十〈儒林傳〉云：「賀裳，字黃公，號蘗齋，邑文生，與吳門張溥、楊廷樞，執復社牛耳。茸載酒園，與名流

賀黃公裳所見多合。皎然《詩式》持論甚高，而止在字句間。宋人淺於詩，而好作詩話。邇言是爭，貽誤後世，不逮二君所說遠甚。」不過，吳喬於另一部詩論輯本《逃禪詩話》〔註32〕有一則關係其嚴師畏友的敘述，提及許學夷、馮班、賀裳三人，而此條資料竟為《圍爐詩話》所無：

> 余於三君，伯清先生，嚴師也；定遠、黃公，畏友也。皆如李洞之於閬仙，鑄金為像者也。而私心尚有所恨焉：黃公以重體制，反殉于偽，冒復古之李獻吉，而稱為先朝大雅才；定遠詩有體制，有才情，近代所鮮，而所見體制不及伯清之深廣，卻以此故，得仲其才情；伯清得於體制者，盡善盡美，至矣極矣，其所自作，反束於體制，恐惟一字之踰閑，才情不得勃發。詩誠難事，駑才禿齒，惟自俯首息心而已。伯清之惑於二李更甚，惟定遠與余意合，比之優伶奴僕，不入士類。　（《逃禪詩話》頁 588、589）。

這段《圍爐詩話》所缺的文字重要性在於：第一、吳喬的論詩主張除與馮班、賀裳兩名「畏友」「所見多合」外，更進一步將兩人的才情及創作加以評價。第二、推尊許學夷（1563～1633）〔註33〕為「嚴

觴詠其中，一時推為風雅之宗。」以賀裳為丹陽人。（清）劉誥等修《江蘇省重修丹陽縣志》第三冊（台北：成文出版社，1983 年），頁 900、901。而據《四庫全書總目提要》卷九十，史部史評類存目二，《史折》三卷《續》一卷條下云：「國朝賀裳撰，裳字黃公，丹陽人，康熙初諸生。是書取明人評史諸書，義有未當者，折衷其是。」（清）永瑢，（清）紀昀等撰《欽定四庫全書總目》第二冊（台北：台灣商務出版社，1983 年），頁 844。亦作丹陽。

〔註32〕吳喬《逃禪詩話》（台北：廣文書局，1973 年），此本係承借國立中央圖書館珍藏善本印行。

〔註33〕許學夷，字伯清，江陰人（今屬江蘇省）。生平詳見惲應翼〈許伯清傳〉、陳所學〈詩源辯體跋〉，收入許學夷《詩源辯體》（北京：人民文學出版社，1987 年），頁 432～437；另見陳延恩修，李兆洛等纂〈人物‧文苑〉，《江陰縣志》道光二十年刊本卷十七（台北：成文出版社，1983 年），頁 1751。《詩源辯體》初刻於萬曆四十一年（1613 年），十六卷本，附有《許伯清詩稿》一卷。崇禎十五年（1642 年）刊行者為三十八卷，含〈前集〉三十六卷，〈後集纂要〉二卷。

師」，更讚美他在「體製」方面的論述；甚至認為馮班所見不及許氏「深廣」。但若就才情及創作而言，則許氏仍不免有拘囿之憾。第三、對明代二李之態度而言，「伯清之惑於二李更甚，惟定遠與余意合」。《逃禪詩話》另一則對其嚴師畏友的敘述更為詳盡：

> 晚唐至今日，七百餘年，能以才情自見者，如溫、李、蘇、黃、高、楊輩，代不伐人；知有體制者，惟萬曆間江陰許伯清先生，及亡友常熟馮班定遠、金壇賀裳黃公三人。伯清，聞而知之；定遠、黃公，見而知之者也。黃公詳于近體，凡晚唐、兩宋詩人之病，其所作《載酒圍詩話》一一舉證而發明之，讀宋人詩集，有披沙覓金之苦，苟讀黃公之書，則晚唐、兩宋之瑕瑜畢見，宋人詩集可以不讀，大快事也。定遠古體、近體兼詳，嚴滄浪之說詩，在宋人中為首推，而所得猶在影響間，未能腳踏實地，後人以其「妙悟」二字似乎深微，共為宗仰，定遠作一書以破之，如湯之潑雪，讀之則得見古人、唐人真實處，不為影響之言所誤，大快事也。伯清先生所見體制之深廣，更出二君之上，自三百篇以至晚唐，其間源流正變之升降，歷歷舉之，如數十指，為古體、為近體，軒之輕之，莫有逃其衡鑑者，不意末季瀾浪之中，乃有是人！ （《逃禪詩話》頁 587、588）。

這段文字指出他和三君之關係：許學夷乃「聞而知之」；馮班、賀裳乃「見而知之」。許學夷對詩歌「體制」的論見，既深且廣，遠出二君之上，吳喬推崇備至！但令人大惑不解的是《圍爐詩話》只見他對馮班、賀裳的讚賞、詩說的摘引，卻完全不見許學夷的相關論述。謝明陽先生〈許學夷與吳喬的詩學傳承〉指出：「吳喬《逃禪詩話》中與許學夷相關的論述共可搜得十八則，並將之摘錄分類。」茲引錄如下：此十八則詩話又可分為兩類：一類為徵引《詩源辯體》者，計十四則：『盛唐律詩造詣精熟』條，頁 583；『詩之體格名目如何』條，頁 590、591；『五言詩』條，頁 594～599；『五言古體更自可畏』條，頁 610～612；

『皮陸集中』條，頁613；『晚唐五言古』條，頁613；『開成許用晦七言律』條，頁614；『盛唐律詩不難于才力』條，頁614；『變而為輕浮纖巧』條，頁614；『太白天縱絕世』條，頁631；『漢魏詩淳古』條，頁631、632；『詩史乃《盛唐》本傳之語』條，頁632；『許伯清曰』條，頁660、661；『五絕如嬰孩頓笑』條，頁662。一類為未徵引許學夷話語而直接提出評論者計四則：『非古非律之詩』條，指出許氏不收錄非古非律之詩，「其中甚多好詩，何可輕棄。」頁576；『晚唐至今日』條，讚美許氏「自三百篇以至晚唐，其間源流正變之升降，歷歷舉之，如數十指，為古體為近體，軒之輕之，莫有逃其衡鑑者」頁587、588；『余於三君』條，則將三人的缺失明白而直接作評「黃公以重體制，反殄于偽冒復古之李獻吉，而稱為先朝大雅才。定遠詩有體制，有才情，近代所鮮。而所見體制不及伯清之深廣，卻以此故，得仲其才情；伯清得於體制者，盡善盡美，至矣極矣，其所自作，反束於體制，恐惟一字之踰閑，才情不得勃發。」頁588、589；『楊基以其〈無題〉為豔情』條，指出許氏論千古詩人無不確當，「唯於義山眼同覺範」頁624。〔註34〕這些評論為什麼《圍爐詩話》不見隻字片語，確實令人關注。

　　同樣的情況，吳喬的另一友人閻若璩（1636～1704），不見於《圍爐詩話》，而在《逃禪詩話》有兩處徵引閻若璩之論：一則附於「竹之本大未細」條結尾：「余友山陽閻（若）璩百詩，經史瀾翻，談三千年事如指掌。其說詩曰：詩固有時代，然有不必分而分之，以致舛誤者，唐之初、盛、中、晚是也。錢牧齋嘗曰：初、盛、中、晚創于宋之嚴羽，成于明之高棟，承偽踵謬已三百年……」〔註35〕錢氏之說卻被保留。一則云：「余友山陽閻若璩百詩，博極群書，可敵顧寧人。有云：《新唐書》以王昌齡為江寧……」〔註36〕引述閻氏對王昌齡籍貫的考證。吳

〔註34〕 謝明陽〈許學夷與吳喬的詩學傳承〉（《中國文哲所研究通訊》第13卷第3期，2003年9月），頁25。

〔註35〕 《逃禪詩話》頁615～619。

〔註36〕 《逃禪詩話》頁626～627。

喬遜以「余友」稱謂；而閻若璩《潛邱劄記》「賀裳公《載酒園詩話》」
條，也以「老友」稱吳喬〔註37〕；其《毛朱詩說》也有「近日吳喬先生
共予讀李商隱〈東阿王〉詩」的記載，〔註38〕可見兩人的交誼。為何
《圍爐詩話》刪掉這兩條，也令人百思不得其解。

　　謝明陽先生則以此證明《逃禪詩話》為《圍爐詩話》完成以後的
事。《逃禪詩話》中引述閻氏之論，也是吳喬後來據以補入的。這與許
學夷不見於《圍爐詩話》的原因一致，「也唯有如此，才能解釋為何在
《逃禪詩話》中被吳喬尊奉為「嚴師」的許學夷，竟然在《圍爐詩話》
中隻字未被提及。」〔註39〕蔣寅先生也注意到這個問題，認為「這表
明從《逃禪詩話》到《圍爐詩話》的修訂，其中是摻進學術以外的因素
的」。〔註40〕什麼因素，含蓄未言。但是，他卻認為「吳喬先寫作了《逃
禪詩話》，後增訂為《圍爐詩話》。」〔註41〕關於《逃禪詩話》與《圍爐
詩話》孰先孰後的問題，筆者以為當從二書的成書原因作考量；某些資
料的刪汰與此相關之外，還有論詩立場及門派的因素。何以不見許學

〔註37〕　《潛邱劄記》卷四「賀裳公《載酒園詩話》」條云：「老友吳喬嘗言，
　　　　賀黃公《載酒園詩話》、馮定遠《鈍吟雜錄》及某《圍爐詩話》可稱談
　　　　詩者之三絕。」余急問：「賀書何處有？」曰：「金陵有，須償銀一錢
　　　　兩分」余以三錢付黃俞邠使者回家購之，不半月，以八分購賀書，餘
　　　　盡如余所屬，買套櫻桃乾，蓋素嗜此也。到日同胡胐明大噉細讀，口
　　　　眼俱快，沁入心脾，嘆吾老友之知言也。康熙庚午秋寫洞庭東山席氏
　　　　館題。庚午，即康熙二十九年（1690），是年徐乾學返回崑山故里，並
　　　　開書局於洞庭東山，纂輯《大清一統志》，閻若璩亦南下參與其事。可
　　　　參閱張穆《閻若璩年譜》（原名《閻潛邱先生年譜》）（北京：中華書局，
　　　　1994 年），頁 77。尚小明《學人游幕與清代學術》（北京：社會科學文
　　　　獻出版社，1999 年），頁 66。
〔註38〕　閻若璩《毛朱詩說》今收入《叢書集成續編》第 111 冊（台北：新文
　　　　豐出版社，1989 年），頁 780。
〔註39〕　語見謝明陽〈許學夷與吳喬的詩學傳承〉（《中國文哲研究通訊》，2003
　　　　年 9 月），頁 32、33。
〔註40〕　語見蔣寅〈《逃禪詩話》與《圍爐詩話》的關係〉（《蘇州大學學報》第
　　　　三期，2000 年），頁 42。今收入《清代文學論稿》（南京：鳳凰出版
　　　　社，2009 年 6 月），頁 282。
〔註41〕　《清代文學論稿》，頁 274。

夷，亦與二書之成書目的有關，下文有論。

關於吳喬的交游，鄭滋斌撰〈吳喬交游考〉〔註42〕，凡以「友人」稱吳喬，或有往來事證者，均予摘錄，有王士禛、汪琬、呂熊、徐乾學、梁逸、張宸、萬斯同、董易農、劉獻廷、閻若璩、錢湘靈、魏裔介、歸莊、朱鶴齡十四人，考證詳細，可參閱。

參、《圍爐詩話》、《逃禪詩話》的成書經過及先後

吳喬詩學方面的著作，有《圍爐詩話》六卷、《答萬季埜詩問》〔註43〕一卷、《逃禪詩話》一卷、《西崑發微》〔註44〕三卷、《正錢錄》〔註45〕、《舒拂集》〔註46〕等。其中前三種為詩話性質的作品，內容相涉，詳略有別。《西崑發微》及《正錢錄》均針對特定人物而做評論；《舒拂集》則為詩歌創作。茲就《圍爐詩話》及《逃禪詩話》之編輯成書、編輯體例、主要內容及版本作一說明；其成書之先後，則為析論的重點。

〔註42〕 鄭滋斌：〈吳喬交游考〉（《大陸雜誌》第76卷第2期，1998年2月），頁77～84。

〔註43〕 《答萬季埜詩問》一卷，丁福保所編《清詩話》將此篇收入，卻未收《圍爐詩話》。按：萬斯同（1638～1702），字季埜，號石園。根據郭紹虞點校本〈清詩話・前言〉云：「清嘉慶間，雪北山樵輯《花薰閣詩述》以此篇附在卷三《談龍錄》後，題〈與萬季埜書〉，亦未別成一卷。丁氏據此，改易今名……大抵丁氏當時尚未見到《適園叢書》本之《圍爐詩話》，故以此篇列為《清詩話》中之一種。實則此只是一篇文章，不得以著述視之。」

〔註44〕 吳喬論詩偏尚晚唐，喜談比興，因此對李商隱的詩作，頗有會心。由序末注年可知成書時，吳喬44歲。《西崑發微》的版本，今有《適園叢書》本，廣文據《適園叢書》影本。

〔註45〕 《正錢錄》，此書今已亡佚，當為吳喬五十一歲時批評詩壇大老錢謙益文章的手札。參閱鄭滋斌〈吳喬與《正錢錄》〉之考據。（《大陸雜誌》第88卷第3期，1994年3月），頁43～48。

〔註46〕 《舒弗集》，此書今已亡佚，錢泳《履園譚詩》記載吳喬「高才博學，尤工於詩，王阮亭嘗稱之曰善學西崑。陳其年贈詩，亦有『最愛玉峰禪老子，力追艷體鬥西崑』之句……所著詩名《舒弗集》，余僅見其七律一卷，寒食虎丘云……。」由此可知吳喬的詩作名為《舒弗集》。

一、《圍爐詩話》之成書經過及主要內容

　　根據吳喬於《圍爐詩話・自序》所云：辛酉（康熙二十年，西元1681）冬，與東海諸英俊圍爐取暖之際，漫談吟詠之道，小史錄之，時日既積，遂得六卷，命為《圍爐詩話》。是年冬，吳喬遊於京師徐乾學府邸，與徐氏兄弟談論詩學，積累成書。郭紹虞選編《清詩話續編》，乃根據張海鵬刻本：即張海鵬以嘉慶（西元1808）黃廷鑑家藏鈔本繕錄詳校，並藉其業師陳海木假別本修正。黃廷鑑跋語載明時間為「嘉慶戊辰閏五月」〔註47〕，而此本吳喬自序末沒有標明成書年月；但台北廣文書局影印國家圖書館藏適園叢書抄本，於序末有編成定稿的時間為「丙寅（康熙二十五年，西元1686）冬日」。據此推測，吳喬時年七十六。閻若璩《潛邱劄記》卷四有「賀黃公《載酒園詩話》」條，指出「老友吳喬先生嘗言賀黃公《載酒園詩話》、馮定遠《鈍吟雜錄》及某《圍爐詩話》可稱談詩者之三絕」〔註48〕。而閻氏此條的寫作時間為康熙庚午秋（康熙二十九年，西元1690），雖與丙寅相隔四年，至少可以作為《圍爐詩話》已經編定的佐證。然而趙執信（1662～1744）「三客吳門，遍求其書不可得。」疑此書係以鈔本流傳，得之不易。

　　《圍爐詩話》的編輯體例，較諸宋初詩話，雖不脫條錄形式，惟依內容分為六卷。但值得注意的是：此書係漫談之際，由他人記錄（小史錄之），並非作者親筆為之，講述口吻未完全修飾，黃廷鑑於書末跋語指出：「此書即在幕中手錄者，又假別本是正，手澤猶新，洵為善本」。其特殊之處乃在於每卷之中夾雜了許多答問。在一問一答中吳喬陳述了個人的詩觀，不但涵蓋的問題廣泛，並且深入。筆者根據《清詩話續編》張海鵬刻本之《圍爐詩話》整理其問答，共得三十七問：

〔註47〕　《清詩話續編》於《圍爐詩話》六卷之末有黃廷鑑及張海鵬跋，說明刊刻始末。頁683、684。
〔註48〕　閻若璩《潛邱劄記》六卷，善本清乾隆九年（1744）太原閻氏家刊本，集部・別集類。此段文字見卷四上，頁22。吳喬於〈圍爐詩話自序〉也曾明言惟與「常熟馮班定遠、金壇賀裳黃公所見多合」。

1. 問曰：「丈既知俗病與魔病，詩宜盡脫之矣？」（卷一，頁 472）。

2. 問曰：「詩在今日，以何者為急務？」（卷一，頁 472）。

3. 問曰：「若然，則開、寶人于何處發其心光耶？」（卷一，頁 473）。

4. 問曰：「言情敘景，若何？」（卷一，頁 478）。

5. 問曰：「詩文之界如何？」（卷一，頁 479）。

6. 問曰：「何為性情？」（卷一，頁 480）。

7. 問曰：「丈丈生平詩有千餘篇，自謂與此中議論離合何如？」（卷一，頁 481）。

8. 問曰：「唐詩六義如何？」（卷一，頁 481）。

9. 問曰：「二美（指王元美兄弟）大呵出韻詩，是否如何？」（卷一，頁 483）。

10. 問曰：「用韻以何者為準則？」（卷一，頁 484）。

11. 問曰：「先生不肯步韻，人以為傲，信乎？」（卷一，頁 486）。

12. 問曰：「如《尚書》所言，則詩乃樂之根本也。後世樂用曲子，則詩不關樂事乎？」（卷一，頁 487）。

13. 問曰：「詩之體格各自如何？」（卷一，頁 488）。

14. 問曰：「先生每言詩中須有人，乃得成詩。此說前賢未有，何自而來？」（卷一，頁 490）。

15. 問曰：「唐體於何始？」（卷一，頁 491）。

16. 問曰：「唐人命意如何？」（卷一，頁 495）。

17. 問曰：「詩有惟詞而無義者乎？」（卷一，頁 498）。

18. 問曰：「措詞如何？」（卷一，頁 501）。

19. 問曰:「造句鍊字如何?」 (卷一,頁 505)。

20. 問曰:「五言古詩如何?」 (卷二,頁 511)。

21. 問曰:「定遠(馮班)好句如何?」 (卷二,頁 514)。

22. 問曰:「二十年前葉文敏公題兩先生詩草,有『邢夫人見尹夫人』之句,人久以為定論。今之推重定遠如此,得毋自以為地乎?」 (卷二,頁 514)。

23. 問曰:「先生近日所進如何?」 (卷二,頁 514)。

24. 問曰:「七言古詩如何?」 (卷二,頁 527)。

25. 問曰:「八比乃經義,何得目為俗體?」 (卷二,頁 546)。

26. 問曰:「初盛中晚之界如何?」 (卷三,頁 551)。

27. 問曰:「三唐變而益下,何也?」 (卷三,頁 553)。

28. 問曰:「先生嘗言三唐與宋、元易辨,唐、明難辨者?何也?」 (卷三,頁 554)。

29. 問曰:「先生誅斥偽杜詩、瞎盛唐,何不自為真者乎?」 (卷四,頁 593)。

30. 問曰:「獻吉風節可觀,又何以學杜而反壞?」 (卷四,頁 593)。

31. 問曰:「學中唐者,寧遂免人奴之誚?」(卷四,頁 593)。

32. 問曰:「先生何不自選一編,為唐人吐氣?」 (卷四,頁 593)。

33. 問曰:「豈有七八十歲老人,謹能讀義山、致堯詩之理?蓋自貶以誆人耳。」 (卷四,頁 594)。

34. 問曰:「朝貴俱尚宋詩,先生宜少貶高論?」 (卷五,頁 602)。

35. 問曰：「杜詩亦有率直者，何以獨咎宋人？」　（卷五，
　　頁605）。

36. 東海諸英俊以陳臥子所選明詩畀余曰：「丈丈高論，請於
　　此指其實焉。」（卷六，頁663）。

37. 問曰：「某篇壓卷之論，鍾、譚亦不伏，尊意與之同乎？」
　　（卷六，頁677）。

　　這三十七問，涉及了詩歌理論中的本質論、創作論、風格論以及
鑑賞、批評論。其內容有吳喬的詩歌理論、創作方法、作品鑑賞、流派
群體的評議、作家個性及風格之區別、字句錘鍊、用韻方式……。特別
是流派群體方面，對唐、宋、明詩之缺失、特長，有激烈的抨擊，也有
精細的剖析；吳喬個人的主觀判斷，或客觀的舉證說明，實一覽無餘。
因此，《圍爐詩話》是一部內容複雜豐富，論說見解獨到，卻也引發褒
貶不一的詩話。

　　話詩之分卷，從每卷第一條，略可窺知編輯的用心：

　　卷一第一條：「漢魏之詩，正大高古……」

　　卷二第一條：「問曰：『五言古詩如何？』」

　　卷三第一條：「或問曰：『初盛中晚之界如何？』」

　　卷四第一條：「《韻語陽秋》云：『太白樂府，于綱常三致意焉……』」

　　卷五第一條：「問曰：『朝貴俱尚宋詩，先生宜少貶高論。』」

　　卷六第一條：「諸英俊以陳臥子所選明詩畀余曰：『丈丈高論，請
　　　　　　　　於此指其實焉。』」

　　其中第六卷，完全評論明詩，第一至卷五，以漢魏迄宋為主要論
述對象，但唐、宋、明不時交錯批判、比較。三十七問貫串於各卷之中，
又可視為小支脈。因此，《圍爐詩話》固然為條列式的詩話，但其編輯
可謂散漫中不失整飭。

　　《圍爐詩話》的版本，今有台北商務印書館《叢書集成初編》據
《借月山房彙鈔》本排印、道光三年三槐堂刊本、《適園叢書》本，台

北廣文書局《適園叢書》影本，台北藝文印書館郭紹虞編《清詩話續編》採張海鵬刻本，為本論文使用之版本，1985 年 9 月刊行。

二、《逃禪詩話》之成書經過及主要內容

　　《逃禪詩話》並無作者序跋，其體例屬條列式，不分卷，共二百四十一則；條與條之間並無繫聯與關涉。條目之中有另加標題者，如「變復」、「哀樂」、「詩中有人」、「體格名目」、「五言詩」、「三唐」、「李杜」、「五絕」、「宋詩」等。第一條末云「事有關係而話言頗煩，別具卷末」，而卷末並未論述；此外，文中亦有空缺，應是未竟之作。這正是「詩話」的特色。作者有觸即書，若未經刻意編輯，則往往呈現無所謂「起始」與「終結」。從《逃禪詩話》之現況，毫無線索可判斷其寫作目的或成書經過。甚至，筆者以為它只是稿本。其內容與《圍爐詩話》相比，約有三分之二大致相同，蔣寅在〈《逃禪詩話》與《圍爐詩話》之關係〉文中將兩者詳加比對，指出互見的條目有 169 則，而且都在《圍爐詩話》前五卷中。《逃禪詩話》並無編輯跡象可尋，其重要詩觀從加「標題」的幾則即可明確掌握。亦即吳喬的：詩歌源流正變觀、詩不越乎哀樂、詩之中須有人在、唐詩分期論、論唐宋明詩之特色及優劣。詩體觀則有古、近體之五言七言及五絕。此外，創作論的部分則有：

1. 論學詩：條八詩學李杜，正道也；條九學詩不可雜，又不可專學一家，頁 570。條十一學古人詩，頁 571、572。
2. 詩材與經史，條十，頁 570。
3. 論詩病：條三十六至四十一辨雅學與俗學，避熟生新，頁 580～583。
4. 論用韻：條一七二，頁 660、661。

　　批評論的部分，論唐代詩人者從初唐迄乎晚唐，散見各處，但是從條一二○至條一七一，頁 628 迄頁 660，標目「李杜」，其中實以杜甫為評論中心，引述各家看法，出以己見，質量均十分可觀。評論宋代詩人者，標目「宋詩」，從條一八二至二四一，頁 666～685，對宋詩之

缺失，極盡抨擊之能事，其觀點亦見於《圍爐詩話》。但是《逃禪詩話》文字較為簡潔，因此，它是《圍爐詩話》編定之前的紀錄？或是摘錄《圍爐詩話》中重要的詩觀以成簡本？今之學者各有所判斷。

《逃禪詩話》一直以手抄稿本流傳。今有《適園叢書》本、台北廣文書局據《適園叢書》影本。後者為本論文使用之版本，1973 年 9 月初版。

三、《圍爐詩話》、《逃禪詩話》之成書先後

張健《清代詩學研究》認為「就編次的情況看，《逃禪詩話》實是《圍爐詩話》編定之前的較完整的紀錄。」〔註49〕並無論證。鄭滋斌疑《圍爐詩話》因《逃禪詩話》擴而充之，其說見於〈吳喬交遊考〉〔註50〕。蔣寅先生認為此書增刪而成《圍爐詩話》六卷，其論證見於〈《逃禪詩話》與《圍爐詩話》〉一文。但是，阮廷瑜先生將兩書詳作比對，結果相反，主張《逃禪詩話》為吳喬晚年刪節《圍爐詩話》而成，其論證見於〈《逃禪詩話》與《圍爐詩話》之異同〉〔註51〕。謝明陽先生也認為《逃禪詩話》晚於《圍爐詩話》，更進一步指出：「吳喬聞知《詩源辯體》應在完成《圍爐詩話》的七十六歲以後，因受許學夷詩學的影響，在晚年歲月中吳喬又重新刪訂自己的詩話著作，其中並加入了許學夷、閻若璩等人的論點，惜其書並未完成全帙，亦罕為世人所知。」其論證已見前述。不過，筆者則認為：欲判定成書先後之前，許學夷的《詩源辯體》成於何時？流傳狀況如何？應是關鍵。崇禎五年壬申（1632）許學夷《詩源辯體・自序》云：「是書起於萬曆癸巳（明神宗萬曆二十一年，1953）迄壬子（萬曆四十年，1612），凡二十年稍成……

〔註49〕 見張健《清代詩學研究》第四章，頁 160。

〔註50〕 鄭滋斌〈吳喬交遊考〉，頁 32。

〔註51〕 阮廷瑜〈《逃禪詩話》與《圍爐詩話》之異同〉（《國立中央圖書館館刊》新 25 卷第 1 期，1992 年 6 月），頁 135～150。其論證雖遭謝明陽反駁，但二人均主張《圍爐詩話》後出。見謝明陽〈許學夷與吳喬的詩學傳承〉（《中國文哲研究通訊》，2003 年 9 月），頁 31。

後二十年（1632），修飾者十之五，增益者十之三」時年七十。吳喬則
為二十二歲。何以在五十餘年之後，《圍爐詩話》「丙寅（康熙二十五
年，西元 1686）冬日」成書之後，時年七十六的吳喬始「讀到」《詩源
辨體》？謝明陽先生並未作進一步的說明。按：吳喬和許學夷都是吳地
詩人。吳喬本為太倉人，曾招贅於崑山，故又為崑山籍，不論太倉或崑
山，與籍屬江陰的許學夷，或常熟虞山的馮班，籍隸丹陽的賀裳，同在
江蘇省。〔註 52〕從江蘇省地圖可知，若以直線標距，最南為吳喬所在
之崑山，依序為常熟、江陰、丹陽。吳喬既在《圍爐詩話》中摘取了馮
班、賀裳的詩論，何以越過江陰許學夷之詩學未聞，直迄七十六歲？唯
一可作的解釋是許學夷《詩源辨體》書成卻未傳。許學夷在十六卷本
《詩源辨體·自序》言道：「先是館甥徐振之亦為予傳是書，而吳中人
多有抄本。」〔註 53〕徐振之即是徐霞客（1587～1641），其旅遊生涯方
始，即為許學夷傳《詩源辨體》於吳中。傳書事亦見丁文江《徐霞客先
生年譜》〔註 54〕。三十六卷本自序則指出：「是書……先梓小論七百五
十則，時湖海諸公已有竊為己說者」〔註 55〕，可見是書未必無人知之。
吳喬係詩壇活躍人士，不曾聽聞許學夷之詩學，直迄《詩源辨體》書成
五十餘年之久，始於晚年所著《逃禪詩話》表明他的欽慕，並推為「聞
而知之」的「嚴師」，以常理推斷，並不合理。

　　不過，當時在文壇活動範圍最廣的人物之一李維楨（1547～1626），
許學夷《詩源辨體》寫出後，頗有心求得他的一序。但李維楨曾兩度過
訪江陰，卻未聽過許學夷之名：「三十年中，余兩度澄江，不聞其邑有
許伯清者，隱而好學，未及從遊。而伯清雅知有余，余友吳伯乾亦不識
伯清何狀，遙聞聲而相慕也。一日，伯清介其友袁爾振貽書伯乾，俾屬

〔註 52〕　參閱李長傅《江蘇省地志》（台北：成文出版有限公司，1983 年 3 月）。
〔註 53〕　見十六卷本《詩源辨體·自序》「館甥徐振之亦為予傳是書」（北京：
　　　　　人民文學出版社，1987 年），頁 443。
〔註 54〕　徐霞客傳書事亦見丁文江《明徐霞客先生宏祖年譜》，收錄於王雲五主
　　　　　編《新編中國名人年譜集成》（台北：台灣商務印書館，1978 年 5 月）。
〔註 55〕　見三十六卷本《詩源辨體·自序》，頁 2。

余為《詩源辨體》序。」〔註56〕可見他對《詩源辨體》一書亦未甚留意。方錫球《許學夷詩學思想研究》曾就「許學夷的詩歌、詩學成就與接受現狀」作探討，指出：《詩源辨體》成書後雖然由徐霞客傳書，在吳中造成了一定的影響，但以「貧如先生，無力謀梓」，堵絕了較大範圍流傳的可能性。加上他「性疏淡」，「杜門絕軌」，不喜交往，「負氣而多傲」，「謂世無足與言」，「遇貴介或稍嚴，則悠悠忽忽，故為相戾」，這對他的著作流傳也十分不利。〔註57〕如果確實如此而導致吳喬在書成五十餘年後讀到，並推崇備至，固然也有可能。但是，筆者卻有不同的考量。

筆者認為《逃禪詩話》既早於《圍爐詩話》也晚於《圍爐詩話》，它是吳喬論詩的未完成稿。這正是詩話的特質。從歐陽修自言《六一詩話》係「以資閒談」之作，影響深遠。詩話的作者便毫無拘束，暢談詩之本事、理論、鑑賞、流派……等等。《逃禪詩話》因係手稿，也是應答徐氏兄弟等人之問的底稿，兩相比較，《圍爐詩話》有文字加長處，刪除不確論斷處，補充論據處……。〔註58〕論說較有條理，並且就專題、答問作詳盡深入的思索。《逃禪詩話》則由於是私人手稿，寫作時間持續而漫長，有論見輒書，尚未詮次，故就形式而言條錄而未分卷，頗為雜亂。也因為不曾慮及是否付梓，所以有空缺未補之處；也有他對許學夷、閻若璩、馮班、賀裳等嚴師畏友的欽慕與批評；其詩學的基本傾向，毫無保留的呈現。更值得注意的是沒有序跋。吳喬完稿後多有序跋，除《圍爐詩話‧自序》外，《西崑發微》有「甲午夏日吳喬序」；〈石敬巖槍法記〉文末有「辛丑冬吳殳譔」；〈峨嵋槍法〉文末有「滄塵子吳殳敬誌」，並有〈峨嵋槍法原序〉：「壬寅八月望前五日，古吳滄塵子吳

〔註56〕李維楨《大泌山房集》卷九，見《四庫全書存目叢書》集部，第150冊（濟南：齊魯書社1997年），頁448。

〔註57〕方錫球《許學夷詩學思想研究》第二章（合肥：黃山書社，2006年12月），頁44。

〔註58〕詳見蔣寅《〈逃禪詩話〉與〈圍爐詩話〉之關係》（《蘇州大學學報》，2000年第3期），頁40。

殳,一氏修齡譔」此二文收錄於《手臂錄》。〔註59〕而《圍爐詩話》之成書係應答詩問、他人筆錄,「時日既積,遂得六卷」(自康熙二十年冬迄二十五年冬),又輯入馮、賀論詩之精華以及個人論詩自得處;論說之根據自是有所本,即《逃禪詩話》。

四、《圍爐詩話》何以不見許學夷

筆者從《逃禪詩話》寫作的形式判斷,應為未完之稿。因是吳喬論詩底稿,所以寫作時間漫長而持續,直迄身歿,與《圍爐詩話》之編輯成帙不同。為什麼許學夷相關之文字未見於《圍爐詩話》?筆者從三方面作揣度:

第一、成書目的。《圍爐詩話》成編,自序言之甚明,它是針對「東海諸英俊」問詩應答袞集而成的談詩之作。既有談論的對象,也有談論的主題,許學夷乃其「聞而知之」的「嚴師」,公開論辯之際,以張揚「個人」詩學為主,自有其私心。

第二、與吳喬的論詩立場有關。當時文壇氛圍,二李之學似有死灰復燃之勢,吳喬「深恨」二李之學〔註60〕,且為錢謙益虞山派的擁護者。〔註61〕在門派及個人成見的考量下,雖然「伯清得於體製者,盡善盡美,至矣極矣」,但是「伯清之惑于二李更甚,唯定遠與余意合,比之優伶奴僕,不入士類」。〔註62〕李攀龍的唐無古詩論,素為反對七子之學者反對,而《詩源辯體》竟加肯定及引述。〔註63〕因此吳喬與東海徐氏兄弟等人論詩,自是捨「伯清」而取「定遠」,《圍爐詩話》有關詩歌體製之論,摘述虞山派的馮班《鈍吟雜錄》而不取《詩源辯體》。黃廷鑑《圍爐詩話》之跋語云:「修齡先生所譔《圍爐詩話》,膾炙藝林,其排擊七子,探源六義,議論精到,發前人所未發。惟詞鋒凌厲,而傷忠厚,殆以王、

〔註59〕 以上參閱鄭滋斌〈吳喬年譜新編〉,頁35~39。
〔註60〕 《圍爐詩話》卷六,吳喬有「余之深恨二李也有故……」見頁666。
〔註61〕 拙著《清初虞山派詩論》第六章第二節有論。
〔註62〕 引文見《逃禪詩話》,頁588、589。
〔註63〕 《詩源辯體》卷13,頁144。

李之派迷溺已深，有激使然歟？」由此可見吳喬的論詩態度。

　　第三、《逃禪詩話》乃個人手稿，尚未作公開付梓的打算，因此對私心竊慕的許學夷，就其詩學作了客觀的評述。與閻若璩結交，是在徐氏府邸，乃《圍爐詩話》編定以後，吳喬難掩自得之意，告知閻若璩「賀黃公《載酒園詩話》、馮定遠《鈍吟雜錄》及某《圍爐詩話》可稱談詩者之三絕。」然而，《圍爐詩話》付印之實際狀況如何，不得而知，惟《清史列傳》有「閻若璩嘗讀之，歎以為『哀梨并翦』」，可見此書之「珍貴」並未獲得應有的重視。趙執信（1662～1744）：「三客吳門，遍求其書不可得」〔註64〕，《圍爐詩話》「丙寅」（康熙二十五年，1686）編定，吳喬卒於康熙三十四年（1695），當時「朝貴俱尚宋詩」（圍‧卷5，頁602）〔註65〕，而《圍爐詩話》中抨擊宋、明不乏偏激之論，應是未受重視的原因之一。

　　第四、刻意規避。許學夷《詩源辯體》之成書，歷時頗長。據三十六卷本自序云：「是書起於萬曆癸巳，迄壬子，凡二十年稍成。……畏逸張上舍、味辛顧聘君見而惜之，為予倡梓，一時諸友咸樂助之，乃先梓小論七百五十則。時湖海諸公已有竊為己說者。後二十年修飾者十之五，增益者十之三……館甥陳君俞為予謀梓全集，而未有以繼之……今諸君知我……使茲集全行，則風雅永存，千古是賴，豈直予一人之私德哉！」序末署明「崇禎五年壬申，許學夷伯清更定，時年七十」。〔註66〕據此可以判斷許學夷之詩體論應長時間為論詩者所關注。

〔註64〕語見趙執信《談龍錄》，《清詩話》本，頁383。

〔註65〕拙著〈論宋犖《漫堂說詩》的價值〉曾將清初宋詩流行的時間作考辨：康熙十一、二年，宋犖與王士禎、吳之振等闖入宋詩吟域，在諸公倡導之下逐漸形成風氣。迄乎康熙三十七年《漫堂說書》成書之際，宋詩已流行近三十年。（《漫堂說詩》第二條云：「近二十年來，乃專尚宋詩」，一語可證。）《圍爐詩話》編輯時間為康熙二十年迄二十五年，「朝貴俱尚宋詩」語見《圍爐詩話》卷5頁602。與宋犖之言恰可相互印證。（《輔仁國文學報》第17期，2001年11月），頁191～218。

〔註66〕見三十六卷本《詩源辯體‧自序》，頁2。

吳喬與許氏年歲相差四十八，雖未謀面，乃「聞而知之」，但也不至於晚到吳喬出版《圍爐詩話》之後始於《逃禪詩話》表明其視為「嚴師」的欽慕。因此，《圍爐詩話》不提許學夷，應是刻意規避。

肆、結論

綜合以上論述，可獲致以下四點結論：

第一，關於吳喬的生卒年，從早期研究者之「生卒年不詳」，今從較多的資料可以確定，已補足史傳敘述之缺漏。

第二、關於吳喬的交游，除鄭滋斌「吳喬交遊考」所述以「友」稱之者外，本文將吳喬之依倚徐乾學及反對雲間陳子龍作了進一步的說明；此外，就其對錢謙益的前倨後恭，並稱道其詩派子弟馮班，引述其說，甚至與賀裳自稱談藝三絕，本文亦試加分析原委。

第三、關於產生爭議的部分「許學夷」，筆者以為許學夷出現於《逃禪詩話》，並非問題所在；他是吳喬在《圍爐詩話》之後或之前書寫，並非判斷二書成書先後之必要條件。因為《圍爐詩話》之成書時間明確，成書經過及目的也清楚；《逃禪詩話》畢竟是未定之稿，他可以增刪。在作者並未決定公開刊刻之前，他並無保留或刪汰的問題，也因此，才讓後人知道他「曾經」的主張或「私人」未公開的言論。後之研究者也只能就有限的資料作推測，選擇較合理的說法。

第四、關於《圍爐詩話》與《逃禪詩話》孰先孰後的問題，由於《圍爐詩話》之成書時間明確，而《逃禪詩話》並未刊刻，故答案顯而易見。

伍、引用書目

（一）古籍

1. 楊家駱主編《清史稿》（台北：鼎文書局，1981 年 9 月）。

2. 周駿富輯《清史列傳》（台北：明文書局，1985 年）。

3. 鄧之誠《清詩紀事初編》（上海：上海古籍出版社，1990 年）。

4. 錢謙益《列朝詩集小傳》（台北：世界書局，1985 年 2 月三版）。

5. 王祖畬《太倉州志》（台北：成文，1972 年，《中國方志叢書》）。

6. 劉誥等修《江蘇省重修丹陽縣志》第三冊（台北：成文出版社，1983 年）。

7. 陳延恩修，李兆洛等纂《江陰縣志》（台北：成文出版社，1983 年，道光二十年刊本）。

8. 王昶等修《直隸太倉州志》（上海：上海古籍出版社，2002 年 3 月）。

9. 李長傳《江蘇省地志》（台北：成文出版有限公司，1983 年 3 月）。

10. 紀昀等撰《欽定四庫全書總目》（台北：台灣商務印書館，1983 年）。

11. 沈德潛《國朝詩別裁集》（即今本《清詩別裁集》）（台北：廣文書局，1970 年）。

12. 丁仲祜編訂《清詩話》（台北：藝文印書館，1971 年 10 月）。

13. 〔明〕許學夷《詩源辯體》）（北京：人民文學出版社，1987 年）。

14. 〔清〕歸莊《歸莊集》（上海：上海古籍出版社，1962 年 4 月）。

15. 〔清〕王士禎《帶經堂詩話》（台北：廣文書局，1971 年 11 月）。

16. 〔清〕趙執信《談龍錄》（台北：藝文，1971 年 10 月，《清詩話》本）。

17. 〔清〕錢泳《履園譚詩》（台北：藝文，1971 年 10 月，《清詩話》本）。

18. 〔清〕吳喬《逃禪詩話》（台北：廣文書局，1973 年，國立中央圖書館珍藏善本）。

19. 〔清〕王應奎《柳南續筆》（北京：中華書局，1983 年）。

20. 〔清〕吳喬《圍爐詩話》（台北：藝文，1985 年 9 月，《清詩話續編》，張海鵬刻本）。

21. 〔清〕王士禛《分甘餘話》（北京：中華書局，1989 年）。

22. 〔清〕閻若璩《毛朱詩說》（台北：新文豐出版社，1989 年，《叢書集成續編》）。

23. 〔清〕張穆《閻若璩年譜》（原名《閻潛邱先生年譜》）（北京：中華書局，1994 年）。

24. 〔清〕閻若璩《潛邱劄記》（清乾隆九年（1744）太原閻氏家刊本，集部‧別集類）。

25. 〔清〕易宗夔《新世說‧輕詆第二十六》（太原：山西古籍出版社，1997）。

26. 〔清〕李維楨《大泌山房集》（濟南：齊魯書社 1997 年，《四庫全書存目叢書》集部）。

27. 〔清〕王揖唐著，張金耀校點《今傳是樓詩話》（遼寧：遼寧教育，2003 年 3 月）。

（二）近人著作

1. 丁文江《明徐霞客先生宏祖年譜》（台北：台灣商務印書館，1978 年 5 月）。

2. 陳寅恪《柳如是傳》（上海：上海古籍出版社，1980 年 8 月）。

3. 胡幼峰《清初虞山派詩論》（台北：國立編譯館，1994 年 10 月）。

4. 尚小明《學人游幕與清代學術》（北京：社會科學文獻出版社，1999 年）。

5. 張健《清代詩學研究》（北京：北京大學出版社，1999 年 11 月）。

6. 方錫球《許學夷詩學思想研究》（合肥：黃山書社，2006 年 12 月）。

（三）期刊論文

1. 鄭滋斌〈吳喬年譜新編〉（《大陸雜誌》第 82 卷第 2 期，1991 年 2 月）。

2. 阮廷瑜〈《逃禪詩話》與《圍爐詩話》之異同〉(《國立中央圖書館館刊》新 25 卷第 1 期,1992 年 6 月)。

3. 鄭滋斌〈吳喬與《正錢錄》〉(《大陸雜誌》第 88 卷第 3 期,1994 年 3 月)。

4. 鄭滋斌〈吳喬交游考〉(《大陸雜誌》第 76 第 2 期,1998 年 2 月)。

5. 胡幼峰〈論宋犖《漫堂說詩》的價值〉(《輔仁國文學報》第 17 期,2001 年 11 月)。

6. 謝明陽〈許學夷與吳喬的詩學傳承〉,(《中國文哲所研究通訊》第十三卷第三期,2003 年 9 月)。

7. 蔣寅〈《逃禪詩話》與《圍爐詩話》的關係〉(南京:鳳凰出版社,2009 年 6 月,《清代文學論稿》,原刊《蘇州大學學報》2000 年 7 月第三期)。

(四)學位論文

1. 江櫻嬌《圍爐詩話研究》(台北:東吳大學中國文學研究所碩士論文,1983 年)。

吳喬論詩體之漸變——以古、律為例

論文提要：

　　吳喬在其兩本詩話《圍爐詩話》及《逃禪詩話》中分別論述有關古詩漸變為律詩的過程。二書之闡釋詳略有別，或自出己見，或參酌許學夷之《詩源辯體》。本文乃就五言詩之七變、七言詩之八變，各自漸變之源起與進程，根據相關資料比對分析，見二、三節；此外，吳喬的詩體觀有創新也有繼承，其受門派之見所產生的影響則見第四節「餘論」。

關鍵詞：詩話、吳喬、許學夷、詩體論

一、前言

　　詩體的生發演變是漸進的。吳喬於《圍爐詩話》卷一答時人之問〔註1〕：「唐體于何而始？」展開他對唐代詩歌創作在律體方面的論述。由此提問可以判斷：所謂「唐體」，或指唐代形成（或成熟）的詩體，或指唐代具有代表性且普遍流行的詩體。不逕用「律體」而用「唐體」，必然有其深意。中國古典詩歌之發展，由先秦迄乎唐代，幾度流變。當唐代律體成熟之後，「唐人自此有古、律二體。云古者，對近體

〔註1〕此處「時人之問」當指「東海諸英俊」徐乾學等人，見《圍爐詩話‧自序》。胡幼峰〈吳喬之生平交游及著作辨疑〉有作考辯。

而言也。」〔註2〕古詩與律詩非僅聲律不同而已，律體在成型之前，有一段衍生發展的過程，吳喬有詳盡的論述。吳喬有兩本詩話行世，《圍爐詩話》六卷，由自序可知編成定稿的時間為「丙寅（康熙二十五年，西元 1686）冬日」〔註3〕；《逃禪詩話》並無作者序跋，從其現況，毫無線索判斷寫作的時間、目的或成書經過。甚至，筆者以為它只是稿本。〔註4〕吳喬分別在兩本詩話提出五言七變、七言八變之說；並且論述「齊梁體」與「律體」之成熟的關係。本文乃就吳喬《圍爐詩話》及《逃禪詩話》中的資料進行交叉分析，藉此可見吳喬之詩體觀及其依倚門派而產生的對立與矛盾。

二、古體詩之漸變與律體的關係

（一）古體之「漸變」與律詩之「託始」

論及「律詩」之「始」，吳喬細說其自「古」迄乎「律」的衍生過程。《圍爐詩話》中的論述重點在於強調「漸」，由「古」漸趨於「律」。他說：

> 唐體託始于古詩，古詩托始于《三百篇》，《三百篇》託始于〈五子〉、〈喜起〉，此前之記于緯書史子者，不敢據言也。五

〔註2〕吳喬《圍爐詩話》卷二引馮班之語，頁 521。馮班之論見《鈍吟雜錄》卷三，其詩體論均在此卷。《鈍吟雜錄》版本有二：一為清嘉慶間刊本，一為清詩話輯本（僅四篇）。

〔註3〕郭紹虞選編《清詩話續編》，乃根據張海鵬刻本，此本吳喬自序末沒有標明成書年月；台北廣文書局影印國家圖書館藏適園叢書抄本，於序末有編成定稿的時間為「丙寅（康熙二十五年，西元 1686）冬日」。

〔註4〕《逃禪詩話》其體例屬條列式，不分卷，共二百四十一則；條與條之間並無繫聯與關涉。條目之中有另加標題者。一直以手抄稿本流傳。蔣寅在〈《逃禪詩話》與《圍爐詩話》之關係〉文中將兩者詳加比對，指出互見的條目有 169 則，而且都在《圍爐詩話》前五卷中，頁 40。（《蘇州大學學報》第 3 期，2000 年）兩種詩話孰先孰後，曾引起諸多討論，胡幼峰〈吳喬之生平交游及著作辨疑〉有作考辯。今有《適園叢書》本、台北廣文書局據《適園叢書》影本。後者為本論文使用之版本，1973 年 9 月初版。

言始漢、魏，鮮有偶句，晉、宋以後，偶句日多，庾信竟是
排律。七律託始于漢武、魏文等七言古詩，蕭子雲〈燕歌行〉
始有偶句。自此漸有七言六句似律之詩。　（《圍爐詩話》卷
一，頁 490）。

吳喬從「託始」追溯唐體源頭，而「漸」、「似」則追蹤其衍生的過程。
《詩經》之前的古逸歌詩，時代綿邈，「不敢據言」；而唐體託始于古
詩，古詩託始于《詩經》，固無疑問。五言古詩則始於漢、魏，純粹之
五古「須去其有偶句者而論之」[註5]；律體尚未形成定式之前，其要
件之一即為「偶句」。晉、宋以後之詩人，好用對仗，「偶句日多」。到
了庾信出現近似「排律」的五言古詩，吳喬說：「五排，即五古之流弊
也。至庾子山，其體已成，五律從此而出。」[註6]

　　至於七言律詩，託始於漢武帝時的〈柏梁臺聯句〉，完整的七言詩
則是魏文帝的〈燕歌行〉。雖然早先有張衡〈四愁詩〉四首各七句，但每
首第一句第四字均用「兮」，似楚歌；王逸〈琴思楚歌〉十五句，中如「思
想君命幸復位，久處無成卒放棄」缺乏詩歌之韻味。因此〈柏梁臺聯句〉
是否為武帝時的作品尚有爭議，但論及七言詩之祖，學者多推〈燕歌行〉。
[註7] 若就其句數而言，曹丕〈燕歌行〉為十五句，而吳喬指出：「蕭子
雲〈燕歌行〉始有偶句，自此漸有七言六句似律之詩」。[註8] 案：《樂
府詩集》第三十二卷相和歌辭所蒐〈燕歌行〉十二位詩人共十四首。魏

[註5]　見《圍爐詩話》卷二，頁 519。
[註6]　見《圍爐詩話》卷二，頁 532。
[註7]　〈柏梁臺聯句〉共二十六句，為後人擬作，顧炎武《日知錄》卷二十
　　　　一柏梁臺詩條已作考證。至於曹丕〈燕歌行〉十五句，《南齊書·文學
　　　　傳論》云：「魏文之麗篆，七古之作，非此誰先？」沈德潛評曰：「和
　　　　柔巽順之意，讀之油然相感。節奏之妙，不可思議」。
[註8]　蕭子雲〈燕歌行〉筆者未見。其平生附於王褒傳中「梁國子祭酒蕭子
　　　　雲，褒之姑夫也，特善草隸。褒少以姻戚，去來其家，遂相模範。俄
　　　　而名亞子雲，並見重於世。梁武帝喜其才藝，遂以弟鄱陽王恢之女妻
　　　　之。起家祕書郎，轉太子舍人，襲爵南昌縣侯。」【唐】令狐德棻，
　　　　《周書卷四十一列傳第三十三·王褒傳》，頁1。（台北：中華書局，
　　　　民60年）

文帝（187～226）三首，其中十五句兩首、十三句一首；魏明帝一首，僅五句。未見蕭子雲〈燕歌行〉。不過，晉‧陸機一首，十二句；宋‧謝靈運、謝惠連各一首，皆十二句；梁元帝一首，二十二句，蕭子顯一首，二十四句……等無不為偶句。但是值得注意的是，蕭子雲（487～549）為蕭子顯（489～537）之兄，皆為梁朝人，而陸機（261～303）為晉朝人，顯然在蕭子雲之前先有「偶句」。吳喬進一步舉出梁簡文〈和蕭子顯春別〉、梁元帝〈春別〉、陳後主〈玉樹後庭花〉乃是「七言六句似律之詩」；梁簡文帝〈春情〉、梁元帝〈聞箏〉乃是「七言八句似律之詩」；梁簡文帝〈烏夜啼曲〉、隋煬帝〈江都宮樂歌〉、〈泛龍舟〉乃是「七言八句，前後散、中四語偶者」；江總〈閨怨〉則是「七言十句似律詩者」。由以上所舉例證可見：早期的詩歌句數不拘，但漸以偶數句為主，從六句迄乎八句，更有多於八句者。因此他歸結出「大輅始于椎輪，諸詩皆七律之椎輪也」的原則。〔註9〕唐代律體大致有四種結構，有二韻律、三韻律、四韻律以及四韻以上的排律，無論韻句多寡，大都以偶數為主。不過，如果「蕭子雲〈燕歌行〉始有偶句，自此漸有七言六句似律之詩」吳喬係就句式之對偶而言，蕭子顯又誤植為蕭子雲，則其〈燕歌行〉詩中「五重飛樓入河漢，九華閣道暗清池；遙看白馬津上吏，傳道黃龍征戍兒」便有對偶之句。此外吳喬所舉梁簡文〈和蕭子顯春別〉詩，中有「紅臉脈脈一生啼，黃鳥翩翩有時度」；梁元帝〈春別〉詩，中有「試看機上交龍錦，還瞻庭表合歡枝」；陳後主〈玉樹後庭花〉詩，中有「麗宇芳林對高閣，新粧豔質本傾城」，或如梁簡文帝〈烏夜啼曲〉三四五六句：「鳴絃撥捩發初異，挑琴欲吹眾曲殊；不異（《樂府詩集》作疑）三足朝含影，直言九子夜相呼」。隋煬帝〈江都宮樂歌〉三四五六句：「風亭芳樹迎早夏，長臯麥壠送餘秋；綠潭桂檝浮青雀，果下金鞍躍紫騮」等偶句，不論平仄，僅就對仗而言，均屬工整。因此，「偶句滋多」確實是由古到律「漸變」的跡象。五言如此，七言亦復如此。

〔註9〕以上資料參見《圍爐詩話》卷一，頁490～492。

（二）五言詩之七變

吳喬在另一著作《逃禪詩話》〔註10〕則對五七言詩漸變為律詩的過程，有非常詳盡的解說，不過大部分摘自許學夷《詩源辯體》。就五言詩之變而言，胡應麟《詩藪》內篇曾云：「統論五言之變，則質漓於魏，體俳於晉，調流於宋，格喪於齊。」而許學夷的詩體論說與之相較，擴張為七變，十分詳盡，故為吳喬所取：

> 五言詩，魏之於漢同者十之三，異者十之七，同者為正而異者為變，同者情興所至，以不意得之。故體委婉而語悠圓，有天成之妙。異者情興未至，著意為之，故體多敷敘，語多結構，漸見作用之跡。故漢人詩少，魏人詩多，漢人潛流為建安，乃五言之初變也。魏人詩雖見作用，實有渾成之氣，雖變猶正，建安五言，流而為太原士衡輩始漓，其習漸移，體排偶而語雕刻，五言之再變也。（《逃禪詩話》頁 594～5〕）。

此處論五言詩之初變期當屬魏代。漢代古詩為正，「情興所至，以不意得之。故體委婉而與語悠圓」，在音樂方面仍屬「天成」。〔註11〕所謂「情興所至」，當指「情」與「興」會，許學夷《詩源辯體》云：「漢、魏五言，源於國風，而本乎情，故多託物興寄。」〔註12〕「不以意得之」，亦即自然生發，隨情隨興，形諸於詞，並非刻意做作，「其情不自知而形於辭」〔註13〕因此用語悠圓，「體」多隨意短長。「詞」與「體」

〔註10〕吳喬《逃禪詩話》（台北：廣文書局，1973 年）。此本係承借國立中央圖書館珍藏善本印行。此書與《圍爐詩話》之關係詳見〈吳喬之生平交游及著作辨疑〉。

〔註11〕這段言論係引述許學夷《詩源辯體》之語：「漢人五言，體皆委婉，而語皆悠圓，有天成之妙。」見《詩源辯體》，卷四，第三條，頁72。除此條外，卷三、卷四詳辨漢、魏，並舉作家作品說明。（北京，人民文學出版社，2001 年重印版）

〔註12〕見《詩源辯體》，卷三，第二條，頁44。

〔註13〕見《詩源辯體》，卷二，第二條論詩人騷人所賦所詠多不自知而發，而合於情合於理。頁32～3。

的關係則因「情與主體不同,情感取向的性質不同,勢必要在話語層面呈現出不同的秩序組合,形成不同的語體特點,進而形成話語風格……」不同的話語秩序便以相應的「詩體」承載,在自然生發的狀態下形成;沒有「詩體」承載者,便在口耳相傳中流失了。〔註14〕所謂「天成」,范曄曾云:「性別宮商,識清濁,斯自然也。」〔註15〕《文心雕龍·聲律》亦云:「夫音律所始,本於人聲者也。聲含宮商,肇自血氣,先王因之以制樂歌。」馮班也主張「古詩,皆樂也」,〔註16〕以上所述,亦即郭紹虞在〈聲律說考辨〉中所概括的「自然的音調」。〔註17〕當時詩樂尚未分離,魏詩人之作品中僅佔十分之三;變者已見其「刻意」的痕跡,不論在體裁聲律或語言結構,都已傾向「建安」。但建安之作,仍不失渾成,因此吳喬用「雖變猶正」視之。他在《圍爐詩話》卷一第一條論及詩道之「變復」時,也就漢、魏古詩作出評論:「漢、魏之詩,正大高古……正,謂不淫不傷;大,謂非嘆老嗟卑;高,謂無放言細語;古謂不束於韻,不束於黏綴,不束於聲病,不束於對偶。」〔註18〕許學夷《詩源辯體》則舉出曹丕、曹植、劉楨、王粲等人作品中屬於「委婉悠圓,亦有天成之妙」者,以及「委婉悠圓,俱漸失之,始見作用之跡」者,可以看出「漸變」的階段及過程。〔註19〕到了晉代,陸士衡等人的詩歌,「風氣始漓,其習漸移」〔註20〕,體盡排偶,語盡雕刻,於是形成五言詩之再變。

〔註14〕 參閱方錫球《許學夷思想研究》第七章之情與論的內涵和理論特徵,頁131~6。(合肥:黃山書社 2006 年)

〔註15〕 范曄《獄中與諸甥姪書》,見《宋書·范曄傳》第六十九卷,頁1830。(北京:中華書局,1974 年)

〔註16〕 語出馮班〈古今樂府論〉《清詩話》總頁 53。

〔註17〕 〈聲律說辨考〉認為沈約等人之主張,乃「外形的聲律」、「人為的聲律」,與古詩之聲調、樂調有別。見郭紹虞《照隅室古典文學論集》,頁 539~543。(台北丹青圖書有限公司,1985 年 10 月台一版)

〔註18〕 《圍爐詩話》卷一,頁 471。

〔註19〕 詳見《詩源辯體》,卷四,第三條,頁 72。

〔註20〕 吳喬此論亦出自許學夷《詩源辯體》,見卷五,頁 87。

太康雖排偶雕刻，而古體猶存。至宋元嘉中，謝康樂輩，風
氣益漓，其習盡移，古體盡亡，五言之三變也。惟淵明不宗
古體，不襲新體，真率自然，傾倒所有，別是一源。齊永明
時，王融、謝玄暉、沈約始用四聲以為新變，元嘉雖盡入排
偶雕刻，而聲韻猶古；至玄暉、休文，風氣始衰，其習漸畢，
聲漸入律，體漸綺靡，五言之四變也。至梁簡文，庾肩吾聲
盡入律，語盡綺靡，古聲盡亡，五言之五變也。 （《逃禪詩
話》頁 595》）。

五言詩發展至謝靈運諸公，《文心雕龍・明詩》云：「宋初文詠，體有因
革，莊老告退，而山水方滋；儷采百字之偶，爭價一句之奇，情必極貌
以寫物，辭必窮力而追新，此近世之所競也。」當時誠可謂：「風氣益
漓，其習盡移」，詩人競尚新奇，詩中大量出現排偶之句，並且雕琢鍛
鍊的詞彙，俯拾皆是，可謂「古體遂亡」「此五言之三變也」。〔註21〕
而陶淵明則被視為不宗古不襲新，「別是一源」，與漢、魏有別。〔註22〕
至於永明詩人以四聲創為新變，「聲」漸入律，「體」〔註23〕漸綺靡，
這是五言的第四次變化。齊永明詩人王融、謝朓、沈約的創為新變，雖
聲漸入律，許學夷認為「其古聲猶有存者」〔註24〕；吳喬雖未詳盡解
說何以「聲韻猶古」，但是如齊人江淹、如梁武帝，作詩不用聲病，因
此雖然身處齊、梁，其詩仍是太康、元嘉舊體；可見當時的創作已有
新、舊之體，古聲猶存。甚至沈約等人所撰，也「有時為新體，有時為
舊體」。〔註25〕梁簡文帝及庾肩吾之屬，則聲盡入律，語盡綺靡，古聲

〔註21〕 見許學夷《詩源辯體》，卷七，第一條云：「太康五言，再流而為元嘉……
其古體猶有存者；至謝靈運諸公……而古體遂亡矣。此五言之三變
也。」，頁 108。

〔註22〕 對陶淵明的評價，吳喬與許學夷一致。見《詩源辯體》，卷六，第三條，
頁 98。

〔註23〕 吳喬作「體」，而許學夷作「語」，二人此處有別。當以許學夷為是。

〔註24〕 見許學夷《詩源辯體》，卷九，第十一條，頁 128。

〔註25〕 參閱杜曉勤《齊梁詩歌向盛唐詩歌的嬗變》上編第一章，頁 5。（台北，
商鼎文化出版社，1996 年 8 月）

盡亡，因此被視為五言之五變。〔註26〕《梁書‧庾肩吾傳》指庾肩吾之詩：「轉拘聲韻，彌尚麗靡，復逾於往時」〔註27〕五言古詩發展到這個階段，正是「齊梁格」盛行的時期，許學夷《詩源辯體》不曾多作探討，而吳喬《逃禪詩話》竟也不論；卻在《圍爐詩話》論述，並且多處徵引馮班《鈍吟雜錄》之說。詳見下文。

> 陳、隋至唐初，具沿舊習。高宗永徽以後，王、楊、盧、駱，才力既大，風氣復還，雖律體未成，綺靡未革，而多有雄壯之□，唐人風格氣象始見，五言之六變也。其聲律之純者可稱正宗。中宗景龍中，陳伯玉始復古體，做阮公而作〈感遇〉詩，然是唐人古詩，非漢魏古詩也。而亦有古律混淆，六朝餘習未盡者，惟綺靡一洗俱盡，自王、楊、盧、駱又進而為沈、宋，才力既大，造詣始純，故體盡整栗，語盡雄壯，氣象風格大備，為律詩正宗，五言之七變。（《逃禪詩話》頁595～6》）。

五言詩之發展到了初唐的王、楊、盧、駱，「雖律體未成，綺靡未革，而中多雄偉之語」，已見唐人的風格氣象，此為六變。〔註28〕引文中值得注意的是對陳子昂的批評：明代李于鱗所謂「唐無五言古詩，而有其古詩。陳子昂以其古詩為古詩，弗取也」的論說，吳喬不但肯定而且採取許學夷的解釋：「蓋陳子昂〈感遇〉雖僅復古，然終是唐人古詩，非漢、魏古詩也。且其詩尚雜用律句平韻者猶忌上尾。至如〈鴛鴦篇〉〈脩竹篇〉等亦皆古、律混淆，自是六朝餘弊……。」〔註29〕吳喬抨擊前後七子不遺餘力，卻在「律詩正宗」之標舉上，竟認同李于鱗的說法，無疑是受了許學夷的影響。不過，這個現象僅存於《逃禪詩話》。他在《圍爐詩話》

〔註26〕 吳喬此論亦出自許學夷《詩源辯體》，詳略有別。見卷九，頁127～8。

〔註27〕 《梁書》卷49，頁690。（北京，中華書局，1973年）

〔註28〕 吳喬此論亦出自許學夷《詩源辯體》，見卷十二，第三條，頁139。許學夷舉出例證說明四傑之作，有六朝語者，有「語皆雄偉，唐人之氣象風格」者，見第三、四條。頁139～140。

〔註29〕 見許學夷《詩源辯體》，卷十三，第一條，頁144。

論及五言時卻是引用馮班之說，馮班認為：「李于鱗云：『唐無古詩，陳子昂以其古詩為古詩』全不通理。」〔註30〕這個矛盾頗令人質疑。詳見下文。引文中又提及「古律混淆」的現象，吳喬認為是「六朝餘習未盡者，惟綺靡一洗俱盡」而予以肯定。五言詩歷經諸多漸變的過程，到了沈、宋，終於律詩成型。吳喬說：「唐體至是而始成。沈極莊嚴，宋有流利者，杜審言與沈、宋時同體同，其為正宗亦同也。」〔註31〕這和一般人評論沈、宋所不同：獨孤及〈唐故左補闕安定皇甫公集序〉云：「五言詩……至沈詹事、宋考公，始裁成六律，彰施五色，使言之而中倫，歌之而成聲，緣情綺靡之功，至是乃備。」〔註32〕《新唐書·宋之問傳》云：「魏建安後訖江左，詩律屢變至沈約、庾信，以音韻相婉附，屬對精密。及之問、沈佺期又加靡麗……」〔註33〕而《新唐書·杜甫傳》援引元稹〈杜工部墓系銘〉之語云：「唐興，詩人承陳、隋風流，浮靡相矜。至宋之問、沈佺期等，研揣聲音，浮切不差，而號律詩，競相襲沿。」〔註34〕以上資料就聲律之漸變而言，固無疑問；就詩之風格而言，以「綺靡」、「靡麗」、「浮靡」概括，似含貶意作評，〔註35〕吳喬卻不以「浮靡」代表他們的所有作品。他在《圍爐詩話》論及初唐詩風時，即評為「高華典重」，「以應制故，然非諸詩皆然，而可立為初唐之體也」。〔註36〕並

〔註30〕 見《圍爐詩話》卷二，頁521。
〔註31〕 見吳喬《逃禪詩話》頁596。
〔註32〕 見《全唐文》，卷三百八十八，頁1743。（上海：上海古籍出版社，1990年）
〔註33〕 見《新唐書·宋之問傳》，卷二百〇二，頁5751。（北京：中華書局，1975年）
〔註34〕 見《新唐書·杜甫傳》，卷二百〇一，頁5738。（北京：中華書局，1975年）
〔註35〕 吳相洲《唐詩創作與歌詩傳唱關係研究》第二章第六節之二「浮靡詩風與近體聲律」指出：「浮靡本不含貶意，它是指詩歌風格的風華流美」，但是到了主張詩歌應有「比興寄託」的詩人眼中，便激烈反對。如蕭穎士、元結、韋應物等人，均以恢復「風雅」為口號。頁168～171。（北京：北京大學出版社，2004年）
〔註36〕 此處係評沈、宋諸公之七言詩，《圍爐詩話》卷三，頁551。

不受主張詩歌應有「興寄」，力圖回復「風雅」之道的論說所影響，頗具個人之論見。換言之，詩歌在聲律、音韻、對偶等形式之美的追求，是時勢所趨，是古詩「漸變」為律詩必然的現象。

（三）七言詩之八變

論及七言詩之衍變，吳喬《逃禪詩話》亦引用許學夷的諸多觀點，不過，若參照《圍爐詩話》，則發現他完全不引許學夷的說法，而是直接徵引馮班之說。因此，本文以《逃禪詩話》論七言詩之八變為主，《圍爐詩話》之論為輔，以探索吳喬之詩體觀。

> 伯清七言歌謠，其來雖遠，而詩則始於漢武〈柏梁〉，人各以其職作一句，實無理致，語太野質，未可為法，此詩贗也。平子〈四愁〉，兼本詩騷，體委婉，語悠圓，有天成之妙，七言詩之祖也。子桓〈燕歌行〉較〈四愁〉，體漸敷敘，語漸結構，始見作用之跡，七言之初變也。晉之七言〈白紵舞歌〉，體皆新變，語皆華麗，而調猶渾成，七言之再變也。鮑明遠有〈白紵詞〉、〈行路難〉，〈白紵詞〉較晉詞更靡，〈行路難〉體多創設，語多華藻，而調失渾成，七言之三變也。吳均〈行路難〉，調多不純，體漸綺靡，七言之四變也。梁簡文七言調皆不純，語盡綺靡，七言之五變也。 （《逃禪詩話》頁596～7》）。

全篇七言的詩歌作品，始見於漢武〈柏梁〉，其特色根據「伯清」之論，一人一句，缺乏條理性的結構，「殊不成章」，個人風格又不一，「語太質野」，因此不足為法。《詩源辯體》引胡應麟之語云：「〈柏梁〉句調太質，興寄無存，不足貴也。」[註37] 故推張衡樂府七言〈四愁詩〉為七言詩之祖。此處與《圍爐詩話》以曹丕〈燕歌行〉為七言詩之祖有出入。《圍爐詩話》卷二云：「古人七言歌行止有〈東飛伯勞歌〉、〈河中之水歌〉。魏文帝有〈燕歌行〉，至梁元帝亦有〈燕歌行〉，盧思

〔註37〕 許學夷《詩源辯體》，卷三，第四十七條，惟文字略有出入，頁60。

道有〈從軍行〉，皆唐人歌行之祖也。」〔註38〕張衡〈四愁詩〉四首，每首第一句第四字均用語氣詞「兮」，似楚歌。胡應麟云：「平子〈四愁〉……其章法實本風人，句法率由騷體」〔註39〕因此〈四愁詩〉兼本詩騷的特質嚴格說來不應視為七言詩。而其「體委婉，語悠圓」，渾然天成的特色，〔註40〕到了曹丕〈燕歌行〉有所轉變。〈燕歌行〉之「歌」「行」，《圍爐詩話》卷二引馮班之語解釋道：「聲成文謂之歌。《宋書・樂志》所載魏晉樂府有歌行。行之為名不可解……亦有不用樂府而自作七言長篇，亦名歌行。故《文苑英華》又分歌行與樂府為二也。」〔註41〕歌行雖出於樂府，但是多以「豔歌行」、「短歌行」、「長歌行」……等歌行作篇名，並無樂府古題，所以《文苑英華》分歌行與樂府為二。這與明代胡應麟的主張不同〔註42〕：「七言古詩概曰歌行」即：不分樂府或非樂府，凡七古便是歌行。曹丕的〈燕歌行〉在篇法結構方面與〈四愁詩〉相較，敷衍鋪排，多達「七解」〔註43〕；字法句式、語言修辭都見「作用」的痕跡，此乃七言詩之初變。到了晉代無名氏的〈白紵舞歌〉，體多「新變」，亦即將〈白紵舞歌〉和〈柏梁〉〈燕歌行〉相較，提供了新的七言形式。葛曉音指出：「宋、齊時七言多為擬〈白紵歌〉。鮑照的〈擬行路難〉雖用漢樂府古題，其內容形式卻顯然受〈白紵舞歌辭〉的影響」〔註44〕至於用語遣詞，更為華麗。無名氏〈白紵舞歌〉：「質如輕雲色如銀，愛之遺誰贈佳人。制以為袍餘作巾，袍以光軀巾拂塵。麗服在御會嘉賓，醪醴盈樽美且純。

〔註38〕見《圍爐詩話》卷二，頁531。

〔註39〕胡應麟《詩藪》內篇古體下七言。

〔註40〕吳喬之論出自《詩源辯體》，卷三，第六十五條，惟文字略有出入：「其體渾淪，其語隱約，有天成之妙」，頁65。

〔註41〕見《圍爐詩話》卷二，頁511～2。此段資料出自〈古今樂府論〉，《清詩話》本，總頁54。

〔註42〕胡應麟《詩藪》內篇古體下七言。

〔註43〕見郭茂倩《樂府詩集》卷三十二所載〈燕歌行〉七解。

〔註44〕葛曉音〈初盛唐七言歌行的發展〉，頁384。《詩國高潮與盛唐文化》（北京：北京大學出版社，1998年）

輕歌徐舞降祇神，四座歡樂胡可陳。」〔註45〕將白紵之質、服飾之美、歌舞之盛描摹盡致，確可證之。也由此可見七言之再變。值得注意的是：許學夷指出「平子〈四愁〉、子桓〈燕歌〉、晉人〈白紵〉，每句用韻，實本於此（指柏梁體）」〔註46〕，所以由用韻的情況可見仍不失古調。吳喬從鮑照的作品〈白紵辭〉、〈行路難〉做出七言之三變的分界。案：《樂府詩集》卷五十五白紵舞辭收錄鮑照的〈白紵歌〉六首，如「吳刀楚製為佩褘，纖羅霧縠垂羽衣。含商咀徵歌露晞，珠屣颯沓紈袖飛……」修辭較晉詞更為華靡。至於〈行路難〉，吳喬稱「體多創設，語多華藻」。而許學夷則云：「體多變新，語多華藻」〔註47〕。《樂府詩集》卷七十雜曲歌辭十所錄十九首，第一首「奉君金卮之美酒」十句，今觀其詞，如「金卮」「瑇瑁」「雕琴」「羽帳」「錦衾」……等修辭雕琢華美，而其用韻已變為隔句押韻。和張衡、曹丕的作品相較，確實缺乏渾然天成的樸茂之氣而愈趨雕飾。至於其體，句數不一，短則六句，長則二十六句；其字數有全篇七言、五七言錯置之雜言，或以「君不見」帶出七言的十字句。體裁不一，富於變化。尤其是以「君不見」開頭的句式，當為「首創」〔註48〕，故吳喬稱其「體多創設」。而同卷所選梁·吳均〈行路難〉四首，篇幅從十六句至二十二句，句皆七言。吳喬稱「調多不純，體漸綺靡」〔註49〕。其對句「掩抑摧藏張女彈，殷勤促柱楚明光」，或「年年月月對君王，遙遙夜夜宿未央」；「日暮耿耿不能寐，秋風切切四面來」連用兩對疊字等，都具有綺靡的時風。至於梁簡文帝的七言樂府，「調皆不純，語盡綺靡」，〈烏夜啼〉七言八句「乃七言律之始」〔註50〕。今觀其

〔註45〕見郭茂倩《樂府詩集》卷五十五〈晉白紵舞歌詩〉三首之一。

〔註46〕許學夷《詩源辯體》，卷三，第四十七條，頁60。

〔註47〕許學夷《詩源辯體》，卷七，第二十九條，頁117。

〔註48〕語見葛曉音〈初盛唐七言歌行的發展〉，頁384。《詩國高潮與盛唐文化》（北京：北京大學出版社，1998年）

〔註49〕吳喬稱「調多不純，體漸綺靡」，也與許學夷說法一致。見《詩源辯體》，卷九，第八條，頁127。

〔註50〕許學夷《詩源辯體》論梁簡文帝樂府七言，見卷九，第十四、十五條，頁129。〈烏夜啼〉見郭茂倩《樂府詩集》卷四十七。

辭:「綠草庭中望明月,碧玉堂裡對金鋪。鳴弦撥捩發初異,挑琴欲吹眾曲殊。不疑三足朝含影,直言九子夜相呼。羞言獨眠枕下流,託道單棲城上烏。」已屬「對式律」,亦即「全詩各聯之間均以『不黏』(也稱之為『對』)的方式組合而成的格律形式」〔註51〕至於以上所指之「調」皆不純,當指他們的樂府詩雖是「古題」,卻漸染時代所趨的「格律」,聲調已偏離古調甚遠。馮班〈古今樂府論〉即指出:「古詩皆樂也。文士為之辭曰詩,樂工協之於鐘呂為樂。自後世文士或不閑樂律,言志之文乃有不可施於樂者,故詩與樂畫境。文士所造樂府,如陳思王、陸士衡,於時謂之乖調。」〔註52〕七言詩從「體委婉,語悠圓,有天成之妙」迄乎「調皆不純」,可以從中看出詩樂分途的情況以及唐代歌行與樂府的差異。而梁簡文帝、庾信的七言八句之作〈烏夜啼〉許學夷認為「乃七言律之始」、「於律漸近」〔註53〕;《圍爐詩話》卷一回答「唐體于何而始?」便舉梁簡文帝、隋煬帝、及江總似律之詩,已見前引,更可由其聲律、對偶等看出由「古」到「律」演變的痕跡。

> 王、楊、盧三子,偶麗極工,變綺靡為富麗,而調猶未純,語猶未暢,風格雖優,氣象不足,七言之六變也。三子更進而為沈、宋,調漸純、語漸暢,而舊習未除,七言之七變也。沈氣促,宋勝之,杜審言與沈、宋略同。杜、沈、宋古律之詩,更進而為開元、天寶,高、岑、王、孟諸公。高、岑才力既大,造詣實高,興趣實遠,故七言古,調多就純,語皆就暢,氣象風格始備,為唐人古詩正宗,七言之八變也。五

〔註51〕 參閱杜曉勤《齊梁詩歌向盛唐詩歌的嬗變》上編第一章〈永明體聲律體系新探〉指出:「梁之後的新體詩中,對式律和黏式律的作品愈來愈多。」對式律和黏式律的術語係徐青先生的說法,頁5。(台北,商鼎文化出版社,1996年8月)

〔註52〕 馮班〈古今樂府論〉《清詩話》總頁53。

〔註53〕 許學夷《詩源辯體》,卷九,第十五條論梁簡文,頁129。卷十第六條論庾信,頁132。

七言律，體多渾圓，語多活潑，而氣象風格自在，多入聖矣！

（《逃禪詩話》頁 597～8》）。

迄乎初唐王、盧、駱之七言，「偶麗極工，變綺靡為富麗」〔註54〕，事實上這是六朝詩歌的特色。楊炯無七言之作，五古、五律較多，故吳喬此處「王、楊、盧三子」應屬筆誤。許學夷舉出王詩如「畫棟朝飛南浦雲，珠簾暮捲西山雨」；盧詩如「玉輦縱橫過主第，金鞭絡繹向侯家」；駱詩如「桂殿嶔岑對玉樓，椒房窈窕連金屋」等句〔註55〕，均顯示修辭愈為綺靡、富麗，對偶愈為工切。可見三子仍不脫六朝之習氣。此外，其中因「並舉在意義上兩相對立的詞」，如「畫棟」「珠簾」；「朝飛」「暮捲」；「玉輦」「金鞭」；「桂殿」「椒房」……等，已有四聲二元化的跡象。〔註56〕到了沈、宋，此時初唐雖有陳子昂力陳復古，但「輔之者尚少」，沈佺期、宋之問的五言「古詩尚多雜用律體」，七言雖然「調漸純、語漸暢」，「而舊習未除」，仍是齊梁詩風的繼承。〔註57〕沈詩如「水晶簾外金波下，雲母牕前銀漢迴」；宋詩如「鴛鴦機上疏螢度，烏鵲橋邊一雁飛」等句〔註58〕，對仗已辨平仄，愈見儷偶之工緻。所以，吳喬引述許學夷之七言六變、七變之論，初唐的七言詩之分際甚微，只是愈見律化的趨勢而已。換言之，聲律觀念在詩歌發展中也由「四聲八病」到「四聲二元」化。〔註59〕至於杜、沈、宋三人詩歌高下之別，「杜獨挺蒼骨，是唐律之始；宋間出靡調，猶是六朝之餘。」〔註60〕；

〔註54〕 許學夷《詩源辯體》，卷十二，第九條：「七言古自梁簡文陳隋諸公始，進而為王、盧、駱三子。三子偶麗極工，綺艷變為富麗……」吳喬變為「王、楊、盧」，更「綺艷」為「綺靡」。頁141。

〔註55〕 許學夷《詩源辯體》，卷十二，第十條舉諸家作品為證，頁141～2。

〔註56〕 「四聲二元化的跡象」，可參閱郭紹虞《照隅室古典文學論集》，頁568～570。（台北丹青圖書有限公司，1985年10月台一版）

〔註57〕 許學夷《詩源辯體》，卷十三，第十一條指出七言律至唐初諸子「尚沿梁、陳舊習」。頁147～8。

〔註58〕 許學夷《詩源辯體》，卷十三，第五條舉諸家作品為證，頁145。

〔註59〕 從「四聲八病」到「四聲二元」的演變過程，見郭紹虞《照隅室古典文學論集》，頁560～571。

〔註60〕 許學夷《詩源辯體》，卷十三，第十一條，頁147～8。

「沈氣為促，宋實勝之」〔註61〕。七言詩之漸變，迄乎「八變」：由杜、沈、宋的古、律到高、岑、王、孟諸公之詩，其中七言古詩可謂典型：「高、岑才力既大，造詣實高，興趣實遠，故七言古，調多就純，語皆就暢，氣象風格始備，為唐人古詩正宗，七言之八變也。」此說引自許學夷《詩源辯體》卷十五第二條論「盛唐」，值得注意的是：於此處許學夷特別註明「歌行總名古詩」〔註62〕，並於以後論及唐代「七言古詩」，均以「七言歌行」〔註63〕稱之，卻未曾細辨二者之關聯，明顯是採胡應麟之說。至於七言詩逐漸律化以迄乎「七律」之成熟，高、岑、王、孟諸公的律體之作，則以「體多渾圓，語多活潑，而氣象風格自在」概括。《逃禪詩話》之論七言八變即止於此。何以從「調猶未純、語猶未暢」之七言，律化之後「調漸純、語漸暢」？二「調」之別為何？未作說明。無怪乎吳喬在《圍爐詩話》論唐代七言古詩處，隻字不提許學夷，而是徵引馮班之論。

三、永明體、齊梁體與律體成熟之關係

律體尚未成熟之前有所謂「齊梁體」；而「齊梁體」之初又有所謂「永明體」。宋代嚴羽《滄浪詩話・詩體》云：「以時而論，有『永明體』、齊年號，齊諸公之詩；『齊梁體』通兩朝而言之。」永明體之稱見於《南史・陸厥傳》〔註64〕；關於齊梁體，郭紹虞註釋認為齊梁體可有二義：一指風格，一指格律，「則與永明體相近，與白居易、李商隱、溫庭筠、陸龜蒙中所言齊梁格詩是。」他也引用馮班〈嚴氏糾謬〉之說：「若明辨詩體，當云齊梁體創於沈、謝，南北相仍，以至唐景雲、龍紀（指神龍、景龍），始變為律體。」即指與永明體相混之格。繼又引姚範《援

〔註61〕 許學夷《詩源辯體》，卷十三，第四條，頁145。
〔註62〕 許學夷《詩源辯體》，卷十五，第二條，頁155。
〔註63〕 許學夷《詩源辯體》，卷十五，第三、五條，頁156～7。
〔註64〕 南史陸厥傳：「永明時盛為文章，吳興沈約、陳郡謝朓、瑯琊王融，以氣類相推轂。汝南周顒善識聲韻，約等文皆用宮商，將平上去入四聲，以此制韻，有平頭、上尾、蜂腰、鶴膝，五字之中音韻悉異，兩句之內角徵不同，不可增減，世呼為永明體。」

鶡堂筆記》卷四十四：「稱永明體者，以其拘于聲病也；稱齊梁體者，以綺豔及詠物之纖麗也。」此外，郭紹虞在〈聲律說考辨〉一文論述較為詳盡：「所謂永明體者，係指其詩中聲律的特徵而言，與齊梁體不同」；「齊梁詩是那時的一種新體，篇幅簡短，作風綺豔，王闓運《八代詩選》所定的新體詩，就是這種類型。」而這種新體已具聲律，不像古體所用乃「自然的音調」。〔註65〕吳相洲《永明體與音樂關係研究》對於「永明聲律說的內涵」、「四聲和五音的關係」等針對詩樂關係作了深入的闡釋〔註66〕；杜曉勤《齊梁詩歌向盛唐詩歌的嬗變》則在永明體、齊梁體、律體「格式」之變異作了詳細的分析〔註67〕，故本文不再贅述。吳喬在《圍爐詩話》卷一回答時人之問「唐體于何而始？」之後，便緊接著引述馮班《鈍吟雜錄》卷三〈正俗〉論齊梁體、律體的文字〔註68〕。換言之，吳喬所論律體之漸變，深受馮班的詩體論影響，不過，卻只見於《圍爐詩話》。吳喬《圍爐詩話》卷一摘錄馮班《鈍吟雜錄》的文字極多，不但說明齊梁體與律體之間的問題，同時也反對嚴羽的說法。首先，由馮班《鈍吟雜錄》〈嚴氏糾謬〉可見其駁斥：

> 今敘永明體，但云齊諸公之詩，不云自齊至唐初，不云沈、謝，知其胸中憒憒也。齊時如江文通詩不用聲病，梁武不知平上去入，其詩仍是太康、元嘉舊體，若直言齊、梁諸公，則混然矣。齊代祚短，王元長、謝元暉皆歿於當代，不終天年；沈休文、何仲言、吳叔庠、劉孝綽皆一時名人，並入梁朝，故聲病之通格言齊梁。　（馮班〈嚴氏糾謬〉）。

〔註65〕　〈聲律說辨考〉認為沈約等人之主張，乃「外形的聲律」、「人為的聲律」，與古詩之聲調、樂調有別。見郭紹虞《照隅室古典文學論集》，頁539～543。

〔註66〕　吳相洲《永明體與音樂關係研究》（北京，北京大學出版社，2006年7月）。

〔註67〕　杜曉勤《齊梁詩歌向盛唐詩歌的嬗變》（台北，商鼎文化出版社，1996年8月）。

〔註68〕　吳喬將馮班《鈍吟雜錄》卷三〈正俗〉論齊梁體、律體的文字，悉數摘錄，見《圍爐詩話》卷一，頁492～494。

由於沈約、謝朓等人，提出聲病之論，即所謂「永明體」，文人競相運用於詩文創作。但是如齊人江淹、如梁武帝，作詩不用聲病，因此雖然身處齊梁，其詩仍是太康、元嘉舊體，可見當時的創作風氣已有新、舊之體。齊梁之國祚太短，因此齊朝之永明體易與齊梁體混淆。馮班指出詩歌發展到了沈佺期、宋之問「變為新體，聲律益嚴，謂之律詩……律詩已盛，齊梁體遂微，後人不知，或以為古詩。若明辨詩體，當云：齊梁體創於沈、謝，南北相仍，以至唐景雲、龍紀，始變為律體，如此方明，非滄浪所知。」〔註69〕。他對嚴羽的駁斥，確是切要。而《圍爐詩話》卷二亦引述馮班之語，惟文字略有出入〔註70〕；而其主要觀點，即指出「自永明至唐初，皆齊梁體也。沈、宋新體，聲律益嚴，謂之律詩」，「其體直至唐初」仍有創作。只是「律詩既盛，齊梁體遂微，後人不知，咸以為古詩。」〔註71〕

除此之外，吳喬於《圍爐詩話》卷一另引一段馮班的論述：「沈約、謝朓、王融創為聲病，于時文體不可增減，謂之齊梁體，異乎漢、魏、晉、宋之古體也。雖略變雙聲疊韻，然文不黏綴，取韻不論雙隻，首不破題，平仄亦不相儷。」〔註72〕此處提出齊梁體的特色，影響了其後的趙執信。他在《聲調譜‧後譜》也指出齊梁體與律體的區別即在黏與不黏之間。〔註73〕馮班又云：「齊、梁聲病之體，自古不謂之古詩，諸書言齊梁體者，不只一處。唐自沈宋以前，有齊梁詩，無古詩也，氣格

〔註69〕 見《鈍吟雜錄》卷五〈嚴氏糾謬〉。
〔註70〕 見《圍爐詩話》卷一，頁520～1。
〔註71〕 《圍爐詩話》卷二，頁521。
〔註72〕 此段文字出自馮班《鈍吟雜錄》卷三〈正俗〉，吳喬引用，見《圍爐詩話》卷一，頁492。
〔註73〕 見趙執信《聲調譜‧後譜‧齊梁體》，丁仲祜編訂《清詩話》，頁320～1。（台北：藝文，1977年五月再版）趙執信深受馮班詩學影響，嘗以「私塾門人」自稱，在《談龍錄‧序》詳述他與馮氏詩學的淵源。此處所謂不黏，王利器《文鏡秘府論》天卷之注進一步指出趙氏意指「第三句與第二句意不相黏，第五句與第四句不相黏，則非律詩而為齊梁調，與此文所引詩例相合。」《文鏡秘府論校注》頁49。（北京，中國社會科學出版社，1983年7月）

亦有差古，而皆有聲病。」〔註74〕《鈍吟雜錄》何焯評注云：「齊梁格詩猶齊梁體詩，格謂式樣也。既論聲病，則有一定格樣，與古體異矣。〔註75〕」吳喬曾有過疑問，而言：「唐時有格詩之名，與律詩並舉，未得的據，疑是八句有聲病而不對偶者耶？」〔註76〕不過，之後完全採用馮班的說法，並且查證唐代詩人如白居易、李商隱、溫庭筠、陸龜蒙等，集中都有齊梁格詩。〔註77〕由此可見唐人詩歌之創作，對詩體的運用與表現是多方面的，不僅有古體、律體，格詩、半格詩等也都有作品。譬如李商隱即偏好各體之創作，喜效徐庾體、齊梁體。

詩體發展到了沈佺期、宋之問之手，有了進一步的變化。宋祁《新唐書・宋之問傳》曾說明演變的情況：「魏建安後訖江左，詩律屢變。至沈約、庾信，以音韻相婉附，屬對精密。及宋之問、沈佺期，又加靡麗，回忌聲病，約句準篇，如錦繡成文。學者宗之，號為『沈、宋』。」元稹〈杜工部墓係銘〉也指出「唐興，學官大振，歷世之文，能者互出。而又沈、宋之流，研鍊精切，穩順聲勢，謂之律詩。」而《圍爐詩話》卷二亦引馮班之語「沈、宋新體，聲律益嚴，謂之律詩。」〔註78〕律體的要素—聯絕、黏綴，吳喬自《鈍吟雜錄》卷三〈正俗〉篇引錄馮班將當時律體如何從齊梁體變化而來的情形：

> 沈約、謝朓、王融創為聲病，於時文體不可增減，謂之齊梁體，異乎漢魏晉宋之古體也。雖略變雙聲疊韻，然文不黏綴，

〔註74〕 吳喬將馮班《鈍吟雜錄》卷三〈正俗〉論齊梁體、律體的文字，悉數摘錄，見《圍爐詩話》卷一，頁492～494。

〔註75〕 見馮班《鈍吟雜錄》卷三〈正俗〉。

〔註76〕 見《圍爐詩話》卷一，頁489。

〔註77〕 吳喬引馮班《鈍吟雜錄》：「白樂天、李義山、溫飛卿、陸魯望皆有齊梁格詩。白、李詩在集中，溫見《才調集》、陸見《松陵集》，題注甚明，但不多耳。既有正律破題之詩，此格自應廢矣。」見《圍爐詩話》卷一，頁493～494。《圍爐詩話》卷二又引：「馮定遠曰……白太傅尚有格詩，李義山、溫飛卿皆有齊梁格詩。」，頁521。李商引亦喜作徐庾體，其中有直接標明模擬徐陵的五言古詩。

〔註78〕 《圍爐詩話》卷二，頁520。

取韻不論雙隻，首不破題，平仄不相儷。沈、宋因之，變為
律詩，自二韻至百韻，率以四句一絕，不用五韻七韻九韻十
一韻十三韻。唐人集中或不拘此說，見李贄《皇窮愁志》。首
聯先破題目，謂之破題，第二字相黏，平側側平為偏格，側
平平側為正格，見沈存中《筆談》。平側宮商，體勢穩協，視
齊梁體為優矣。近體多是四韻，古無明說，僕嘗推測而論之，
似亦得其理也。聯絕黏綴，至於八句，雖百韻止如此也。如
正格二聯，平平相黏也，中二聯，側側相黏也。音韻輕重，
一絕四句，自然悉異，至於二轉，變有所窮，於文之首尾胸
腹已具足，得成篇矣。律賦亦八句，〈文苑〉中已備記之，茲
不具述。 （《圍爐詩話》卷一，頁 492～3）。

這段文字，清楚說明了齊梁體和「變」為律體的區別。齊梁體的限制不
像律體那麼多，它沒有平仄相儷的要求，韻數不限偶數，句與句間也沒
有黏綴關係，更毋須破題。從永明體到沈宋體，其中之創變非常複雜。
杜曉勤《齊梁詩歌向盛唐詩歌的嬗變》指出永明時期「詩人們關注的還
只是一句一聯聲律的和諧，所使用的調聲方法也是消極的『病犯』，然
而就在『病犯』說的發展過程中，人們也漸漸注意到新體詩聯與聯之間
聲律的和諧。比如陳、隋以來人們對『鶴膝病』的理解就與齊、梁人大
不相同。」〔註 79〕雖然新體詩之律化逐漸產生變化〔註 80〕，但是由於
組成的單位是「聯」，兩句一聯，四句一「絕」，所以韻數必是雙數，自
二韻小律至百韻大律，都謹守這個原則。此外，平仄「黏綴」的關係亦
不可破，以達到「穩順聲勢」的藝術效果。唐人創作律體在此共同原則
下，首先可見的變化即在於篇幅的擴增，由二韻擴至四韻，多者長達百
韻。換言之，律體的發展亦可宣告完成。

〔註 79〕杜曉勤《齊梁詩歌向盛唐詩歌的嬗變》上編第一章，頁 39。（台北，
　　　　商鼎文化出版社，1996 年 8 月）
〔註 80〕杜曉勤《齊梁詩歌向盛唐詩歌的嬗變》上編第七章〈初唐四傑對新體
　　　　詩的態度及其新體詩律化程度〉，將四傑新體的創作及黏對律、黏式
　　　　律、對式律作一統計，可參閱。頁 43～51。

四、餘論

　　若仔細檢驗吳喬的詩體論，在《圍爐詩話》中他大部份繼承了馮班的論說，主要涵蓋樂府、歌行、齊梁體、唐體及絕句等；至於五言古詩僅簡要概括，如「五言雖始於漢武之代，而盛於建安，故古來論者，只言建安風格」〔註81〕；或將古、律並舉而詳於永明、齊梁〔註82〕。而對詩樂的關係，則作進一步的補充。吳喬同意馮班「古詩皆樂」的觀點。當時人問他：「如《尚書》所言，則詩乃樂之根本也。後世樂用曲子，則詩不關樂事乎？」吳喬回答：「古今之變，更僕難詳。聖人以雅、頌正樂，則知三百篇無一不歌」；「三百篇中，〈清廟〉、〈文王〉等，專為樂而作詩，〈關雎〉、〈鹿鳴〉等，先有詩而後入于樂」；「秦火之後，樂失而詩存，太常主聲歌，經生主意義，聖人之道離矣。而唐時律詩絕句，皆入歌喉；及變為詩餘，則所歌者為詩餘，而詩不可歌。」他的補述，使詩樂的關係更清楚明白。吳喬更舉例：「陳彭年〈送申國長公主為尼〉七律，人以詩餘〈鷓鴣天〉之調歌之；子瞻〈中秋〉七絕，山谷以詩餘〈小秦王〉之調歌之，是其證也。元曲出而詩餘亦不入歌喉矣。」音樂在詩、詞、曲中的存在與運用，都作了扼要的說明。

　　此外，吳喬強調唐體之「託始」及「漸變」的發展。一般人論及唐代近體詩，逕以律詩稱之。吳喬則從「似」律「漸」變的角度討論，如此較能反映詩體自生發迄乎成熟的過程。馮班正是偏重由「古」到「律」的律化歷程；許學夷則對「非古非律之詩」認為是「沿習未盡」。雖然「盛唐多有之」的現象他也注意到，吳喬在《逃禪詩話》中說：「伯清悉不收錄」，《詩源辯體》所選之詩今已不可見，「其中甚多好詩，何可輕棄！」〔註83〕由此即可見吳喬對許學夷並非毫無意見。不過，他在《逃禪詩話》摘述許學夷論五、七言的七變八變之說，並不見於《圍爐詩話》，這個現象值得我們關注。《逃禪詩話》中不僅多處採取許學夷

〔註81〕見《圍爐詩話》卷二，頁520。
〔註82〕見《圍爐詩話》卷二，頁520～2。
〔註83〕引文見《逃禪詩話》，頁576。

的詩說，並且推尊許學夷為「嚴師」〔註84〕，更將其體制之論和馮班、賀裳兩名「畏友」相較，乃「更出二君之上」：

> 晚唐至今日，七百餘年，能以才情自見者，如溫、李、蘇、黃、高、楊輩，代不乏人；知有體制者，惟萬曆間江陰許伯清先生，及亡友常熟馮班定遠、金壇賀裳黃公三人。伯清，聞而知之；定遠、黃公，見而知之者也。黃公詳于近體，凡晚唐、兩宋詩人之病，其所作《載酒園詩話》一一舉證而發明之，讀宋人詩集，有披沙覓金之苦，苟讀黃公之書，則晚唐、兩宋之瑕瑜畢見，宋人詩集可以不讀，大快事也。定遠古體、近體兼詳，嚴滄浪之說詩，在宋人中為首推，而所得猶在影響間，未能腳踏實地，後人以其「妙悟」二字似乎深微，共為宗仰，定遠作一書以破之，如湯之潑雪，讀之則得見古人、唐人真實處，不為影響之言所誤，大快事也。伯清先生所見體制之深廣，更出二君之上，自三百篇以至晚唐，其間源流正變之升降，歷歷舉之，如數十指，為古體、為近體，軒之輕之，莫有逃其衡鑑者，不意末季瀾浪之中，乃有是人！（《逃禪詩話》頁587～8）

他對馮班、賀裳兩名「畏友」的讚賞，仍見於《圍爐詩話・序》：「定遠于古詩、唐體妙有神解，著書一卷以斥嚴氏之謬。黃公《載酒園詩話》三卷深得三唐作者之意，明破兩宋膏肓，讀之則宋詩可不讀。此中載其精要者，而實當盡讀者也。」《圍爐詩話》多處徵引二君之說；更出二君之上的許學夷卻完全被「磨滅」。這不尋常的現象究竟代表了什麼意義？

首先，它充分顯示清初門戶對立的矛盾及吳喬的論詩立場。清初宗唐抑宋或宗宋祧唐的論辯，一直存在於詩壇。與吳喬生卒年相近的黃宗羲（1610～1695）〈天嶽禪師詩集序〉即指出：「詩自齊、楚分途以

〔註84〕「余於三君，伯清先生，嚴師也；定遠、黃公，畏友也。」見《逃禪詩話》頁588～9。

後，學詩者以此為先河，不能究宋、元諸大家之論，纔曉斷章，爭唐爭宋，特以一時為輕重高下，未嘗毫髮出於性情，年來遂有鄉愿之詩。」；〈范道原詩序〉云：「今人好議論前人……言詩則主奴唐宋……但勸世人各做自己詩，切勿替他人爭短爭長，則詩道其昌矣！」〔註85〕葉燮雖然也力圖調和唐、宋詩之對立，但其弟子沈德潛有各代詩選，唯獨不選宋詩，其意涵不言可喻。吳喬反對宋詩〔註86〕，也反對以盛唐為師，而是宗主晚唐，此與馮班同調，與錢謙益有別。吳喬在《逃禪詩話》與《圍爐詩話》中分別有取於許學夷及馮班的詩體論，但前者詩觀與七子支派的末五子胡應麟相近，且多有摘述及討論；吳喬依違於二者之間，致使出現在《逃禪詩話》中對許學夷詩歌「體制」論的推崇備至，卻完全不見於《圍爐詩話》。事實上這與《圍爐詩話》的成書背景有關。根據吳喬於《圍爐詩話‧自序》所云：辛酉（康熙二十年，西元 1681）冬，吳喬遊於京師徐乾學府邸，與徐氏兄弟圍爐取暖之際，漫談吟詠之道，「小史錄之，時日既積，遂得六卷，命之曰《圍爐詩話》」。公開論辯之際，自以張揚個人詩學主張為主。《圍爐詩話》卷末虞山張海鵬跋語即指出：「其自抒心得尤足以鍼膏肓而起廢疾……趙秋谷《談龍錄》云『三客吳門，遍求其書不可得』蓋當時已珍秘之甚。」此外，另一因素則是吳喬出身寒微，「本畸人……贅於崑」〔註87〕，五十一歲時作《正錢錄》引發物議，予人「嘩眾」之譏。〔註88〕此書雖已亡佚，而其七十六歲時成編的《圍爐詩話》，非但不見批評文字，並云：「常熟以牧齋故，士人學問都有根本。鄉先達之關係，顧不重哉！」〔註89〕。可見

〔註85〕以上見《南雷文定》三集卷一。（台北：世界書局，1964年）
〔註86〕詳見〈圍爐詩話對宋詩的評價〉。
〔註87〕《圍爐詩話》卷末「虞山」張海鵬跋語。
〔註88〕事之始末，詳見〈吳喬之生平交游及著作辨疑〉。
〔註89〕《圍爐詩話》卷六，頁 667。《圍爐詩話》多處言及錢謙益，如卷六「獻吉高聲大氣……為牧齋所鄙笑。」頁 665；「弘嘉詩文為牧齋艾千子所抨擊，醜態畢露矣！」頁 668；抨擊陳子龍《皇明詩選》則云：「若牧齋列朝詩早出，此選或不發刻耳！」頁 668；「于鱗倣漢人樂府為牧齋所攻者，直是笑具。」頁 675。

他依倚虞山派的態度。至於《逃禪詩話》，並無作者序跋，其體例屬條列式，似未經刻意編輯，其中竟有所謂「起始」與「終結」者。從《逃禪詩話》之現況，毫無線索可判斷其寫作目的，故筆者以為它只是稿本。《圍爐詩話》成書時的文壇氛圍，二李之學似有死灰復燃之勢，而馮班為虞山派之一員，抨擊七子不遺餘力。吳喬既「深恨」二李之學〔註90〕，且又為虞山派的擁護者，在門派及個人成見的考量下，雖然「伯清得於體製者，盡善盡美，至矣極矣」，但是「伯清之惑于二李更甚，唯定遠與余意合」〔註91〕。

其次，《滄浪詩話》的詩體之論，將永明體與齊梁體分別為二，不為虞山詩派所取；《滄浪詩話》「推原漢魏以來，而截然當以盛唐為法」的論詩宗旨也不為虞山詩派所認同。吳喬的主張乃偏向馮班，而許學夷詩論的基本原則，多秉承《滄浪詩話》。許曾說：「滄浪論詩與予千古一轍。然今人於滄浪不復致疑，而於予不能無惑者，蓋滄浪之說渾淪，而予之說詳懇……」。雖然他自認為對嚴羽之說不足之處有所補充，但是古詩法漢魏，近體法盛唐的觀點並未改變。職是之故，李攀龍的「唐無五言古詩而有其古詩」論，許學夷的看法與明代復古派的一貫主張是一致的。初唐五言古詩難分古、律，陳子昂雖然也有純粹的古詩，畢竟「終是唐人古詩，非漢魏古詩也」〔註92〕。這種狹隘的漢魏古詩觀，與錢謙益及其擁護者的看法是對立的。〔註93〕吳喬在《逃禪詩話》中

〔註90〕 《圍爐詩話》卷六，吳喬有「余之深恨二李也有故……」見頁666。

〔註91〕 引文見《逃禪詩話》，頁588～589。

〔註92〕 許學夷《詩源辯體》，卷十三，第一條指出陳子昂〈感遇〉雖復古，「然終是唐人古詩，非漢魏古詩也」，頁144。第八條指出：「梁陳古、律混淆，迄於唐初亦然。至陳子昂而古體始復，至杜、沈、宋三公，而律體始成」，頁146。

〔註93〕 錢謙益《列朝詩集小傳》丁集上李按察攀龍傳云：「論五言古詩曰：唐無五言古詩，而有其古詩，彼以昭明所謬為古詩，而唐無古詩也，則胡不曰魏有其古詩，而無漢古詩，晉有其古詩，而無漢魏之古詩乎？」見頁429。（台北：世界書局，1985年2月三版）陳國球《明代復古派唐詩論研究》第三章分析諸家對李攀龍「唐無五言古詩，而有其古詩」的各種評論，可參閱。（北京：北京大學出版社，2007年1月）

雖引許學夷之說：「陳伯玉始復古體，倣阮公而作〈感遇〉詩，然是唐人古詩，非漢魏古詩也」，但是其《圍爐詩話》已轉向馮班及虞山派的論調。

吳喬及虞山詩派均抨擊前後七子擬古的方法不當，對李攀龍的譏評尤為激切〔註94〕，而許學夷卻迴護李攀龍云：「李于鱗樂府五言及五言古多出漢、魏，世或厭其模仿。然漢、魏樂府五言及五言古，自六朝唐、宋以來體製、音調後世邈不可得，而惟于鱗得其神髓，自非專詣者不能。至於模仿餖飣或不能無，而變化自得者亦頗有之。若其語不盡變，則自不容變耳；語變，則非漢、魏矣。所可議者，於古樂府及〈十九首〉、蘇、李〈錄別〉以下篇篇擬之，殆無遺什，觀者不能不厭耳。」〔註95〕甚至認為「擬古惟于鱗最長」〔註96〕，「于鱗七言律冠冕雄壯，誠足凌跨百代」〔註97〕，《詩源辯體》雖對前後七子以及七子支派的末五子（胡應麟等）的論詩論點既有徵引也有辯駁，由於資料甚多，不遑一一討論，但由他對李于鱗的評論與讚賞，終是復古派的迴護者，毋庸置疑。兩本詩話兩種立場，尤以詩體之論為甚，這對研究吳喬詩學者而言，確實是不可忽略的。

五、引用書目

（一）古籍

1. 〔南朝梁〕蕭子顯撰《南齊書》（台北：中華書局，1972 年）。

2. 〔南北朝〕沈約《宋書》（北京：中華書局，1974 年）。

3. 〔唐〕令狐德棻《周書》（台北：中華書局，1971 年）。

〔註94〕錢謙益、馮班對明代復古派的抨擊，可見拙著《清初虞山派詩論》；吳喬之抨擊則見〈論吳喬《圍爐詩話》對李攀龍的評價〉；〈《圍爐詩話》之詩病說析評〉。

〔註95〕許學夷《詩源辯體‧後集纂要》，卷二，第五十七條，頁 413。

〔註96〕許學夷《詩源辯體‧後集纂要》，卷二，第五十九條，頁 414。

〔註97〕許學夷《詩源辯體‧後集纂要》，卷二，第六十一、二條均讚美李攀龍七言律，頁 414～6。

4. 〔宋〕宋祁、歐陽修等《新唐書》（北京：中華書局，1975 年）。

5. 〔清〕錢謙益《列朝詩集小傳》（台北：世界書局，1985 年 2 月三版）。

6. 〔宋〕郭茂倩《樂府詩集》（台北：中華書局，1979 年 11 月）。

7. 〔清〕董誥等《全唐文》（上海：上海古籍出版社，1990 年）。

8. 〔明〕黃宗羲《南雷文定》（台北：世界書局，1964 年）。

9. 〔明〕胡應麟《詩藪》（台北：廣文書局，1973 年）。

10. 〔明〕許學夷《詩源辯體》（北京：人民文學出版社，2001 年重印版）。

11. 〔清〕馮班《鈍吟雜錄》（台北：藝文，1971 年 10 月，《清詩話》本）。

12. 〔清〕吳喬《逃禪詩話》（台北：廣文書局，1973 年 9 月初版，據《適園叢書》影本）。

13. 〔清〕趙執信《聲調譜》（台北：藝文印書館，1977 年五月再版，《清詩話》）。

14. 〔清〕吳喬《圍爐詩話》（台北：藝文，1985 年 9 月，《清詩話續編》，張海鵬刻本）。

（二）近人著作

1. 王利器《文鏡秘府論校注》（北京：中國社會科學出版社，1983 年 7 月）。

2. 郭紹虞《照隅室古典文學論集》（台北：丹青圖書有限公司，1985 年 10 月台一版）。

3. 杜曉勤《齊梁詩歌向盛唐詩歌的嬗變》（台北：商鼎文化出版社，1996 年 8 月）。

4. 葛曉音《詩國高潮與盛唐文化》（北京：北京大學出版社，1998 年）。

5. 吳相洲《唐詩創作與歌詩傳唱關係研究》(北京：北京大學出版社，2004 年)。

6. 方錫球《許學夷詩學思想研究》(合肥：黃山書社，2006 年 12 月)。

7. 吳相洲《永明體與音樂關係研究》(北京，北京大學出版社，2006 年 7 月)。

8. 陳國球《明代復古派唐詩論研究》(北京：北京大學出版社，2007 年 1 月)。

(三) 期刊論文

1. 蔣寅〈《逃禪詩話》與《圍爐詩話》之關係〉(《蘇州大學學報》第 3 期，2000 年)。

吳喬《圍爐詩話》之創作論評析

論文提要：

　　創作論是吳喬《圍爐詩話》中的精華，最為時人稱述及讚賞。本文乃針對創作原理中的創作目的、作家個性、創作方法進行考察。創作目的：吳喬主張詩以意為主。作家個性：吳喬分別指出唐、宋、明三代作家個性之區別，並對作品風格產生的影響，特別是李夢陽及李攀龍的個性所導致擬古之弊作深入剖析。創作方法吳喬論述較為細密，本文歸納《圍爐詩話》中見解較具特色者分五項析評：（一）論比興之創作手法（二）論章法起結（三）論造句鍊字（四）論用韻（五）論詩病。

關鍵詞：吳喬、《圍爐詩話》、創作論、比興、詩病

一、前言

　　「文學創作」當它作為一種「原理」而進行研究的時候，它的範疇概括了文學活動的對象、觀念、方法及架構。[註1]中國文學創作理論從先秦時期萌芽，歷經長時期的發展，迄乎清代，自有其可觀的、豐

[註1] 杜書瀛《文學原理：創作論》緒論部分於創作論研究的範疇：對象、觀念、方法及架構有作概要說明，（北京：人民文學出版社，2001 年11 月），頁 1～25。

富的、精闢的論述。「詩話」乃研究中國詩學的重要資料之一。其可貴
在於作者有觸即書的特性，是文學批評的第一手資料；其缺憾則在於
散漫而無嚴謹周密的脈絡及體系，讀者必須為之重新建構。即如宋代
歐陽修的《六一詩話》，僅短短二十八則，體系雖散漫不完整，但其內
容卻涵蓋了文人軼事、詩歌鑑賞、創作理論、文學流派……等，文學活
動的對象、觀念、方法是可見的，卻點到為止。詩話之發展到了清代，
吳喬（1611～1695）《圍爐詩話》六卷，不論質與量都頗為可觀，可惜
一如宋代詩話，仍需讀者重新架構其詩論體系。其編輯體例，較諸宋初
詩話，不脫條錄形式，惟依內容分為六卷。但值得注意的是：此書係漫
談之際，由他人記錄（小史錄之），並非作者親筆為之，〔註2〕講述口
吻並未完全修飾。黃廷鑑於書末跋語指出：「此書即在幕中手錄者，又
假別本是正，手澤猶新，洵為善本」。其特殊之處乃在於每卷之中夾雜
了許多答問。在一問一答中吳喬陳述了個人的詩觀，不但涵蓋的問題
廣泛，並且深入。筆者根據《清詩話續編》張海鵬刻本之《圍爐詩話》
整理其問答，共得三十七問，〔註3〕在三十七問之中，涉及如何創作的
具體問題者，如：「唐人命意如何？」「措詞如何？」「造句煉字如何？」
「詩有惟詞而無意者乎？」以及出韻、步韻、用韻與「韻」相關的問題
等。限於篇幅，故本文僅秉持詩歌創作的原理，及創作時必須注意的具
體問題進行探討，雖未能建構完整的創作理論體系，但期能藉此一窺
吳喬的創作觀，進而評估《圍爐詩話》之價值。

二、創作目的：詩以意為主

　　創作之先，必先命「意」。「詩以意為主」，此意為何，決定了寫作

〔註2〕吳喬於《圍爐詩話・自序》云：辛酉（康熙二十年，西元1681）冬，
　　　　與東海諸英俊圍爐取暖之際，漫談吟詠之道，小史錄之，時日既積，
　　　　遂得六卷，命為《圍爐詩話》。是年冬，吳喬遊於京師徐乾學府邸，與
　　　　徐氏兄弟談論詩學，積累成書。
〔註3〕有關吳喬回答時人之問，共得三十七問的具體內容，詳見胡幼峰〈吳
　　　　喬之生平交游及著作辨疑〉，頁240～242。

的目的、創作的方向、手法的運用。「詩以意為主」的論述在宋代以來
頗為流行，如劉邠《中山詩話》云：「詩以意為主，文詞次之」〔註4〕；
張表臣《珊瑚鉤詩話》云：「詩以意為主，又須篇中鍊句，句中鍊字，
乃得工耳」〔註5〕；《詩人玉屑》更有多處蒐錄作詩必須命意、如何命
意的文字。〔註6〕但是，過度重視「意」，不免和宋詩予人重「理」的
批評產生聯結。如明代謝榛《四溟詩話》云：「詩有不立意造句，以興
為主，漫然成篇，此詩之入化也」〔註7〕；「詩不可太切，太切則流於
宋矣」〔註8〕。而王世貞《藝苑巵言》也提出了意在「有意無意之間」
〔註9〕，情隨文生的論述。〔註10〕到了清代，吳喬復主張「詩以意為
主」的創作命題，晚他八年的王夫之（1619～1692）也提出相似的說
法：「意猶帥也，無帥之兵謂之烏合……以意為主，勢次之」〔註11〕本
節乃就創作論：創作主體—作者，其創作目的進行分析。

〔註4〕何文煥編訂《歷代詩話》（台北：藝文印書館，1974 年），頁 3。

〔註5〕何文煥編訂《歷代詩話》（台北：藝文印書館，1974 年），頁 9。

〔註6〕宋・魏慶之《詩人玉屑》卷六〈命意〉，有許多資料論及詩與意。例如：
「凡作詩須命終篇之意，切勿以先得一句一聯，因而成章；如此則意
不多屬。然而古人亦不免如此。如述懷、即事之類，皆先成詩，而後
命題者也。」又如：「作詩必先命意，意正則思生，然後擇韻而用，如
驅奴隸；此乃以韻承意，故首尾有序。今人非次韻詩，則遷意就韻，
因韻求事；至於搜求小說佛書殆盡，使讀之者惘然不知其所以，良自
有也。」以上皆《詩人玉屑》引〈室中語〉，（台北：商務印書館，1968
年 6 月），頁 106。

〔註7〕明・謝榛《四溟詩話》卷一，丁仲祜編訂《續歷代詩話》（台北：藝文
印書館，1983 年 6 月四版），頁 1368。

〔註8〕明・謝榛《四溟詩話》卷二，頁 1389。

〔註9〕明・王世貞《藝苑巵言》卷三，丁仲祜編訂《續歷代詩話》，明・謝榛
《四溟詩話》卷二，頁 1148。

〔註10〕陳文新《明代詩學》第五章第二小節談「命意是否重要」從唐到宋有
關「詩以意為主」的論述頗為詳盡，可詳參頁 267～275。（長沙：湖
南人民出版社，2000 年 11 月）

〔註11〕清・王夫之《薑齋詩話》卷下將意作了貼切的譬喻：「意猶帥也，無帥
之兵謂之烏合……以意為主，勢次之。……」詳參丁仲祜編訂《清詩
話》（台北：藝文印書館，1971 年 10 月），頁 13。

　　「代言」之作姑且不論〔註12〕，詩中之意本當為作者之意。不論言志或言情，當為作者的真情實意。吳喬並未說明「意」的具體內涵，但是，他多次陳述：「詩乃心聲」〔註13〕，讓讀者自然推論「意」與「心聲」之間有密切的聯結。

　　歷經明代前後七子高唱以「模擬」的手段進行創作後，出現許多「有詞無意之詩」〔註14〕。因此，吳喬提出「詩之中必有人在」的論述。詩乃「心聲」，作者藉之傳「意」，詩有作者的情意存在其中；而心又由「境」起。「境不一，則心亦不一。言心之詞，豈能盡出於高華典重哉！」〔註15〕又說：「人之境遇有窮通，而心之哀樂生焉。夫子言詩，亦不出於哀樂之情也。詩有境有情，則自有人在其中。」〔註16〕每位作家的境遇有其獨特性，因而在特定境遇中所產生的悲喜情感，也具有其與眾不同的特殊性；如此一來，作家的作品才能表現出個人獨具、他人所無的色彩。〔註17〕所以，豈能盡以盛唐為擬，作唐人語？

　　「命意」在詩中的重要性為何？吳喬認為「詩必先意，次局，次

〔註12〕　「代言」之作，事實上也有借「代言」而間接傳遞作者之意者。由於吳喬論詩並未涉及，故本文不予討論。
〔註13〕　吳喬認為「詩乃心聲」，在卷一出現二處：「詩乃心聲，非關人事……」，頁472；「詩乃心聲，心日進于三教百家之言……」，頁474。在卷三出現一處：「詩乃心聲，心由境起……」，頁551。可由此推知他對詩歌的主要表達內涵是有定見的。
〔註14〕　見《圍爐詩話》卷一「有有詞無意之詩，二百年來，習以成風，全不覺悟。無意，則賦尚不成，何況比興？」頁472。
〔註15〕　見《圍爐詩話》卷三，頁551。
〔註16〕　見《圍爐詩話》卷一，「問曰：先生每言詩中須有人，乃得成詩。此說前賢未有，何自而來？吳喬回答：「禪者問答之語，其中必有人，不知禪者不覺耳。余於此知詩中亦有人也」，頁490。吳喬「詩中有人」的闡發，亦可參閱張建《清代詩學研究》第四章（北京：北京大學出版社，1999年11月），頁164、165。
〔註17〕　杜書瀛《文學原理：創作論》：「作家總是以個人的獨創性格、氣質、審美習慣、審美心理結構、審美方式、審美趣味，同時代、民族、階級職業地域家庭的社會普遍性和必然性相結合，在二者的辯證統一中創造審美價值。」見第三編第五章第二節頁254。（北京：人民文學出版社，2001年11月）

語〔註18〕」；「意為情、景之本」〔註19〕。詩中之「意」確定後，始進入實際的創作階段。吳喬較諸其他提出詩以意為主的論述者，區別在於他進一步界定「意」有「明」與「隱」之別。可明白吐露暢言者，創作手法以「賦」筆直抒無妨；當作者之意隱微難言時，則必須採用「比興」的方式。封建時代的詩人，不論在政治環境或生活境遇中，容易受到壓制及挫折，因此，內心的痛苦矛盾和哀怨感慨，往往藉詩歌以傾訴：「蓋人心隱曲處不能已於言，又不能明告於人，故發於吟詠」〔註20〕；「唐詩有意，而託比興以雜出之，其詞婉而微」〔註21〕。這種隱諱難以明言的情意，特別是晚唐詩人，多藉比興以表現。但是，若詩意過於隱晦，言辭又委婉紆迴，這種曲折的筆法，容易造成解讀的困難，箋釋的分歧。因此，吳喬主張讀者必須仔細尋繹，才能掌握箇中寄意。譬如溫庭筠過〈過陳琳墓〉一詩，即是最佳例證。吳喬詳細解說了溫庭筠「意有望于君相」的難言之隱，托陳琳見容於曹操的典故，傾訴個人不平。「怨而不怒，深得風人之意」是吳喬對此詩的評價。一般人受新、舊唐書的影響，故論及溫庭筠，不免興起「士行塵雜，不修邊幅」的印象〔註22〕，想其行徑，則思及「公卿家無賴子弟裴誠、令狐縞之徒，相與蒲歡，酣醉終日，由是累年不第」〔註23〕，或「多為人作文……私占授者已八人，執政鄙其所為」。〔註24〕事實上，「弱齡有志」〔註25〕，才思敏捷，「徒思效用」〔註26〕，卻

〔註18〕《圍爐詩話》卷三，頁561。
〔註19〕見《圍爐詩話》卷一，頁480。
〔註20〕見《圍爐詩話》卷一，頁473。
〔註21〕見《圍爐詩話》卷一，頁472。
〔註22〕楊家駱主編《舊唐書》卷一百九十，列傳一百四十下，文苑下，溫庭筠本傳（台北：鼎文書局，1976年10月），頁5079。
〔註23〕楊家駱主編《舊唐書》卷一百九十，列傳一百四十下，文苑下，溫庭筠本傳（台北：鼎文書局，1976年10月），頁5079。
〔註24〕《新唐書》卷九十一，列傳第十六，溫大雅傳（台北：鼎文書局，1976年10月），頁3787。
〔註25〕溫庭筠〈上杜舍人啟〉，《欽定全唐文》卷七百八十六（台北：文海出版社，1972年8月），頁96。
〔註26〕溫庭筠〈上崔相公啟〉，《欽定全唐文》卷七百八十，頁10。

屢試不第，久被擯斥的溫庭筠，在牛、李黨爭之中，同情李德裕，不時譏刺令狐綯。〔註27〕〈過陳琳墓〉中「詞客有靈應識我」，吳喬認為「刺令狐綯之無目也」，並非無據。而「霸才無主始憐君」，筆鋒轉向唐宣宗，感慨今主無大度容人之量，也是其來有自。〔註28〕「銅雀荒涼起暮雲」，詩人對現實政治的不滿與失望，僅能藉憑弔古人的文字中，吐露一二。「莫怪臨風倍惆悵，欲將書劍學從軍」，則間接傳達了詩人今後的出處行止。吳喬在曲折的筆意中，解讀作者暗藏的隱情，略作「發明」，使後輩晚生，知所習效。而這也是《圍爐詩話》的可觀之處。在《答萬季埜詩問》中，他回答「命意如何？」時指出：「詩不同於文章皆有一定之意，顯然可見。蓋意從境生，熟讀新舊唐書、通鑑、稗史，知其時事，知其處境，乃知其意所從生。如少陵〈麗人行〉，不知五楊所為，則『丞相嗔』之意沒矣。『落日留王妲』，之刺太真女道士亦然。馬嵬事，鄭畋云：『終是聖明天子事，景陽宮井又何人』，與少陵『不聞夏殷衰，中自誅褒妲』，正同。此命意之可法者也。」〔註29〕這段文字曾在《圍爐詩話》以不同的方式表述，但其中心旨趣則是一致的：詩中之意毋必、毋固；達意的方式亦曲盡變化。而解讀箋釋的依據為何？史書、史事、史識必不可缺也。

　　吳喬既以傳達心「意」為其創作目的，並且也以此作為品評詩歌的要件。《圍爐詩話》中，諸英俊嘗問其「詩在今日，以何者為急務？」吳喬回答：「有有詞無意之詩，二百年來，習以成風，全不覺悟。無意，則賦尚不成，何況比興？」接著他評論唐詩有「意」，並且知道運用比興的創作手法；宋詩有「意」但多賦筆；「明之瞎盛唐詩，字面煥然，無意無法，直是木偶披文繡耳」〔註30〕。從這段文字敘述可知：吳喬多次批判明代前後七子以「盛唐」為法，僅學字面的高華絢爛，形成所

〔註27〕溫庭筠譏刺令狐綯之事，可參閱《唐詩紀事》、《南部新書》等。孫安邦〈試論憤世刺時的溫庭筠〉一文頗多著墨，可資參考，（《山西師院學報》，1995年4月），頁39～42。
〔註28〕溫庭筠以言語開罪唐宣宗之事，《全唐詩話》、《北夢瑣言》均有載。
〔註29〕見《清詩話》，《答萬季埜詩問》，頁45。
〔註30〕《圍爐詩話》卷一，頁472。

謂的「瞎盛唐」詩，氾濫詩壇二百餘年，致使「唐人詩道自此絕矣！」
〔註31〕揆其原因，直迄清初，以前後七子為宗尚的風氣並未停止，譬
如陳子龍等所編選的《皇明詩選》，影響猶在。吳喬十三歲（天啟癸亥，
1623 年）啟蒙學詩，即以此集入門，「見其鏗鏘絢麗，竟以盛明直接盛
唐，視大歷如無有，何況開成！自居千古人物，李、杜、高、岑乃堪為
友，鼻息拂雲者十年。」〔註32〕癸酉（1633）年冬，他讀了唐人全集，
乃知詩道不然，「返觀《盛明詩選》，無不蠟卮其外，敗絮其中！」因此
他深恨二李，亦恨此選誤人，〔註33〕故視此為「當急之務」。

　　至於詩體傳意與文體傳意，有何不同？也是創作常面對的問題。
吳喬說：「意豈有二？意同而所以用之者不同，是以詩、文體製有異耳。
文之詞達，詩之詞婉。書以道政事，故宜詞達；詩以道性情，故宜詞婉。
意喻之米、飯與酒所同出。文喻之炊而為飯，詩喻之釀而為酒。文之措
詞必副乎意，猶飯之不變米形，噉之則飽也。詩之措詞不必副乎意，猶
酒之變盡米形，飲之則醉也。」這是他以此辨別詩、文體製相當著名的
理論。詩意必須以婉轉的、曲折的方式表達，如酒之滋味，令人玩味低
迴不已！而這原則與論述，也獲得時人的讚賞。〔註34〕

　　詩篇之中，有意有法有修辭，三者固不可偏廢。但就創作之優先
次第而言，吳喬嘗有妙喻：「意為主將，法為號令，字為部曲兵卒。由
有主將，故號令得行，而部曲兵卒，莫不如臂指之用，旌旗金鼓，秩序
井然。」〔註35〕由此可見，詩若無「意」，則主將不能確立，「法」難以
施行，詩中字句如部曲兵卒，其渙散可知矣。詩法與修辭，本為宋、明
許多詩派側重者，而吳喬卻將「意」的地位提高至「主將」的地位。《文

〔註31〕見《圍爐詩話》卷一，頁 473。

〔註32〕見《圍爐詩話》卷四，頁 666。

〔註33〕吳喬批評陳子龍以及《皇明詩選》的文字很多，不一一列舉，散見於
　　　　《圍爐詩話》卷四，頁 663 及頁 666～669。

〔註34〕在《清史稿》及《清史列傳》簡短有限的資料中，分別指出詩文之辨
　　　　的論述「執信歎為知言」、「閻若璩嘗讀之，歎以為『哀梨并爽』」。

〔註35〕見《圍爐詩話》卷一，頁 545。王英志〈試論吳喬意為主將說〉有析
　　　　辨（《蘇州大學學報》，1982 第 1 期）。

心雕龍・體性》篇贊云:「辭為膚根,志實骨髓」,不論志「意」或情「意」,從詩歌創作的角度視之,「意」的重要性,自是不言可喻。

三、創作主體:作家的特性考察

吳喬觀察各時代的作家,各有不同的創作個性及特性。所謂創作個性,杜書瀛先生說:「創作個性是作家的獨特人格、獨特品格、獨特性格在文學創作中的自然流露和體現。」而創作特性範圍較廣,應指:「創作個性特別突出地表現為作家的藝術獨創性,包括藝術內容、藝術形式乃至方法、手法、技巧等等的獨創性。」〔註36〕大體而言,漢、魏之詩「正、大、高、古」,與作家的個性及特性不無關係。漢代作家以枚乘、蔡邕為代表;魏代作家則為曹丕、阮籍。他們的作品「正,謂不淫不傷」「大,謂非歎老嗟卑」「高,謂無放言細語」「古,謂不束於韻,不束於粘綴,不束於聲病,不束於對偶」。〔註37〕其中前三項,若考察作家之平生經歷及特性,吳喬的評論是正確的。但第四項所言,古詩本就不講韻律,他卻以此一別「雅俗」〔註38〕,這未免崇古抑今,對近體詩並不公平。此外,他從創作動機的角度舉出唐、宋、明詩人之別:「唐人作詩,惟適己意,不索人知其意,亦不索人之說好」;「宋人作詩,欲人人知其意,故多直達」;「明人更欲人人見好,自必流於鏗鏘絢爛,有詞無意之途」。所謂詩,吳喬認為「當如空谷幽蘭,不求賞識者」〔註39〕。由於作家的寫作動機不同,創作遂有高下之別。詩乃心聲,本當單純,但是,一旦和「人事」牽連,便變得複雜。吳喬指出唐代詩人有這樣的情況:

> 詩乃心聲,非關人事,如空谷幽蘭,不求賞識,乃足為詩。

〔註36〕 杜書瀛《文學原理:創作論》關於作家的創作「個性」,語見第三編第五章第二節頁258。至於「特性」語見頁259。

〔註37〕 《圍爐詩話》卷一,頁471。

〔註38〕 吳喬指出:漢魏古詩不束於押韻、粘綴、聲病、對偶,「如是之謂雅,不如是之謂俗」。《圍爐詩話》卷一,頁471。

〔註39〕 以上引文見《圍爐詩話》卷一,頁473。

六朝之詩雖綺靡，而此意不大失。<u>自唐以詩取士，遂關人事</u>，
故省試詩有膚殼語，士子又有<u>行卷</u>，又有投贈，溢美獻佞之
詩，自此多矣。美刺為興觀之本，溢美獻佞，尚可謂之詩乎？
子美於哥舒翰，先美後刺，後人嫌之。如李頎之「秦地立春
傳太史，漢宮題柱憶仙郎」，已宛然<u>明之應酬詩</u>矣。詩之泛濫，
實始於唐人，言近體詩，不得不宗之耳。　（卷一，頁 472）。

　　在這段引文中，吳喬將唐代作者所受外在因素的影響而產生的質
變，明白指出。應制之作自有其限制與束縛，而為了科舉考試，士子的
溫卷投贈之作，更揉雜了功利色彩。至於人事之酬唱贈答，或祝壽或升
遷……等等，都容易使「心聲」失真。但前文吳喬又讚美「唐人作詩，
惟適己意，不索人知其意，亦不索人之說好」豈不矛盾？事實上，這是
兩段不同脈絡的論述。若為人事而寫，缺失自是不可避免的；但那些不
求賞識，惟適己意的作品，則不在此列。《圍爐詩話》常出現全稱命題
的現象，這就邏輯而論，是不可諱言的錯誤。

　　至於宋代詩人，「欲人人知其意」的創作動機背後，是否具有其他
的因素？吳喬認為「厭常喜新」〔註 40〕，追求新變，「唯變不復」〔註
41〕，「必欲與唐異」〔註 42〕的創作個性應是要素之一。張高評先生指
出：「宋人之刻意與唐異，專尋唐人不是處，亦是為了追求變異，形成
作品之陌生化與新奇感。宋人作詩，在唐詩的高峰之後，所以仍能自成
一家者，其要在追求新變，故能別開生面，創前未有。變異，為文學語
言的特質；風格，是常規的變異。因此，沒有變異，就沒有文學語言；
沒有變異，詩人就不能自成一家，也難以成就時代特色。」〔註 43〕左

〔註40〕　吳喬回答時人之問「朝貴句尚宋詩」時，指出宋人「厭常喜新，舉業
　　　　則可，非詩所宜」《圍爐詩話》卷五，頁 602。
〔註41〕　縱觀歷代詩歌之流變，吳喬提出「詩道不出乎變、復。變，謂變古；
　　　　復，謂復古。變乃能復，復乃能變，非二道也。」的詩歌發展規則；
　　　　而「宋人唯變不復，唐人詩意盡亡」。《圍爐詩話》卷一，頁 471。
〔註42〕　「宋人必欲與唐異，明人必欲與唐同」，《圍爐詩話》卷五，頁 606。
〔註43〕　張高評〈清初宗唐詩話與宋詩之爭：以「宋詩得失論」為考察重點〉
　　　　（《中國文學與文化研究學刊》，2002 年 6 月第 1 期），頁 109。

萬珍先生也指出：「宋人在詩歌創作上力求立意新、描寫細、構思奇，寫出與唐詩風格有別的宋詩來。」具體舉證說明二者之異。〔註44〕不過，吳喬既不認同宋詩的變異能超越唐詩，也不認同宋人變異的成果。甚至指出：「宋人每言奪胎換骨，去瞎盛唐字倣句摹有幾？宋人翻案詩，即是蹈襲陳言，看不破耳。又多摘前人相似之句，以為蹈襲。詩貴見自心耳，偶同前人何害？作意蹈襲偷勢亦是賊。」〔註45〕南宋嚴羽《滄浪詩話·詩辯》也曾說：「近代諸公乃作奇特解會，遂以文字為詩，以才學為詩，以議論為詩」〔註46〕。雖針對江西詩派而發，但是，宋人好議論已成普遍的認知，而「賦」筆適合敘事議論，所以吳喬以宋詩「直達」等語作評，不無道理。

「明人必欲與唐同」〔註47〕的創作個性，將明詩導向模擬之途。摹擬前人作品，本為創作過程中必經的一個途徑。甚至直接以「擬古」為題也是許多詩人做過的嘗試。葛曉音先生曾針對李白擬古的方式作分析：「一是在體制、內容及藝術方面恢復古意；二是綜合並深化某一題目在發展過程中衍生的全部內容，或在藝術上融合……再加以提高和發展；三是沿用古題，而在興寄及表現形式方面發揮最大的創造性。」〔註48〕但是前後七子因擬古而招致的抨擊，可謂無出其右。追根究柢，這當與作者的個性有關。吳喬注意到創作個性的影想力，做出非常值得注意的評論：

> 明初之詩，尚自平秀……獻吉立朝大節，一代偉人，而詩才

〔註44〕 左萬珍〈宋詩的得失〉（《北京經濟了望》，1995年第3期），頁46。

〔註45〕 《圍爐詩話》卷五，頁605。此外，同卷類似批評云：「詩須寫我心，入古人模範耳，偷勢亦是賊。且有心被束，不得清出，古詩既多，自必有偶同者。我既不偷，同亦何諱。」頁621。

〔註46〕 嚴羽《滄浪詩話·詩辯》，郭紹虞《滄浪詩話校釋》（台北：里仁書局，1987年4月），頁26。

〔註47〕 《圍爐詩話》卷五，頁606。

〔註48〕 此段引文係葛曉音針對李白擬古之作的表現方式而作的分類，見〈論李白樂府的復與變〉，《詩國高潮與盛唐文化》（北京：北京大學出版社，1998年），頁162、163。

之雄壯，明代亦推為第一。其詩之深入唐人閫奧者，安敢沒
之？……惟其<u>粗心驕氣</u>，不肯深究詩理，祇託少陵氣岸以壓
人，遂開弘、嘉惡習。李于鱗之才遠下獻吉，踵而和之，淺
夫又極推重，遂使二李並稱，瞎盛唐之流毒深入人心。不求
詩意，惟求好句，不學二李，無非二李。今欲發明三唐詩道，
推為禍首，則余所極敬慕之偉人，口誅筆伐不敢恕矣！蓋獻
吉本非有得于杜詩而為之也，<u>自負其才</u>，不得入翰林，致怨
於李賓之，見其詩句平淺，故倚少陵而作高大<u>強硬</u>之語以反
之。……　（卷六，頁 663）。

李夢陽嘗自道：「疾余生之蠢特兮，性重剛而習坎。吾既婞直獲斯
厲兮，孰訟心于顧頷。」〔註49〕這種重剛婞直的個性不知不覺現諸作品，
遂予人「狂直」、「粗豪」、「雄鷙」、「粗浮」等印象。〔註50〕「復古」的
理由固然堂皇，但復臻古雅並非僅在詩歌的表層結構上追求「格古、調
逸、氣舒、句渾、音圓」。〔註51〕他的創作個性性與古雅格調的衝突，表
現在作品方面，有令人興「粗豪率直，槎牙圭角」之感的〈乙丑除夕追
往憤五百字〉〔註52〕；也有「揎拳把利刃，作响馬態」的〈雜詩〉〔註
53〕。吳喬並進一步指出其宗主少陵，係因李東陽所激。見臺閣體「詩

〔註49〕見李夢陽〈宣歸賦〉，《空同集》卷一。
〔註50〕陳書泉《明代詩文的演變》第 3 章第 2 節曾就李夢陽個性之形成及
　　　　後人之批評作分析：由於明代弘治年間「宗唐崇漢群體心態急遽膨
　　　　脹的時代土壤，便培育出李夢陽雄心勃勃而略帶畸形的性格：「狂
　　　　直」、「粗豪」，或曰「雄鷙」、「粗浮」。顯然，作為李夢陽文化心態
　　　　的深層結構中「狂直」、「粗豪」的性情，乃屬於粗俗的型態；而作
　　　　為「古範」表層結構的「格古、調逸、氣舒、句魂、音圓」等，乃
　　　　是屬於古雅的型態。而在深層結構上偏執於粗俗，又在表層結構上
　　　　偏執於古雅，難免要造成自我性情與「古雅」格調的齟齬。詳參頁
　　　　199～209。
〔註51〕語見李夢陽〈潛虯山人記〉，《空同集》卷48。
〔註52〕見錢謙益《列朝詩集》丙集卷十一，〈乙丑除夕追往憤五百字〉評語。
　　　　（北京：中華書局，2007 年 9 月），頁 3481。
〔註53〕見王夫之《明詩評選》卷四，李夢陽〈雜詩〉評語。（北京：文化藝術
　　　　出版社，1997 年 3 月），頁 138。

句平淺」，故而選擇杜甫為模擬標的，以「高大強硬之語以反之」。〔註54〕
吳喬評論弘、嘉詩人時，則對李攀龍創作過度求似的現象予以批評：「弘、
嘉人惟見古人皮毛：元美倣史漢字句以為古文；于鱗倣〈十九首〉字句
以為詩，皆全體陳言而不自知覺。」〔註55〕他認為「于鱗之才遠下獻吉」，
而其作品：「于鱗甜邪俗賴，惑人更甚獻吉。凡外瞻中乾者，皆其習氣所
誤也」〔註56〕李攀龍又有《古今詩刪》選本流傳，遺誤後學更巨，明末
清初的陳子龍等編《皇明詩選》，便受其影響。吳喬直指：「臥子（陳子
龍之字）選明詩，亦每人一二篇，非獨學于鱗，乃是惟取高聲大氣，重
綠濃紅，似乎二李者也。」〔註57〕創作時「過度求似」的專斷態度，也
導因於李攀龍孤介簡傲的個性。李攀龍「才思勁鷙」〔註58〕，早年為郡
學廩生時，有時同學稱他為「狂生」，他就針鋒相對地說：「吾而不狂，
誰當狂者？」〔註59〕晚年又高居白雪樓，「賓客造門，率謝不見，大吏
至，亦然，以是得簡傲聲。」〔註60〕他在文學上自恃才高，傲氣凌人：
「寥落文章事，相逢白首新。微吾竟長夜，念爾和〈陽春〉。」〔註61〕
《四庫全書總目》卷一七二《滄溟集》提要中有云：「尊北地，排長沙，
續前七子之焰者，攀龍實首倡也。」綜合以上評述，創作個性確實影響
了創作的態度，而其作品的呈現，自然容易和獨特的個性相呼應。甚至，
在詩歌的主張，領導的運動方面，也都會具有偏尚的主觀色彩；即使是
模擬，不學則已，要學一定「取法乎上」，並且要學得「像樣」。〔註62〕

〔註54〕吳喬對李夢陽的「模擬」之失及其創作「個性」之失，詳參胡幼峰〈吳
　　　　喬《圍爐詩話》對李夢陽的評價〉（《輔仁國文學報》第十九期，2003
　　　　年10月），頁131～140。
〔註55〕《圍爐詩話》卷二，頁519。
〔註56〕《圍爐詩話》卷六，頁668。
〔註57〕《圍爐詩話》卷六，頁668。
〔註58〕《明史》卷二百八十七〈李攀龍傳〉。
〔註59〕王世貞〈李于麟先生傳〉，《滄溟先生集》附錄二。
〔註60〕《明史》卷二百八十七〈李攀龍傳〉。
〔註61〕李攀龍〈寄元美〉，《滄溟先生集》卷六。
〔註62〕李攀龍模擬太過的缺失，以〈古詩後十九首〉為例，吳喬譏之為「句

明代詩人繼元代之後面對詩歌發展，自有其亟欲突破的困境，但是在「辯體」的強烈要求下，難免導致取徑過狹的譏評。作家特性與創作之間的關係，吳喬的觀察確是十分敏銳的。

四、創作方法：技巧的運用與失誤

創作「方法」在傳統的中國文學批評中，以《文心雕龍》的論說最為豐富。文術涵蓋：聲律、章句、麗辭、比興、夸飾、事類、鍊字、隱秀、指瑕、附會等，皆為「閱聲字」之屬。〔註63〕這些方法在創作時是屬於可以模擬學習的技法。一旦成為技法，它便是「有形的、可摹仿的、可傳授的、可重複的、相對穩定的、甚至是具有某種機械性的，人人可以使用……並不能稱之為技巧」；「技巧是對技法的獨特運用……只有獨創性地運用這些技法，表現了作者所把握到的藝術內容，才算是真正的藝術技巧」。〔註64〕南宋以後喜談「詩法」，詩話的作者大都是詩人，累積個人的創作經驗，參酌、品評前人的作品；在「詩話」中從各個角度大談作詩方法，已然蔚為風氣。這些作詩的「技法」，嚴格說來並非都能稱之為「技巧」，運用之妙往往因人而異，甚至陳義頗高的作者而其作品不侔所論的現象比比皆是。吳喬《圍爐詩話》對創作的方法也提出許多個人的主張，可惜不脫散漫的詩話型態。筆者乃綜合資料，分別析論於後：

（一）論比興

賦、比、興三者都是詩歌創作時運用的手段，其主要目的乃是達

樣」：「〈十九首〉之人與事與意皆不傳，擬之則惟字句而已；皮毛之學，兒童之為也。」

《圍爐詩話》卷二，頁516。同為復古派的好友王世貞，也予以譏誚：「于鱗擬古樂府，無一字一句不精美，然不堪與古樂府並看，看則似臨摹帖耳。」見王世貞《藝苑卮言》卷七，《續歷代詩話》下，頁1251。

〔註63〕 《文心雕龍》之創作系統，可參閱王禮卿《文心雕龍通解》（台北：黎明出版社，1976年10月）

〔註64〕 語見杜書瀛《文學原理：創作論》關於作家的創作「技巧」，第五編第八章第三節，頁391。

「意」。《圍爐詩話・自序》云：「人心感於境遇，而哀樂情動，詩意以生，達其意而成章，則為六義，三百篇之大旨也。」吳喬進而指出由於漢代以後無復採風問俗，因此六義半亡。詩歌發展到了唐代，其興盛時「興比賦不違乎《騷》而已」，而晚唐五代已經「專意於詞，其立意也，流連光彩，鮮比興而多賦」。宋代詩人「言能達意，賦意猶存」，比興卻亡失了。吳喬批評宋人不知比興：

1. 予謂宋人<u>不知比興</u>，不獨三百篇，即說唐詩亦不得實。（《圍爐詩話》卷五，頁 580）。

2. 唐人詩被宋人說壞，被明人學壞，<u>不知比興</u>而說詩，開口便錯。　（《圍爐詩話》卷五，頁 602）。

3. 詩於唐人無所悟入，終落死句。嚴滄浪謂「詩貴妙悟」，此言是也。然彼<u>不知比興</u>，教人何從悟入？實無見於唐人，作玄妙恍惚語，說詩、說禪、說教，俱無本據。　（《圍爐詩話》卷五，頁 603）。

　　吳喬認為「唐詩有意，而託比興以雜出之，其詞婉而微，如人而衣冠。宋詩亦有意，惟賦而少比興，其詞徑以直，如人而赤體。」[註65]「宋詩率直，失比興而賦猶存。」[註66]在他看來，「賦」義乃直接鋪陳，正面敘述，缺乏「比興」間接手法所呈現出來的含蓄、曲折及層次感。即使宋詩在創意造語方面力求翻新變異，猶難以超越唐詩。譬如他引賀裳論歐陽修之言：「歐公古詩苦無比、興，惟工賦體耳。至若敘事處，滔滔汩汩……所惜意隨言盡，無復餘音繞樑之意。又篇中曲折變化處亦少……故公詩常有淺直之恨。」[註67]歸咎歐詩的缺點，是「賦」體所致。他論張籍〈節婦吟〉「感君纏綿意，繫在紅羅襦」云：「若無此一折，即淺直無情。」[註68]唐詩含蓄澹遠，宋詩「逕直、率直、直

〔註65〕《圍爐詩話》卷一，頁 472。

〔註66〕《圍爐詩話》卷一，頁 482。

〔註67〕此段引文見賀裳《載酒園詩話》，頁 411；《圍爐詩話》徵引之文字略有出入，頁 624。

〔註68〕《圍爐詩話》卷一，頁 478。

達、直遂、快心」〔註69〕，這是吳喬以「比興」之有無而作出的唐、宋詩之別。吳喬以比、興之有無來界分唐、宋，在當世便引起諸多批評。《四庫全書總目提要‧圍爐詩話》的評論最是中肯：「賦、比、興三體並行，源於三百，緣情觸景，各有所宜，未嘗聞興、比則必優，賦則必劣。況唐人非無賦體，宋人亦非盡無比、興，遺詩具在，吾將誰欺？乃劃界分疆，誣宋人以比興都絕；而所謂唐人之比興者，實皆穿鑿附會，大半難通。即所最推之李商隱、韓偓二家，李則字字為令狐而吟，韓則句句為溫而發。平心而論，果盡如是哉？」〔註70〕事實上，賦筆除了如朱熹《詩集傳‧葛覃注》所言「賦者，敷陳其事而直言之也」，只要手法靈活，亦可達到敘事生動、以形傳神、情景交融……等效果。〔註71〕賦未必劣也。仔細觀察賦、比、興三義，在詩歌創作時若適當的運用，是可以相輔相成的；賦筆宜於鋪陳，在長篇敘事之作中，更是不可或缺。鍾嶸《詩品‧序》云：「宏斯三義，酌而用之，幹之以風力，潤之以丹采，使味之者無極，聞之者動心，是詩之至也。」吳喬過度偏重比、興，故招致有失偏頗的批評。〔註72〕

　　至於明詩，既失比興，亦無賦筆。《圍爐詩話‧自序》指出：「弘、嘉之復古者，不知詩當有意，亦不知有六義之孰存孰亡，惟崇聲色，高自標置。夫既無意，則詞無主宰，紕繆不續，並賦義而亡之。」吳喬認為明代復古派，以「盛唐」模擬是尚，只學得字面而已。他更慨歎明詩流於「有詞無意」之途，導致「瞎盛唐詩氾濫天下，遺禍二百餘年，學者以為當然，唐人詩道，自此絕矣！」〔註73〕他對明詩的完

〔註69〕　見《圍爐詩話》卷一，頁473；卷二，頁518；卷五，頁605。

〔註70〕　《合印四庫全書總目提要及四庫未收書目禁毀書目》集部詩文評類存目（台北：台灣商務印書館，1978年增訂2版），頁4415、4416。

〔註71〕　王力堅《詩經賦比興原論》將賦的運用及多種不同表現，舉《詩經》為例，加以析論，可參閱。（《社會科學戰線‧文藝學研究》，1998年1期），頁148～150。

〔註72〕　詳參胡幼峰〈試論吳喬《圍爐詩話》對宋詩的評價〉（《輔仁國文學報》第二十七期，2008年10月），頁169～171。

〔註73〕　《圍爐詩話》卷一，頁473。

全否定由此可知。

（二）論章法起結

論及章法，不論詩或文，「起承轉合」幾乎公認是文本結構的基本理論。以它作為啟蒙創作的法則或規範，對於初學者而言，容易見到立即的成效。但不可諱言的，它既是一種成法，就易淪為死法。有法而不死於法，便成為講述創作者用盡心思著力之處。如何靈活變通？人言言殊。如江西詩派呂本中〈夏均父集序〉云：「學詩當識活法。所謂活法者，規矩備具而能出於規矩之外；變化不測而亦不背於規矩也。」〔註74〕又如元·圓至和尚解三體唐詩，將絕句體分七格：實接、虛接、用事、前對、後對、拗體、側體；或將七律分為六格：所謂四實、四虛、前虛後實、前實後虛、結句、詠物等。〔註75〕明·李東陽則言：「律詩起承轉合，不為無法，但不可泥，泥於法而為之，則稱拄對待四方八角，無圓活生動之意。然必待法度既定，從容閑習之餘，或溢而為波，或變而為奇，乃有自然之妙，是不可強致也。若並而廢之，亦奚以律為哉！」〔註76〕吳喬乃就詩歌的主要內容「情、景」作說明，討論章法問題：

> 1. 七律大抵兩聯言情，兩聯敘景，是為死法。蓋景多則浮泛，情多則虛薄也。然順逆在境，哀樂在心，能寄情于景，融景入情，無施不可，是為活法。
>
> 2. 首聯言情，無景則寂寥矣，故次聯言景以暢其情。首聯敘景，則情未有著落，故次聯言情以合乎景，所謂開承也。此下須轉情而景，景而情，或推開，或深入，或引古，或

〔註74〕引文見馬端臨撰《文獻通考》，卷二百四十五（台北：新興書局，1963年），頁6613。又見劉克莊〈江西詩派小序〉引文，《續歷代詩話（中）》（台北：藝文印書館，1971年10月），頁43。

〔註75〕《唐賢三體詩法》係由宋·周弼輯、元·釋元至注、方回序。元·大德九年刊行。（台北：廣文書局影印國立圖書館藏校消鋪元刊本。）

〔註76〕見李東陽《懷麓堂詩話》，《續歷代詩話（下）》（台北：藝文印書館，1971年10月），頁1647。

邀賓，須與次聯不同收，或收第三聯，或收至首聯，看意
之所在而收之，又有推開暗結者。輕重虛實，濃淡深淺，
一篇中參差用之，偏枯即不佳。

3. 意為情景之本，只就情景中有通融之變化，則開承轉合不
為死法，意乃得見。（以上見《圍爐詩話》卷一，頁480）。

律詩的主要結構是「聯」，藉聯與聯黏綴而成；詩歌的主要內容為情景，
藉情景而達意。引文係吳喬與友人「說詩」，表達他的「情為主，景為
賓」的觀點。因此引文 1 指出情景的安排切不可兩聯言情兩聯敘景，
如此二分則淪為死法。一首詩中寫景的句子偏多則「浮泛」；寫情的句
子偏多則「虛薄」。那麼應該如何安排呢？景非景語，情非止情，「寄情
于景，融景入情」，這便是活法。在《圍爐詩話》卷二他也說道：「七律
之法，起結散句，中二聯排偶，其體方，方則滯。」〔註77〕引文 2 不
吝說出個人創作在章法變化上的心得。他的原則是：若首聯言情（虛），
則次聯所寫之景（實）必與前情相關，暢達其情。若首聯以景（實）起，
則次聯承以合乎前景的情（虛）。這是兩種開、承的方法。第三聯須轉。
轉的方法，不論是轉情而景，轉景而情，有「推開」法，也就是宕開前
述主題；或「深入」法，就前述主題再深一層、進一步描述。或轉而援
古引證，或轉而繳入「賓」，以賓作陪襯。他另指出：「正意出過即須
轉，正意在次聯者居多，故唐詩多在第五句轉。金聖嘆以為定法，則固
矣。昌黎〈藍關〉詩，第三聯方出正意，第七句方轉。」〔註78〕可見
「轉」無定法。至於結的方法，亦可因側重不同而靈活作收：或收第三
聯，或收首聯，形成首尾照應。甚至可以「推開」作結，別出新意。運
用之妙，在「參差」，有輕重虛實，有濃淡深淺。引文 3 即指出只要情景
中有通融變化，則開、承、轉、合便不是死法了。他深知律體所受束縛
較古體為多，曾言：「漢魏詩如手指，屈伸分合，不失天性。唐體如足指，

〔註77〕《圍爐詩話》卷二，頁 543。
〔註78〕《圍爐詩話》卷二，頁 546。

少陵丈夫足指，雖受行縢，不傷跬步。凡守起承轉合之法者，則同婦女足指，弓彎纖月，娛目而已。受幾許痛苦束縛，作得何事？」〔註79〕語意淺顯明白。惟此之故，他主張寫律詩當從古詩氣脈去體會，他說：「五七言律皆須不離古詩氣脈，乃不衰弱，而五言尤甚也。五律守起承轉合之法……離古詩氣脈者也。不離古詩氣脈者，子美為多。」〔註80〕吳喬既拈出創作的章法，也進一步舉實例說明起結。

先就起聯而言。嚴羽《滄浪詩話》云：「中聯易得好句，結難、起更難。」吳喬乃舉數例說明起聯之法：

> 起聯如李遠之「有客新從趙地回，自言曾上古叢臺」，太傷平
> 淺。劉禹錫之「王濬樓船下益州，金陵王氣黯然收」稍勝。
> 而少陵之「童稚情親四十年，中間消息兩茫然」，能使次聯「更
> 為後會知何地，忽漫相逢是別筵」倍添精采，更勝之矣。至
> 于義山之「海外徒聞更九州，他生未卜此生休」，則勢如危峰
> 矗天，當面崛起，唐詩中所少者也。而「昨夜星辰昨夜風，
> 畫樓西畔桂堂東」，乃是具文見意之法。起聯以引起下文而虛
> 做者，常道也。起聯若實，次聯反虛，是為定法。 （《圍爐
> 詩話》卷一，頁 501）。

李遠〈聽話叢台〉，是一首悼古傷今的作品。全詩為：「有客新從趙地回，自言曾上古叢台。雲遮襄國天邊去，樹繞漳河地裏來。絃管變成山鳥哢，綺羅留作野花開。金輿玉輦無行跡，風雨惟知長綠苔。」〔註81〕戰國時期趙國於公元前 386 年建都邯鄲，曾建叢台。因趙襄子之故，而有襄國之名。漳河自西而東，進入邯鄲臨漳縣。全詩以首聯平鋪直敘開展，帶出昔日趙地，已由「絃管」、「綺羅」、「金輿玉輦」，變成今日

〔註79〕《圍爐詩話》卷二，頁 515。
〔註80〕《圍爐詩話》卷二，頁 537。又頁 538 有相似言論：「五律須從五古血
　　　　脈中來，子美是也。」
〔註81〕全唐詩卷五──十九有錄。(台北：明倫出版社，1974 年 12 月再版)，
　　　　頁 5932、5933。

的「山鳥哗」、「野花開」、「長綠苔」。起聯吳喬評為「太傷平淺」，即因借剛從趙地而回的朋友「自言」之語作起筆，氣勢嫌弱，且章法少變化。劉禹錫〈西塞山懷古〉，為劉禹錫到湖北西塞山遊覽時即景抒懷。全詩為：「王濬樓船下益州，金陵王氣黯然收。千尋鐵索沉江底，一片降旛出石頭。人生幾回傷往事，山形依舊枕寒流。從今（又作今逢）四海為家日，故壘蕭蕭蘆荻秋。」〔註82〕起聯用晉武帝時王濬討伐東吳之事破題。第二聯「承」上，細述當時東吳的亡國之君孫皓企圖以千尋鐵鏈橫鎖江面的戰略，被王濬以火炬破其陣勢，舉旗投降的史事。〔註83〕起聯之佳，在於「樓船下益州」，迫使「王氣黯然收」。益州、金陵相距遙遠，卻因王濬之「下」即「收」，聲勢何其壯也。兩詩的起聯都由「起」筆帶出第二聯，但後者勝出，在於筆力強勁，勝敗相形。至於三、四兩聯更藉古諷今，深刻傳達劉禹錫的感慨。吳喬又舉杜甫〈送路六侍御入朝〉〔註84〕詩為例：「童稚情親四十年，中間消息兩茫然。更為後會知何地？忽漫相逢是別筵。不分（又作忿）桃花紅似錦，生憎柳絮白於棉。劍南春色還無賴，觸忤愁人到酒邊。」吳喬所讚賞的首聯「童稚情親四十年，中間消息兩茫然」，以低抑的情緒，訴說和兒時的玩伴一別就是四十年，在動亂的年代裏，失去聯繫，想知道對方的消息，卻又無從得知，雙方都有些「茫然」之感。首聯的情緒成為次聯相逢的鋪墊，強化了「忽漫相逢」的喜悅；但一個「是」字，筆力萬鈞，將揚起的情緒又放下，乍逢又別，情何以堪？「更為後會知何地？」何況今後若再度相逢，誰知地點會在哪裡呢？「路六侍御」將去長安（入朝），而自己能否被召回朝廷，仍是個未知數。情感跌宕，形諸筆端。吳喬認為由於起聯起得好，才能使次聯倍添精彩。詩的後兩聯從「別筵」生發，酒邊的劍南春色，更令杜甫對景傷情。至於李商隱的〈馬嵬〉

〔註82〕《全唐詩》卷三百五十九，頁4058。

〔註83〕見房喬撰《晉書‧王濬傳》（台北市：藝文印書館，1985年），頁580、581。

〔註84〕路六侍御的平生，詳不可考。此詩見《全唐詩》卷二百二十七，頁2461。

二首之二：「海外徒聞更九州，他生未卜此生休。空聞虎旅鳴宵柝，無復雞人報曉籌。此日六軍同駐馬，當時七夕笑牽牛。如何四紀為天子，不及盧家有莫愁。」〔註85〕首聯甚獲吳喬讚賞，蓋因此詩既以「馬嵬」命題，重點應是描寫唐玄宗在馬嵬驛被六軍所逼賜死楊妃之事。李商隱卻以海外還有九州的故實，概括了方士在海外仙山尋覓楊妃的傳說；「徒聞」二字，明白判定此生已休，何況他生？起筆之勢，「如危峰矗天，當面崛起」，唐玄宗與楊妃生生世世為夫妻的期約既已粉碎，那麼再回顧馬嵬之變，或回顧七夕，又有何意義呢？當了四紀的天子，卻保不住自己的寵妃，連平民百姓都不如。起聯之妙，即在於「徒聞」、「未卜」、「休」字所傳達的譏諷，已為全詩定調。至於〈無題〉「昨夜星辰昨夜風，畫樓西畔桂堂東」，吳喬指為「具文見意」之法。杜預〈春秋左傳集解序〉云：「直書其事，具文見意。」吳喬在《答萬季埜詩問》曾作解釋：「具文見意，乃杜元凱左傳序之言，謂但紀其事，不著議論而意自見。」〔註86〕李商隱的這首〈無題〉詩，是由「起聯引起下文」：「身無彩鳳雙飛翼，心有靈犀一點通……」。吳喬認為「起聯若實，次聯反虛，是為定法。」換言之，宜掌握虛實相間的原則。此外，長篇動輒數十韻，吳喬高舉杜甫〈出瞿塘四十韻〉為例，指出「首二句破題也。凡長篇須得破題以為綱領，無此則讀者茫茫矣。」〔註87〕所言頗為劀切。

次就結句而言，吳喬舉出「正法」與「別法」：

> 結句收束上文者，正法也；宕開者，別法也。上官昭容之評沈、宋，貴有餘力也。「曲終人不見，江上數峰青」，貴有遠神也。義山馬嵬詩一代傑作，惜于結語說破。絕句是合，律及長詩是結。溫飛卿〈五丈原〉〔註88〕詩以「譙周」結武侯，

〔註85〕《全唐詩》卷五百三十九，頁6177。

〔註86〕《清詩話》，《答萬季埜詩問》頁46。

〔註87〕《圍爐詩話》卷二，頁535

〔註88〕《全唐詩》卷五百七十八題為〈過五丈原〉，又作〈經五丈原〉，詩中文字亦因版本而有出入。詳見頁6726。

〈春日偶成〉〔註89〕以「釣渚」結旅情。劉長卿之「白馬翩翩春草綠，邵陵西去獵平原」，宕開者也。子美〈褥段〉詩之「振我粗席塵，愧客茹藜羹」，收上文者也。此法人用者多。（《圍爐詩話》卷一，頁501）。

姜夔《白石道人詩說》云：「一篇全在尾句。」結的方法有：「辭意俱盡」、「辭盡意不盡」、「意盡辭不盡」、「辭意俱不盡」四種。〔註90〕前文已指出吳喬論「收」：「或收第三聯，或收至首聯、看意之所在而收之；又有推開暗結者。輕重虛實，濃淡深淺，一篇中參差用之，偏枯即不佳。」在引文中，吳喬認為結句最常用的方法有二：一是收束上文，此為正法；一是宕開作結此乃別法。事實上，這是就詩「意」而論。如同姜夔所謂「辭意俱盡」，收束上文。如溫庭筠〈經五丈原〉：「鐵馬雲雕共絕塵，柳營高壓漢宮春。天清殺氣屯關右，夜半妖星照渭濱。下國臥龍空寤主，中原得鹿不由人。象床寶帳無言語，從此譙周是老臣。」這首詠史詩是溫庭筠路過五丈原懷念諸葛亮而作。首聯比諸葛亮為西漢初年治軍有方的周亞夫，流露作者的欽慕。頷聯寫諸葛亮在蜀后主建興十二年（西元234）率兵伐魏，屯兵渭水南岸，與魏軍相持不下，長達一百多天。八月，病死軍中。相傳諸葛亮死時，有星赤而芒角，墜落在渭水之南，故有「妖星照渭濱」之句。頸聯轉入議論，「空寤主」諷刺諸葛亮對後主劉禪的開導啟發全然白費，以至於逐鹿中原「不由人」！筆中蘊藏的譏誚，雖然含蓄，卻比直陳痛罵更為強烈。末聯指出蜀後主後來寵幸譙周，誤國降魏，供奉在祠廟中的諸葛亮已無話可說。溫庭筠用杜詩「兩朝開濟老臣心」句意，譙周取代了諸葛亮，後蜀之亡，想當然耳！以譙周結武侯，進一步顯示諸葛亮之於蜀國存亡的重

〔註89〕 《全唐詩》卷五百七十八題為〈春日偶作〉，詳見頁6720。

〔註90〕 姜夔〈白石道人詩說〉：「所謂『詞意俱盡』者，急流中截後語，非謂詞窮理盡者也；所謂『意盡詞不盡』者，意盡於未當盡處，則詞可以不盡矣，非以長語益之者也；至於『詞盡意不盡』者，非遺意也，辭中已彷彿可見矣；『詞意俱不盡』者，不盡之中，固已深盡之矣。」收於何文煥編訂《歷代詩話》（台北：藝文書局，1959年8月），頁440。

要性,可謂辭意俱盡。另一首〈春日偶作〉:「西園一曲艷陽歌,擾擾車塵負薜蘿。自欲放懷猶未得,不知經世竟如何。夜聞猛雨判花盡,寒戀重衾(一作裘)覺夢多。釣渚別來應更好,春風還為起微波。」此詩就題面而言,係春日所見所感。西園裏美麗的春天,值得歌頌,卻被車塵所擾,此為遺憾之一。詩人在遊賞春景之際理應放懷,卻感於時事,此為遺憾之二。第三聯由春日轉入春夜。「猛雨」侵花,想西園花落殆盡;春之寒意上身,擁衾輾轉難眠。「寒戀重衾」因「夜聞猛雨」;「覺夢多」則因「判花盡」。大自然的變化,詩人為之感傷;人事的變化,亦使詩人好夢難成。此處可謂一筆兩用。結聯則以「釣渚別來應更好,春風還為起微波」,傳達詩人的「歸」情。吳喬云:「以釣渚結旅情」,收束上文,此即「正法」。又舉杜甫〈褥段〉為例。此詩原題〈太子張舍人遺織成褥段〉〔註 91〕,共三十六句。全詩主在敘述張舍人送他一張織錦褥段,織有波濤中掉尾的巨鯨,十分華麗。他一則感激對方厚意,一則自覺「今我一賤老,短褐更無營,煌煌珠宮物,寢處禍所嬰」、「奈何田舍翁,愛此厚貺情」,於是退還:「錦鯨卷還客,始覺心和平。振我粗席塵,愧客茹藜羹。」總結全詩。而老杜依然故我的本色,光耀全篇,並含諷喻。吳喬指出末兩句「收上文者也,此法人用者多」。以上所舉諸例,均屬「正法」。

吳喬又舉「宕開者,別法也」之例,以劉長卿〈獻淮寧軍節度使李相公〉〔註92〕的結句「白馬翩翩春草綠,邵陵西去獵平原」,此是「宕開者也」。案:此詩係李瑝出為淮寧軍節度使,劉長卿於餞別宴作。詩之前兩聯:「建牙吹角不聞喧,三十登壇眾所尊。家散萬金酬士死,身留一劍答君恩。」概述李瑝治軍嚴謹,備受推尊;輕利重義,散財酬士。此次出為節度使,正是報效朝廷,為皇上分憂。頸聯「漁陽老將多迴席,魯國諸生半在門」漁陽,古燕地,其地多將才;魯國,指山東,多儒士。兩句讚揚李瑝的文韜武略足以令漁陽老將都避席相讓,有學養

〔註91〕 見《全唐詩》卷二百二十,頁 2329。詩長不錄。
〔註92〕 見《全唐詩》卷一百五十一,頁 1565。

之儒者亦多相隨。結句宕開筆勢，以獵馬春草平原，馳逞英姿之美作結。

不論「正法」或「別法」，都貴有餘力，有遠神。吳喬以上官婉兒評沈、宋為例，事見宋·計有功《唐詩紀事》卷三〈上官昭容〉：「中宗正月晦日，幸昆明池賦詩，群臣應制百餘篇。帳前結綵樓，命昭容選一首為新翻御製曲。從臣悉集其下，須臾紙落如飛，各認其名而懷之。既進，唯沈、宋二詩不下，又移時，一紙飛墜，競取而觀，乃沈詩也。及聞其評曰：『二詩工力悉敵，沈詩落句云：微臣雕朽質，羞睹豫章才。蓋詞氣已盡。宋詩云：不愁明月盡，自有夜珠來。猶涉健舉。沈乃優，不敢復爭。』」〔註93〕這個故事，正是說明結句貴有力的最佳例證。至於錢起〈湘靈鼓瑟〉是唐代省試詩中的著名作品。其結語「曲終人不見，江上數峰青」，結得非常巧妙，引發讀者悠然不盡的想像。有餘味、有遠神、辭盡意不盡，成為這聯名句的公評，討論者甚夥〔註94〕，故不贅述。

（三）論造句鍊字

《文心雕龍·章句》云：「章者，明也；句者，局也。局言者，聯字以分疆；明情者，總義以包體。」創作藉「章」明情志，包舉整體；而「章」係由「句」所組成。「句」為章的部分，而「字」又成為「句」的部分。即所謂積字成句，積句成章，積章以成篇。創作的整體必待每一環節都妥貼穩當，始能明情達意。不論古體或近體詩，它的組成單位是句；近體詩的句數更有一定限制，由聯、絕擴而大之。在創作者共同的制約下，形成某些既定的要求和格式。但詩家為求變化及創新，因此無不下一番錘鍊的工夫，去蕪存菁，並且逞勝競妍。而創作的經驗談，迄乎清初，直可謂汗牛充棟。今檢視《圍爐詩話》相關論說，有徵引他

〔註93〕見宋·計有功《唐詩紀事》卷三〈上官昭容〉（台北：鼎文出版社，1974年3月），頁34、35。
〔註94〕如沈德潛《唐詩別裁集》卷十八，評論錢起〈湘靈鼓瑟〉末二句「遠神不盡」（台北：廣文書局，1970年），頁474。

人論述者,如嚴羽《滄浪詩話》所謂「下字貴響,造語貴圓」「語忌直,意忌淺,脈忌露,味忌短,音韻忌散緩」〔註95〕;蔡寬夫詩話:「鍊句勝則意必不足,語工而意不足,則格力必弱。」〔註96〕等。事實上,吳喬對宋人的評論頗有意見,指出:「宋人詩話多論字句,以致後人見聞愈狹」〔註97〕;「宋人眼光只見句法,其詩話于此有可觀者,不可棄之。開、寶諸公用心處,在詩之大端,而好句自得。大曆以後,漸漸束心于句,句雖佳而詩之大端失矣。」〔註98〕而他回答時人之問,也有涉及造句鍊字的相關議題,如:「措詞如何?」「造句、鍊字如何?」「定遠(馮班)好句如何?」等。茲擇其大要,歸納其觀點如次:

第一、造句乃詩之末務,鍊字更小。吳喬認為「漢人至淵明,皆不出此。康樂詩矜貴之極,遂有琢句。……陳伯玉復古之後,李、杜諸公偶一涉之,不以經意。中唐猶不甚重;至晚唐而人皆注意于此。所存既小,不能照顧通篇,以致神氣蕭颯。詩道至此,大厄運也。」〔註99〕又云:「鍊字乃小家筋節。」〔註100〕明‧許學夷《詩源辯體》即認為:「詩有本末。體氣,本也;字句,末也。」;「論字不如論句,論句不如論篇。」〔註101〕吳喬進一步指出:「唐詩鍊字處不少,失此便粗糙。畫家云『烘染過度即不接』,苦吟鍊句之謂也。注意於此,即失大端。」〔註102〕他曾舉例說明:「詩苦于無意,有意矣又苦於無辭。如聶夷中之『鋤禾日當午,汗滴禾下土。誰知盤中飧,粒粒皆辛苦』。詩之所以難得也。」〔註103〕此

〔註95〕 宋‧嚴羽《滄浪詩話》,見郭紹虞《滄浪詩話校釋》(台北:文馨出版社,1973 年),頁 110 及頁 114。吳喬有取於《滄浪詩話》者,極為有限,此為其一。

〔註96〕 《蔡寬夫詩話》杜詩優劣條,收錄於郭紹虞校輯《宋詩話輯佚》卷下(台北:文淵閣,1972 年 4 月),頁 10。

〔註97〕 《圍爐詩話》卷一,頁 506。

〔註98〕 《圍爐詩話》卷一,頁 507。

〔註99〕 《圍爐詩話》卷一,頁 505、506。

〔註100〕 《圍爐詩話》卷一,頁 506、507。

〔註101〕 以上見許學夷《詩源辯體》卷 34,頁 326。

〔註102〕 《圍爐詩話》卷一,頁 507。

〔註103〕 《圍爐詩話》卷一,頁 503、504。

詩對於農家躬耕的苦辛，深刻而自然的透過文字傳達，「詞」「意」相得不做作。換言之，造句鍊字固不可忽略，但須「烘染得宜」與「意」相侔，「有意無詞，錦襖子上披簑衣矣！」〔註104〕吳喬的論說，堪稱穩當。

　　第二、詩貴活句，賤死句。何以別之？吳喬說：「比興是虛句，賦是實句。有比興則實句變為活句；無比興則實句變成死句。」〔註105〕他舉石曼卿詠物之作如〈詠紅梅〉為例解說：「認桃無綠葉，辨杏有青枝」，憑綠葉與青枝，可以分辨紅梅既不是桃，也不是杏，因為梅花開時，既沒有綠葉為襯，也沒有青枝相托。這就是外表觀察所得之句。吳喬評為「于題甚切，無丰致，無寄託，死句也。」〔註106〕《王直方詩話》記載：「石曼卿詠〈紅梅〉云『認桃無綠葉，辨杏有青枝』。東坡云：『詩老不知梅格在，更看綠葉與青枝』。荊公（王安石）云：『北人初未識，渾作杏花看。』又能盡紅梅之妙處也。有單葉梅、千葉梅、臘梅，故余作四梅詩。」〔註107〕從相關資料看來，石曼卿意在寫實，並無「寄託」。而吳喬論詩重比興，他舉蘇軾〈書鄢陵王主簿所畫折枝二首〉之一：「論畫以形似，見與兒童鄰；賦詩必此詩，定非知詩人。」為例，贊成蘇軾「詩貴傳神」的見解。又蘇軾〈高郵陳直躬處士畫雁〉詩中所論「主觀」與「客觀」，一般畫家只能畫出「意先改」的野雁，而陳直躬勝人之處，在於他筆下的野雁，乃「無人態」：「徐行意自得，俯仰若有節……先鳴獨鼓翅，吹亂蘆花雪」，畫家不把主觀的想像強加到筆下的雁，因而「人禽兩自在」。吳喬借題畫詩所傳達的「作畫者魚鳥不驚之致」的理論，移諸作詩，勿為寫實而寫詩，乃得「活句」，頗得神怡。此外，吳喬認為「詠物非自寄則規諷」，也是從「比興」的角度論斷。他舉晚唐鄭谷詠「鷓鴣」、崔珏詠「鴛鴦」為例，指其「已失此意」。既

〔註104〕《圍爐詩話》卷一，頁504。
〔註105〕《圍爐詩話》卷一，頁481、482。
〔註106〕《圍爐詩話》卷一，頁504。
〔註107〕《王直方詩話》，第107條。

無比興，亦當是死句。〔註108〕這兩位晚唐詩人尚且有可議之處，「何況曼卿宋人耶！」貶抑宋詩的意味甚濃。另云：「常建〈聽琴〉詩云：『一指指應法，一聲聲爽神。』宋人死句矣。『一絃清一心』，更不成語。〔註109〕」又云：「戴叔倫『如何百年內，不見一人閒』，宋詩也。」〔註110〕從以上所舉宋詩詩句可知，吳喬之不滿，在於宋詩造語的「率直」〔註111〕、「淺薄」〔註112〕，詞意明白，缺乏想象的空間，易流於死句。

　　第三、不可專重好句。「詩以意為主」是吳喬的重要詩觀，秉此原則，詩人專求好句的心態，吳喬以為不可。他說：「今人作詩，須于唐人之命意布局求入處，不可專重好句。若專重好句，必蹈弘、嘉人之覆轍〔註113〕。無好句不成詩，所以《河嶽英靈》等集往往舉之；而在今日，則為弊端。」〔註114〕觀照許學夷的說法：「唐人律詩，鍊格、鍊句、鍊字，皆無跡可求；今人以新巧奇特為工，則多見斧鑿痕矣！」〔註115〕弘、嘉之弊，確鑿難以迴護；唐詩是否如許氏所言，「無跡可求」？律詩字句有限，格律嚴謹，在形式、音律等束縛下，勢必走向雕琢鍛鍊。琢句的弊端，事實上在中唐便已成形，吳喬說：「眩于好句而不審本意，大曆後之墮阬落塹處也。」〔註116〕因此他主張學習唐

〔註108〕　有關鄭谷詠「鷓鴣」、崔珏詠「鴛鴦」之解析，詳參詳參胡幼峰〈《圍爐詩話》之詩病說評析〉（《輔仁國文學報》第二十三期，2007 年 2 月），頁 67、68。

〔註109〕　《圍爐詩話》卷二，頁 540。

〔註110〕　《圍爐詩話》卷二，頁 542。

〔註111〕　《圍爐詩話》卷二：「中唐七律，清刻秀挺，學者當于此入門，上不落于晚唐之雕琢，中不落于宋人之率直，下不落于明人之假冒。」，頁 546。

〔註112〕　《圍爐詩話》卷二：「自宋以來，多傷淺薄。」頁 543。

〔註113〕　吳喬抨擊明代擬古派專學盛唐，「二李俗學，為人指擊盡矣。……只求好句，不論詩意，則其所謂唐詩，止是弘、嘉人詩也。……百千萬人，百千萬篇，莫非盛唐。豈人才獨盛于明，瑤草同于竹蘇菹葦乎？此何難知，逐臭者不知耳。」見《圍爐詩話》卷三，頁 554。

〔註114〕　《圍爐詩話》卷一，頁 476。

〔註115〕　許學夷《詩體明辯》卷 34，頁 327。

〔註116〕　《圍爐詩話》卷一，頁 477。

詩的命意佈局。至於宋代，詩話中列舉佳句的習慣，詩人多相承襲，此皆肇因於「重好句」。吳喬指出這個現象：「宋人詩話多論字句，以致後人見聞愈狹。」〔註117〕「宋人眼光祇見句法，其詩話于此有可觀者，不可棄之。開、寶諸公用心處，在詩之大端，而好句自得。大曆以後，漸漸束心于句，句雖佳而詩之大端失矣。」〔註118〕詩人力求好句，勢必鍊字，吳喬認為「鍊字乃小家筋節……注意于此，即失大端。」〔註119〕一如蔡寬夫詩話之言：「鍊句勝則意必不足，語工而意不足，則格力必弱。」（已見前引）以上所論，都在提醒時人作詩，應掌握大節。唐詩豈無好句？唐代詩人作詩亦豈無「求」好句？吳喬指出：「唐詩固有驚人好句，而其至善處在乎澹遠含蓄，宋失含蓄，明失澹遠。」〔註120〕他的論說，乃針對擬古求速成的詩人而發，故具有時代意義。

（四）論用韻

論及用韻，通常指近體詩而言。《文心雕龍・聲律》云：「夫音律所始，本于人聲也。聲含宮商，肇自血氣，先王因之，以制樂歌。」吳喬認為「詩本乎樂歌，定當有韻，猶今曲之有韻也」〔註121〕；「詩入歌喉，故須有韻，韻乃其末務也。」〔註122〕他道出了關鍵所在：

1. 詩入歌喉，故須有韻，韻乃其末務也。故三百篇叶者居多，〈青青者莪〉篇叶「儀」以就「莪」、「阿」，固可，叶「莪」、「阿」以就「儀」，亦無不可，于意無傷故也。詩宗三百篇，自當遵其用韻之法。漢至六朝，此意未失。休文四聲韻，小學家言，本不為詩，詩人亦不遵用。

2. 古人作詩，不惟不拘韻，并不拘四聲，宜平則仄讀為平，

〔註117〕《圍爐詩話》卷一，頁506。
〔註118〕《圍爐詩話》卷一，頁507。
〔註119〕《圍爐詩話》卷一，頁507。
〔註120〕《圍爐詩話》卷一，頁504。
〔註121〕《圍爐詩話》卷一，頁483。
〔註122〕《圍爐詩話》卷一，頁482。

> 宜仄則平讀為仄，觀「望」、「忘」二字可見。三百至晉、
> 宋皆然，故不言聲病。休文作四聲韻，而聲病之說起焉。
> 可知聲病雖王元長等所立，而實因乎沈氏之四聲矣。梁武
> 帝不許四聲，詩中高見。　　（以上見《圍爐詩話》卷一，
> 頁 482。）。

　　古人作詩，所本之韻，乃自然聲韻，既無韻部可言，也不講究四聲。所以詩三百的叶韻現象，在當時視為自然，而後人卻視為「古韻」。〔註123〕引文中吳喬所言，均屬客觀。沈約聲病之說興起，原先係就文章而論。當齊、梁詩人逐漸將聲病說應用到詩歌創作，甚至韻書應運而生時，桎梏亦隨之而來。「詩已不歌，而韻部反狹，奉平水韻如聖經國律，而置性情之道如弁髦，事之顧奴失主，莫甚於此！」〔註124〕當唐代以詩取士，從此「律詩」就完全與古詩脫節，「詩從此受桎梏」，吳喬則以「唐體」稱之。《圍爐詩話》中有數條資料敘述用韻的問題，茲臚列於後：

1. 唐玄宗時，孫愐始就陸法言之《切韻》以為《唐韻》。肅宗時以此為取士之式，詩從此受桎梏。元、白作步韻詩，直是莚醯。或曰古體可用古韻，唐體當用《唐韻》。夫然則唐體別自為詩，不宗三百耶？古人多有韻，韻又皆叶用，毛晃誤以為古人實有是讀而作古韻，何異於袞衣玉食之世，論茹毛飲血事耶？　（《圍爐詩話》卷一，頁 482）。

2. 問曰：「用韻以何者為準則？」答曰：「韻書自曹魏李登、梁沈約以來，其故甚繁，此難具述。唐之官韻今不可得，北宋《禮部韻》，余曾見二本，皆一東、二冬、三鐘者也。名《廣韻》者，因《唐韻》而廣之者也，即此可以知《唐

〔註123〕 《圍爐詩話》卷 1：吳喬指出「古人多有韻，韻又皆叶用，毛晃誤以
　　　　　為古人實有是讀而作《古韻》，何異於袞衣玉食之世，論茹毛飲血事
　　　　　耶？」頁 482。
〔註124〕 《圍爐詩話》卷 1，頁 483。

韻》矣。今世通行之一東、二冬、三江、四支之韻，乃宋
理宗時平水劉淵，并舊韻之二百六部，以為一百七部而成
之者也。舊韻一東獨用，二冬三鐘通用，淵則竟并通用者
為一部。古韻通轉者，東、冬、江、陽、庚、青、蒸七部
為一部，支、微、齊、佳、灰、魚、虞、歌、麻、尤十韻
為一部，真、文、元、寒、刪、先六韻為一部，侵、覃、
鹽、咸四韻為一部。韻之通轉，又分兩界，有入聲者十七
部為一界，無入聲者十三部為一界，兩界不相通轉。通轉
有部、有類、有界，平上去各自通轉為部，東董送、真軫
震通轉為類，有入聲、無入聲通轉為界。非此則謂之叶，
叶乃通轉之窮也。自《平水韻》行，而北宋之《禮部韻》
詩家名公俱未經目，界部通轉叶之法俱不講，唐人葫蘆、
轆轤、進退之法，何所考哉！」（《圍爐詩話》卷一，
頁 484）。

3. 《唐韻》視今之《平水韻》「冬」分「鐘」、「支」分「脂」，
似乎狹矣，而有葫蘆韻用法，轆轤韻用法，進退韻用法，
有嫌韻，有兼韻，有通用，有轉用，有叶用，作者猶得輾
轉言情。《平水韻》似寬，而葫蘆韻等諸法俱廢，則實狹
矣。（《圍爐詩話》卷一，頁 483）。

4. 唐人有嫌韻，兼韻之法。嫌韻即出韻也。兼韻亦名干韻，
謂兼取通用韻中一二字也。嫌韻與兼韻可通用，不可轉
用。寒與刪、先得相兼，以其通故也。而轉用之真、文、
元則不可。（《圍爐詩話》卷一，頁 483）。

5. 唐人排律有兼韻者，東兼冬、庚兼青是也。叶，即協也。
不用如字之聲者謂之轉，轉一二字而不全部通轉者謂之
叶。通用乃劉淵并韻已前之法，今世所刻《平水韻》猶仍
其名。呵呵！（《圍爐詩話》卷一，頁 483）。

隋‧陸法言以四聲分為 206 韻，編為《切韻》一書，成為千古韻書之祖。後人準此基礎進行修訂、增補、勘謬，而有唐‧孫緬《唐韻》，宋‧陳彭年等官修《廣韻》。吳喬所言「名《廣韻》者，因《唐韻》而廣之者也，即此可以知《唐韻》矣。」《切韻》、《唐韻》既已亡佚，《廣韻》的重要性及代表性不言可喻。至宋理宗時平水人劉淵《壬子新刊禮部韻略》將 206 韻并為 107 韻，成為通行本的韻書，時稱平水韻。而兩者的差異，由引文 2 可知其大概。當《唐韻》成為取士之式，限制變得較為嚴苛。中唐以後，詩人苦於不能出韻的限制，遂利用「通押」而產生了「出格體」，即所謂「變體」，借鄰韻通押而有「葫蘆韻」、「轆轤韻」、「進退韻」用法，見引文 3、4、5。吳喬引《青箱雜記》之資料，略作解說：

> 《青箱雜記》載鄭谷、齊己、黃損等定今體詩格云：「用韻有數格，曰葫蘆、曰轆轤、曰進退。葫蘆韻者，先二後四；轆轤韻者，雙出雙入；進退韻者，一進一退。」引李師中〈送唐介詩〉云：「孤忠自許眾不與，獨立敢言人所難。去國一身輕似葉，高名千古重如山。並遊英俊顏何厚？未死奸諛骨已寒。天為吾皇扶社稷，肯教夫子不生還？」八句詩一「難」三「寒」同部，二「山」四「還」又一部，為同進退韻格之證。而葫蘆、轆轤未有引證。別本詩話引太白「我攜一尊酒」為葫蘆韻之例，引「漢帝寵阿嬌」為轆轤韻之例，乃古詩也。（《圍爐詩話》卷一，頁 483）。

葫蘆韻者，先二後四，如「東」、「冬」通押，先二韻「東」，後四韻「冬」，先小後大，有似葫蘆，故有此俗稱。轆轤韻者，雙出雙入，即律詩第二、四句用甲韻，第六、八句用與甲韻可通的乙韻，如先用「七虞」，後用「六魚」。進退韻者，相鄰的兩韻間押，一進一退，即第二、六句用甲韻，如「東、寒、虞」等，第四、八句則用與甲韻可通的乙韻如「冬、刪、魚」等。葫蘆韻和進退韻的差別在於「先小後大」。這種用韻情形，晚唐以後，及至宋代詩人較為普遍。此外，吳喬也解說了嫌韻（即出

韻)、兼韻(即干韻)、通用、轉用、叶用,將作詩的用韻之法詳盡論述。

　　值得注意的是:吳喬反對「步韻」。從他反對步韻的文字,更彰顯了他對作詩押韻的觀念。韻在詩中的意義與作用,它在章法方面,產生結構上的繫聯,在聲音方面,「穩順聲勢」、「諧人口吻」。吳喬說:「古人視詩甚高,視韻甚輕,隨意轉叶而已。以詩乃吾之心聲,韻以諧人口吻故也。唐人局於韻而詩自好,今人押韻不落即是詩。故古人有詩無韻,唐人有韻有詩,今人惟有韻無詩。得一題,詩思不知發何處,而先押一韻,何異置楊以待電光。」又說:「詩思與文思不同。文思如春氣之生萬物,有必然之道;詩思如醴泉朱草,在作者亦不知所自來,限以一韻,即束詩思。唐代試士限韻,主司因得易見高下耳。今日何可為之耶?」〔註125〕基於上述觀念,他批評步韻,也不肯步韻:

1. 今有癬疥之疾而為害甚大,本舉手可除,而人樂此美疢,固留不舍,習以成風,安然不覺者,是步韻和人詩。夫和詩之體非一,意如問答而韻不同部者,謂之和詩;同其部而不同其字者,謂之和韻;同其字而次第不同者,謂之用韻;次第皆同,謂之步韻。蕭衍、王筠〈和太子懺悔詩〉,始是步韻。步韻,乃趨承貴要之體也。　(《圍爐詩話》卷一,頁485、486)。

2. 詩思與文思不同,文思如春氣之生萬物,有必然之道;詩思如醴泉朱草,在作者亦不知所自來,限以一韻,即束詩思。唐時試士限韻,主司因得以易見高下耳。今日何可為之耶?若又步韻,同于桎梏,命意布局,俱難如意。後人不及前人,而又困之以步韻,大失計矣!施愚山曰:「今人祇是做韻,誰人做詩?」獅子一吼,百獸腦裂。做韻定五字,于《韻府群玉》、《五車韻瑞》上覓得現成韻腳了,以字湊韻,以句湊篇,扭捏一上,全無意義章法,非做韻

而何？步至數人，并韻字亦覺可厭。古詩不對偶，無平仄，韻得叶用，唐詩悉反之，已是難事，若又步韻，李、杜無以見長。　（《圍爐詩話》卷一，頁486）。

3. 步韻，元、白猶少，皮、陸已多，今則非步韻無詩矣。陷溺之甚者，遂謂步韻詩思路易行，又或倡作而步古人詩之韻。　（《圍爐詩話》卷一，頁486）。

4. 問曰：「先生不肯步韻，人以為傲，信乎？」答曰：「敬也，非傲也。步韻何難，不過順口弄人耳。朱溫將諸客遊園，自語曰：『好大柳樹！』數客起應曰：『好大柳樹！』溫又曰：『可作車轂。』數客起應曰：『可作車轂。』溫屬聲曰：『車轂須用堅木，柳那可用？書生好順口弄人，皆此類也。』悉撲殺之。溫雖凶人，然此事則不侮，邁俗遠矣！詩人自相步韻猶可，步貴人韻，須慮撲殺。貴人倡作勿用『徘徊』、『潺湲』等字，使趨承者有所措手，亦仁者之居心也。」　（《圍爐詩話》卷一，頁486～487）。

5. 晚唐〈章碣〉八句詩，平仄各押韻：一畔、二天、三岸、四船、五看、六眠、七箟、八邊。無聊之思，亦將以為格而步之乎？　（《圍爐詩話》卷一，頁487）。

詩人之間作詩唱和往來，無可避免，亦不必苛責，但是唱和的方法有數種，引文1指出：意如問答而不同韻部者為「和詩」；韻部相同而韻腳不同者為「和韻」；韻腳相同但次第不同者為「用韻」；韻腳、次第完全相同者即是「步韻」，又稱「次韻」。吳喬認為作詩非「做韻」，就現成韻腳，以字湊韻，以句湊篇，「全無意義章法，非做韻而何？」況且步韻人數眾多，相同的韻字一再重覆，詩思自受束縛，「可厭」、「無聊」的作品勢難避免。明‧都穆《南濠詩話》嘗言：「古人詩有倡和者，蓋彼唱而我和之，初不拘體製兼襲其韻也。後乃有用人韻以答之者。觀老杜、嚴武可見，然亦不一一次其韻也。至元、白、皮、陸諸公，始尚次

韻，爭奇鬥險，多至數百言，往來至數十首，而其流弊至於今極矣。非沛然有餘之才，鮮不為其窘束，所謂性情者，果可得而見耶？」〔註126〕可見逞才競勝，弊亦隨之，反對步韻者所持的理由，幾乎是一致的。吳喬〈答萬季埜詩問〉亦云：「施愚山侍讀嘗曰：『今人祇解作韻，誰會作詩？』此言可畏。出韻必當嚴戒。而或謂步韻思路易行，則陷溺其心者然也。此體元、白不多，皮、陸多矣，至明人而極。」詩歌主在傳達個人的情意，不拘一格。詩之體格為副，情意為主。當詩人重心放在「韻」時，則不免招致「作韻」的批評，弊亦隨之。

（五）論詩病

《文心雕龍・指瑕》云：「古來文才，異世爭驅，或逸才以爽迅，或精思以纖密，而慮動難圓，鮮無瑕病。」姜夔《白石道人詩說》云：「不知詩病，何由能詩？不觀詩法，何由知病？名家者各有一病，大醇小疵，差可耳。」從詩法的角度來看，不合格律、不合修辭的原則便犯了詩病，這是具體的、客觀的；但從鑑賞的角度來看，是否為病，因素複雜，則不免流於主觀的判斷。譬如「以文為詩」是否為病？「以禪為詩」是否為病？「以理為詩」是否為病？詩歌流行的背景不同，或一時以為佳，一時以為病。因此，宋、明、清詩話中討論的詩病，林林總總，難以概括。隨詩話作者論詩之立場、鑑賞之偏尚不同，各本詩話各有所拈。有的細瑣，有的則標舉原則，《圍爐詩話》即屬後者。吳喬反對明代擬古派的主張及作品，亦恐李、王之學在清初詩壇死灰復燃，所以他所議論的詩病，帶有針對性。由於另有專文討論，而論詩指瑕乃屬創作論之範疇，故此處簡要歸納吳喬的觀點：

第一、禁俗。吳喬指出詩文有雅、俗之別。雅學大費工夫、學力，遍涉經史，踏實卻又不易為人所識，不便於應酬，因此雅學之門後繼冷清；俗學不費工力，學習標的明確，能悅眾目，便於酬應，因此俗學之門衣缽不絕。他又以明儒歸有光和王世貞作比，兩人在時勢風尚的影

〔註126〕明・都穆《南濠詩話》，錄於《續歷代詩話（下）》，頁1615。

響下，境遇殊異。歸有光與王慎中、唐順之、茅坤等人提倡唐宋古文，有別於主流派王世貞「文必秦漢」之高調。然而，後人檢視這段文學發展，前者廓然有容，後者格局狹礙。〔註127〕何以七子之學為俗學？吳喬認為弘、嘉詩人既以盛唐為師，模擬形似，所學惟古人「句樣」而已。他說：「詩乃心聲，心日進於三教百家之言，則詩思月異而歲不同，此子美『讀書破萬卷』也。……人於順逆境遇間，所動情思，皆是詩材。子美之詩，多得於此。」而模擬之風一旦成為不二法門，不從根本著手，詩作自是「了無意思」。〔註128〕他強調「發於自心，雖有高下，不失為詩。惟人事之用者，同於堯肩酒榼，不足為詩」，從這個角度評比詩之優劣高下，可分上、中、下三等：陶淵明、杜甫為第一等詩人，因其情性、因其幽思。李白為第二等詩人，餘又次之，判準的依據在於情意之關注、表現之格局。最為摒斥者，當是「人事之用」的應酬詩。〔註129〕他進一步指出俗學之弊在於模擬，模擬之病的癥結所在則是：「二李詩絕無意義，惟事聲色，看之見好，為之易成，又冒盛唐之名，易於眩人，淺夫不察，一飲狂泉，終身苦海。及乎技倆已成，縱識得唐人門徑，而下筆終不能脫舊調。」人人同調，自成俗學。他並且告誡後學：「始進之路，可不戒慎哉！友人犯此者不少，故謹記之。」〔註130〕此外，《圍爐詩話》摘錄嚴羽《滄浪詩話》所論「詩禁五俗：俗體、俗意、俗句、俗字、俗韻，皆不可犯。」吳喬評曰：「此言最善。」〔註131〕又，詩歌既有雅俗之別，綜觀唐詩與明詩，吳喬既不喜明代弘、嘉模擬之

〔註127〕論詩文雅俗之別，見《圍爐詩話》卷1，頁474。
〔註128〕《圍爐詩話》卷1，吳喬云：「詩如陶淵明之涵冶性情，杜子美之憂君愛國者，契于三百篇，上也；如李太白之遺棄塵世，放曠物表者，契于莊、列，為次之；怡情景物，優閑自適者，又次之；嘆老嗟卑者，又次之；留連聲色者，又次之；攀緣貴要者為下。而皆發于自心，雖有高下，不失為詩。惟人事之用者，同于堯肩酒榼，不足為詩。」頁474、475。
〔註129〕明人好作應酬詩，吳喬抨擊甚烈，詳見吳喬論明詩的部分。
〔註130〕以上見《圍爐詩話》卷一，頁475。
〔註131〕以上見《圍爐詩話》卷一，頁477。

風，故認為「唐詩為雅，明詩為俗」；若以「古體」、「唐體」（即近體、律體）別之，吳喬認為「古體為雅，唐體為俗」；若專就「絕句」、「律詩」言之，吳喬則認為「絕句為雅，律詩為俗」；若以「五律」、「七律」言之，「五律猶雅，七律為俗」；以「古律」、「唐律」言之，「古律猶雅，唐律為俗」〔註132〕。這段論說，充分顯示吳喬崇古抑今、古雅近俗的詩觀，十分值得商榷。更何況他將詩之「體」與「格」併論，誠屬不當。

　　第二、學詩不可專守一家。吳喬雖然反對明代弘、嘉詩人模擬盛唐之習，但是，並不因此反對模擬學習。他說：「學問安可無師？無師則杜譔。而書家貴學詩，舍短取長。詩學李、杜，正道也。……學字先得敗筆，學詩先得累句，莫之若何！」這與嚴羽所謂「入門須正」的看法十分接近。他更明確指出：「學詩不可雜，又不可專守一家。樂天專學子美，西崑專學義山，皆以成病。大樂非一音之奏，佳餚非一味之嘗，子美所以集大成也。」〔註133〕弘、嘉詩人依盛唐李、杜、高、岑造句，甚者，專守杜甫一家，形成「句樣」，自是遭人詆諆。吳喬並直指高棅的問題所在。由於《唐詩品彙》立「大家」之目，似有標舉各體之最以立典範，弘、嘉詩人反而喪失了個人的精神意趣。搏搣「大家」如杜甫、李頎者，句擬字模，並不能成其為大家，成家與否，須看「工力所至」。雖然作詩在初學階段，固不可廢學，但絕不可專守一家，「轉益多師是汝師」，杜甫所以能集大成也。〔註134〕

　　第三、詩忌率直迫切。詩歌是抒情言志的藝術作品，具有一定的美學要求。吳喬認為「詩貴和緩優柔，而忌率直迫切」，他舉例說明：

　　　詩貴和緩優柔，而忌率直迫切。元結、沈千運是盛唐人，而
　　　元之〈春陵行〉、〈賊退詩〉，沈之「豈知林園主，卻是林園客」，

〔註132〕以上見《圍爐詩話》卷一，頁474。
〔註133〕《圍爐詩話》卷一，頁477。
〔註134〕《圍爐詩話》指出：「高廷禮惟見唐人殼子，立大家之名，誤殺弘、
　　　　嘉人四肢麻木不仁，五官昏憒無用。詩豈大家便是大家，要看工力所
　　　　至，成家與否，乃論大小。彼搏搣子美、李頎者，如乞兒醉飽度日，
　　　　何得言家？豈乞兒得王侯家餘糁，即為王侯家乎？」卷一，頁475。

已落率直之病。樂天〈雜興〉之「色禽合為荒，政刑兩已衰」，〈無名稅〉之「奪我身上暖，買爾眼前恩。進入瓊林庫，歲久化為塵」，〈輕肥〉篇之「是歲江南旱，衢州人食人」，〈買花〉篇之「一叢深色花，十戶中人賦」等，率直更甚。東野〈列女操〉、〈遊子吟〉等篇，命意真懇，措詞亦善；而〈秋夕貧居〉及〈獨愁〉等，皆傷于迫切。韋蘇州〈寄全椒道士〉及〈暮相思〉，亦止八句六句，而詞殊不迫切，力量有餘也。賈島之〈客喜〉、〈寄遠〉、〈古意〉，與東野一轍。曹鄴、于濆、聶夷中五古皆合理，而率直迫切，全失詩體。梁、陳于理則遠，于詩則近。鄴等於理則合，于詩則違。宋人雖率直而不迫切。

這段文字中，有盛唐、中唐及晚唐詩人的作品。詩長不錄，但擷其聯句而論。語意明白，直述而毫無蘊藉者，如沈千運「豈知林園主，卻是林園客」；白居易「是歲江南旱，衢州人食人」；「一叢深色花，十戶中人賦」……等等，吳喬視為詩病。摘取單句評論，這些詩句固然流於直切白描，但就全詩而言，如果有其諷刺、批判或寄情的對象，這在「寫實」詩中，多屬不可避免的，亦自成一格。又如孟郊〈秋夕貧居〉述懷：「臥冷無遠夢，聽秋酸別情。高枝低枝風，千葉萬葉聲。淺井不供飲，瘦田長廢耕。今交非古文，貧語聞皆輕。」詩的前四句寫「秋」，後四句寫「貧」，十分貼切。另一首〈獨愁〉：「前日遠別離，昨日生白髮。欲知萬里情，曉臥半床月。常恐百蟲鳴，使我芳草歇。」此詩題一作〈獨怨〉一作〈贈韓愈〉，描寫與韓愈分別之後的愁怨。吳喬評以「傷于迫切」；但筆者以為此詩係緊扣「情境」摹寫，以「實」寫「虛」，別具況味。不過，孟郊的這兩首詩遣辭造句均直接鋪陳，而結語尤其迫促，缺乏悠然神遠、含蓄不盡的轉折和餘味。吳喬認為相較於〈列女操〉、〈遊子吟〉之命意、措辭，真摯懇切，孟詩似違詩歌本色。此外，他指出曹鄴、于濆、聶夷中的五古作品「皆合理，而率直迫切，全失詩體」；梁、陳於理則遠，於詩則近；鄴等於理則合，於詩則遠。由上述資料，充分展

現吳喬評量詩歌優劣所持的標準。《滄浪詩話》曾言：「語忌直，意忌淺，脈忌露，味忌短，音韻忌散緩，亦忌迫促。」吳喬所論與之比照，各有專注。「率直迫切」既可指音韻修辭，亦可兼指情意境界。從他論詩偏尚「比興」的技法檢視，「和緩優柔」自為其所矜貴。

五、總結

　　吳喬的詩學成就，在近代並未受到合理的重視。一般研究清初詩學者，受到文學史的影響，目光多集中於神韻、格調之說及其代表人物。這些文人在當時大都是進士出身，有一定的政治地位和影響力。但吳喬出身低微，「本畸人」〔註135〕「為贅婿」〔註136〕「補諸生」〔註137〕；能應「東海諸英俊」徐乾學等兄弟之請談詩，〔註138〕必有其過人之處。今檢視《圍爐詩話》中的創作理論，不僅論說豐富，而且鞭辟入裏；批評比較唐、宋、明詩之優缺點更是一針見血。茲簡要歸納其成就：

　　第一、「詩以意為主」的論述雖非首見，但是吳喬進一步提出「詩中須有人在」〔註139〕，將「意」與「人」系聯，突出了作者的獨特性、

〔註135〕《圍爐詩話》張海鵬跋語，頁684。

〔註136〕清乾隆進士王昶等修《直隸太倉州志》記載：「吳殳，字修齡，為贅婿於昆山，崇禎中補諸生」《續修四庫全書》第697冊，卷三十五，（上海：上海古籍出版社，2002年3月），頁562。

〔註137〕清・王祖畬《太倉州志》記載：「吳殳字修齡，贅婿昆山補諸生」，《中國方志叢書・江蘇省・太倉州志・卷十九・人物三》（台北：成文出版社，1972年），頁1277。

〔註138〕「東海諸英俊」指的是昆山徐乾學（1631～1694）、徐秉義（1633～1711）、徐元文（1634～1691）兄弟，人稱昆山三徐，乃顧炎武的外甥；其中徐乾學康熙九年進士第三，二十六年官至刑部尚書。康熙二十年冬，吳喬遊於京師，客居徐乾學府邸，談詩論藝，遂有《圍爐詩話》之書成。張健《清代詩學研究》第四章有作考據，（北京：北京大學出版社，1999年11月），頁157、158。

〔註139〕吳喬強調「人之境遇有窮通，而心之哀樂生焉。……詩而有境有情，則自有人在其中。」明代詩人以擬古為尚，「陳言剿句，萬萬一篇，萬萬一人，了不知作者為何人。」「詩中須有人」之詳細論述，見《圍爐詩話》卷一，頁490。

重要性。詩歌的技法可以仿效，但是作者的「心意」（詩為心聲）概括了個人的生平經歷、學識經驗、生命情感、藝術美學……等等，這都不能複製，不能模擬。所以他批判明代前後七子不遺餘力，正是因為他看到應有獨創性的詩，具有高度藝術「技巧」的創作，卻因不當的模擬，誤入歧途。他更延伸至明代的「應酬詩」予以抨擊。一旦作品淪為應酬之作，「有詞無意」，失卻真情真意實感，則毫無意義可言。

　　第二、針對模擬而言，標舉盛唐，以李、杜、高、岑等所謂第一等詩人的「創作技巧」進行重複和模仿，會使「原來帶有獨創性的技巧變成了技法」〔註140〕，吳喬譏諷這類作品為「句樣」。初學作詩，模擬不可避免；以大家為模擬之對象亦非不可。甚至標舉盛唐詩歌的口號也非出自李夢陽，明初閩派詩人早已提出。但是，二李所引導的模擬方式，吳喬指出創作者的「個性」佔了極大的因素。為求藝術效果的極致，強硬的個性進行過度的模仿，力求「句樣」的形似以致忽略作者的本心，終於變成了「優孟衣冠」。明人專求好句的「心態」一經指出，確是切中明代詩人創作個性的弊病。回顧明代高棅《唐詩品彙》立「大家」之目，似有標舉各體之最，成為模擬範本；而「元美倣史、漢字句以為古文；于鱗倣〈十九首〉字句以為詩，皆全陳言而不自知覺……。」〔註141〕《圍爐詩話》相關的論述，十分具體，精闢深入，遠遠超過清代其他詩話。

　　第三、有關創作的方法，《圍爐詩話》的論述文字也相當豐富。除了用韻之外，章法之起結變化，舉證說明，十分詳盡；至於造句練字，他視為末務。吳喬指出盛唐詩人用心處，在詩之大端，而好句自得；大曆以後，逐漸鍛鍊，句雖佳而詩之大端卻失。至於宋代詩話多論字句，「宋人眼光祇見句法」〔註142〕，力求好句，勢必鍊字，吳喬認為「鍊

〔註140〕語見杜書瀛《文學原理：創作論》關於作家的創作「技巧」，第五編
　　　　　第八章第三節，頁392。
〔註141〕《圍爐詩話》卷二，頁519。
〔註142〕《圍爐詩話》卷一，頁507。

字乃小家筋節……注意于此，即失大端」〔註143〕。形式之美是創作的重要一環，當眾多詩話標榜造句用字的鍛鍊時，他喊出「意為主將，法為號令，字句為部曲兵卒」的口號，突顯了他的詩學理論中的核心價值。「由有主將，故號令得行，而部曲兵卒莫不如臂指之用，旌旗金鼓，秩然井然。弘、嘉詩惟有旌旗炫目，金鼓聒耳而已」〔註144〕菲薄明詩的原因即在於此。比興手法的重視，與虞山派的錢謙益、馮班同調，但吳喬從「詩文之界」〔註145〕切入，提出詩文體製的差異，文以敘事議論為主，「故宜詞達」；詩以抒寫性情為主，「故宜詞婉」。舉米為喻，「文喻之炊而為飯，詩喻之釀而為酒」，詩人之情必經醞釀，感物而動，託物而陳，這才是詩歌的正確表達方式。

第四、詩病之說切中時弊。吳喬反對俗學，特別是應酬詩；「詩壞於明，明詩又壞于應酬」，失卻「真」情，有詞無意，剿舊蹈襲，詩風為之敗壞。他也針對模擬，提出不可「專守一家」。雖容易湊題上手，但也容易陷入狹隘的風格而不自覺。

吳喬的成就，見諸史書列傳所載，如《清史稿》列傳第二百七十一所載資料非常簡略，僅有短短數語：

> 殳，字修齡，原名喬，亦常熟人也。著《圍爐詩話》，云：「意喻則米，炊者為飯者文，釀而為酒者詩乎？」又曰：「詩之中須有人在。」執信歎為知言。〔註146〕

《清史列傳》卷七十所載稍長：

> 工詩，王士禎嘗以善學西崑許之。其論詩，謂詩中須有人在，趙執信服膺以為知言。所著《圍爐詩話》七卷〔註147〕，有云：「意喻之米，文炊而為飯，詩釀而為酒；飯不變米型，酒則

〔註143〕《圍爐詩話》卷一，頁506、507。
〔註144〕《圍爐詩話》卷二，頁545。
〔註145〕吳喬回答東海諸英俊之問「詩文之界如何？」以米喻意，各有不同的表達方式。詳見《圍爐詩話》卷一，頁479。
〔註146〕楊家駱主編《清史稿》（台北：鼎文書局，1981年9月），頁13333。
〔註147〕《圍爐詩話》應為六卷，此云「七卷」有誤。

變盡。」又云：「唐詩有比興，其詞婉而微；宋詩少比興，其詞徑以直。」又云：「作詩學古則窒心，騁心則違古。惟學古人用心之路，則有入處。」閻若璩嘗讀之，歎以為「哀梨并翦」云。〔註148〕

由以上資料可見吳喬的詩學理論中，仍以創作論受到矚目及讚賞。本文將《圍爐詩話》討論創作的文字耙梳，略作重構，疏漏之處勢難避免；唯期待此書能受到應有之重視與評價。

六、引用書目

（一）古籍

1. 〔唐〕房喬等撰《晉書》（台北：藝文印書館，1985 年）。

2. 〔宋〕馬端臨撰《文獻通考》（台北：新興書局，1963 年）。

3. 楊家駱主編《舊唐書》（台北：鼎文書局，1976 年 10 月）。

4. 楊家駱主編《清史稿》（台北：鼎文書局，1981 年 9 月）。

5. 周駿富輯《清史列傳》（台北：明文書局，1985 年）。

6. 王祖畬《太倉州志》（台北：成文，1972 年，《中國方志叢書》）。

7. 王昶等修《直隸太倉州志》（上海：上海古籍出版社，2002 年 3 月，《續修四庫全書》第 697 冊）。

8. 〔宋〕計有功《唐詩紀事》（台北：鼎文出版社，1974 年 3 月）。

9. 〔清〕董誥等輯《欽定全唐文》（台北：文海出版社，1972 年 8 月）。

10. 〔清〕錢謙益《列朝詩集》（北京：中華書局，2007 年 9 月）。

11. 〔清〕永瑢等《合印四庫全書總目提要及四庫未收書目禁毀書目》（台北：台灣商務印書館，1978 年增訂 2 版）。

〔註148〕周駿富輯《清史列傳》（台北：明文書局，1985 年），頁 669。

12. 〔清〕沈德潛《唐詩別裁集》（台北：廣文書局，1970 年）。

13. 〔清〕王夫之《明詩評選》（北京：文化藝術出版社，1997 年 3 月）。

14. 〔宋〕姜夔《白石道人詩說》（台北：藝文印書館，1959 年 8 月，《歷代詩話》）。

15. 〔宋〕魏慶之《詩人玉屑》（台北：商務印書館，1968 年 6 月）。

16. 〔宋〕蔡居厚《蔡寬夫詩話》（台北：文淵閣，1972 年 4 月，《宋詩話輯佚》）。

17. 〔宋〕嚴羽，郭紹虞《滄浪詩話校釋》（台北：文馨出版社，1973 年）。

18. 〔宋〕王直方《王直方詩話》（南京：江蘇古籍出版社，1998 年 12 月，《宋詩話全編》本）。

19. 〔宋〕錢易《南部新書》（台北：台灣商務印書館，1983 年，《四庫全書》本）。

20. 〔元〕周弼《唐賢三體詩法》（台北：廣文書局，1972 年，影印國立圖書館藏校消鯖元刊本）。

21. 〔明〕都穆《南濠詩話》（台北：藝文印書館，1971 年 10 月，《續歷代詩話》本）。

22. 〔明〕李東陽《懷麓堂詩話》（台北：藝文印書館，1971 年 10 月，《續歷代詩話》本）。

23. 〔明〕李攀龍《滄溟先生集》（台北：偉文圖書公司，1976 影印明刊本）。

24. 〔明〕王世貞《藝苑巵言》（台北：藝文印書館，1983 年 6 月四版，《續歷代詩話》本）。

25. 〔明〕謝榛《四溟詩話》（台北：藝文印書館，1983 年 6 月四版，《續歷代詩話》本）。

26. 〔明〕王世貞《藝苑巵言》(台北：藝文印書館，1983 年 6 月四版，《續歷代詩話》本)。

27. 〔明〕李夢陽《空同集》(台北：台灣商務印書館，1983 年，《四庫全書》本)。

28. 〔明〕許學夷《詩源辯體》(北京：人民文學出版社，2001 年重印版)。

29. 〔清〕王夫之《薑齋詩話》(台北：藝文印書館，1971 年 10 月《清詩話》本)。

30. 〔清〕賀裳《載酒園詩話》(台北：藝文印書館，1985 年 9 月，《清詩話續編》本)。

31. 〔清〕吳喬《圍爐詩話》(台北：藝文印書館，1985 年 9 月，《清詩話續編》，張海鵬刻本)。

（二）近人著作

1. 王禮卿《文心雕龍通解》(台北：黎明，1986 年 10 月)。

2. 王力堅《詩經賦比興原論》(《社會科學戰線‧文藝學研究》，1998 年 1 期)。

3. 張健《清代詩學研究》(北京：北京大學出版社，1999 年 11 月)。

4. 陳文新《明代詩學》(長沙：湖南人民出版社，2000 年 11 月)。

5. 杜書瀛《文學原理：創作論》(北京：人民文學出版社，2001 年 11 月)。

（三）期刊論文

1. 王英志〈試論吳喬意為主將說〉(《蘇州大學學報》，1982 第 1 期)。

2. 孫安邦〈試論憤世刺時的溫庭筠〉(《山西師院學報》，1995 年 4 月)。

3. 張高評〈清初宗唐詩話與唐宋詩之爭：以「宋詩得失論」為考察重點〉(《中國文學與文化研究學刊》2002 年 6 月第 1 期)。

4. 胡幼峰〈吳喬《圍爐詩話》對李夢陽的評價〉（輔仁國文學報第十九期，2003 年 10 月）。

5. 胡幼峰〈《圍爐詩話》之詩病說評析〉（輔仁國文學報第二十三期，2007 年 2 月）。

6. 胡幼峰〈試論吳喬《圍爐詩話》對宋詩的評價〉（輔仁國文學報第二十七期，2008 年 10 月）。

7. 胡幼峰〈吳喬之生平交游及著作辨疑〉（輔仁國文學報第三十期，2010 年 4 月）。

吳喬《圍爐詩話》的詩病說

論文提要：

　　吳喬《圍爐詩話》六卷，在清初眾多詩話中，可謂有論見、有立場的優秀作品，雖爭議頗多，但瑕不掩瑜。其有關詩歌鑑賞所提出之理論—「詩病說」，係秉持其一貫的論詩主張，並且舉證說明。其中「俗病」及「有詞無意」、「專守一家」之病，乃就明代復古派的缺失而發，切中肯綮。雖然有強烈的針對性及批判性，但也不乏普遍性。此外，詩忌「率直迫切」、忌「死句」之病，指出詩歌創作的避忌，雖非創見，但由於論說取譬，流露個人的觀點，亦值得關注。本文乃就其論說，詳加剖析，並作評論。

關鍵詞：詩病、弘嘉詩人、雅俗、意、模擬、比興

一、前言

　　詩話的發展迄乎清代，其體製仍屬條錄短章者有之，分卷成書者亦有之。而其內容更為豐富，舉凡詩派群體、詩家風格、創作方法、本事考辯、作品鑑賞、記疑論病……等均涵蓋其中，無不展現作者論詩的觀點和立場。詩派之林立不僅可觀〔註1〕，詩話之著作更是豐碩。〔註2〕吳

〔註1〕文人結社成派，到明末清初之際，不論是數量、規模或性質，都有突破性的發展。可參閱何宗美《明末清初文人結社研究》（天津：南開大學出版社，2004年1月第二次印刷）。

〔註2〕蔣寅《清詩話考》（北京：中華書局，2005年1月）參酌吳宏一主編《清代詩話知見錄》（台北：中研院文哲所，2002年）所著錄清詩話

喬《圍爐詩話》在清初眾多詩話中，可謂有論見、有立場。他反對宋詩，也反對明代「弘、嘉詩人」的復古主張及擬古作品。由於深恐「二李」之學在清初詩壇死灰復燃〔註3〕，所以他的議論，往往帶有針對性。案：「弘、嘉詩人」，係指以李夢陽及李攀龍為首的文人集團。弘德七子及嘉靖七子的領導者，前為李夢陽、何景明，後為李攀龍、王世貞。吳喬率以「二李」概稱。〔註4〕

1100多種，爬梳考辨，另行編目，並作提要，共有967種。可見詩話於清代盛行之狀況。

〔註3〕明末清初陳子龍所領導的雲間詩派，被視為紹緒七子。其〈壬申文選凡例〉云：「文當規摹兩漢，詩必宗趣開元，吾輩所懷，以茲為正。」《陳忠裕公全集》卷三十（清嘉慶八年簳山草堂刊本），頁14。〈李舒章彷彿樓詩稿序〉云：「夫詩衰於宋，而明興尚沿餘習，北地（李夢陽）、信陽（何景明）力反風雅，歷下（李攀龍）、瑯琊（王世貞），復長壇坫，其功不可掩，其宗尚不可非也。」《陳忠裕公全集》卷二十五，頁26。雖然陳子龍於七子之說實亦有所修正，但吳喬《圍爐詩話》中多處可見批評的文字，如卷六頁663、666、667、668。

〔註4〕《圍爐詩話》中弘、嘉詩人（弘、嘉乃指明孝宗「弘治」、世宗「嘉靖」二朝，故「弘、嘉」乃是指稱孝宗弘治、武宗正德、世宗嘉靖三朝，起於西元1488年終至西元1766年。），係指以李夢陽及李攀龍為首的文人集團。康海〈漢陂先生集序〉曾云：「我明文章之盛，莫極於弘治時，所以反古昔而變流靡者，惟時有六人焉：北郡李獻吉、信陽何仲默、鄠杜王敬夫、儀封王子衡、吳興徐昌穀、濟南邊庭實，金輝玉映，光照宇內，而予亦幸竊附於諸公之間。……於是後之君子，言文與詩者，先秦兩漢、漢魏盛唐，彬彬盈乎域中矣。」見康海《對山集》四庫全書本，卷三，頁3上～3下。其後李開先於〈何大復傳〉中，正式稱此七人為「弘德七子」。見《李開先集》（上海：中華書局，1959年），頁608。許學夷《詩源辨體》則指出：「弘正諸子，觀諸家序列不同，則知李、何、徐、邊而外，初無定名也。」（北京：人民文學出版社，1987年），頁411。可見七子之名無定，但李夢陽為七子之領袖，則固無疑問。李夢陽卒後，當時文壇風氣又起變化，王世懋指出：「于鱗輩當嘉靖時，海內稍馳鶩于晉江、毘陵之文，而詩或為臺閣也者，學或為理窟也者。于鱗始以學力振之，諸君子堅意唱和，遂往橫屬。」見王世懋〈賀天目徐大夫子與轉左方伯序〉，《王奉常集》卷五，（萬曆十七年吳郡王家刊本），頁12上。故一時又有「嘉靖」七子的稱號蜂起。因此，弘德七子及嘉靖七子的領導者，前為李夢陽、何景明，後為李攀龍、王世貞。

《文心雕龍‧指瑕》云：「古來文才，異世爭驅，或逸才以爽迅，或精思以纖密，而慮動難圓，鮮無瑕病。」姜夔《白石道人詩說》云：「不知詩病，何由能詩？不觀詩法，何由知病？名家者各有一病，大醇小疵，差可耳。」〔註5〕從詩法的角度來看，不合格律、不合修辭的原則便犯了詩病，這是具體的、客觀的；但從鑑賞的角度來看，是否為病，因素複雜，則不免流於主觀的判斷。譬如「以文為詩」是否為病？「以禪為詩」是否為病？「以理為詩」是否為病？詩歌流行的背景不同，或一時以為佳，一時以為病。因此，宋、明、清詩話中討論的詩病，林林總總，難以概括。隨詩話作者論詩之立場、鑑賞之偏尚不同，各本詩話各有所拈，各有所得。有的細瑣，有的則標舉原則，《圍爐詩話》即屬後者。近年來研究吳喬《圍爐詩話》者日增，或見於單篇論文，或見於清代詩學研究之專書中，論說各有專精，惟未見有關「詩病」之討論。故本文乃就《圍爐詩話》中之資料，進行分析歸納，以見其詩學之傾向及主張。

二、「俗」之病

詩文有雅、俗之別。何者為雅？何者為俗？此有賴鑑賞者之判定，易流於主觀。《圍爐詩話》摘錄嚴羽《滄浪詩話》所論「詩禁五俗：俗體、俗意、俗句、俗字、俗韻，皆不可犯。」吳喬評曰：「此言最善。」〔註6〕他另提出雅學、俗學，雅體、俗體。

首先，所謂雅學、俗學，吳喬係針對明代的詩學門戶，加以區隔，指出當時詩文有雅、俗之別；而其影響，至清初猶見沾溉：

> 詩文有雅學，有俗學。雅學大費工力，真實而闇然，見者難
> 識，不便于人事之用。俗學不費工力，虛偽而的然，能悅眾

〔註5〕白石道人詩說》第十二條，《宋詩話全編》（南京：江蘇古籍出版社，1998年12月），頁7548。

〔註6〕《圍爐詩話》卷一，頁477。嚴羽所論，見《滄浪詩話‧詩法》郭紹虞校釋本（台北：正生書局，1974年3月），頁100。嚴羽所謂之「體」，一指詩歌文類之具體形式，一指風格。吳喬並未辨析。

目，便于人事之用。世之知詩者難得，故雅學之門，可以羅
雀，後鮮繼者；俗學之門，簫鼓如雷，衣缽不絕。如震川、
元美，時同地近，震川卻掃荒村，後之學其文者無幾；元美
奔走天下，至今壽奠之作，猶漑餘膏。苟為身計，刺繡文不
如倚市門，無奈醒人不能酗酒，有目者不能瞑而執杖取道耳。
人欲應酬，俗學甚善；若欲見古先作者之意，非視俗學如糞
穢之不可嚮邇，不能見也。　（《圍爐詩話》，卷一，頁474）。

何謂「俗學」？今縱觀明代詩歌的發展，以前後七子為中心的詩
壇，普遍流行一致的主張，一致的宗尚〔註7〕，遂導致他們的作品具有
流行性、通俗性、及普遍性，吳喬稱之為「俗學」。雅學大費工夫、學
力，遍涉經史，踏實卻又不易為人所識，不便於「人事之用」，因此雅
學之門後繼冷清；俗學不費力，學習標的明確，能悅眾目，便於「人
事之用」，因此俗學之門衣缽不絕。吳喬以明儒歸有光和王世貞作比，
兩人在時勢風尚的趨從下，境遇殊異。歸有光與王慎中、唐順之、茅坤
等人提倡唐宋古文，有別於主流派王世貞「文必秦漢」之高調。然而，
後人檢視這段文學發展，前者廓然有容，後者格局狹隘。引文中「元美
奔走天下，至今壽奠之作，猶漑餘膏」，道出其所以成為俗學的關鍵，
即在「人事之用」，亦即應酬。吳喬曾指出「詩壞於明，明詩壞於應酬」
〔註8〕。詩人與朋友之間交往互動而寫下的作品，包括迎送、酬贈、唱
和、寄書……等，均可概稱為「應酬」詩。古今應酬之作難以數計，古
今應酬之作亦不乏佳構，故不可一概而論。吳喬逕稱「詩壞于明，明詩
又壞于應酬」，這是相當主觀的論述。他為「應酬詩」下的定義是：「凡
贈契友佳作，移之泛交，即應酬詩。」〔註9〕他更坦白自述「昔年代筆，

〔註7〕 李夢陽提出：「文必秦漢，詩必盛唐，非是者弗道。」（《明史‧李夢陽
　　　　傳》）何景明亦倡言復古：「文自西京，詩自中唐而下，一切吐棄，操
　　　　觚談藝之士，翕然宗之」（《明史‧文苑傳序》）過度追求形式的結果，
　　　　導致作品流於一致性，遂產生種種弊端。
〔註8〕 《圍爐詩話》卷一，頁594。
〔註9〕 《圍爐詩話》卷四，頁598。

不免為此」〔註10〕。換言之，為了「應酬赴急」，強為之辭，這不但是他的寫作經驗談，也是明代許多詩人，專為應酬而學詩，為應酬而作詩的情況。這種「人事之用」的詩，若無真摯的情誼蘊于中，自無動人的文字形於外，其高者模擬李、杜、高、岑，其下者模擬二李，剽舊蹈襲，最易得心應手。他有一段批評時人的肺腑之言：

> 明之功名富貴在時文，全段精神俱在時文用盡，詩其暮氣為之耳。此間有兩種人：一則得意者，不免應酬，二李之體，易成而悅目；一則失志者，不免代筆，亦為二李相宜故也。古人非執友，非詩人不贈以詩，故交遊間詩，亦得有意有情。今世以詩作天青官綠，尚書臺鼎套禮之副，定不免用二李套句。然當如服牛乘馬，雞司晨，狗守戶而已。其不可謂之詩，譬猶牛馬雞狗之身，不可以為己身也。蓋泛交本自無情，豈能作有情之語。而又用處甚多。今日仕途，用其有詞無意之詩，可以應用而不窮，且寫在白綾金扇上，亦能炫俗眼。但不可留稿，人若看至五六首，必嘔穢哉。……（《圍爐詩話》卷四，頁598、599）。

以上文字主要論述有三：第一、指出明代以八股文取士，影響所及，士人耗盡心力於時文，詩乃餘力為之，故不比唐用心而有變化。〔註11〕第二、士人之中仕途得意者，交際應酬頻繁，二李之體易成悅目，故多襲用二李套句。失志文人淪為「代筆」，既無深交情誼，因而亦以二李套句為宜。第三、諷刺明代的士人，其應酬泛交本自無情，故詩多為有詞無意之詩，陳言相因，應用不窮，令人作嘔。吳喬進一步坦言他曾「代筆」作應酬詩的困境：

> 余自代筆，而識四大家受病之故焉。彼之仕途泛交，與余不

〔註10〕 吳喬云：「余幼時沉酣於弘、嘉之學者十年，故醒後能窮搜其窟穴，求以長處，惟是應酬赴急耳。昔年代筆，不免為此。」《圍爐詩話》卷四，頁596。〔註10〕

〔註11〕 吳喬指出：「唐之功名富貴在詩，故三唐人肯用心而有變。」見《圍爐詩話》卷四，頁598。

識面之貴人何異？彼遇歡戚會別等事，不論有暇無暇，須與
之一詩，與余之旅塗困頓，茫無情緒時，忽然索詩何異？彼
之無情而強為之辭，又欲似盛唐，不得不依樣造句，與余之
昧心蒙面，詭遇他人何異？彼自謂鏗鏘絢麗，宛然唐人，與
余所舉〈乞食草〉中之無意思，郭殼爛惡，陳久餿敗之語何
異？所不同者，余以秋根自命，彼以盛唐大家自許耳。然余
〈乞食詩〉，實得少時十年沉浸糞溝之力。　（《圍爐詩話》
卷四，頁 598）。

此段文字真可謂字字吐實，毫無虛矯，更切中應酬為詩的弊病。
劉勰《文心雕龍・情采》篇曾言：「昔人什篇，為情而造文；辭
人賦頌，為文而造情。何以明其然？蓋風、雅之興，志思蓄憤，而吟詠情性，以
諷其上，此為情而造文也。諸子之徒，心非鬱陶，苟馳誇飾，鬻聲釣世，
此為文而造情也。」文學創作的動機，簡言之有二：為情而造文者，抒
寫心中之情志，作品以「真」為貴；為文而造情者，創作多有其目的性，
即使文采燦爛，其情為「偽」。雖獲得盛名，劉勰卻不以為然：「草木之
微，依情待實；況乎文章，述志為本。言與志反，文豈足徵？」並於贊
曰：「繁采寡情，味之必厭。」二者的重要區別就在於所造之情為「真」
或「偽」。吳喬批評，明代的應酬詩，不論自作或代筆，其創作均屬「為
文造情」者，或為「仕途泛交」、或為「不識面之貴人」而寫；心中既
無「真」情而強為之辭，以盛唐名篇依樣造句而博得盛名，這樣的作品
吳喬以「郭殼爛惡，陳久餿敗」形容。他完全不接受也不欣賞，更不同
意李、何、王、李以「盛唐大家自許」。而他自嘲所作乞食詩之所以得
心應手，是早年沉浸於「糞溝」（七子之俗學）所致。〔註12〕他明白點

〔註12〕吳喬並不諱言自己早年的習詩歷程。他說：「諺云『賊捉賊，鼠捕鼠』。
余幼時沉酣于弘、嘉之學者十年，故醒後能窮搜其窟穴，求以長處，
惟是應酬赴急耳……。」《圍爐詩話》卷四，頁 596。「余癸酉（1633）
以前視此輩詩如金玉，癸酉以後視此輩詩如瓦礫，丁亥以後視此輩詩
如糞穢矣！」《圍爐詩話》卷六，頁 677。吳喬亦自述「天啟癸亥（1623）
年始十三，自不知端量，妄意學詩」係以弘、嘉之學入門；「癸酉冬，

出：「詩乃心聲，心日進於三教百家之言，則詩思月異而歲不同，此子美『讀書破萬卷』也。……人於順逆境遇間，所動情思，皆是詩材。子美之詩，多得於此。人不能然，失卻好詩，及至作詩，了無意思，惟學古人句樣而已。」〔註13〕由於他早年曾經沉酣習效於弘、嘉之學十年之久，所以自認為最識箇中三昧。他具體舉證明人應酬詩的寫作手法：「明人應酬，能四面周旋，一處不漏，乃其長技，卻從嚴維〈送崔兼寄薛〉詩來。」〔註14〕〈送崔兼寄薛〉《全唐詩》卷二百六十三題為〈送崔峒使往睦州兼寄薛司戶〉，茲錄原詩如下：

> 如今相府用英髦，獨往南州肯告勞。冰火近開溪浦出，雪雲初卷定山高。木奴花映桐盧縣，青雀舟隨白霞濤。使者應須訪廉吏，府中惟有范功曹。

從詩題即可明白這是一首贈別詩。選擇七言律體，蓋因「七律齊整諧和，長短適中，最宜人事之用，故自唐至明，作者愈盛。」〔註15〕起筆點明相府延攬人才，崔峒前往，吳喬云：「讚崔兼及相府也。」以「英髦」讚美崔峒的傑出，也讚揚了相府的知人善任，可謂一筆兩用。頷聯、頸聯四句寫景，吳喬指出：「泛敘景物，全似明人套語。」換言之，應酬詩可因「人事之用」，在首聯破題，以作區別，二、三聯借寫景四句泛泛之語套用陳言。結聯再應題，吳喬云：「譽薛縉及于崔，一處不漏。」因嚴維此詩兼寄薛司戶，「使者應須訪廉吏」，以「廉吏」稱讚薛司戶；「府中惟有范公曹」以「范滂」之清廉節操期許崔峒，也再次讚美了相府用人，也是一筆兩用。所以吳喬云：「三人得之，未有不喜者，而詩道壞矣！」應酬詩寫得面面周到，確實達到「應酬」的效益，至於言詞是否出自肺腑，情意是否真摯，頌揚是否過當，則往往被忽略

讀唐人全集，乃知詩道不然」，時年二十三。以上見《圍爐詩話》卷六，頁666。由於他早年曾經沉酣習效於弘、嘉之學十年之久，所以自認為最識箇中三昧。
〔註13〕見《圍爐詩話》卷一，頁474。
〔註14〕引文見《圍爐詩話》卷四，頁595。
〔註15〕卷頁同前，不同條。

了。吳喬又舉李商隱〈贈趙協律晳〉為例，認為此詩「亦是人事，以有交情，自然懇切，與嚴詩不同。」〔註16〕

　　至於唐詩中之酬贈佳篇，足堪為法者，吳喬則舉出：「今人作應酬詩者，不必責以王右丞之〈送楊少府〉、杜少陵之〈和裴迪〉，只作中唐人劉長卿之〈送陵澧〉，李益之〈送賈校書〉幾首，請拜以為五十六字之師。」〔註17〕他直言無諱，也語帶嘲諷。弘、嘉詩人好學杜甫，但是，杜甫的酬贈之作，在吳喬看來，「無篇不由中，絕無應酬人事之作。今之學杜者。盍一審諸！」〔註18〕閱人事，察人情，「一生困阨，息交絕游」〔註19〕的吳喬，自是厭惡為應酬而學詩，為應酬而寫詩。迫於環境，不免代筆，使他不免感慨：「極似由衷之語，今不知贈者何人，何以是我詩哉？餘可知矣！」〔註20〕真情吐露，道盡「應酬」之作的無奈與應酬詩的缺失。他又以「壽詩」為例：「今世最尚壽詩，不分顯晦愚智，莫不墮此需索。……庚戌，賤齒六十，友人欲以詩壽。余曰：『若果如此，必踵門而詬之。』友曰：『何至於此？』余曰：『吾是老代筆，專以此侮人者也，君輩乃欲侮我耶？』聞者大笑。……唐人絕少壽詩，宋人有之，而壽詞為多。」〔註21〕這段調侃的文字，可謂入木三分。此外，他更將明人的創作心理剖析，指出：「人之工于諧世者，耳目口鼻，俱非己有，乃得事事成就，人人歡喜。詩文何足道哉！而又附會斯文，不得不于此著腳。于鱗之詩，元美之文，易學而使用足矣！李、杜、歐、蘇，不亦無謂矣乎！」〔註22〕文學作品貴乎情「真」。朋友貴為五倫之一，交誼若不能出以真誠，則毫無意義可言。吳喬感喟

〔註16〕　《圍爐詩話》卷四，頁595。
〔註17〕　《圍爐詩話》卷四，頁599。劉長卿的贈別詩，吳喬另舉出〈贈別嚴士元〉、〈送耿拾遺〉、〈別薛柳二元外〉諸詩，認為「絕無套語」。同卷，頁595。
〔註18〕　仝卷，頁595。
〔註19〕　《圍爐詩話‧自序》
〔註20〕　《圍爐詩話》卷四，頁598。
〔註21〕　《圍爐詩話》卷四，頁596。
〔註22〕　《圍爐詩話》卷四，頁595。

「交道古今不同」，批評「明朝之詩，惟此為事」，雖不免激切，卻發人深思。應酬之詩、文，多半溢美，言不由衷，其價值幾希。他強調「發於自心，雖有高下，不失為詩。惟人事之用者，同於觥肩酒榼，不足為詩」；從這個角度評比詩之優劣高下，可分上、中、下三等：

> 詩如陶淵明之涵怡性情，杜子美之憂君愛國者，契于三百篇，上也；如李太白之遺棄塵世，放曠物表者，契于莊、列，為次之；怡情景物，優閒自適者，又次之；嘆老嗟卑者，又次之；留連聲色者，又次之；攀緣貴要者為下。而皆發于自心，雖有高下，不失為詩。惟人事之用者，同于觥肩酒榼，不足為詩。 （《圍爐詩話》，卷一，頁 474、475）。

吳喬以陶淵明、杜甫為第一等詩人，因其情性、因其幽思。李白為第二等詩人，其餘又等而次之，判準的依據在於情意之關注、表現之格局。最為擯斥者，當是「人事之用」的應酬詩。他進一步指出因應酬而形成的俗學，其弊在於模擬，模擬之病的癥結所在則是：「二李詩絕無意義，惟事聲色，看之見好，為之易成，又冒盛唐之名，易於眩人，淺夫不察，一飲狂泉，終身苦海。及乎技倆已成，縱識得唐人門徑，而下筆終不能脫舊調。」取巧易成是時人的創作心態，也是俗學形成的主要因素。他並且告誡後學：「始進之路，可不戒慎哉！友人犯此者不少，故謹記之。」〔註23〕《石遺室詩話》嘗言：「詩最忌淺俗。何謂淺？人人能道語是也。何謂俗？人人所喜語是也。」〔註24〕模擬之風一旦形成，人人同調，自成俗學。

詩歌既有雅俗之別，綜觀唐詩與明詩，吳喬既不喜明代模擬之風，故認為「唐詩為雅，明詩為俗」。此外，從辯「體」的角度來看：以「古體」、「唐體」（即近體、律體）別之，吳喬認為「古體為雅，唐體為俗」；若專就「絕句」、「律詩」言之，吳喬則認為「絕句為雅，律詩為俗」；

〔註23〕以上兩則引文見《圍爐詩話》卷一，頁475。
〔註24〕見陳衍《石遺室詩話》卷二十三（台北：臺灣商務印書館，1961 年 12 月臺一版），頁7。

若以「五律」、「七律」言之,「五律猶雅,七律為俗」;以「古律」、「唐律」言之,「古律猶雅,唐律為俗」〔註25〕。這段論「體」說,充分顯示吳喬崇古抑今、古雅近俗的詩觀,頗值得商榷。更何況他將詩之「體」與「格」併論,亦誠屬不當。

三、「有詞無意」之病

「意」為詩中不可或缺的要素,吳喬嘗有妙喻,傳其神恉。他說:「意為主將,法為號令,字為部曲兵卒。由有主將,故號令得行,而部曲兵卒,莫不如臂指之用,旌旗金鼓,秩然井然。」〔註26〕此說確中肯綮。詩中字句,譬如部曲兵卒,若無詩法,字句難以安妥。而「意為主將,法為號令」,主將確立,法得施行;苟或不然,詩無主意,雖然起承轉合有致,詞采華茂工巧,終有不知所云之憾。吳喬復云:「詩不可言求,當觀其意。」〔註27〕意為主,詞為副,「意」在詩中的重要性自是不可言喻的。一般論詩者,往往從遣詞造句以區別唐、宋、明詩,或以內容風格品評諸詩特色。吳喬則增加了「意」的表現作為詩歌鑑賞的標準。而他抨擊明代弘、嘉詩人所犯的最嚴重的詩病,便是「有詞無意」之病。由於「詩以意為主」為吳喬的主要詩觀,而復古派的模擬手法往往以詞勝意,有盛唐詩歌的遣詞造語,卻與作者之「意」難以契合,因而往往產生「有詞無意」的詩病。茲將其說擇要舉例於後:

> 1. 唐詩有「意」,而託比興以雜出之,其詞婉而微,如人而衣冠;宋詩亦有「意」,惟賦而少比興,其詞徑以直,如人而赤體。明之瞎盛唐詩,字面煥然,無「意」無法,直是木偶被文繡耳。此病二高萌之,弘、嘉大盛,識者祇斥其措詞之不倫,而不言其無「意」之為病。是以弘、嘉習

〔註25〕以上見《圍爐詩話》卷一,頁474。
〔註26〕《圍爐詩話》卷二,頁545。
〔註27〕《圍爐詩話》卷一,頁504。

氣，至今流注人心，隱伏不覺。習氣如乳母衣，縱經灰滌，終有乳氣。人之惟求好句而不求詩「意」之所在者，即弘、嘉習氣也。　（《圍爐詩話》卷一，頁472）。

2. 今人作詩，須于唐人之命意布局求入處，不可專重好句。若專重好句，必蹈弘、嘉人之覆轍。　（《圍爐詩話》卷一，頁476）。

3. 弘、嘉人惟求詞，不求意，故敢輕忽大曆。余故舉唐末詩之有意者，以破天下之障。人能于唐詩一二字中見透其意，即脫宋、明之病……。　（《圍爐詩話》卷一，頁498）。

4. 弘、嘉人湊麗字以成句，湊麗句以成篇，便有詞無意。宋不勤說，故無此病。　（《圍爐詩話》卷一，頁499）。

首先，吳喬指斥明代復古派以盛唐詩歌為學習目標，而方法卻大有問題。「瞎」字即指「盲目」。盲目習效的結果，僅得「字面」絢爛光彩，缺少詩歌應有的作者之「意」及創作之「法」，如同給木偶披上刺繡精工，彩色豔麗的服飾，終究是木偶，少了活人的精神意趣。案：李夢陽確實認為欲復古必須擬古，並且深信擬古有法式可循。他在〈答周子書〉云：「文必有法式，然後中諧音度，如方圓之於規矩，古人用之非自作之，實天生之也，今人法式古人，非法式古人也，實物自則也。」〈再與何氏書〉云：「夫文與字一也，今人模臨古帖即太似不嫌，反曰能書，何獨至於文而欲自立一門戶耶！」〔註28〕事實上，在吳喬之前的虞山詩派領袖錢謙益，即就李夢陽的模擬，作出抨擊：「（夢陽）牽率模擬，剽賊於聲句之間，如嬰兒之學語，如桐子之洛誦，字則字，句則句，篇則篇，毫不能吐其心之所有，古之人固如是乎？」〔註29〕並且指出：「獻吉之學杜，所以自誤誤人者，以其生吞活剝，本不知杜，而

〔註28〕以上俱見《空同集》卷六十二，四庫全書本。
〔註29〕見錢謙益《列朝詩集小傳》上冊，丙集李夢陽傳（台北：世界書局，1985年2月），頁311。

曰必如是乃為杜也……獻吉輩之言詩木偶之衣冠也，土菑之文繡也，爛然滿目，終為象物而已。」〔註30〕吳喬的評論觀點，顯然受到錢謙益影響，並且立場一致。吳喬更進一步指出模擬之病乃「二高萌之，弘、嘉大盛」毋疑是將擬古之風上溯到明初詩人高啟、高棅，這點十分值得注意。因為高啟的聲譽卓著，錢謙益於《列朝詩集小傳》中，引用了李東陽的評論：「國初稱高、楊、張、徐。高才力聲調，過三人遠甚。百餘年來，亦未見卓然有過之者。」此外，王禕、謝徽對高啟作品的風格、修辭、體製、思致及成就等，作了具體而崇高的評價。〔註31〕但對於閩中詩派的林鴻、高棅等，錢謙益曾就閩派的學唐方式加以批判。在《列朝詩集小傳》乙集高棅傳中，他指出：「推閩之詩派，禰三唐而祧宋元，若江西之宗杜陵也，然與否耶？膳部（林鴻）之學唐詩，摹其色相，按其音節，庶幾似之矣。其所以不及唐人者，正以其摹倣形似，而不知由悟以入也」；閩派對明代詩壇的影響，相當深遠，「自閩詩一派盛行永、天之際，六十餘載，柔音曼節，卑靡成風。風雅道衰。誰執其咎？自時厥後，弘、正之衣冠老杜，嘉隆之嚬笑盛唐，傳變滋多，受病則一。」〔註32〕由錢謙益的評論來看，閩中詩派的擬古之習，乃成為弘、正、嘉、隆前後七子衣冠老杜、標舉盛唐的先導。而吳喬即認為「模擬」之習，係「二高」萌之。換言之，真正開明代擬古風氣之先者應為高啟。高啟在〈獨庵集序〉指出杜甫兼具多樣風格，故成名家，「故必兼師眾長，隨事模擬，待其時至心融，渾然自成，始可以名大方而免夫

〔註30〕錢謙益〈曾房仲詩序〉，《初學集》卷三十二（上海：上海古籍出版社，1985 年），頁 928～930。

〔註31〕《列朝詩集小傳》上冊，甲集論高啟的部分，引用三條資料讚美高啟：王子充（禕）曰：「季迪之詩，雋逸而清麗，如秋空飛隼，盤施百折，招之不肯下；又如碧水芙蕖，不假雕飾，翛然塵外。」謝徽曰：「季迪之詩，緣情隨事，因物賦形，橫縱百出，開合變化。其體製雅醇，則冠裳委蛇，佩玉而長琚也。其思致清遠，則秋空素鶴，迴翔欲下，而輕雲霽月之連娟也。其文采縟麗，如春花翹英，蜀錦新濯。其才氣俊逸，如泰華秋隼之孤鶱，昆侖八駿追風躡電而馳也。」見頁 74、75。

〔註32〕見錢謙益《列朝詩集小傳》乙集高棅傳，頁 180、181。

偏執之弊矣。」〔註33〕顯然錢氏有所未及。此外。吳喬認為一般批評者只注意到弘、嘉詩人在「措辭」方面的誤謬，卻忽略了根本問題，即「有詞無意」。這種拼湊字句的「習氣」也對時下某些詩人產生了影響，他遂呼籲子弟應知所警惕；進而勸戒後學，當于唐詩一二字中尋繹詩「意」，便可避免「有詞無意」之病。其中吳喬用譬喻的方式「如人而衣冠」、「如人而赤體」、「直是木偶被文繡」，將唐、宋、明詩「意」與「詞」的表現，生動解說，可謂曲盡其妙。而「習氣」如「乳母衣」，不可沾染，一旦染上，終難祛除。此喻確為切當。

引文3、4條，指出弘、嘉詩人惟求字句之麗，標榜復古，依盛唐皮毛造句用字，大曆以降的作品，則完全忽略。其結果必然走上偏仄的擬古之途，而陳言剿句之弊因此滋生：

1. 弘、嘉詩派濃紅重綠，陳言剿句，萬篇一篇，萬人一人，乃不知作者為何等人，謂之詩家異物，非過也。　（《圍爐詩話》卷一，頁490）。

2. 弘、嘉瞎盛唐，只走一路，學成空殼生、硬套子，不問何題，一概用之，詩道遂成異物。　（《圍爐詩話》卷三，頁552）。

3. 若抄舊而可為盛唐，韋、柳、溫、李之倫，其才識豈無及弘、嘉者？識法者懼也。　（《圍爐詩話》卷三，頁554）。

模擬太過，而導致「剿句」、「空殼子」、「硬套子」、「抄舊」之譏，二李的作品集中，確實不乏例證，並以李攀龍為尤甚。〔註34〕吳喬雖未

〔註33〕　見高啟《鳧藻集·獨庵集序》卷二，《高啟大全集》（台灣：世界書局，1964年初版），頁20。

〔註34〕　陳書彔《明代詩文的演變》（南京：江蘇教育出版社，1996年11月）指出：「李夢陽的詩歌中，確實有『泥於格調而偽體出』的病症：樂府如〈艷歌行〉，五古如〈功德寺〉，七古如〈石將軍戰場歌〉等過於雕飾，有的甚至是點化古人成句，拼湊成篇……。」見第三章第二節，頁207、208。至於李攀龍則言：「分體而論，李攀龍的古樂府臨摹太過，五古取徑太狹，七古、五律等侷限於格調而寡新法。」並取錢謙

舉例說明，但早在王世貞《藝苑巵言》中，即批評「于鱗棄官以前，七言律極高華，然其大意，恐以字累句，以句累篇。守其俊語，不輕變化，故三首而外，不耐雷同……擬古樂府，無一字一句不精美，然不堪與古樂府並看，看則似臨摹帖耳。」〔註35〕錢謙益更以「剽竊文意」、「句撽字捔」、「刻畫雄詞，規摹秀句」等字眼作評。舉出〈翁離〉、〈東門行〉、〈戰城南〉、〈陌上桑〉等篇與古作兩相對照，僅更動數字而已。〔註36〕吳喬對李攀龍的評價，顯然不出二家的範圍，並且較無爭議。

　　總之，弘、嘉詩人「有詞無意」的作品，及「抄舊」的創作手法，是吳喬批評的重點。模擬中之佳作，往往眩人眼目，吳喬指出：「三唐與宋、元易辨，唐、明難辨」；難辨之處在形似，若細加體會，「讀唐人詩集，則可以知其人之性情、學問、境遇、志趣、年齒……讀明人詩集了無所見，以作者傲唐人皮毛，學之者又傲其皮毛，略無自心故也。」〔註37〕二李在當時詩壇居領導地位，影響十分深遠。風氣所及，爭相步趨。對於這些習效二李的詩篇，吳喬作了強而有力的抨擊，他說：「禪者云：『凡人胸中惡知惡見，如臭糟瓶，若不傾去，清水洗淨，百物入中，皆成穢惡。』二李習氣亦然。人若彼絲忽於胸中，任學古詩、唐詩，只成二李之詩。」〔註38〕；「今有一言可以醒二李之徒之痼疾者：人之學業，無不與年俱進者也。惟學二李之詩，則一入門即齊肩於高、岑、李、杜，而頭童齒豁，不過如此。如優人入場，變可做侯王卿相，而老死只是優

益的批評為佐證。見第五章第一節，頁307～309。

〔註35〕見王世貞《藝苑巵言》卷七，丁仲祜編訂《續歷代詩話》（台北：藝文印書館，1983年6月），頁1249。

〔註36〕錢謙益《列朝詩集小傳》上冊，丁集李攀龍傳批評：「（李攀龍）易五字而為〈翁離〉；易數句而為〈東門行〉、〈戰城南〉盜〈思悲翁〉之句而云烏子五、烏婦六；〈陌上桑〉竊〈孔雀東南飛〉之詩而云『西鄰焦仲卿』、『蘭芝對道隅』影響剽賊，文義違反，擬議乎？變化乎？……」見頁428。

〔註37〕以上見《圍爐詩話》卷三，頁554。吳喬自詡能辨唐、明。「六十年前，視唐、明如蘭蕙；五十年來，視唐、明之善者如野岸草花，而弘、嘉之詩同于大穢。不然，不為能辨唐、明也。」同卷，頁555。

〔註38〕見《圍爐詩話》卷一，頁475。

人……。」〔註39〕二李之徒，不僅充斥於明代，即清初亦有追摹古學者步其後塵，因此，吳喬的明白棒喝，是有其深意的。詩歌一旦走上模擬的途徑，便難見作者的本意，更遑論新意。吳喬主張「詩中須有人，乃得成詩」〔註40〕，所謂「人」，當指作者的情性志意。明詩多模擬，詩中之人乃唐人，這可能就是吳喬全面否定明詩的主要原因。

四、「專守一家」之病

學詩不廢模擬，但不可專守一家。吳喬雖然反對明代弘、嘉詩人模擬盛唐之習，但是，並不因此反對模擬學習。摹擬前人作品，乃是詩人學習與創作過程中必然發展的一個途徑。以「擬古」為題也是許多詩人做過的嘗試。葛曉音曾將擬古的表現作一分析：「一是在體制、內容及藝術方面恢復古意；二是綜合並深化某一題目在發展過程中衍生的全部內容，或在藝術上融合……再加以提高和發展；三是沿用古題，而在興寄及表現形式方面發揮最大的創造性。」〔註41〕吳喬對於擬詩，也有析論，他說：

> 凡擬詩之作，其人本無詩，詩人知其人與事與意而擬為之詩，如〈擬蘇李送別〉詩及魏文帝之〈劉勳妻〉者最善；其人固有詩，詩人知其人與事與意而擬其詩，如文通之於阮公，子瞻之於淵明者亦可。〈十九首〉之人與事與意皆不傳，擬之則惟字句而已；皮毛之學，兒童之為也。　（《圍爐詩話》卷二，頁516）。

吳喬所論的「擬詩」，略加分析，應是以下三種模式：一是本無其

〔註39〕見《圍爐詩話》卷一，頁476。

〔註40〕《圍爐詩話》卷一，有時人問吳喬：「先生每言詩中須有人，此說前賢未有，何自而來？」吳喬即指出：「禪者問答之語，其中必有人，不知禪者不覺耳。余以此知詩中亦有人也。……詩而有境有情，則自有人在其中。」，頁490。

〔註41〕此段引文係葛曉音針對李白擬古之作的表現方式而作的分類，見〈論李白樂府的復與變〉，《詩國高潮與盛唐文化》（北京：北京大學出版社，1998年），頁162、163。

詩，代人作而摹擬其人其事與意，可視為借代與創造。譬如蘇武、李陵的贈別，其後即有擬蘇李送別詩；曹丕樂府〈代劉勳妻王氏〉雜詩二首亦是代人而作。二是前人已有作品，後人摹擬其人其事與意，藉以抒發個人情志，這是以既定的經驗或事例，轉化投注到個人的創造。譬如江淹〈效阮公詩十五首〉，蘇軾的和陶之作即是。第三種是既無其情意，亦無其經驗，僅能為字句的模擬。譬如〈古詩十九首〉，為五言古詩中的絕佳作品，後人予以極高的評價。擬作之多，實不勝枚舉。但吳喬卻認為「〈十九首〉之人、事與意皆不傳，擬之則惟字句而已；皮毛之學，兒童之為也」。另於它處評論弘、嘉詩人時，則針對李攀龍作出相似的論調：

> 弘、嘉詩人惟見古人皮毛：元美倣史、漢字句以為古文；于鱗倣〈十九首〉字句以為詩，皆全陳言而不自知覺……。
>
> （《圍爐詩話》卷二，頁 519）。

〈古詩十九首〉是否如吳喬所言不可擬呢？其雖非一人之辭、一時之作，卻如沈德潛於《說詩晬語》中的指陳：「大率逐臣棄妻、朋友闊絕、遊子他鄉、死生新故之感；或寓言、或顯言、或反覆言，初無奇闢之思，驚險之句，而西京古詩，皆在其下，是為國風之遺。」〔註42〕換言之，〈古詩十九首〉並非不可擬，主要關鍵是在於如何擬。反觀李攀龍的〈古詩後十九首〉，其引文自述：「前有十九首，故後言之猶稱於古者，其文則十九首也。其文則十九首而以屬辭，辟之制轡筴于垺中，恣意於馬，使不得旁出，而居然有一息千里之勢，斯王良、造父所為難爾。」他對自己的擬古作品自負若此，可是歷來指陳其弊最為激切者，便是擬古之作。

胡應麟《詩藪》曾云：「于鱗擬古，割裂餖飣，懷仁之集聖教也。」〔註43〕錢謙益於《列朝詩集小傳》評論此詩組云：「十九首繼國風而有作，鍾嶸以為驚心動魄，一字千金。今也句摭字捃，行數墨尋，興會索

〔註42〕 蘇文擢《說詩晬語詮評》（台北：文史哲出版社，1985 年 9 月），頁120。

〔註43〕 見胡應麟《詩藪》續編二，國朝下，頁768。

然，神明不屬，被斷薺以衣繡，刻凡銅為追蠡，目曰後十九，欲上掩平原之十四，〔註44〕不亦愚乎？」並慨歎其以「僻學為師，封己自是，限隔人代，揣摩聲調」，導致「謬種流傳，俗學沉錮」。錢氏之評論固屬嚴苛，對七子頗為迴護的沈德潛認為：「受之（錢謙益之字）掊擊譁呼叫呶，幾至身無完膚，皆黨同伐私之見也」，不過，也指出：「分而觀之，古樂府及五言古體，臨摹太過，痕跡宛然。」〔註45〕日人吉川幸次郎於《元明詩概說》亦舉其二「搖搖車馬客，依依燕趙女……天寒錦衣薄，空床難獨守」與〈古詩十九首〉之「青青河畔草，鬱鬱園中柳……蕩子行不歸，空床難獨守」相比照，以呈顯李攀龍「句擿字捃」的缺失，也做了「形同抄襲，了無新意」的評論。〔註46〕李攀龍「倣〈十九首〉以為詩，皆全體陳言而不自知覺」的弊病，即肇因於「專守一家」。換言之，專守一家，取徑過狹，局限於一隅，不易跳脫模擬的層次、磨滅前人的影響。與他同時期的謝榛，就曾指出：「學選詩不免乎套子，去套子則語新而句奇……套子用否之間，善作者不墮於一隅也。」〔註47〕雖未明指李攀龍，卻也不免引發聯想。

　　吳喬也針對「學詩」作一論說：「學問安可無師？無師則杜撰。而書家貴學師，舍短取長。詩學李、杜，正道也。……學字先得敗筆，學詩先得累句，莫之若何！」這與嚴羽所謂「入門須正」的看法十分接

〔註44〕《昭明文選》卷三十〈雜擬〉錄陸機擬詩十二首；鍾嶸《詩品》卷上〈古詩〉條下云：「其體源出國風，陸機所擬十四首」，此說為錢謙益所取。清人對陸氏所擬多有批評，如王夫之《古詩評選》：「平原擬古，步趨如一」（北京：文化藝術出版社，1997年3月），頁184；陳祚明《采菽堂古詩選》卷之十評：「士衡詩束身奉古，亦步亦趨」（上海：上海古籍出版社，2002年），頁7；王世貞《藝苑卮言》卷三：「陸病不在多，而在模擬，寡自然之致」。《續歷代詩話》，頁1151。

〔註45〕以上見沈德潛《明詩別裁集》卷八，李攀龍之評文。（台北：廣文書局，1970年），頁171。

〔註46〕見吉川幸次郎，鄭清茂譯：《元明詩概說》。（台北：幼獅出版社，1986年6月），頁219、220。

〔註47〕語見謝榛《四溟詩話》卷三，丁仲祜編訂《續歷代詩話》（台北：藝文印書館，1983年6月），頁1428。

近。他就近體詩而論，更明確指出：「學詩不可雜，又不可專守一家。樂天專學子美，西崑專學義山，皆以成病。大樂非一音之奏，佳餚非一味之嘗，子美所以集大成也。」〔註48〕弘、嘉詩人依盛唐李、杜、高、岑造句，甚者，專守杜甫一家，形成「句樣」，故遭詆諆。吳喬並直指高棟為問題的癥結所在。由於高棟《唐詩品彙》立「大家」之目，似有標舉各體之最，成為模擬範本，誤煞弘、嘉詩人。他說：

> 高廷禮惟見唐人殼子，立大家之名，誤煞弘、嘉人四肢麻木
> 不仁，五官昏憒無用。詩豈大家便是大家，要看工力所至，
> 成家與否，乃論大小。彼掯捧子美、李頎者，如乞兒醉飽度
> 日，何得言家？豈乞兒得王侯家餘糝，即為王侯家乎？
> （《圍爐詩話》卷一，頁475）。

引文所論，重點有四：第一，否定了《唐詩品彙》揀擇佳篇以立典範的成就。第二，巧立「大家」名目，弘、嘉詩人反而喪失了個人的精神意趣。第三，成家與否，須看「工力所至」。第四，掯捧「大家」如杜甫、李頎者，句擬字模，並不能成其為大家。總而言之，作詩在初學階段，固不可廢學，但也不可專守一家，「轉益多師是汝師」，杜甫所以能集大成也。譬如李夢陽，吳喬指出：「蓋獻吉本非有得於杜詩而為之也。自負其才，不得入翰林，致怨於李賓之（東陽），見其詩句平淺，故倚少陵而作高大強硬之語以反之。」〔註49〕換言之，有鑑於李東陽所領導的茶陵派，無法提振詩風，李夢陽失望之餘，遂「倚」杜甫詩格，企圖挽救時弊；同時期的王夫之也提出了「為長沙所激」〔註50〕的看法。「方向」確定之後，「李獻吉岸然以盛唐自命，韓山童之稱宋裔也。無目者駭而宗之，以為李、杜復生，高、岑再起。……數十年前，蚓響蛙鳴，亦復主盟中夏……冒盛唐高名故也。」〔註51〕由於模擬的標的

〔註48〕《圍爐詩話》卷一，頁477。
〔註49〕《圍爐詩話》卷六，頁663。
〔註50〕王夫之《明詩評選》卷七李夢陽〈江行雜詩〉評語，頁336。
〔註51〕《圍爐詩話》卷一，頁473、474。

過於局限少數詩家，致使風格相近，吳喬就此評論：「獻吉高聲大氣，于鱗絢爛鏗鏘，遇湊手題，則能作殼硬浮華之語，以震眩無識。」〔註52〕喜為「高聲大氣」的李夢陽，其詩病即在：流於誇大，不符旨趣。如：〈喬太卿宇宅夜別〉第三、四句「燕地雪霜連海嶠，漢家簫鼓動長安」，與喬宅別宴如何關涉？吳喬指出「大且遠矣，與當時情事何涉？雖有哀樂之情，融化不得，豈非如牛頭阿旁異物耶？」又如其名篇〈秋望〉，吳喬也指出李詩學杜而產生的弊病：

> 〈秋望〉詩曰：「黃河水繞漢宮牆。」水而繞牆，近之至也，是漢何宮？瓠子宮與下文不合。謂以古比今，則明無離宮。……又云：「河上秋風雁幾行。」在蘭州及娘娘灘猶可，於處則為瞎話，篇中無處可據也。又云：「客子過濠追野馬，將軍韜箭射天狼。」利避敵。在大同則「濠」字不落空，其城沿邊有濠有地網，餘處則「濠」字落空湊數處。又云：「黃塵古渡迷飛輓。」渡須有水，是說何處？……（《圍爐詩話》卷六，頁670、671）。

此詩首聯寫黃河秋景。起筆黃河之水繞「漢宮」之牆，是近景；秋風起兮，河上有大雁高飛成行，是遠景。視野由近及遠，大陸學者陳書錄認為「景物的迭換中有情思的起伏」。〔註53〕不過，抽離感情的因素，吳喬從求「真」的角度去解讀，則李夢陽這兩句詩皆「無處可據也」。蓋因明既無離宮，斷無黃河水繞宮牆之實景。又此詩當為李夢陽西夏之行，過西安時的作品〔註54〕，自非吳喬所指蘭州及娘娘灘。「黃塵古渡迷飛輓」也非實境。換言之，斯景並非李夢陽親身所臨所見，故

〔註52〕《圍爐詩話》卷六，頁665。
〔註53〕陳書錄《明代詩文的演變》第3章第3節，對〈秋望〉詩有詳細的解讀（南京：江蘇教育出版社，1996年11月），頁214、215。
〔註54〕據李夢陽〈封宜人亡妻左氏墓誌銘〉云：「壬戌（1502），李子榷舟河西務，左氏從河西務。明年，李子餉軍西夏，挈左氏還。」陳書錄指出：「〈秋望〉當為李夢陽西夏之行過西安時的詩作，是他在邊境生活體驗的基礎上，情之自鳴的佳作。」《明代詩文的演變》第三章第二節，頁214。

遭致譏評。王夫之《薑齋詩話》也主張：「身之經歷，目之所見，是鐵門限，即寫大景……亦不必逾此限。」〔註55〕弘、嘉詩人在敘景方面「惟欲闊大高遠，于情全不相關」的毛病，由此可見。而其原因，也應與模擬有關。如果不專守一家，風格多樣，則不至於有此弊病。七子之一的謝榛，曾提出師法多家的主張，《四溟詩話》云：「予客京時，李于鱗、王元美、徐子與梁公實、宗子相諸君，招余結社賦詩。一日因談初唐、盛唐十二家詩集，並李、杜二家，孰可專為楷模。或云沈、宋，或云李、杜，或云王、孟。予默然久之。曰：『歷觀十四家所作，咸可為法。當選其諸集中之最佳者，錄成一帙，熟讀之以奪神氣，歌詠之以求聲調，玩味之以裒精華，得此三要，則造乎渾淪，不必塑謫仙而畫少陵也。』」〔註56〕可惜未被採納。

五、「率直迫切」之病

詩歌是抒情言志的藝術作品，具有一定的美學要求。吳喬認為「詩貴和緩優柔，而忌率直迫切」，他舉例說明：

> 詩貴和緩優柔，而忌率直迫切。元結、沈千運是盛唐人，而元之〈春陵行〉、〈賊退詩〉，沈之「豈知林園主，卻是林園客」，已落率直之病。樂天〈雜興〉之「色禽合為荒，政刑兩已衰」，〈無名稅〉之「奪我身上暖，買爾眼前恩。進入瓊林庫，歲久化為塵」，〈輕肥〉篇之「是歲江南旱，衢州人食人」，〈買花〉篇之「一叢深色花，十戶中人賦」等，率直更甚。東野〈列女操〉、〈遊子吟〉等篇，命意真懇，措詞亦善；而〈秋夕貧居〉及〈獨愁〉等，皆傷于迫切。韋蘇州〈寄全椒道士〉及〈暮相思〉，亦止八句六句，而詞殊不迫切，力量有餘也。賈島之〈客喜〉、〈寄遠〉、〈古意〉，與東野一轍。曹鄴、于濆、

〔註55〕見王夫之《薑齋詩話》卷下，《清詩話》上冊（台北：藝文印書館，1971年10月），頁15。

〔註56〕語見《四溟詩話》卷三，丁仲祜編訂《續歷代詩話》（台北：藝文印書館，1983年6月），頁1412。

聶夷中五古皆合理，而率直迫切，全失詩體。梁、陳于理則遠，于詩則近。鄰等於理則合，于詩則違。宋人雖率直而不迫切。　（《圍爐詩話》卷二，頁518）。

這段文字中，舉盛唐、中唐及晚唐詩人的作品為例。詩長不錄，但摘其聯句而論。元結的兩篇五言古詩〈舂陵行〉、〈賊退示官吏〉〔註57〕，是他的代表作，曾獲得杜甫的激賞。〔註58〕寫實之詩，語意明白，如〈舂陵行〉起筆四句為全詩綱領：「軍國多所需，切責在有司。有司臨郡縣，刑法竟欲施。」「軍國多所需」是人民痛苦的根源。開篇明義，直述而無蘊藉。又如沈千運「豈知林園主，卻是林園客」為五古長篇〈感懷弟妹〉〔註59〕中的轉折之處。全詩共二十四句，前半段鋪陳入園；後半段以「兄弟可存半，空為亡者惜」帶出感懷。白居易「色禽合為荒，政刑兩已衰」〔註60〕為古詩〈雜興〉三首之一中的第九、十兩句，直接批評起首四句所言「楚王多內寵，傾國選嬪妃。又愛從禽樂，馳騁每相隨」的不當；〈無名稅〉「奪我身上暖，買爾眼前恩。進入瓊林庫，歲久化為塵。」〔註61〕為全詩結語，係針對詩中「貪吏得因循，浚我以求寵」種種鋪陳而作的概括。〈輕肥〉「是歲江南旱，衢州人食人」〔註62〕為全詩最末兩句，前此極言朝中「朱紱大夫」、「紫綬將軍」的奢華，不知民間疾苦，結語落筆至此，兩相對照，有作者的諷刺；〈買

〔註57〕　〈舂陵行〉、〈賊退示官吏〉見《全唐詩》卷二百四十一（台北：文史哲出版社，1978年12月），頁2704、2705。

〔註58〕　杜甫〈同元使君舂陵行〉詩云：「觀乎舂陵作，欻見俊哲情。復覽賊退篇，結也實國楨……道州憂黎庶，詞氣浩縱橫，兩章（〈舂陵行〉、〈賊退示官吏〉）對秋月，一字偕（一作皆）華星……」見《全唐詩》卷二百二十二，頁2359、2360。

〔註59〕　沈千運〈感懷弟妹〉，見《全唐詩》卷二百五十九，頁2887。

〔註60〕　白居易〈雜興〉共二十六句，見《全唐詩》卷四百二十四，頁4658、4659。

〔註61〕　白居易〈無名稅〉又作〈重稅〉，共三十八句，見《全唐詩》卷四百二十五，頁4674。

〔註62〕　白居易〈輕肥〉又作〈江南旱〉，共十六句，見《全唐詩》卷四百二十五，頁4676。

花〉「一叢深色花，十戶中人賦」﹝註63﹞亦為全詩總結，借田舍翁之語
道出：「低頭獨長歎，此歎無人喻。一叢深色花，十戶中人賦。」也寄
寓了作者為百姓的不平。以上吳喬所拈詩句，率直的用語及鋪陳，吳喬
視為詩病。事實上，摘取部分檢視，這些詩句固然流於直切白描，但就
全篇而言，如果有其諷刺、批判或寄情的對象，賦筆直陳，這在「寫實」
詩中，多屬不可避免，甚至是必須的。惟其如此，才有變化。通篇用比
興，則如鍾嶸所言「患在意躓」﹝註64﹞。

又如孟郊〈秋夕貧居〉述懷：「臥冷無遠夢，聽秋酸別情。高枝低
枝風，千葉萬葉聲。淺井不供飲，瘦田長廢耕。今交非古文，貧語聞皆
輕。」﹝註65﹞詩的前四句寫「秋」，後四句寫「貧」，十分貼切。另一首
〈獨愁〉：「前日遠別離，昨日生白髮。欲知萬里情，曉臥半床月。常恐
百蟲鳴，使我芳草歇。」此詩題一作〈獨怨〉一作〈贈韓愈〉﹝註66﹞，
描寫與韓愈分別之後的愁怨。吳喬評以「傷于迫切」；但筆者以為此詩
係緊扣「情境」摹寫，以「實」寫「虛」，別具況味。不過，從另一個
角度來看，孟郊的這兩首詩遣辭造句均直接鋪陳，而結語尤其迫促，缺
乏悠然神遠、含蓄不盡的轉折和餘味。吳喬認為相較於〈列女操〉、〈遊
子吟〉﹝註67﹞之命意、措辭，真摯懇切，似違詩歌本色。此外，他指出
曹鄴、于濆、聶夷中﹝註68﹞的五古作品「皆合理，而率直迫切，全失

﹝註63﹞ 白居易〈買花〉又作〈牡丹〉，共二十句，見《全唐詩》卷四百二十五，
　　　 頁4676。
﹝註64﹞ 語見鍾嶸《詩品・序》：「若專用比興，則患在意深，意深則詞躓。」，見
　　　 李德申《鍾嶸詩品校釋》（北京：北京大學出版社，1986年4月），頁46。
﹝註65﹞ 孟郊此詩又作〈秋夕貧居述懷〉，見《全唐詩》卷三百七十四，頁4203。
﹝註66﹞ 孟郊〈獨愁〉，見《全唐詩》卷三百七十三，頁4191。
﹝註67﹞ 孟郊〈列女操〉，見《全唐詩》卷三百七十二，頁4177。〈遊子吟〉，
　　　 同卷，頁4179。
﹝註68﹞ 曹鄴（約816～875），《全唐詩》卷五百九十三選錄其詩45首，五言
　　　 有40首，七言僅五首。于濆（生卒年不詳），《全唐詩》卷五百九十九
　　　 選錄其詩45首，皆為五言。聶夷中（837～884），《全唐詩》卷六百三
　　　 十六選錄其詩36首，七言僅一首。三人為晚唐詩人中的代表。均以五
　　　 言古詩見長。

詩體」，蓋因寫實之作，用筆多直陳。「梁、陳於理則遠，於詩則近；鄴等於理則合，於詩則遠。」可能也是從敘事的角度所作的評論。至於宋詩「雖率直而不迫切」，理由何在，吳喬並沒有作深入的說明。不過，《圍爐詩話·自序》指「宋雖詩詞並行，而未有見及於比興之亡者也。然而言能達意，賦義猶存。」由上述資料，充分展現吳喬評量詩歌優劣所持的標準。〔註69〕《滄浪詩話》曾言：「語忌直，意忌淺，脈忌露，味忌短，音韻忌散緩，亦忌迫促。」〔註70〕吳喬所論與之比照，各有專注。「率直迫切」既可指音韻修辭，亦可兼指情意境界。此外，吳喬嘗言：「詩以風騷為遠祖，唐人為父母，優柔敦厚，乃家法祖訓。」〔註71〕「詩以優柔敦厚為教，非可豪舉者也。李、杜詩人稱其豪，自未嘗作豪想。豪則直，直則違于詩教。」〔註72〕可見他的論詩立場深受儒家傳統影響。由於儒家論詩常常以有「興寄」、合於「溫柔敦厚」的詩歌，作為諷喻美刺的手段，因此在詩文理論中，「比興」除了用來討論創作技巧外，也被用來強調及表達作品的社會意義與政治意義。詩歌的語言藝術是精美的，它的文字特點即在於隱喻性強過直述與白描。吳喬論詩偏尚「比興」的技法檢視，「和緩優柔」自為其所矜貴。

〔註69〕 吳喬以詩中有無比興作為詩歌優劣的評定標準，曾引起頗多爭議。《四庫提要》的評論最是中肯：「賦、比、興三體並行，源於三百，緣情觸景，各有所宜，未嘗聞興、比則必優，賦則必劣。況唐人非無賦體，宋人亦非盡無比、興，遺詩具在，吾將誰欺？乃劃界分疆，誣宋人以比、興都絕；而所謂唐人之比、興者，實皆穿鑿附會，大半難通。……」《合印四庫全書總目提要及四庫未收書目禁毀書目》集部詩文評類存目（台北：台灣商務印書館，1978年增訂2版），頁4415、4416。
此外，我們從吳喬《答萬季埜詩問》中發現，萬斯同問吳喬：「唐詩亦有直遂者，何以獨咎宋人？」又有「學晚唐者，寧無此過？」這些反問語，便可推知時人對吳喬論詩的偏激態度，是心有未平的。譬如「語無含蓄，即同宋詩」，「語有含蓄，卻是唐詩」，如此分唐界宋，根本不合乎邏輯辯證。

〔註70〕 《滄浪詩話·詩法》郭紹虞校釋本（台北：正生書局，1974年3月），頁114。

〔註71〕 《圍爐詩話》卷五，頁602。

〔註72〕 《圍爐詩話》卷五，頁604。

六、詩忌「死句」之病

詩貴活句,賤死句。吳喬認為宋代詩人蘇軾「能識此病」(見引文)。活句死句如何分辨?他說:「比興是虛句,賦是實句。有比興則實句變為活句;無比興則實句變成死句。」〔註73〕他舉例解說:

> 詩貴活句,賤死句。石曼卿〈詠紅梅〉云:「認桃無綠葉,辨杏有青枝。」于題甚切,而無丰致、無寄託,死句也。明人充棟之集,莫非是物,二李為尤甚耳。子瞻能識此病,故曰:「賦詩必此詩,定非知詩人。」其〈題畫〉云:「野雁見人時,未起意先改。君于何處看,得此無人態?」措詞雖未似唐人,而能于畫外見作畫者魚鳥不驚之致,乃活句也。詠物非自寄則則規諷,鄭谷〈鷓鴣〉、崔玨〈鴛鴦〉,已失此意,何況曼卿宋人耶!…… (《圍爐詩話》卷一,頁504)。

吳喬所舉數首,均係詠物之作。石曼卿〈詠紅梅〉單就句論,「認桃無綠葉,辨杏有青枝」,憑綠葉與青枝,可以分辨紅梅既不是桃,也不是杏,因為梅花開時,既沒有綠葉為襯,也沒有青枝相托。這就是外表觀察所得之句。吳喬評為「于題甚切,無丰致,無寄託,死句也。」《王直方詩話》記載:「石曼卿詠〈紅梅〉云『認桃無綠葉,辨杏有青枝』。東坡云:『詩老不知梅格在,更看綠葉與青枝』。荊公(王安石)云:『北人初未識,渾作杏花看。』又能盡紅梅之妙處也。有單葉梅、千葉梅、臘梅,故余作四梅詩。」〔註74〕從相關資料看來,石曼卿意在寫實,並無「寄託」。而吳喬論詩重比興,並以此詩觀評唐、宋、明:「唐詩猶自有興,宋詩鮮焉,明之瞎盛唐,景尚不成,何況於興?」〔註75〕「宋詩率直,失比興而賦猶存。弘、嘉詩人無文理,並賦亦失之。」〔註76〕因此引文中概括明人詩作云:「明人充棟之集,莫非是物,二李

〔註73〕 《圍爐詩話》卷一,頁481、482。
〔註74〕 《王直方詩話》,第107條,見《宋詩話全編》,頁1161。
〔註75〕 《圍爐詩話》卷一,頁478。
〔註76〕 《圍爐詩話》卷一,頁482。

為尤甚耳。」意在貶抑。至於蘇軾，吳喬舉其〈書鄢陵王主簿所畫折枝二首〉之一：「論畫以形似，見與兒童鄰；賦詩必此詩，定非知詩人。」為例，贊成蘇軾「詩貴傳神」的見解。又蘇軾〈高郵陳直躬處士畫雁〉詩中所論「主觀」與「客觀」，一般畫家只能畫出「意先改」的野雁，而陳直躬勝人之處，在於他筆下的野雁，乃「無人態」：「徐行意自得，俯仰若有節……先鳴獨鼓翅，吹亂蘆花雪」，畫家不把主觀的想像強加到筆下的雁，因而「人禽兩自在」。吳喬借題畫詩所傳達的「作畫者魚鳥不驚之致」的理論，移諸作詩，勿為寫實而寫詩，乃得「活句」，頗得神悟。此外，吳喬認為「詠物非自寄則規諷」，也是從「比興」的角度論斷。他舉晚唐鄭谷詠「鷓鴣」、崔珏詠「鴛鴦」為例，指其「已失此意」。既無比興，亦當是死句。案：鄭谷以〈鷓鴣〉詩得名，時號「鄭鷓鴣」，茲錄全詩以賞其貌：

> 暖戲煙蕪錦翼齊，品流應得近山雞。雨昏青草湖邊過，花落黃陵廟裏啼。遊子乍聞征袖濕，佳人纔唱翠眉低。相呼相應湘江闊，苦竹叢深春日西。　　（《全唐詩》卷675，頁7737）。

首聯詠戲水煙波的鷓鴣外形，「錦翼」點染其斑斕的羽色，可與山雞并列。以下各聯描寫其「聲」。鷓鴣的啼聲哀怨，此處借黃陵廟〔註77〕的典故傳達遊子遷客的羈旅愁懷。結句以鷓鴣低迴飛鳴，忙於苦竹叢中尋找暖窩，反襯江邊獨行的遊子，何時才能返鄉。應有作者「自寄」的情愫。歐陽修《六一詩話》云：「鄭谷詩名盛於唐末，號《雲臺編》……其詩極有意思，亦多佳句，但其格不甚高。以其易曉，人家多以教小兒，余為兒時猶誦之。今其集不行於世矣。」元·辛文房《唐才子傳》十分讚賞，評為「警絕」；清·金聖嘆《選批唐才子詩》指「苦竹叢深春日西」七字「深得比興之遺」〔註78〕。沈德潛《唐詩別裁集》亦評

〔註77〕傳說帝舜南巡，死於蒼梧。二妃從征，溺於湘江。後人遂立祠於水側，是為黃陵廟。

〔註78〕金聖嘆《選批唐才子詩》云：「詠物詩，純用興最好，純用比亦最好，獨有純用賦卻不好……相傳鄭都官當時實以此詩得名，豈非以其『雨昏』、『花落』之兩句？然此猶是賦也。我則獨愛其『苦竹叢深春日西』

「以神韻勝」。可見褒貶不一。崔珏〈和友人鴛鴦之什〉三首，傳誦一時，人稱「崔鴛鴦」。三詩為一詩組，當合觀：

> 翠鬣紅衣舞夕暉，水禽情似此禽稀。暫分煙島猶回首，只渡寒塘亦共飛。映霧乍迷珠殿瓦，逐梭齊上玉人機。採蓮無限蘭橈女，笑指中流羨儞歸。

> 寂寂春塘煙晚時，兩心和影共依依。溪頭日暖眠沙穩，渡口風寒浴浪稀。翡翠莫誇饒彩飾，鷺鶿須羨好毛衣。蘭深芷密無人見，相逐相呼何處歸。

> 舞鶴翔鸞俱別離，可憐生死兩相隨。紅絲毳落眠汀處，白雪花成蘸浪時。琴上只聞交頸語，窗前空展共飛詩。何如相見長相對，肯羨人間多所思。 （《全唐詩》卷 591，頁 6858、6859）。

第一首，起筆乃就夕陽映照下的鴛鴦著墨，羽色艷麗，突顯鴛鴦的外觀；「舞」字更將鴛鴦在池塘裏浮波弄影，兩兩相戲的姿態，生動帶出。第二句即點出此詩的作意「情」，鴛鴦雌雄偶居，生死相隨，象徵忠貞不渝的愛情，令人稱羨。第二、三首也都緊扣此一「情」字，從各個角度描寫，並以「羨」字歸結，讀來饒富情味，視為托物詠懷，亦無不可。吳喬評論鄭、崔的詠物詩失比興之意，全盤予以否定，未免主觀。這兩位晚唐詩人尚且有可議之處，「何況曼卿宋人耶！」貶抑宋詩的意味甚濃。另云：「常建〈聽琴〉詩云：『一指指應法，一聲聲爽神。』宋人死句矣。『一絃清一心』，更不成語。」〔註79〕又云：「戴叔倫『如何百年內，不見一人閒』，宋詩也。」〔註80〕從以上所舉宋詩詩句可知，吳喬之不滿，在於宋詩造語的「率直」〔註81〕、「淺薄」〔註82〕，詞意

　　　之七字，深得比興之遺也。」
〔註79〕 《圍爐詩話》卷二，頁 540。
〔註80〕 《圍爐詩話》卷二，頁 542。
〔註81〕 《圍爐詩話》卷二：「中唐七律，清刻秀挺，學者當于此入門，上不落于晚唐之雕琢，中不落于宋人之率直，下不落于明人之假冒。」頁 546。
〔註82〕 《圍爐詩話》卷二：「自宋以來，多傷淺薄。」頁 543。

明白，缺乏想象的空間，易流於死句。以「無比興則實句變成死句」，恐有待商榷。

除了「死句」之病應知所避忌，吳喬也主張不可專重好句。「詩以意為主」，詩人專求好句的心態，他明白指出：「今人作詩，須于唐人之命意布局求入處，不可專重好句。若專重好句，必蹈弘、嘉人之覆轍。〔註83〕無好句不成詩，所以《河嶽英靈》等集往往舉之；而在今日，則為弊端。」〔註84〕觀照許學夷的說法：「唐人律詩，鍊格、鍊句、鍊字，皆無跡可求；今人以新巧奇特為工，則多見斧鑿痕矣！」〔註85〕弘、嘉之弊確鑿難以迴護；而唐詩是否如許氏所言「無跡可求」？律詩字句有限，格律嚴謹，在形式、音律等束縛下，勢必走向雕琢鍛鍊。琢句的弊端，事實上在中唐便已成形，吳喬說：「眩于好句而不審本意，大曆後之墮阬落塹處也。」〔註86〕；「盛唐不巧，大曆以後，力量不及前人，欲避沉濁麻木之人，漸入於巧。」〔註87〕吳喬也曾以鍊字造句的角度將盛唐與中、晚唐做出比較：「李、杜諸公偶一涉之，不以經意。中唐猶不甚重，至晚唐而人皆注意于此。所存既小，不能照顧通篇，以致神氣蕭颯。詩道至此，大厄運也。」〔註88〕可見他也看到晚唐的缺失。

而宋代詩話逐漸盛行，詩話中列舉佳句的習慣，亦相承襲，此皆肇因於詩人「重好句」。吳喬指出這個現象：「宋人詩話多論字句，以致後人見聞愈狹。」〔註89〕「宋人眼光祇見句法，其詩話于此有可觀者，

〔註83〕 吳喬抨擊明代擬古派專學盛唐，「二李俗學，為人指擊盡矣。……只求好句，不論詩意，則其所謂唐詩，止是弘、嘉人詩也。……百千萬人，百千萬篇，莫非盛唐。豈人才獨盛于明，瑤草同于竹蓆蒶葦乎？此何難知，逐臭者不知耳。」見《圍爐詩話》卷三，頁554。

〔註84〕 《圍爐詩話》卷一，頁476。

〔註85〕 許學夷《詩源辯體》卷三十四，頁327。

〔註86〕 《圍爐詩話》卷一，頁477。

〔註87〕 《圍爐詩話》卷三，頁556。

〔註88〕 《圍爐詩話》卷一，頁505、506。

〔註89〕 《圍爐詩話》卷一，頁506。

不可棄之。開、寶諸公用心處，在詩之大端，而好句自得。大曆以後，漸漸束心于句，句雖佳而詩之大端失矣。」〔註90〕詩人力求好句，勢必鍊字，吳喬認為「鍊字乃小家筋節……注意于此，即失大端。」〔註91〕一如蔡寬夫詩話之言：「鍊句勝則意必不足，語工而意不足，則格力必弱。」〔註92〕以上所論，都在提醒時人作詩，應掌握大節。唐詩豈無好句？唐代詩人作詩亦豈無「求」好句？時人問吳喬：「造句鍊字如何？」他的回答是：「造句乃詩之末務，鍊字更小。」〔註93〕這個觀點，的確值得肯定。

七、結論

綜合以上論述，吳喬所稱之詩病，「俗病」及「有詞無意」、「專守一家」，均係針對明代復古派而論。雖然有強烈的針對性及批判性，但也不乏普遍性。詩忌率直迫切，忌死句，此亦指出詩歌創作的避忌，雖非創見，但他舉證取譬詳切，流露個人的觀點，值得我們關注。茲逐項討論如次：

第一、詩歌戒俗，從詩貴獨創的角度來看，通俗即是病；從詩貴深婉含蓄的角度來看，淺俗即是病。應酬詩既易流於通俗，又易犯淺俗之病，自重其詩的詩人，往往不輕率為之。除吳喬外，反對為應酬而作者，不勝枚舉。〔註94〕但吳喬以此抨擊明詩，指出俗學害人之深，並

〔註90〕 《圍爐詩話》卷一，頁507。
〔註91〕 《圍爐詩話》卷一，頁507。
〔註92〕 《圍爐詩話》卷一，頁507。
〔註93〕 《圍爐詩話》卷一，頁505。
〔註94〕 反對為應酬而作詩者，吳喬同時期的施閏章（1618～1683）指出：「詩以道性情，其次言事物、資贈答，蓋猶有四始六義之遺。逮乎今，則交游酬酢之言居多，雖世所號為負天下之望者，逾不免焉。」見〈閔子遊草序〉，《學餘堂文集》卷5（四庫全書珍本第354，商務印書館），頁16。又云：「今人輕用其詩，贈送不情，僅同於充饋遺筐篚之具而已，豈不鄙哉！……」見《蠖齋詩話》（丁仲祜編《清詩話》），頁17。朱彝尊（1629～1709）也批評時人應酬之詩：「詩三百有五……皆出於人心有不容於已於言者言之，非有強之者而後言也……若學士大夫，

以個人為例，實具有深度及力度。

第二、詩貴創意。過度追求形式之美，往往在字句方面下工夫，其高者取法乎上，模擬求形似之美；其下者則拼湊麗字麗句，剽襲陳篇。吳喬批評弘、嘉詩人，及其追摹者，可謂針針見血。

第三、專守一家，從「學習」的角度來看，容易掌握模擬，但從「創作」的角度來看，則易形成「句樣」而成病。「大樂非一音之奏，佳餚非一味之嚐，子美所以集大成也」〔註95〕，吳喬的舉證論說，確中肯綮。

第四、詩忌率直迫切，言固無誤。但是吳喬曾提出「隨題成體」的論說，舉初唐詩歌高華典重，係應制之作使然。〔註96〕題材的選取，往往影響作品風格的展現。吳喬既以「詩貴和緩優柔，而忌率直迫切」論詩病，從他所舉例證卻發現，視為詩病者多係「寫實」之作。寫實詩歌不論敘事抒情，筆多直陳；若從「比興」的技法或儒家溫柔敦厚的詩教觀察，自不符合要求。這與他「隨題成體」的說法是相互矛盾的。換言之，率直迫切的寫作手法或風格，固可視為詩病，但亦因情況而定。

第五、詩忌死句，此說從「詩以意為主」的角度來看，專求好句，注意即在字句，詩之大端失矣，易落於死句，自成詩病。但從創作的角度來看，近體詩格律嚴謹，不論形式或音律，十分講究，都有束縛，詩人勢必走向鍛鍊之途。凡雕琢字句，易流釜鑿之痕，唐宋詩人均犯此病，不惟弘、嘉明人而已。吳喬的論說，值得肯定。除此之外，吳喬重視比興，因而更提出「比興是虛句，賦是實句。有比興則實句變為活句；無比興則實句變成死句。」的說法，則未必慴服人心。事實上，只

用之贈酬餞送，則以代儀物而已……初未嘗出乎心所欲，而又衡得失於中，冀逢迎人之所好，以是而稱之曰詩，未見其可矣！」見〈陳叟詩集序〉，《曝書亭集》卷38（四部備要本，中華書局），頁9。

〔註95〕《圍爐詩話》卷一，頁477。

〔註96〕吳喬認為：「唐人作詩，隨題成體，非有一定之體。沈、宋諸公七律之高華典重，以應制故，然非諸詩皆然……使大曆、開成人不作他詩，只作應制詩，吾保其無不高華典重者也……」詳見《圍爐詩話》卷三，頁551、552。

要手法靈活，「賦」亦可達到敘事生動、以形傳神、情景交融……等效果，〔註97〕未必劣也。

八、引用書目

（一）古籍

1. 〔清〕彭定求等《全唐詩》（台北：文史哲出版社，1978 年 12 月）。

2. 〔清〕永瑢等《合印四庫全書總目提要及四庫未收書目禁毀書目》（台北：台灣商務印書館，1978 年增訂 2 版）。

3. 〔清〕王夫之《古詩評選》（北京：文化藝術出版社，1997 年 3 月）。

4. 〔清〕王夫之《明詩評選》（北京：文化藝術出版社，1997 年 3 月）。

5. 〔清〕沈德潛《明詩別裁集》（台北：廣文書局，1970 年）。

6. 〔清〕陳祚明《采菽堂古詩選》（上海：上海古籍出版社，2002 年）。

7. 〔南朝〕鍾嶸著、李德申校釋《鍾嶸詩品校釋》（北京：北京大學出版社，1986 年 4 月）。

8. 〔宋〕嚴羽著、郭紹虞校釋《滄浪詩話》（台北：正生書局，1974 年 3 月）。

9. 〔宋〕姜夔《白石道人詩說》（南京：江蘇古籍出版社，1998 年 12 月，《宋詩話全編》本）。

10. 〔明〕李開先《李開先集》（上海：中華書局，1959 年）。

11. 〔明〕高啟《鳧藻集》（台灣：世界書局，1964 年初版，《高啟大全集》）。

〔註97〕 王力堅《詩經賦比興原論》將賦的運用及多種不同表現，舉《詩經》為例，加以析論，可參閱。（《社會科學戰線・文藝學研究》，1998 年 1 期），頁 148～150。

12. 〔明〕王世貞《藝苑卮言》（台北：藝文印書館，1983 年 6 月，《續歷代詩話》本）。

13. 〔明〕謝榛《四溟詩話》（台北：藝文印書館，1983 年 6 月，《續歷代詩話》本）。

14. 〔明〕李夢陽《空同集》（台北：台灣商務印書館，1983 年，《四庫全書》本）。

15. 〔明〕康海《對山集》（台北：台灣商務印書館，1983 年，《四庫全書》本）。

16. 〔明〕許學夷《詩源辨體》（北京：人民文學出版社，1987 年）。

17. 〔明〕胡應麟《詩藪》（南京：江蘇古籍出版社，1997 年 12 月，《明詩話全編》本）。

18. 〔明〕陳子龍《陳忠裕公全集》（清嘉慶八年斡山草堂刊本）。

19. 〔明〕王世懋《王奉常集》（萬曆十七年吳郡王家刊本）。

20. 〔清〕陳衍《石遺室詩話》（台北：臺灣商務印書館，1961 年 12 月臺一版）。

21. 〔清〕王夫之《薑齋詩話》（台北：藝文印書館，1971 年 10 月《清詩話》年）。

22. 〔清〕施閏章《蠖齋詩話》（台北：藝文印書館，1971 年 10 月，《清詩話》本）。

23. 〔清〕施閏章《學餘堂文集》（台北：台灣商務印書館，1983 年，《四庫全書》本）。

24. 〔清〕錢謙益《初學集》（上海：上海古籍出版社，1985 年）。

25. 〔清〕錢謙益《列朝詩集小傳》（台北：世界書局，1985 年 2 月）。

26. 〔清〕王直方《王直方詩話》（南京：江蘇古籍出版社，1998 年 12 月，《宋詩話全編》本）。

27. 〔清〕朱彝尊《曝書亭集》（中華書局，四部備要本）。

（二）近人著作

1. 蘇文擢《說詩晬語詮評》（台北：文史哲出版社，1985 年 9 月）。

2. 吉川幸次郎、鄭清茂譯《元明詩概說》（台北：幼獅出版社，1986 年 6 月）。

3. 陳書錄《明代詩文的演變》（南京：江蘇教育出版社，1996 年 11 月）。

4. 王力堅《詩經賦比興原論》（《社會科學戰線・文藝學研究》，1998 年 1 期）。

5. 葛曉音《詩國高潮與盛唐文化》（北京：北京大學出版社，1998 年）。

6. 何宗美《明末清初文人結社研究》（天津：南開大學出版社，2004 年 1 月第二次印刷）。

7. 吳宏一主編《清代詩話知見錄》（台北：中研院文哲所，2002 年）。

8. 蔣寅《清詩話考》（北京：中華書局，2005 年 1 月）。

（三）期刊論文

1. 王力堅〈詩經賦比興原論〉（《社會科學戰線・文藝學研究》，1998 年 1 期）。

吳喬《圍爐詩話》之唐詩分期述論

論文提要：

　　本文僅針對吳喬《圍爐詩話》中有關唐詩分期的議題作出討論。吳喬反對四唐之分，認為詩歌風格之形成係因「隨題成體」，詩家隨題材之不同，「非有一定之體」。初唐沈、宋如此，盛唐李、杜亦復如此。此外，他更駁斥「三唐變而益下」的說法，肯定中、晚唐之佳構，細論「中、晚之變」。但是，中唐氣力漸減，漸入於巧；晚唐則注意造句練字，不能照顧通篇，以致神氣蕭颯。他對中、晚唐詩歌的優缺點所作的評論，具體而不失客觀。

關鍵詞：詩話、唐詩分期、三唐、四唐

一、前言

　　將近三個世紀之久的唐代，詩歌發展突破舊有的框架，形式方面，眾體皆備，風格則變態紛陳。參與創作的人數之多，朝野景從；作品之斑爛耀目，則可謂卓越前古，一切都在在顯示唐詩的繁榮與成就。面對歷時如此漫長的唐詩，後之評者不得不分段討論。宋・嚴羽《滄浪詩話》嘗言：「以時而論，則有⋯⋯唐初體、盛唐體、大曆體、元和體、

晚唐體」〔註1〕。此說影響了所謂「初、盛、中、晚」的四唐之分。近代唐詩學界，更相繼提出了新的分期主張，有兩唐、三唐、四唐、五唐、六唐、八唐等〔註2〕。各種分期的持論依據不同，各時期的詩歌特色展現不一。而近兩年之期刊論文如：胡建次〈「四唐說」歷史分期三步曲〉〔註3〕、張紅運〈「四唐」說源流考〉〔註4〕、〈二十世紀唐詩分期研究述略〉、鄧新躍《唐詩品彙》與四唐分期說的確立〉〔註5〕……等，分別析論了自嚴羽迄乎高棅，唐詩分期的醞釀過程，以及近代文學史之撰述者如何看待等問題。本文則以吳喬《圍爐詩話》為中心，就其唐詩分期之相關議題作出討論。首先論辨高棅的四唐說。其次，四唐正變盛衰，議論蠭起，吳喬所處之清初，亦有所謂「三唐變而益下」的爭議，在《圍爐詩話》中都有相當精彩的批評與辯駁。此外，吳喬為別於明代擬古派的標舉盛唐，他則詳析細分「中、晚之變」。《圍爐詩話》第三卷集中討論唐詩，曾大量徵引賀裳《載酒園詩話》〔註6〕的評語，七十條中，僅四條提及高適、常建〔註7〕，李、杜、王、孟〔註8〕，其餘皆有關中、晚唐。吳喬在《圍爐詩話・自序》亦言：「詩人于盛唐詩，雖相推重，非盡知作詩之本末；于中、晚詩，非輕忽則惑溺，亦未究升降之所以然，……黃公《載酒園詩話》三卷，深得三唐作者之意……此中載其精要者，而實當盡讀者也。」換言之，在清初眾多詩話當中，吳喬重

〔註1〕 見嚴羽《滄浪詩話》郭紹虞校釋〈詩體〉二（台北：東昇出版事業公司，1980年10月），頁48。

〔註2〕 詳見張紅運〈二十世紀唐詩分期研究述略〉（《文學研究》，南京社會科學，2006年第六期），頁102～108。

〔註3〕 胡建次〈「四唐說」歷史分期三步曲〉（《陽山學刊》，第十八卷第4期，2005年8月）。

〔註4〕 張紅運〈「四唐」說源流考〉（《貴州社會科學》，第4期，2006年7月）。

〔註5〕 鄧新躍《唐詩品彙》與四唐分期說的確立〉（《西安電子科技大學學報》，社會科學版，第十六卷第6期，2006年11月）。

〔註6〕 賀裳《載酒園詩話》，見郭紹虞主編《清詩話續編》（台北：藝文，民國74年9月），頁205～465。

〔註7〕 論高適、常建條見《圍爐詩話》卷三，頁562。

〔註8〕 論李、杜，王、孟條見《圍爐詩話》卷三，頁576。

視中晚唐，不論徵引或議論中晚唐詩，都具獨到的見解。本文乃專就吳喬個人的論說，進行分析，以見其詩觀。

二、論「初、盛、中、晚」之界

　　嚴羽《滄浪詩話》將唐詩以「時」分體：唐初體、盛唐體、大曆體、元和體、晚唐體。〔註9〕這雖然不能視為唐代詩史的分期，但是影響頗為深遠。例如元代楊士弘編《唐音》，其「正音」即為「詩以體分」而以「唐初盛唐」、「中唐」、「晚唐」別類〔註10〕，顯然是受嚴羽的影響。明代高棅在《唐詩品彙‧總敘》云：「有唐三百年，詩眾體備矣。固有往體、近體、長短篇、五七言律句、絕句等體製，莫不興於始，成於中，流於變，而陊之於終。」〔註11〕遂以「初、盛、中、晚」將唐詩作了分期。與高棅同時的王行，在洪武三年寫的〈唐律詩選序〉也曾提出〔註12〕，不過，由於這個選本的流傳不及《唐詩品彙》，所以影響不及高棅。高棅的四唐之分，雖將各期風格之特色，代表作家之定位，一一評述，仍非盡善盡美，無懈可擊。僅就歷時而言，初唐若以高祖迄武后為階段，時間長達近百年（618～704），佔整個唐朝約三分之一。初唐四傑步入詩壇，距唐之開國已近半世紀；換言之，「初、盛、中、晚」四期的時限長短懸殊。再就詩人而言，跨越兩間者應如何歸屬，以時？以體？也曾引起討論。抨擊最烈者莫如明末清初的錢謙益：「世之論唐詩者，必曰初、盛、中、晚，老師豎儒，遞相傳述。揆厥所由，蓋創于宋季之嚴儀，而成于國初之高棅，承譌踵謬，三百年於此矣！夫所謂初、盛、中、晚者，

〔註9〕嚴羽沒有「中唐」之名目，蓋因大曆、元和詩風不同。

〔註10〕楊士弘編，張震註《唐音》（四庫珍本十二集，台北：商務印書館，1982年）陳國球《唐詩的傳承》指出：「楊士弘所編《唐音》完成於元至正四年（1344）。這本選集可說具備了相當的詩史意識。企圖對唐代的詩歌發展作系統的掌握，與明代復古詩論的趨向大致吻合。後來高棅就是以此為基礎，再斟酌體例，擴充內容，編成《唐詩品彙》。」（台北：學生書局，1980年9月初版），頁221。

〔註11〕見高棅編選《唐詩品彙》（台北：學海出版社，1983年7月），頁8。

〔註12〕見王行《半軒集》卷六，《文淵閣四庫全書》頁一下～二上。

論其世也？論其人也？以人論世，張燕公、曲江，世所稱初唐宗匠也。燕公自岳州以後，詩章悽婉，似得江山之助，則燕公亦初亦盛；曲江自荊州已後，同調諷詠，尤多暮年之作，則曲江亦初亦盛……一人之身，更歷二時，詩以人次耶？抑人以時降耶？世之薦樽盛唐，開元、天寶而已。〔註13〕」錢氏的指摘，道出四唐之分的局限，但是，四唐之分確實有其便利性，故明清以來沿之者眾。《圍爐詩話》中吳喬回答時人之問：「初、盛、中、晚之界如何？」即見四唐之稱，由此可見一般。吳喬的回應，提出了他對唐詩分期的主張，同時也對錢氏之論，作進一步的說明：

> 或問曰：「初、盛、中、晚之界如何？」答曰：「商、周、魯之詩同在頌，文王、厲王之詩同在大雅，閔、管、蔡之〈常棣〉與刺幽王之〈旻〉、〈宛〉同在小雅，述后稷、公劉之〈豳風〉與刺衛宣、鄭莊之篇同在國風，不分時世，惟夫意之無邪，詞之溫柔敦厚而已。如是以論唐詩，則初、盛、中、晚，宋人皮毛之見耳。不惟唐人選唐詩，不分人之前後，即宋、元人所選，亦不定也。自《品彙》嚴作初、盛、中、晚之界限，又立正始、正宗以至旁流、餘響諸名目，但論聲調，不問神意，而唐詩因以大晦矣。《品彙》又多收景龍應制詩，立初唐高華典重之說。錢牧齋謂『其人介於兩間，不可截然劃斷』，是矣，猶未窮源。蓋唐人作詩，隨題成體，非有一定之體。沈宋諸公七律之高華典重，以應制故，然非諸詩皆然，而可立為初唐之體也。如南宋兩宮遊宴，張掄、康伯可輩小詞，多頌聖德、祝昇平之語，豈可謂為兩宋詞體耶？詩乃心聲，心由境起，境不一則心不一。言心之詞，豈能盡出于高華典重哉！」（《圍爐詩話》卷三，頁551）。

在這段引文中，吳喬的基本觀念十分清楚：唐詩不必強分初、盛、中、

〔註13〕《有學集・唐詩英華序》卷十五，收於清・錢謙益著，錢曾箋注，錢仲聯校標《錢牧齋全集》冊五（上海：上海古籍出版社，2003年8月），頁707。

晚，一如《詩經》之選篇不分時世，惟「意之無邪，詞之溫柔敦厚」而已。他肯定錢謙益「其人介于兩間，不可截然劃斷」的理由，但是，他認為錢氏猶未掌握肯綮，「是矣，猶未窮源」。而吳喬則從「神、意」的角度，反對唐詩以初、盛、中、晚分界。更明白的說，他反對將唐詩分期。他認為若以「體」分，初唐詩風高棅以「高華典重」標榜，事實上，這是因為「應制」之故。沈、宋諸公並非所有作品都具備此一特色，豈可立為「初唐體」？論證的關鍵在於吳喬所探詩之「源」，即是「唐人作詩，隨題成體，非有一定之體」。換言之，他不但否定《唐詩品彙》以正始、正宗等辨體的說法，也否定了嚴羽的分體說，更毋論明代標舉盛唐體的論調。他說：「使大曆、開成人不作他詩，只作應制詩，吾保其無不高華典重者也。況景龍應制之詩雖多，而命意、佈局、使事無不相同，則多人只一人，多篇只一篇，安可以一人一篇而立一體？詩既雷同，則與今世應酬俗學無異，何足貴哉？〔註14〕」這段文字所展現的觀點，值得注意的是：吳喬重視詩歌作品的多樣性、差異性；一旦標榜某體，容易形成共同趨勢。楊慎《升庵詩話》亦言：「唐自貞觀至景龍，詩人之作盡是應制。命題既同，體制復一，其綺繪有餘，而微乏韻度。〔註15〕」開風氣者固值得讚美，但風氣一開，趨從模擬者盲目跟隨，弊亦滋生，形成吳喬所謂的「空殼生硬套子」。如明代弘、嘉詩人雖走「盛唐」一路，也只是恪遵李、杜、高、岑少數詩家，形成「套子」，不知不覺泯滅了詩歌的「創作」生命。他強調「詩乃心聲，心由境起，境不一則心不一。言心之詞豈能盡出於高華典重哉！」所以，按照吳喬的看法，初唐詩歌只要是不同的題材，便有不同的情意；情意不同，自有不同的境起，作品也必然有不同的神韻。這是從「差異」的角度檢視文學創作，正是「詩中有人」，言人人殊。〔註16〕對於盛唐詩歌，他也

〔註14〕 《圍爐詩話》卷三，頁552。

〔註15〕 《升庵詩話箋證》楊慎著，王仲鏞箋證，卷十〈桃花詩〉條，（上海：上海古籍出版社，1987年）頁307。

〔註16〕 吳喬回答詩問：「先生每言詩中須有人，乃得成詩。此說前賢未有，何自而來？」指出：「人之境遇有窮通，而心之哀樂生焉。……詩而有境

認為未必盡是「博大沉雄」。吳喬乃舉數例說明：

> 孟浩然有「坐時衣帶縈纖草，行即裙裾掃落梅」，張謂有「櫻
> 桃解結垂簷子，楊柳能低入戶枝」，王灣有「月華照杵空隨妾，
> 風響傳砧不到君」，萬楚有「眉黛奪將萱草色，紅裙妬殺石榴
> 花。誰到五絲能續命，卻令今日死君家」，子美之「卻繞井欄
> 添箇箇，偶經花蕊弄輝輝」等，不可枚舉。皆是隨題成體，
> 不作死套子語也。　（《圍爐詩話》卷三，頁 552）

以上幾首詩，均從細處著墨，無關乎「博大沉雄」。確如吳喬所言，題
材有別，則有不同的表現手法，藉以表達不同的情感，更展現不同的風
格和意境，「隨題成體，不作死套子語」。這與一般人熟悉的、標榜的盛
唐詩風大不相同。因此，一位大詩家，必具備多樣手法、多種題材、多
種風格的作品，此亦成其為大家的必要條件，杜甫足堪代表。吳喬指
出：「詩必隨題成體，而後臺閣、山林、閨房、邊塞、旅邸、道路、方
外、青樓，處處有詩，子美備矣，太白已有所偏，餘人之偏更甚，絕無
只是走一路者也。」此外，他再舉七律而言：「盛唐極高，而篇數不多，
未得盡態極妍，猶三百篇之正風正雅也。大曆已多，開成後尤多，盡態
極妍，猶變風變雅也。」〔註17〕此處所用「正變」一詞，是否有褒貶之
意？似乎並無。因為他認為：初唐宋之問、杜審言、沈佺期、郭元振、
張說、蘇頲諸公「七律不多，而清新穎脫之句，已有如此，使如中、晚
之多，更如何耶？〔註18〕」換言之，不從世次、詩人的角度論唐詩，

有情，則自有人在其中。」《圍爐詩話》卷一，頁 490。由於每個人的
境遇不同，只要忠實表現心之哀樂，詩情、詩境、詩風具不同，這才
是真詩。

〔註17〕語見《圍爐詩話》卷三，頁 552～553。此段文字之後，續云：「夫子
存二變，而弘、嘉人嚴擯大曆開成，識見高於聖人矣。」語含諷刺。

〔註18〕吳喬指出：「宋之問〈遇佳人〉則有『妒女猶憐鏡中髮，侍兒堪感路旁
人』。徐安貞〈聞箏〉，則有『曲成虛憶青娥斂，調急遙憐玉指寒。銀鎖
重關聽未闢，不如眠去夢中看』。杜審言〈春日有懷〉則有『寄語洛城
風日道，明年春色倍還人』，〈大酺〉有『梅花落處疑殘雪，柳葉開時任
好風』。沈佺期〈迎春〉有『林間覓草纔生蕙，殿裏爭花併是梅』，又〈應

專就作品審度其風格、神、意，初、盛、中、晚之界並非涇渭分明，也非高下之別。所以他回答時人之問，舉《詩經》之風、雅、頌為例，申明他的主張：「不分時世，惟夫意之無邪，詞之溫柔敦厚而已」。這和標舉「盛唐」，視之為「第一義」的復古派，差別在此。吳喬回答時人之問，應具深刻的含意。

但是，值得注意的是：吳喬在《逃禪詩話》提出以五「時」選唐詩：「唐三百年，人非一倫，詩非一種。愚意選之者須分五時，行五法。五時者：貞觀以下為始時，開元、天寶為次時，大曆以下為三時，元和以下為四時，開成以下為終時也。」〔註19〕他將大曆、元和自中唐分出，打破了初、盛、中、晚之界。以五時選唐詩，和嚴羽之以「時」分五「體」，其差異何在？蓋吳喬係以「時」選詩，不願以之分「體」，即因「體」非固定。他並未特別舉出詩家說明，或許因為各詩家「隨題成體」，不可限定其風格；選詩之際，但就其所屬年代選之。這可能是他認為較客觀的選法。錢鍾書嘗言：「余竊謂就詩論詩，正當本體裁以劃時期，不必盡與朝政國事之治亂盛衰吻合。」「詩自有初、盛、中、晚，非世之初、盛、中、晚。」「唐詩、宋詩，亦非僅朝代之別，乃體格性分之殊」〔註20〕這幾乎是近代學者對唐詩分期的共同看法，也被多數文學史之作者所接受，惟分期點以及作家之歸屬略有出入。〔註21〕

制〉有『山鳥初來猶怯囀，林花未發已偷新』，〈過嶺〉詩通篇流利。郭元振〈寄劉校書〉有『才微易向風塵老，身賤難酬知己恩。』張說〈幽州新歲〉詩，感慨淋漓，〈灉湖山寺〉詩，閒適自賞，又有云：『繞殿流鶯凡幾樹，當蹊亂蝶許多叢。』蘇頲〈扈從鄠杜間〉詩有『雲山一一看皆美，竹樹蕭蕭畫不成』。諸公七律不多，而清新穎脫之句，已有如此，使如中晚之多，更如何耶？」見《圍爐詩話》卷三，頁551～552。

〔註19〕 詳見《逃禪詩話》，（台北：廣文書局，1973年9月初版）頁583。
〔註20〕 錢鍾書《談藝錄》（台北：書林出版有限公司，1988年），頁1～2。
〔註21〕 張紅運〈二十世紀唐詩分期研究述略〉文中將四唐分期的文學史舉出，並加以比對分析，如劉大杰、游國恩、張松如、袁行霈、章培恒盛唐中唐分期點在天寶末，喬象鍾以大曆初分界。杜甫之歸屬，劉大杰、章培恒歸中唐，游國恩、張松如、喬象鍾歸盛唐。（《文學研究》，南京社會科學，2006年第六期），參閱頁106～108。

不過，反對分期者如吳喬的論見，卻從未曾被關注，頗為可惜。

三、論「三唐變而益下」

時人固然以「四唐」論述唐詩者多，而唐代國力之強弱、世次之更迭，歷史論述與詩學標準隱然謀合，唐詩的分期，似乎也暗示唐詩「變而益下」的評價。《圍爐詩話》中則出現「三唐」一詞。吳喬回答「三唐變而益下，何也？」之問，有以下論述：

> 問曰：「三唐變而益下，何也？」答曰：「須于此中識其好處而戒其不好處，方脫二李惡習，得有進步。《左傳》一人之筆，而前厚重，後流利，豈必前高于後乎？詩貴有生機一路，乃發于自心者也。三唐人詩各自用心，寧使體格少落，不屑襲前人殘唾，是其好處。識此，自眼方開，惟以為病，必受瞎盛唐之惑。忠不可以常忠，轉而為質文。春不可以常春，轉而為夏秋。初唐不可以常初唐，轉而為盛唐，盛唐獨可以七八百年常為盛唐乎？活人有少壯老，土木偶人千百年如一日。」（《圍爐詩話》卷三，頁553）。

由引文可見吳喬借《左傳》之筆為例，說明風格的不同，不可以據以論高下；又以四季之更迭為例，說明唐詩之變誠屬自然。是否「變而益下」？則值得探究。初唐沿陳、隋之遺風，詞旨華麗[註22]，沈、宋應制之體，高華典重；此外，不同題材者，清新脫穎之句亦有之[註23]。至於盛唐，吳喬以「博大沉雄」稱述，但是「隨題成體」，呈現了多種風貌，並非如弘、嘉詩人之認知，只走一路，已如前述。唐詩之變，則在大曆。嚴羽《滄浪詩話》云：「論詩如論禪，漢、魏、晉與盛唐之詩，則第一義也。大曆以還之詩，則小乘禪也，已落第二義矣。晚唐之詩，

[註22] 王世貞《藝苑卮言》云：「盧、駱、王、楊，號稱四傑。詞旨華麗，沿陳、隋之遺，氣骨翩翩，意象老境，故超然勝之。五言遂為律家正始。」見《續歷代詩話》下冊（台北：藝文，1983年6月），頁1165～1166。

[註23] 前文已有引述，見《圍爐詩話》卷三，頁551～552。

則聲聞辟支果也……。〔註24〕」此說直指唐詩由盛轉衰的關鍵，引發
極多討論，尤為維護中唐者所駁斥。明・李維楨《唐詩紀・序》云：
「（詩）上下數千年統論之，以三百篇為源，漢魏六朝唐人為流，至元
和而其派互分」〔註25〕；馮班《鈍吟雜錄》云：「詩至貞元、元和，古
今一大變」〔註26〕；葉燮亦云：「貞元、元和之間，有韓愈、柳宗元、
劉長卿、錢起、白居易、元稹輩出，群才競起，而變八代之盛。自是而
詩之調之格之盛之情，鑿險出奇，無不以是為前後之關鍵矣！」並指出
中唐不僅是唐詩之中，「乃古今百代之中，而非有唐之所獨得而稱中者
也。」〔註27〕施蟄存《唐詩百話》指出：「中唐五十多年，詩人輩出，
無論在繼承和發展兩方面，詩及其他文學形式，同樣都呈現群芳爭艷
的繁榮氣象。儘管在政治、經濟等國計民生方面，中唐時期比不上開
元、天寶之盛……但詩和其他文學卻不能說是由盛入衰的時期。〔註
28〕」他並且徵引明・陸時雍《詩鏡》所言：「中唐詩近收斂。境斂而實，
語斂而精。勢大將收，物華反素。盛唐鋪張已極，無復可加，中唐所以
一反而斂也。初唐人承隋之餘，前花已謝，後秀未開；聲欲啟而尚留，
意方涵而不露，故其詩多希微玄談之音。中唐反盛之風，攢意而取精，
選言而取勝，所謂綺繡非珍，冰紈是貴，其致迥然遠矣。〔註29〕」這
段評論，將中唐詩歌的特色拈出，與盛唐相較，並不遜色。然而陸時雍
畢竟不敵明人獨尊盛唐的風氣，接著乃批評中唐詩歌的弊病：「雕刻太
甚，元氣不完，體格卑而聲氣亦降」，「不長于古而長于律」，竟得出中
唐不如盛唐的結論。施蟄存先生不但予以駁斥〔註30〕，更進一步指出：

〔註24〕　《滄浪詩話・詩辨》（台北：東昇出版事業公司，1980 年 10 月），頁 10。
〔註25〕　見黃宗羲《明文海》卷 225，《四庫全書》本。
〔註26〕　見馮班《鈍吟雜錄》卷七（台北：廣文書局，1969 年），頁 225。
〔註27〕　以上見〈百家唐詩序〉，《己畦文集》卷八，《叢書集成續編・文學類》
　　　　　第 152 冊（台北：新文豐出版社，1989 年台一版），頁 519。
〔註28〕　見施蟄存《唐詩百話・中唐詩餘話》（上海：上海古籍出版社，1988 年
　　　　　第二次印刷），頁 565。
〔註29〕　陸時雍《唐詩鏡》，見《續歷代詩話》下冊，頁 1702。
〔註30〕　施蟄存指出「中唐是七言律詩大發展時期，故中唐詩人多作七言律詩。

「許多詩話中評論唐詩，或者論古詩，或者論絕句，總的傾向，幾乎都說中晚唐詩不如盛唐。這個幾百年來盲目繼承的論調，我以為必須糾正，中唐詩的冤案，必須平反。〔註31〕」他的評鑑角度一則針對中唐詩人及作品的總量，超過盛唐，一則針對中唐詩歌的前期（大曆至貞元），五言古詩、律詩不但繼承王、孟詩風，而韋應物、劉長卿的五言詩並不比王、孟遜色。七律繼承杜甫，不但格調上有新的發展，題材、內容更為擴大。絕句的成就，更是中唐高於盛唐。中唐詩歌的後期（貞元至長慶）詩風大為轉變。由王、孟變為郊、島；杜甫的五、七言古詩變而為韓愈。另有白居易、元稹的新樂府在寫實、諷喻方面另開新局，李賀幽怪濃詭的歌詩，更獨樹一幟。中唐詩的豐富多采，遂使施蟄存先生否定「唐詩由盛入衰」的說法。章培恒也指出「中唐詩歌藝術風格的多樣化、各種不同風格之間的差異，比盛唐詩人給人的印象要更為強烈；中唐詩人對語言表現形式的關注，也比盛唐詩人更為深入。〔註32〕」他雖然承認盛唐詩歌中的豪邁自信、自由飛揚的精神已開始減退，但是，他仍提出不同的看法：「自明代高棅明確把唐詩劃分成初、盛、中、晚四階段以來，人們習慣把杜甫歸為盛唐詩人，這是出於要同時充分肯定盛唐詩和杜詩的典範價值的考慮。但從唐代社會和唐詩的變化的實際情況來看，這樣劃分並不合理。〔註33〕」他將杜甫與中唐詩歌歸併同一章處理，這又是不同的評鑑觀點。此外，沈松勤《唐詩研究》也

這是一種新的文學形式從始興到繁榮的過程中所反映的必然現象，並不是由于中唐詩人的才情不適宜作古詩。」詳見《唐詩百話·中唐詩餘話》，頁569。

〔註31〕施蟄存指出「中唐是七言律詩大發展時期，故中唐詩人多作七言律詩。這是一種新的文學形式從始興到繁榮的過程中所反映的必然現象，並不是由于中唐詩人的才情不適宜作古詩。」詳見《唐詩百話·中唐詩餘話》，頁569。

〔註32〕見章培恆、駱玉明《中國文學史》中卷（上海：復旦大學出版社，1996年3月），頁102。

〔註33〕見章培恆、駱玉明《中國文學史》中卷（上海：復旦大學出版社，1996年3月），頁102。

認為：「在唐詩演進中，大曆是從盛唐走向中唐的橋樑，也是中唐詩歌的開端……中國古典詩歌的一切法門都由中唐開啟；而古典詩歌的基本主題、體式，以及表現方式的成熟和定型，也都在這個時期完成。」〔註34〕在該書緒論也明白指出：「詩到元和體制新……中唐和盛唐同是唐詩繁榮的兩個高峰期，無須輕分軒輊。」〔註35〕總之，「三唐變而下」的論述，具有高度的爭議的。當文學環境回歸客觀，無所偏尚時，吳喬視唐詩各期之迤邐變化，如四季一般自然，而近代的詩學專家或文學史家回顧唐詩，更能毫無拘束的秉持個人的評鑑角度，作出持之有故，言之成理的論述。吳喬所處的清初詩壇，崇尚盛唐，標榜七子的風氣有死灰復燃的趨勢，因而他在《圍爐詩話‧自序》所言：「詩自漢、魏屢變而成唐體，其間曲折，既微且繁，不易測試。嚴滄浪學識淺狹，而言論似乎玄妙，最易惑人。詩人於盛唐詩，雖相推重，非盡知作詩之本末；於中、晚詩，非輕忽則惑溺，亦未究升降之所以然。」這是有感而發的。引文所言，詩貴有「生機」，意在發乎作者的本心，只要不襲前人殘唾，中、晚唐之詩即使「體格少落」，格局有不如盛唐闊大者，也值得肯定。他突破成見，識詩歌之「變」，勇敢的提出時人對中、晚唐詩的輕忽，更細說中、晚唐詩的佳妙之處（詳見下文），這在清初眾多詩話中，格外顯得傑出。

四、論「中、晚之變」

唐詩的發展並未隨同大唐國勢江河日下，這是反對「三唐變而益下」的持論者普遍的認知。在政治事件中，安史之亂成為李唐由盛轉衰的關鍵；詩歌發展中，大曆則成為唐詩之「變」的關鍵。吳喬以詩三百為譬，盛唐七律猶正風正雅，到了中唐大曆，甚至晚唐開成，「盡態極

〔註34〕參閱沈松勤、胡可先、陶然合著《唐詩研究》第二章第三節，（浙江：浙江大學出版社，2006年1月），頁79～80。
〔註35〕參閱沈松勤、胡可先、陶然合著《唐詩研究》第二章第三節，（浙江：浙江大學出版社，2006年1月），頁13。

妍」,「猶變風變雅也」〔註36〕。這也是他不廢中、晚唐,並且大肆抨擊獨尊盛唐的明七子的原因。有明一代的擬古風潮,在「取法乎上」的帶動下,中、晚唐詩被「輕忽」,盛唐詩被「惑溺」〔註37〕,影響層面極為深遠。肯正視中、晚唐詩之精粹者,寥寥可數。吳喬被視為清初標舉中、晚唐的少數人物,並非他否定盛唐詩歌「博大沉雄」、輝麗萬有的成就,而是中、晚唐詩歌的「變」,不當被忽視抹煞。「春不可以常春,轉而為夏、秋,初唐不可以常初唐,轉而為盛唐,盛唐獨可以七、八百年常為盛唐乎?活人有少、壯、老,土木偶人千百年如一日。〔註38〕」轉變是時勢所趨。他舉中唐詩人詩作云:「李端〈過宋州〉詩,言情敘景為第一。于良史〈閒居〉詩,得情得景。朱灣〈露中菊〉,自道也。戴叔倫『如何百年內,不見一人閒』,宋詩也。崔峒之『僧家竟何事,掃地與焚香』,小兒不作此語。戎昱〈聞顏尚書陷賊〉,是一朝有關係事。詩結云『同榮不同辱』,可謂有恆矣。詠史詩太露,何以貽誤清泰耶!于鵠〈題鄰居〉,體異陶而情則同。韓退之〈次安陸寄周員外〉詩,情景浹洽;〈和裴公〉詩,有味。呂溫〈籠中鷹〉之『九天飛勢在,六月目睛寒』,奇句也。通篇有寄託。張籍之『長因送人處,憶得別家時』,『獨遊無定計,不欲道來期』,『寒夜共來望,思鄉獨下遲』,深入人情。朱慶餘〈宿姚少府宅〉詩,起結大妙,惜中二聯不浹洽。〈湖中〉之『風波不起處,星月盡隨身』,平常而妙。賈島〈代舊將〉詩,子美也。『秋風吹渭水,落葉滿長安』,非敘景,乃引情也。『鳥宿池邊樹,僧敲月下門』,寫得幽居出。〈旅遊〉之『此心非一事,書札若為傳?舊國別多日,故人無少年』,子美也。張祜〈觀李司空獵〉詩,精神不下右丞,而丰采迴不同。」〔註39〕從吳喬的「評語」看出,中唐詩人既有繼承盛唐詩歌的保留成分,也有下開宋詩的創新因子。從中唐詩人的

〔註36〕 《圍爐詩話》卷三,頁552~553。
〔註37〕 語見《圍爐詩話·自序》。
〔註38〕 《圍爐詩話》卷三,頁553。
〔註39〕 《圍爐詩話》卷二,頁542~543。

作品，他看出轉變的特質。至於晚唐，吳喬細加評論，指出：

> 開成以後，詩非一種，不當概以晚唐視之。如「時挑野菜和
> 根煮」〔註40〕，「雪滿長安酒價高」〔註41〕之類，極為可笑。
> 平淺成篇者，亦不足觀。至如〈落花〉之「高閣客竟去，小
> 園花亂飛」〔註42〕，「五更風雨葬西施」〔註43〕，〈節使筵中〉
> 之「幕外刀光立從官」〔註44〕，〈牡丹〉起句之「邀勒東風不
> 早開，眾芳飄後上樓台。當筵始覺春風貴」〔註45〕，〈妓人〉
> 之「劍截眸中一寸光」〔註46〕，「薄命曾嫌富貴家」〔註47〕，
> 「瘦去誰憐舞掌輕」〔註48〕，〈弔李義山〉之「九泉莫歎三光
> 隔，又送文星入夜台」〔註49〕，〈別妓〉之「枕上相看直到
> 明」〔註50〕，〈憶妾〉之「從此山頭似人石，丈夫形狀淚痕
> 深」〔註51〕之類，皆是初唐人未想到者，故能發學者之心光，
> 豈可輕視。(《圍爐詩話》卷三，頁553～554)。

首先，吳喬認為晚唐作品風格並非一種，杜荀鶴〈山中寡婦〉，描寫「夫

〔註40〕此係杜荀鶴〈山中寡婦〉詩句。
〔註41〕此係鄭谷〈輦下冬暮詠懷〉詩句。
〔註42〕此係李商隱〈落花〉。
〔註43〕此係明‧唐寅〈落花圖詠〉詩句。但晚唐韓偓有〈哭花〉詩句：「夜來
　　　風雨葬西施」，「夜來」而非「五更」，吳喬所論應指晚唐韓偓。
〔註44〕此係晚唐張蠙〈錢塘夜宴留別郡守〉之詩句，題目有誤。
〔註45〕此處係兩首〈牡丹〉詩中句。前兩句為李山甫所作，後者為羅隱〈牡
　　　丹〉「當庭始覺春風貴」，「筵」應作「庭」。乃第五句，非起句。《圍爐
　　　詩話》有誤。
〔註46〕此係崔珏〈有贈〉詩句，題目有誤。
〔註47〕此係韋莊〈傷灼灼〉詩句。
〔註48〕此係韓偓〈偶見〉詩句。
〔註49〕此係崔珏〈哭李商隱〉詩句。
〔註50〕此係油蔚〈贈別營妓卿卿〉詩句。詩題有誤。
〔註51〕此係劉禹錫〈懷妓〉四首之二詩句，詩題有誤。然《全唐詩》卷361
　　　另加案語，指前三首一作劉損詩，題為〈憤惋〉。劉損為晚唐末咸通詩
　　　人，僅三首流傳。吳喬於此段文字所舉皆晚唐詩人，故可推知吳喬認
　　　定，係劉損作品。但詩題〈憶妾〉與劉禹錫〈懷妓〉較接近，是以無
　　　法驟下結論。

因兵死守蓬茅」的寡婦，生活艱苦，「時挑野菜和根煮，旋斫生柴帶葉燒」。透過山中寡婦個人的慘況，反應當時社會的面貌，意極悲憤。惟文字十分淺白，毫無委婉的情致與修飾，此為寫實詩歌中常見的手法。鄭谷〈輦下冬暮詠懷〉，其句意亦如字面「雪滿長安酒價高」。這在重視比興技法的吳喬看來，是晚唐作品中比較不可取的一種，因此，他批評此類作品「極為可笑」，「平淺成篇者，亦不足觀」。而杜荀鶴有部分作品都與唐末連年征戰，民生苦難有關。如〈哭貝韜〉「四海十年人殺盡」；〈山中村雪〉「山中鳥雀共民愁」；〈再經胡城縣〉「去歲曾經此縣城，縣民無口不冤聲。今來縣宰加朱紱，便是生靈血染成。」文字未經修飾，語意明白淺顯，直陳時事，缺乏詩歌的美感與含蓄。引文中吳喬繼而舉出另一類他所讚賞的作品：意有寄託，描摹曲折，構思奇巧的詩句，如李商隱〈落花〉之「高閣客竟去，小園花亂飛」，借園中落花，隱微含蓄地吐露他的心思。既是歎花，也是自歎，歎青春竟逝，身世飄零。一筆兩用，耐人尋味。〔註52〕韓偓〈哭花〉之作，「夜來風雨葬西施」，情意幽微，絕非意盡字面。他的〈惜花〉詩「眼隨片片沿流去，恨滿枝枝被雨淋」，「總得苔遮猶慰意，若教泥汙更傷心」，吳喬將之與時事結合，前者言「諸王之見殺也」，後者言「李克用、王師範之勸王也」，視為言在此（落花）而意在彼（時事）的佳構。〔註53〕此外，吳喬所舉詩句，未標明作者，僅見詩題，經筆者察核，略有出入，謹更正於註中。茲以《全唐詩》選錄各家次序排列，他所摘述的晚唐詩人及其詩作，各見於崔玨（《全唐詩》卷591）、羅隱（《全唐詩》卷665）、韓偓（《全唐詩》卷683）、韋莊（《全唐詩》卷700）、張蠙（《全唐詩》卷702）、油蔚（《全唐詩》卷768）及劉損〈憤惋〉（存疑）。這類作品，不論用語、設喻、構思，均屬晚唐可觀者，吳喬認為「皆是初唐人未想到者，故能發學者之心光，豈可輕視。」

〔註52〕 胡幼峰〈試論吳喬對李商隱詩歌的評價〉有詳細的析論。

〔註53〕 見《圍爐詩話》卷一，頁496。胡幼峰〈試論吳喬對韓偓香奩詩的評價〉有詳細的析論。

此外，他又舉多人佳構，例如「義山〈蟬〉詩，絕不描寫用古，誠為傑作。『幽人不倦賞』篇，情景浹洽。〈落花〉起句奇譎，通篇無實語，與〈蟬〉同，結亦奇。〈月〉詩次聯虛靈。〈李花〉亦然。〈後閣〉第三聯，苦心奇險句也。〈晚晴〉次聯澹妙。許渾詩甚多，七律惟愛〈南康阻淺〉篇，五律惟〈寓懷〉虛靈。馬戴〈楚江懷古〉、〈淮上春思〉、〈落日〉、〈尋王處士〉，不似晚唐人詩。李昌符〈歸故居〉詩，情景浹洽。劉威之〈秋夜旅懷〉，調不高而有至情。張喬〈送許棠〉詩，情景浹洽。司空圖佳句，大有高致，又甚細密。崔塗〈除夜有感〉，說盡苦情苦境矣。李建勳〈田家〉詩，可見徐知誥之有功于民也。戴司顏之〈江上雨〉，情景皆真，故能浹洽。周朴之『禹功不到處，河聲流向西』，誠苦心奇句，奈前後無味何！齊己〈劍客〉詩，傑作也。『夜來何處火，燒出古人塚』，非晚唐人無此詩思。」〔註54〕換言之，晚唐的文學環境、政治環境與初、盛唐大不相同，律詩的寫作技巧也起了極大的變化和趨尚，如「奇絕」、「虛靈」、「奇險」、「澹妙」、「高致」、「苦境」……等，都有其可觀之處。如果一概抹煞，並以「詩自天寶而下，俱無足觀」〔註55〕作論斷，自非公允。

吳喬看到了中、晚唐詩歌的變化，因此從「變」的角度去評價中、晚唐詩，乃進一步指出：「初、盛大雅之音，固為可貴，如康莊大道，無奈被沈、宋、李、杜諸公塞滿，無處下足。大曆人不得不鑿山開道，開成人抑又甚焉。」〔註56〕清初詩人如馮舒、馮班兄弟，曾評點韋縠《才調集》；馮班作詩更以溫、李為範式，典麗之作，「律細旨深」，「求之晚唐中亦不可多得」，遂為虞山詩派另闢晚唐一路。〔註57〕時以尚晚

〔註54〕見《圍爐詩話》卷二，頁543。
〔註55〕見《明史・李攀龍傳》。
〔註56〕《圍爐詩話》卷三，頁554。
〔註57〕清・王應奎《柳南續筆》卷三〈錢木菴論馮定遠詩〉云：「定遠詩謹嚴典麗，律細旨深，求之晚唐中，亦不可多得……。」（台北：廣文書局），頁11〜12。拙著《清初虞山派詩論》第四章第一節之二亦針對馮班「學詩以溫、李為法式」作說明。

唐而著稱於世者有：瞿師周「為詩工夫細膩，運古精切，于晚唐為近」〔註58〕；陳凡「詩宗晚唐」〔註59〕；瞿世壽「所作悉豐腴工穩，可匹晚唐」〔註60〕；黃儀「詩筆秀整，頗學晚唐」〔註61〕；周楨「為詩婉約秀潤，體近晚唐」〔註62〕……等。而朱鶴齡《李義山詩集箋注》，吳喬亦有《西崑發微》，在當時確實形成另一股詩潮。〔註63〕

　　總之，中、晚唐詩歌的藝術成就有其可觀之處，是不容抹煞的。但整體而言，若和初、盛相比，吳喬的比喻頗堪玩味：「以初、盛視中、晚，如京朝官之于下僚。以初、盛視弘、嘉，如京朝官之于蒙金木偶。」吳喬貶抑弘、嘉模擬盛唐之習，《圍爐詩話》中俯拾皆是〔註64〕。他對中、晚唐詩的「標舉」，旨在勿「輕忽」勿「惑溺」，並非認為中、晚高於初、盛。二者格局不同，由「京朝官」與「下僚」相對比，其意明矣。不過，文人另闢蹊徑的心態，在中、晚唐詩作中呈現無遺。吳喬指出：「盛唐不巧，大曆以後，力量不及前人，欲避沉濁麻木之人，漸入於巧。劉長卿云『身隨敝履經殘雪』，皇甫冉云『菊為重陽冒雨開』，巧矣。柳子厚之『驚風亂颭芙蓉水』，『桂嶺瘴來雲似墨』，更著色相。姚合送使新羅者云『玉節在船清海怪』，則更險急，為避陳濁麻木不惜也。如右丞之『明月松間照，清泉石上流』，極是天真大雅；後人學之，則為小兒語也。」〔註65〕從這段文字可知中晚唐詩人用力著墨之處。盛唐詩人中有才華高妙，無與倫比者，也有許多渾然天成的名篇，令人嘆為觀止；

〔註58〕王應奎編《海虞詩苑》小傳卷六（清乾隆二十四年海虞王氏鈔本）。
〔註59〕王應奎編《海虞詩苑》小傳卷七。
〔註60〕王應奎編《海虞詩苑》小傳卷十。
〔註61〕王應奎編《海虞詩苑》小傳卷十二。
〔註62〕王應奎編《海虞詩苑》小傳卷十四。
〔註63〕可參閱張健《清代詩學研究》第四章〈對漢魏、盛唐審美正統的突破：晚唐詩歌熱的興起〉之四：李商隱詩歌的詮釋革命與價值重估（北京：北京大學出版社，1999年），頁148～204。
〔註64〕胡幼峰〈論吳喬《圍爐詩話》對李夢陽的評價〉；〈吳喬《圍爐詩話》對李攀龍的評價〉有詳細之論述。
〔註65〕《圍爐詩話》卷三，頁556。

中、晚唐詩人眾多,作品數量龐大豐碩,披沙揀金,亦自不乏佳構。前者渾厚,後者用力。著力於「意」,則頗具巧思;著力於鍊字造句用韻,則頗見鍛鍊之工;現之於風格,自是變態百出。吳喬云:「唐時詩人不肯苟同,所以能自立。」﹝註66﹞確是中肯。吳喬也曾以鍊字造句的角度將盛唐與中、晚唐做出比較:「造句乃詩之末務,練字更小,漢人至淵明皆不出此。……李、杜諸公偶一涉之,不以經意。中唐猶不甚重,至晚唐而人皆注意於此。所存既小,不能照顧通篇,以致神氣蕭颯。詩道至此,大厄運也!」﹝註67﹞可見他也看到晚唐的缺失,並且直言無諱。

五、結論

綜合以上論述,吳喬對唐詩之分期,持根本反對的立場。唐詩的風格,不能因四唐之分而作區別;唐詩的成就也不能因四唐之分而下斷言。各個詩家的成就更不能因時而定論。他提出「隨題成體」的概念,打破初、盛、中、晚的界限,確實值得重視。譬如應制之作,命題雖同,體制復一,果能篇篇「高華典重」耶?政治之因素,時代之風力,作者群落之標舉,無不對作家之表現、作品之風格產生影響。這是大環境。不過,「詩乃心聲,心由境起,境不一則心不一」,所以文學作品必有其各別的差異性。詩必隨題成體,而後處處有詩,「絕無只是走一路者也」。值得注意的是:他既反對四唐分期,卻在選詩方面,主張以五「時」選之;如何取捨界於兩間者,似乎應該作進一步的說明。至於吳喬反駁「三唐變而益下」的論述,旨在肯定各時期的詩家及佳作,特別是中唐之「變」的歷史地位,這種評論態度則是值得肯定的。他一一拈出佳作佳句,為例解說,避免了空泛無據的論述,也提供詩歌鑑賞者參考,充分展現詩話的功能與特色。明清以來,詩話之作林立,細辨「中、晚之變」者,屈指可數,而《圍爐詩話》的可觀之處及價值正在於此。至於中、晚唐詩歌的缺失,吳喬並未掩飾:「盛唐不巧,大曆以後,力

﹝註66﹞ 《圍爐詩話》卷三,頁557。
﹝註67﹞ 《圍爐詩話》卷一,頁505~506。

量不及前人，欲避沉濁麻木之人，漸入於巧」；「所存既小，不能照顧通篇，以致神氣蕭颯」。賀裳《載酒園詩話》也指出：「中唐人固多佳詩，不及盛唐者，氣力減耳。澹雅則不能高渾，雄奇則不能沉靜，清新則不能深厚。至貞元以後，苦寒、放誕、纖縟之音作矣！」〔註68〕「詩至晚唐而敗壞極矣，不待宋人。大都綺麗則無骨，至鄭谷、李建勳，益復靡靡；朴澹則寡味，李頻、許棠，尤無取焉。甚則粗鄙陋劣，如杜荀鶴、僧貫休者。」〔註69〕吳喬和賀裳同被視為清初詩派繼馮班之後崇尚晚唐者〔註70〕，他們既從比興的角度推崇，卻也從氣格的角度貶抑，與明代復古派「盛唐」以後皆不足觀的論說相較，則屬持平而中肯。

六、引用書目

（一）古籍

1. 〔宋〕嚴羽著，郭紹虞校釋《滄浪詩話》（台北：東昇出版事業公司，1980 年 10 月）。

2. 〔明〕王世貞《藝苑卮言》（台北：藝文印書館，1983 年 6 月，《續歷代詩話》本）。

3. 〔明〕陸時雍《唐詩鏡》（台北：藝文印書館，1983 年 6 月，《續歷代詩話》本）。

4. 〔明〕黃宗羲《明文海》（台北：台灣商務印書館，1983 年，《四庫全書》本）。

5. 〔明〕王行《半軒集》（台北：台灣商務印書館，1983 年，《四庫全書》本）。

6. 〔明〕楊慎著，王仲鏞箋證《升庵詩話箋證》（上海：上海古籍出

〔註68〕見賀裳《載酒園詩話》又編，李益條，頁 340。

〔註69〕見賀裳《載酒園詩話》又編，貫休條，頁 393。

〔註70〕張健《清代詩學研究》第四章「對漢魏盛唐審美正統的突破：晚唐詩歌熱的興起」，有詳細的論述，可參閱。

版社，1987 年）。

7. 〔清〕馮班《鈍吟雜錄》（台北：廣文書局，1969 年）。

8. 〔清〕王應奎《柳南續筆》（台北：廣文書局，1969 年）。

9. 〔清〕吳喬《逃禪詩話》（台北：廣文書局，1973 年 9 月初版，
   國立中央圖書館珍藏善本）。

10. 〔清〕賀裳《載酒園詩話》（台北：藝文印書館，1985 年 9 月，
    《清詩話續編》本）。

11. 〔清〕吳喬《圍爐詩話》（台北：藝文印書館，1985 年 9 月，《清
    詩話續編》，張海鵬刻本）。

12. 〔清〕葉燮《己畦文集》（台北：新文豐出版社，1989 年台一版，
    《叢書集成續編・文學類》）。

13. 〔清〕錢謙益著，錢曾箋注，錢仲聯校標《錢牧齋全集》（上海：
    上海古籍出版社，2003 年 8 月）。

14. 〔清〕王應奎編《海虞詩苑》（清乾隆二十四年海虞王氏鈔本）。

（二）近人著作

1. 陳國球《唐詩的傳承》（台北：學生書局，1980 年 9 月初版）。

2. 楊士弘編，張震註《唐音》（四庫珍本十二集，台北：商務印書館，
   1982 年）。

3. 高棅編選《唐詩品彙》（台北：學海出版社，1983 年 7 月）。

4. 錢鍾書《談藝錄》（台北：書林出版有限公司，1988 年）。

5. 施蟄存《唐詩百話・中唐詩餘話》（上海：上海古籍出版社，1988
   年第二次印刷）。

6. 章培恆、駱玉明《中國文學史》（上海：復旦大學出版社，1996 年
   3 月）。

7. 張健《清代詩學研究》（北京：北京大學出版社，1999 年）。

8. 沈松勤、胡可先、陶然合著《唐詩研究》（杭州：浙江大學出版社，2006 年 1 月）。

（三）期刊論文

1. 胡幼峰〈試論吳喬對李商隱詩歌的評價〉（輔仁學誌 25 期，1996年 7 月）。

2. 胡幼峰〈論吳喬《圍爐詩話》對李夢陽的評價〉（輔仁國文學報第十九期，2003 年 10 月）。

3. 胡建次〈「四唐說」歷史分期三步曲〉（《陽山學刊》，第十八卷第4 期，2005 年 8 月）。

4. 張紅運〈二十世紀唐詩分期研究述略〉（《文學研究》，南京社會科學，2006 年第六期）。

5. 張紅運〈「四唐」說源流考〉（《貴州社會科學》，第 4 期，2006 年7 月）。

6. 鄧新躍〈《唐詩品彙》與四唐分期說的確立〉（《西安電子科技大學學報》，社會科學版，第十六卷第 6 期，2006 年 11 月）。

吳喬《圍爐詩話》對宋詩的評價

論文提要：

在清初詩壇瀰漫宗宋的氛圍時，吳喬《圍爐詩話》對宋詩大加批判。他認為：宋詩變古不知復古，宋人作詩不知比興，宋人詞勝而詩亡，宋詩之風壞於歐、梅……。這些議論，表現了吳喬的詩歌發展史觀、創作觀、詩體觀；他對歐陽修、梅堯臣詩歌風格的特點，宋詩詩風之走向，作了極切要的評述，展現了他銳利的觀察。本文乃針對以上議題作出分析和評論，期能客觀呈現其詩論之優缺點，並見《圍爐詩話》之價值。

關鍵詞：宋詩、詩話、變復、比興、辨體、歐梅

一、前言

詩歌創作歷經唐代詩人的逞才競勝，不論是體裁聲律或風格內容，皆臻於成熟圓融、燦然大備的境地。宋人欲有所超越，不得不追求新變。故舉凡談笑戲謔、人物情態、哲理玄思，無不可現於詩中；鋪排議論、博依廣引，無不曲盡其致；以文為詩，以賦為詩，亦無不參酌運用。黃庭堅嘗言：「隨人作計終後人，自成一家始逼真。」〔註1〕最能展現

〔註 1〕語見〈以右軍書數種贈丘十四〉，《黃庭堅全集》（成都：四川大學出版社，2001 年）冊二，外集卷 16，頁 1249。

宋代文人的心態。但是,宋詩的新變,所獲致的評價卻呈兩極。唐詩與宋詩之別,自南宋迄乎清初,議論紛陳,各有所見,儼然成為對立的局面。而詩歌宜宗唐或宗宋,也成為詩派辨體、審音、創格討論的重心,爭擾不休的問題。〔註2〕它涉及的層面極廣,諸如文學思潮、文學流派、文學風格、美學觀點以及創作技巧無不涵蓋。〔註3〕吳喬在清初詩壇的唐宋詩之爭中,立場相當鮮明:宗唐斥宋。又由於它對明代前後七子的指斥更甚於宋,因而寧可師法晚唐而避免與明人同步。〔註4〕本文乃針對吳喬在《圍爐詩話》對宋詩的論說,從「變、復」、「賦、比、興」的運用、「詞勝而詩亡」以及歐陽修、梅堯臣對宋詩風格之形成產生的影響等議題進行探究。

二、宋詩變古不知復古

「源流正變」,一直是詩歌批評者最關注的問題。早在《文心雕龍・時序》篇,就曾指出「時運交移,質文代變」「歌謠文理,與世推移」的論點。從歷時的角度去看文學發展,則一代有一代之文學,各代文學皆因文人的創作,體裁與風格不斷發展創新,自有其獨領風騷的特色與價值。明胡應麟(1551~1602)《詩藪》從體、格的角度指述:「四言變而離騷,離騷變而五言,五言變而七言,七言變而律詩,律詩變而絕句〔註5〕,

〔註2〕 相關研究如齊冶平《唐宋詩之爭概述》(長沙:岳麓書社,1984年)及戴文和《唐詩、宋詩之爭研究》(台北:文史哲出版社,1997年)。

〔註3〕 參閱蔡鎮楚《中國詩話史》(長沙:湖南文藝出版社,1988年)第四章第一節〈明詩話的兩大系列〉,頁199。

〔註4〕 明代前後七子均以盛唐為師法標的,吳喬在《圍爐詩話・自序》則指出:「詩人于盛唐詩雖相推重,非盡知作詩之本末;于中晚詩,非輕忽則惑溺,亦未究升降所以然……」因此,詩話中對中晚唐詩之論述,可謂十分詳盡,尤其推重李商隱、韓偓的作品。在清初詩話中被視為宗尚晚唐者。

〔註5〕 胡應麟「先律後絕」的論述,值得商榷。清馮班《鈍吟雜錄》論及律體結構時,提出聯、絕;絕句分古絕句、今絕句,《玉台新詠》即有古絕句。詳參拙著《清初虞山詩派詩論》第四章第三節之五(台北:國立編譯館,1994年10月),頁293~297。

詩之體以代變也〔註6〕；三百篇降而騷，騷降而漢，漢降而魏，魏降而六朝，六朝降而三唐，詩之格以代降也。」〔註7〕詩之體以代變，詩之格卻以代降，無疑是持著今不如古的觀點。〔註8〕原因何在？這是因為受復古思潮的影響。事實上，宋、明以前，復古理論即不斷被提出，各有其不同的針對性，也成功的挽狂瀾於既倒。復古而不忘創新，不忘求變，應該是成功的重要因素。「復」與「變」遂逐漸成為批評家結合討論的命題。「復」涉及討源；「變」涉及創新。吳喬意識到詩歌發展有縱的賡續，也有橫的分歧；有部分是前代的繼承，也部分是詩人的創新；因此，提出了「變復」的觀點。他在《逃禪詩話》第一條即云：「變，謂不襲古人之狀貌；復，謂能得其神理。」在「變復」理論的關照之下，詩歌發展自漢魏迄乎明代，唐詩與宋詩之界，甚至宋詩與明詩之別，都昭然若揭。《圍爐詩話》卷一第一條也開宗明義指出：

> 詩道不出乎變復，變謂變古，復謂復古。變乃能復，復乃能變，
> 非二道也。漢魏詩甚高，變三百篇之四言為五言，而能復其淳
> 正。盛唐詩亦甚高，變漢魏之古體為唐體，而能復其高雅；變
> 六朝之綺麗為渾成，而能復其挺秀，藝至此尚矣！晉宋至陳
> 隋，大歷至唐末，變多于復，不免于流，而猶不違於復，故多
> 名篇。此後難言之矣！宋人唯變不復，唐人詩意盡亡；明人唯
> 復不變，遂為叔敖之優孟。二百年來，非宋則明，非明則宋，
> 而皆自以為唐詩。 （《圍爐詩話》卷一，頁471）。

〔註6〕 胡應麟《詩藪》內篇卷1又云：「國風、雅、頌，並列聖經。……楚一變而為騷，漢再變而為選，唐三變而為律，体格日卑。」《明詩話全編》（南京：江蘇古籍出版社，1997年12月）第11條，頁5437。

〔註7〕 胡應麟《詩藪》內篇卷1，《明詩話全編》第1條，頁5435。

〔註8〕 胡應麟「格以代降」、「体格日卑」的說法，被視為退化論的證據。但是，他也有看似「進化論」的文字：「黃虞而上，文字邈矣。聲詩之道，始于周，盛于漢，極于唐。」見《詩藪》外篇卷5，《明詩話全編》第940條，頁5609。陳國球〈胡應麟詩論中「變」與「不變」的探索〉有作討論，可參閱。收入吳承學、李光摩編《晚明文學思潮研究》（武漢：湖北教育出版社，2002年）。

　　從這段文字可知：縱觀歷代詩歌之流變，吳喬提出「詩道不出乎變、復。變，謂變古；復，謂復古。變乃能復，復乃能變，非二道也。」的詩歌發展規則。這是他的重要詩觀。從溯源的方向回顧詩經、漢魏之詩，後者「變」在詩體，卻仍保留前者的「淳正」風格。唐詩之「變」也在詩體，風格則保留六朝的「挺秀」，「變」綺麗為渾成。吳喬認為詩歌之「變、復」發展，盛唐是藝之極至，最為完美。其它則未盡善：宋齊梁陳隋期間詩體漸趨於律，中晚唐則愈趨鍛鍊，「變多於復」，少了高雅淳正的古風。但是吳喬仍以為不違於「復」而並未全盤否定。可是明人高倡復古，追摹盛唐，這是「唯復不變」；宋人則追求新變，另闢蹊徑，這是「唯變不復」。詩歌發展到了吳喬所處的詩壇，只是見到兩種樣態：必欲與唐同的假唐詩，及必欲與唐異的宋詩。從「變、復」的角度評論宋詩，他拈出宋人求變的心態：

1. 宋人惟變不復，唐人之詩意盡亡。　　（《圍爐詩話》卷一，頁471）。

2. 宋人必欲與唐異，明人必欲與唐同。　　（《圍爐詩話》卷五，頁606）。

3. 宋人專尋唐人不是處，實于己無益……。　　（《圍爐詩話》卷五，頁607）。

4. 自作則為宋人，學唐則為弘、嘉人。　　（《圍爐詩話》卷四，頁591）。

　　以上文字，係概括性的批判宋代詩人為了求變求異，刻意與唐詩作區隔。在詩歌發展的變古學古之中，吳喬深責明人學古而不知變古，又痛惜宋人變古而不知學古：「宋人必欲與唐人異，明人必欲與唐人同」見引文2；宋、明詩人的心態，大相逕庭。他認為無論變古學古，都應認清一個重要原則，那就是「各自有意，各自言之」，[註9]這是詩歌創作的基本要求。宋人的求變，可議之處在於引文3所

〔註9〕《圍爐詩話》卷五，頁605。

言：「宋人專尋唐人不是處，實于己無益，尋得唐人好處，乃有益于己。」宋人另闢蹊徑求新求變，「以文字為詩，以才學為詩，以議論為詩」〔註10〕，樹立了迴別於唐詩的格調，讚賞者有之，反對者亦有之。引文4之言「自作則為宋人，學唐則為弘嘉人」，應是對宋詩正面的肯定。然而宋之新變派「從唐人不留意處拓展了宋詩的天地，但對唐詩精華部分如何繼承創新並未提出可行的辦法；王安石、蘇軾以技巧、法度、才學為詩，實際上是開始正面解決這一問題。黃庭堅則使之成為一門學問。換骨奪胎法、點鐵成金、無一字無來處……等等命題，都著眼於在定型化、圓熟化的詩歌語言、構思、意象、意境方面繼承發展。這些理論無疑是黃庭堅個人創作實踐的總結。」〔註11〕但是，吳喬看所謂的「奪胎換骨」及「翻案詩」，卻是蹈襲偷勢，他說：

1. 宋人每言奪胎換骨，去瞎盛唐字做句摹有幾？宋人翻案詩，即是蹈襲陳言，看不破耳。又多摘前人相似之句，以為蹈襲。詩貴見自心耳，偶同前人何害？作意蹈襲偷勢亦是賊。（《圍爐詩話》卷五，頁605）。

2. 詩須寫我心，入古人模範耳，偷勢亦是賊。且有心被束，不得清出，古詩既多，自必有偶同者。我既不偷，同亦何諱。（《圍爐詩話》卷五，頁621）

吳喬主張「詩貴見自心」；「詩須寫我心」。從這個角度出發，宋詩雖有「自作」，「奪胎換骨」之模擬大於創見，確是頗受爭議。他自稱與清初虞山派詩人馮班所見多合，而馮班對宋詩的批評極多，「奪胎換骨」法，是「宋人謬說，只是向古人集中作賊耳」〔註12〕，兩人的論見是一致的。不過，引文中吳喬所謂「宋人翻案詩即是蹈襲陳言，看不破

〔註10〕語出嚴羽《滄浪詩話·詩辯》。
〔註11〕見王水照《宋代文學通論》體派篇第一章〈宋詩體和派〉（鄭州：河南大學出版社，1997年6月），頁109、110。
〔註12〕見馮班《鈍吟雜錄》卷四。馮班舉王安石菊花詩為例，說明其「滲漏」、「牽湊」的毛病，而非點鐵成金。（台北：廣文書局，1969年）。

耳」，此句則有待商榷。馮班曾指出宋人好議論是非，多因心存不信，故不免導致偏差，甚至謗毀古人，「翻案詩」之作，乃是「疑古」的表現，〔註13〕事實上，也是求新求變的表現。故與「奪胎換骨」法不能等同視之。

　　吳喬並不認同宋詩的變異能超越唐詩，也不認同宋人變異的成果。這在今日研究宋詩的學者看來，是十分偏頗的。張高評先生指出：「宋人之刻意與唐異，專尋唐人不是處，亦是為了追求變異，形成作品之陌生化與新奇感。宋人作詩，在唐詩的高峰之後，所以仍能自成一家者，其要在追求新變，故能別開生面，創前未有。變異，為文學語言的特質；風格，是常規的變異。因此，沒有變異，就沒有文學語言；沒有變異，詩人就不能自成一家，也難以成就時代特色。」〔註14〕宋代詩人在詩歌的題材、典故的運用、遣辭造語的變化等各方面，都有異乎唐人之處，這是不容爭議的事實。左萬珍先生也指出：「宋人在詩歌創作上力求立意新、描寫細、構思奇，寫出與唐詩風格有別的宋詩來。」具體舉證說明二者之異。〔註15〕檢視《圍爐詩話》，其將唐詩與宋詩兩相比照的論說實不遑多舉，但就整體風格而言，吳喬認為「唐詩固有驚人好句，而其至善處，在乎澹遠含蓄；宋失含蓄，明失澹遠。」〔註16〕並云：「詩貴有含蓄不盡之意，尤以不著意見、聲色、故事、議論者為最上」；「著議論而露圭角者……已開宋人門徑矣」〔註17〕。這正是宋詩

〔註13〕《鈍吟雜錄》卷四〈讀古淺說〉云：「宋人紛紛之論，多有不信六經處，就其所得，亦無大益，一有僻失，則得罪於名。歐公不信繫辭，朱子深辯其謬，以愚論之，更不必多言，只問歐公能繫辭否？不信繫詞，又何功於天下萬世？歐公只是不曾細讀。」又云：「夫子曰：『信而好古』宋人讀書，未聞好古，只是一肚皮不信。」又云：「……如左氏之言，皆後世流傳之過。若如所論，則堯典、洪範皆不足信耶？宋人立異論，不肯詳考熟思，大略如此。至程子之說，則尤甚矣。」

〔註14〕張高評〈清初宗唐詩話與唐宋詩之爭：以「宋詩得失論」為考察重點〉（《中國文學與文化研究學刊》2002 年 6 月第 1 期），頁 109。

〔註15〕左萬珍〈宋詩的得失〉（《北京經濟了望》，1995 年第 3 期），頁 46。

〔註16〕《圍爐詩話》卷一，頁 504。

〔註17〕《圍爐詩話》卷一，頁 476、477。

新變的特質〔註18〕，而吳喬卻不喜宋詩之新變。吳喬既有見於詩歌發展必然有其「變」，「變謂變古」；就宋詩而言，變唐詩之種種，另生新貌，理應受到吳喬的肯定，為什麼卻反苛責「宋人惟變不復」？張高評先生質言吳喬的論說「試問：所欲復者為何古乎？若仍復唐詩之高雅、挺秀，則何以成宋？其實，宋詩創作存在有『復雅崇格』思潮，吳喬謂『宋人惟變不復』，並不符合文學事實。」〔註19〕但筆者以為，吳喬所謂「變」，是在「復」的前提之下始能進行，變古之前必須知「復」，此乃宋人變古的基礎，基礎紮實之後，始能求「變」。換言之，變古之前必先復古、學古。吳喬嘗言：「大抵詩人，不惟李、杜窮盡古人而後自能成家，即長吉、義山，亦致力於杜詩者甚深，而後變體。其集具在，可考也。永叔詩學未深，輒欲變古；魯直視永叔稍進，亦但得杜之一鱗隻爪。便欲自成一家，開淺直之門，貽誤于人，迨江西派立，胥淪以亡矣。」〔註20〕又言：「古人詩如乳母，然孩提時不能自立，不得不倚賴之，學識既成，自能捨去。」〔註21〕至於歐陽修、黃庭堅學古的根柢是否深厚？此乃主觀的判斷。但兩人開宋詩門徑，影響深遠，確是不爭的事實。此外，學古既不可免，吳喬也具體舉例說明如何學唐而能避免近宋之失，如七律：「學初、盛則端莊而不能快意，學中、晚則流利傷于淺薄。自宋以來，多傷淺薄。」〔註22〕「中唐七律，清刻秀挺，學者當于此入門，上不落晚唐之雕琢，中不落于宋人之率直，下不落于明人之假冒。蓋中唐如士大夫之家，猶可幾及，盛唐如王侯之家，不易攀躋，而又被假冒，壞為惡道。識力未到者，負高志而輕易學之，不似盛

〔註18〕 嚴羽《滄浪詩話‧詩辨》云：「近代諸公作奇特解會，遂以文字為詩、以議論為詩……。」王水照主編《宋代文學通論》第三章第二節及張高評《宋詩之新變與代雄》（台北：洪葉文化出版社，1995年9月）針對「以文為詩」與宋詩特色之形成，深入剖析，可參閱。

〔註19〕 張高評〈清初宗唐詩話與唐宋詩之爭：以「宋詩得失論」為考察重點〉（《中國文學與文化研究學刊》，2002年6月第1期），頁109。

〔註20〕 《圍爐詩話》卷五，頁617。

〔註21〕 《圍爐詩話》卷四，頁593。

〔註22〕 《圍爐詩話》卷二，頁543。

唐，先似假冒惡道。此余深受之害，非遙度也。」〔註23〕他以個人的經驗，勸人「學」七律從當從中唐入手，不要動輒李、杜，洵為懇切務實之論。宋代詩人求新求變，亟欲成家，雖有別於明，但在吳喬看來，古學根柢不深，終落入淺直之病。

三、宋人作詩不知比興

以「比、興」之有無評價詩歌之優劣，是吳喬的重要詩觀之一。吳喬指出：「詩以風騷為遠祖，唐人為父母，優柔敦厚，乃家法祖訓。」〔註24〕「詩以優柔敦厚為教，非可豪舉者也。李、杜詩人稱其豪，自未嘗作豪想。豪則直，直則違于詩教。」〔註25〕可見他的論詩立場深受儒家傳統影響。〔註26〕由於儒家論詩常常以有「興寄」、合於「溫柔敦厚」的詩歌，作為諷喻美刺的手段，因此在詩文理論中，比興除了用來討論創作技巧外，也被用來強調及表達作品的社會意義與政治意義。詩歌的語言藝術是精美的，它的文字特點即在於隱喻性強過直述與白描。因此，當宋人不但把詩視為抒情的文體，同時也把詩作為傳達理智而表現其敘述性和思辨性的特徵時，無怪乎引起吳喬的抨擊，予以口誅筆伐了。他的相關言論如：

1. 予謂宋人不知比興，不獨三百篇，即說唐詩亦不得實。（《圍爐詩話》卷五，頁580）。

2. 唐人詩被宋人說壞，被明人學壞，不知比興而說詩，開口便錯。（《圍爐詩話》卷五，頁602）。

3. 詩於唐人無所悟入，終落死句。嚴滄浪謂「詩貴妙悟」，此言是也。然彼不知比興，教人何從悟入？實無見於唐

〔註23〕《圍爐詩話》卷二，頁546。
〔註24〕《圍爐詩話》卷五，頁602。
〔註25〕《圍爐詩話》卷五，頁604。
〔註26〕參閱吉川幸次郎《宋詩概說》（台北：聯經出版社，1977年）序章。此處「深受儒家傳統影響」的「傳統派詩人」，意指：作詩以溫柔敦厚為本，以含蓄委婉的方式表現於文字的人。

人，作玄妙恍惚語，說詩、說禪、說教，俱無本據。　（《圍
爐詩話》卷五，頁 603）。

引文 1 是針對蘇轍、黃庭堅評李、杜的一段文字而發：「蘇子由
云：『李白詩類其為人，駿發豪放，華而不實，好事喜名而不知義之所
在也。言用兵則先登陷陣，不以為難；言游俠則白晝殺人，不以為非。
此豈其誠能也哉！唐人李、杜首稱，甫有好義之心白不及也。』予謂宋
人不知比興，即說唐詩亦不得實。太白胸懷有高出六合之氣，詩則寄興
為之，非促促然詩人之作也。飲酒學仙，用兵游俠，又其詩之寄興也。
子由以為賦而譏之，不知詩，何以知太白之為人乎？宋人惟知有賦，子
美『紈袴不餓死』篇是賦義詩，山谷說之盡善矣，其餘比興之詩蒙蒙
耳。」吳喬評論的重點在於：李白之詩，無論飲酒學仙或游俠用兵之
作，均飽含個人的情志興寄，若僅從字面讀之，只能欣賞到華美的造
語，奔放的情韻；不知詩而求其為人，易得出錯誤的判斷。至於杜詩
〈奉贈韋左丞丈二十二韻〉起句以「紈袴不餓死，儒冠多誤身」開端，
為全篇主意，以下二十一韻鋪陳，雖是賦筆，但是運用對比，使全詩之
情感，頓挫起伏，令聽者動容。黃庭堅曾以此詩為例，說明詩之布置，
〔註27〕吳喬肯定他的解說，但認為宋人之於「比興」的作品，「蒙蒙」
不知。引文 2 是針對李商隱的〈驕兒詩〉發議論：「義山〈驕兒詩〉，令
其莫學父，而于西北立功封侯，託興以言己之有才而不遇也。葛常之謂
『其時兵連禍結，以日為歲，而望三四歲兒，立功于二十年後，為俟河
之清』。誤以為賦，故作寐語。」案：此詩作於大中三年（849），李商
隱歷經人世之坎坷「憔悴欲四十」。詩中「兒慎勿學爺，讀書求甲乙」，
詩末則以「兒當速成大，探雛入虎穴；當為萬戶侯，勿守一經帙」作結，
抒發了個人身世的困頓和不平，也寄寓了詩人的感慨和期望。用筆曲
折，正言若反，並未真正否定讀書、著述、科舉。葛常之的解讀，確實
值得商榷。以上二條資料，恰足以說明宋人「不知比興」而讀唐詩，所

〔註27〕見宋・蔡夢弼集錄《草堂詩話》第 7 條，《歷代詩話續編》（台北：藝
文印書館，1983 年 6 月四版），頁 196。

產生的誤謬。葛常之甚至認為「興近于訕，今人不敢作」。吳喬就此評曰：「詩不優柔，乃墮於訕，何關興事？吾不知宋人以何者為興？『打起黃鶯兒』，『忽見陌頭楊柳色』，未見其訕也。」〔註28〕引文3則批評宋人因不知「比興」的真義，以至於嚴羽的「詩貴妙悟」說，徒落空談。總之，吳喬以「不知比興」的主觀論述評定宋詩，《圍爐詩話・自序》直指宋詩「比興亡失，賦義猶存」，比興優於賦的價值判斷，十分清楚。他甚至認為宋人作品，只要略得比興之法，就近唐人，就是好詩。〔註29〕

　　吳喬以比、興之有無來界分唐、宋，在當世便引起諸多批評。《四庫全書總目提要・圍爐詩話》的評論最是中肯：「賦、比、興三體並行，源於三百，緣情觸景，各有所宜，未嘗聞興、比則必優，賦則必劣。況唐人非無賦體，宋人亦非盡無比、興，遺詩具在，吾將誰欺？乃劃界分疆，誣宋人以比、興都絕；而所謂唐人之比、興者，實皆穿鑿附會，大半難通。即所最推之李商隱、韓偓二家，李則字字為令狐而吟，韓則句句為溫而發。平心而論，果盡如是哉？」〔註30〕事實上，賦筆除了如朱熹《詩集傳・葛覃注》所言「賦者，敷陳其事而直言之也」，只要手法靈活，亦可達到敘事生動、以形傳神、情景交融……等效果。〔註31〕賦未必劣也。此外，我們從吳喬《答萬季埜詩問》中發現，萬斯同問吳喬：「唐詩亦有直遂者，何以獨咎宋人？」又有「學晚唐者，寧無此過？」這些反問語，便可推知時人對吳喬論詩的偏激態度，是心有未平的。譬如「語無含蓄，即同宋詩」，「語有含蓄，卻是唐詩」，〔註32〕如此分唐

〔註28〕　《圍爐詩話》卷五，頁603。
〔註29〕　《圍爐詩話》卷五云：「比興非小事也。宋詩偶有得者，即近唐人。韓魏公罷相判北京，作園中詩云……皆用比義以說朝事。子瞻擬陶云：『前山正可數，後騎且勿驅』，兼用比興以道己意，即迴然異乎宋詩。」頁603。
〔註30〕　《合印四庫全書總目提要及四庫未收書目禁毀書目》集部詩文評類存目（台北：台灣商務印書館，1978年增訂2版），頁4415、4416。
〔註31〕　王力堅《詩經賦比興原論》將賦的運用及多種不同表現，舉《詩經》為例，加以析論，可參閱。（《社會科學戰線・文藝學研究》，1998年1期），頁148～150。
〔註32〕　《圍爐詩話》卷三，頁553。

界宋，根本不合乎邏輯辯證。以比、興定詩歌之優劣，以比、興鑑賞詩歌；比、興及賦之應用，成為吳喬品評詩人，鑑賞作品的重要指標，也成為他論置唐、宋、明詩高下優劣的尺度。但仔細觀察賦、比、興三義在詩歌創作實踐中的運用，相輔相成，相得益彰；賦筆宜於鋪陳，在長篇敘事之作中，更是不可或缺。鍾嶸《詩品・序》云：「宏斯三義，酌而用之，幹之以風力，潤之以丹采，使味之者無極，聞之者動心，是詩之至也。」吳喬過度偏重比、興，故招致有失偏頗的批評。

事實上，由於宋代詩人求新求變，因而在創作手法上產生極大的轉化。如果「宋人務離唐人以為高」〔註33〕的論述是正確的，在創作手法上必然避開唐人的表現方式。「賦」的論述性及運用性較為靈活。根據夏傳才先生的統計：「通觀《三百篇》，通篇用『比』的詩很少；通篇用『興』的詩沒有。因為『興』是先言他言以引起所詠之辭，起興之後，還是少不了用『賦』用『比』；用『賦』的詩較多。」〔註34〕吳喬認為「唐詩有意，而託比、興以雜出之，其詞婉而微，如人之衣冠。宋詩亦有意，惟賦而少比興，其詞徑以直，如人而赤體。」〔註35〕「宋詩率直，失比興而賦猶存。」〔註36〕在他看來，「賦」義乃直接鋪陳，正面敘述，缺乏「比興」間接手法所呈現出來的含蓄、曲折及層次感。即使宋詩在創意造語方面力求翻新變異，猶難以超越唐詩。譬如他引賀裳論歐陽修之言：「歐公古詩苦無比、興，惟工賦體耳。至若敘事處，滔滔汩汩……所惜意隨言盡，無復餘音繞樑之意。又篇中曲折變化處亦少……故公詩常有淺直之恨。」〔註37〕歸咎歐詩的缺點，是「賦」體所致。他論張籍〈節

〔註33〕 語見田同之《西圃詩說》，《清詩話續編》（台北：藝文印書館，1985年9月），頁755。

〔註34〕 參閱夏傳才《詩經語言藝術新編》（北京：語文出版社，1998年）〈賦比興三法酌而用之〉，頁109～111。文中根據朱熹《詩集傳》的標注統計，賦之運用727次，比111次，興274次，兼類29次。

〔註35〕 《圍爐詩話》卷一，頁472。

〔註36〕 《圍爐詩話》卷一，頁482。

〔註37〕 此段引文見賀裳《載酒園詩話》，頁411；《圍爐詩話》微引之文字略有出入，頁624。

婦吟〉「感君纏綿意，繫在紅羅襦」云：「若無此一折，即淺直無情。」
〔註38〕唐詩含蓄澹遠，宋詩「逕直、率直、直達、直遂、快心」〔註39〕，
這是吳喬以「比、興」之有無而作出的唐、宋詩之別。

　　再就「辨體」而論，陸機〈文賦〉云：「詩緣情而綺靡，賦體物而
瀏亮。」吳喬視為論詩立場相同的馮班即指出：「詩、賦不同也。宋人
作著題詩，不如唐人詠物多寓意，尚有比、興之體。」〔註40〕詩、賦二
體固然有別，但是宋代的文人卻因「會通」，而「以賦為詩」〔註41〕，
將「賦」體所具有的直敘和鋪陳排比的特色，融會貫通於詩的創作，形
成所謂「變體」。創作手法的變異，導致內容、風格、趣味產生變異，
遂予人長於賦而少比興的印象。此外，吳喬嚴守詩、文之界，他回答時
人之問指出：「文之詞達，詩之詞婉。書以道政事，故宜詞達；詩以道
性情，故宜詞婉。……文為人事之實用，詔敕、書疏、案牘、記載、辨
解，皆實用也。實則安可措辭不達？……詩為人事之虛用、永言、播
樂，皆虛用也。賦而為〈清廟〉、〈執競〉稱先王之功德，奏之于廟則為
頌；賦而為〈文王〉、〈大明〉稱先王之功德，奏之于朝則為雅。二者必
有光美之詞，與文之摭拾者不同也。賦而為〈桑離〉、〈瞻卬〉刺時王之
秕政，亦必有哀惻隱諱之詞，與文之直陳者不同也。以其為歌為奏，自
不當與文同故也。賦為直陳，猶不與文同，況比、興乎？詩若直陳，〈凱
風〉、〈小弁〉大詬父母矣。」〔註42〕這段文字清楚說明了詩、文之別
及賦筆的運用情況。但由於宋詩的題材擴大，不僅限於「人事之虛用」，
遂以文為詩，五、七言的固有音節則成束縛。宋人運用寫作古文的技
巧，將散文的章法、句法、字法以流暢、生動、飛振的氣勢展現於詩中。
〔註43〕但沈著痛快的散文文格，卻令宗唐者難以接受，如張戒《歲寒

〔註38〕《圍爐詩話》卷一，頁 478。
〔註39〕見《圍爐詩話》卷一，頁 473；卷二，頁 518；卷五，頁 605。
〔註40〕見馮班《鈍吟雜錄》卷四。
〔註41〕可參閱張高評《宋詩新變與代雄》之伍，論宋詩「以賦為詩」部分。
〔註42〕《圍爐詩話》卷一，頁 481。
〔註43〕王水照先生指出：「所謂以文為詩，主要是指把散文的一些手法、章

堂詩話》稱詩「成於李、杜，壞於蘇、黃」；又如胡應麟《詩藪》所謂「蘇黃繼起，古法蕩然」〔註44〕。清初反對宋詩者，如馮班、賀裳、吳喬紛紛指摘，皆肇因於詩觀不同、審美趣味不同所致。詩以虛靈為尚，文為「人事之實用」，吳喬云：「許渾作實語死句，唐人即痛斥之，詩眼猶在也。宋詩十之九落實語死句，無一覺者，詩眼已亡。」〔註45〕「詩以優柔敦厚為教，非可豪舉者也。李、杜詩人稱其豪，自未嘗作豪想。豪則直，直則違于詩教。……石曼卿、蘇子美欲豪，更虛誇可厭。」〔註46〕詩歌鑑賞易流於個人的主觀，較難持平，這可能也是近代研究者反對吳喬，並大加撻伐的原因。

四、宋人詞勝而詩亡

明末胡應麟《詩藪》內篇卷首第一條論及詩體的發展，提出「詩之體以代變」的觀點，從《詩經》、《離騷》迄乎唐代，體製形式格律不斷變化，「詩至于唐而格備，至于絕而體窮，故宋人不得不變而之詞，元人不得不變而之曲。詞勝而詩亡矣，曲勝而詞亦亡矣。」〔註47〕宗唐斥宋者，都認為詩歌的發展到了唐代，已是格備體窮，宋代文人無法超越，遂以「詞」為其所擅勝場。「詞勝而詩亡」無異是對宋詩全盤否定，係逕指宋代無詩。此說以明代復古派言之鑿鑿，如李夢陽在〈潛蚪山人記〉中說：「宋無詩」〔註48〕；何景明在〈雜言十首〉之五也說「秦

法、句法、字法引入詩中，也指吸取散文的無所不包，猶如水銀瀉地般地貼近生活的精神和自然、生動、親切的筆意筆趣。」見《宋代文學通論》第三章〈尊體與破體〉，頁68。

〔註44〕 胡應麟《詩藪》內篇卷五，《明詩話全編》第968條，頁5614。

〔註45〕 《圍爐詩話》卷五，頁602。

〔註46〕 見《圍爐詩話》卷五，頁604。又云：「杜詩婉轉曲折者居多……唐人率直之句，不獨子美，皆是少分如是。三百篇豈盡〈相鼠〉投畀乎？終以優柔敦厚為本旨。優柔敦厚，必不快心，快心必落宋調；做急做多，亦落宋調。」頁605。

〔註47〕 胡應麟《詩藪》卷一，《明詩話全編》第2條，頁5435、5436。

〔註48〕 李夢陽《空同集》卷四十八，《四庫全書》本（台北：台灣商務印書館，1983年），冊1262，頁446。

無經，漢無騷，唐無賦，宋無詩」〔註49〕。姑且不論以上觀點是否有可議之處，它確曾產生重大影響。各體在原創之初，無不竭力尋求及發展「本色」，逮其淋漓盡致，變態陳焉。〔註50〕宋人尋求「變體」、「破體」〔註51〕能否被接受？如何被運用發展？在在呈現文人求新的智慧。皎然《詩式》卷五有言：「作者須知復變之道，返古曰復，不滯曰變。若惟復而不變，則陷於相似之格。」俞文豹《吹劍錄》正錄：「詩不可無體，亦不可拘於體。蓋詩非一家，其體各異，隨時遣興，即事寫情，意到語工則為之。豈能一切拘於體格哉？」〔註52〕錢鍾書《管錐編》亦言：「名家名篇，往往破體，而文體亦因以恢弘焉。」〔註53〕不論詩文，其創作欲自成一家者，無不尋求突破。宋人在詩文方面，都勇於嘗試，因而處處展現與唐人「異」的風貌。吳喬從「辨體」的角度評論宋代的詩體、詞體，竟然與他激烈抨擊的明代復古派立場一致。他認為：「宋人詞遠勝於詩；詩話多詞家事，應別輯為詞話。」〔註54〕「宋學問，史也、文也、詞也，俱推盡善，字畫亦稱盡美，詩則未然。由其致精于詞，心無二用故也。」〔註55〕此外，《逃禪詩話》也有一段文字，

〔註49〕 何景明《大復集》卷三十八，《四庫全書》本，冊1267，頁351。
〔註50〕 王水照先生指出：「一種文學樣式的體例規範首先由該文體的功能所決定，并在長期的文學實踐過程中逐漸形成；它一旦形成以後，就成為一定的文化型態，具有穩固的自足性，不容隨意破壞；但又由於文體並不是一種抽象的形式，而是表達特定內容的形式，隨著內容的必然變化，文體也會隨之發生這樣那樣的變化。尊體和破體的矛盾運動應是文學發展的一般法則。」見《宋代文學通論》第三章〈尊體與破體〉，頁62。
〔註51〕 「破體」本是書法名詞，後借為文體學的術語，指「勇於突破既有體製，跳出本位之外，去尋求相關的藝術作為補償，以創立新體新法為目的。」參閱張高評《宋詩之新變與代雄》，頁162。
〔註52〕 俞文豹《吹劍錄》正集，《叢書集成》初編（北京：中華書局，1991年），冊2878，頁29。
〔註53〕 錢鍾書《管錐篇》第三冊（台北：書林出版公司，1990年8月），〈全漢文〉卷十六，頁890。
〔註54〕 《圍爐詩話》卷五，頁606。
〔註55〕 《圍爐詩話》卷五，頁617。

議論各代各自擅長的「體」:「唐人繼古人者近體,古體必不敵漢魏;宋人繼唐詩者詩餘,近體必不敵唐人;元人繼宋詞者戲曲,明人繼元曲者八比,此皆心光之所專注也。」〔註56〕至於詩體之中,吳喬還舉出以下數則評論:

1. 詩至于五絕,而古今之能事畢矣……況宋以後之人乎!(《圍爐詩話》卷二,頁525)。

2. 初唐七古多排句,不如盛唐無排句而矯健。中唐此品遂絕,何況宋明!(《圍爐詩話》卷二,頁527)。

3. 七律……敘景言情,遠不如古詩之曲折如意,以初唐古律相較可見矣。……學初唐則端莊而不能快意,學中晚則流利而傷于淺薄。自宋以來,多傷淺薄。(《圍爐詩話》卷二,頁543)。

以上三種資料係就五絕、七古、七律而論,唐代「能事已畢」、「此品遂絕」,似乎否定宋人在「變體」、「破體」方面的努力及成果。但就今日的眼光來看,吳喬以宋人致其精力、心光於「詞」,「詩」便無足觀矣的說辭,是缺乏說服力的。詩體固然到了唐代燦然大備,但詩的內容、風格、技巧、語言等變化卻仍能無止無盡。詩、詞畢竟是兩種不同的文學形式,它們可以並存並榮而不牴觸。因此,以「詞勝而詩亡」否定宋詩,是佔不住腳的。根據厲鶚〈宋詩紀事序〉指出宋代詩人多達三千八百餘家〔註57〕,比康熙敕編的《全唐詩》中所提及作者二千三百餘家多出了一千五百有餘。若以作品數量計算,宋詩更是多得驚人;有某些個人作品就近萬首。或許是宋代文人不像唐代如此集中於詩、文,而是詩、文、詞並盛,因而遭致揚唐抑宋者以「詞勝詩亡」予以否定,實不免有偏見存在。

〔註56〕《逃禪詩話》(台北:廣文書局,1973年9月),頁573。
〔註57〕 厲鶚〈宋詩紀事序〉,《宋詩紀事》(上海:上海古籍出版社,1983年),頁1。

五、歐、梅與宋詩風格之趨尚

　　宋末元初，方回在〈送羅壽可詩序〉中論述宋詩的體、派歸類，誠
可謂詳盡。在宋詩尚未建立自己的風格之前，詩有白體、崑體、晚唐體。
[註58] 吳喬嘗引賀裳之言指出：「宋人先學樂天、無可，繼學義山，故失
之輕淺綺靡。梅都官倡為平淡，六一附之，僅在皮毛，未究神理，遂流
于粗直，間雜長句，硬下險怪之字湊韻，如山兒野巕，不復可耐。後雖
屢變，而雅奏日湮，敷陳多于比、興，蘊藉少於發舒，求其意常筆短者，
十不一二也……。」[註59] 二人對於歐陽修標舉梅聖俞的「平淡」詩風，
使宋詩另闢蹊徑，卻盡失優長，極度不滿，甚至認為歐公「有罪於詩」。
《圍爐詩話》引賀裳之言曰：「宋之詩文，皆至廬陵一變，有功于文，有
罪於詩。自所作者害人淺，論他人詩害人深。宛陵雖尚平淡，其始猶有
秀氣，中歲後始不堪耳。苟非群眾推奉，不敢毅然自恣，大傷雅道，豈
非永叔使之然哉！晦庵（朱熹）亦云：『聖俞詩非平淡，乃枯槁』，公論
也。……」[註60] 歐陽修對梅詩的揄揚，一直被後人視為宋詩走向的關
鍵。賀裳云：「然非永叔之戴，固不能炫惑一世也。」又云：「凡詩受累，
大都不由謗者，而由於譽者。」[註61] 歐、梅兩人交情甚篤，詩歌唱和、
文章酬應密切往來。歐陽修賞其「平淡」，《六一詩話》認為梅詩達到了
「含蓄不盡之意見于言外，狀難寫之景如在目前」的境界。而梅堯臣自
述作詩心得亦云：「作詩無古今，惟造語平淡難。」[註62] 其後蘇軾也曾
作呼應「發纖穠於簡古，寄至味於澹泊」[註63]。然而，語纖意深，「意

[註58] 方回《桐江續集》卷三十二，《四庫全書本》。王水照《宋代文學通論》
　　　　體派篇第一章〈宋詩的體和派〉有作析論；其中晚唐體係指「賈島格」，
　　　　頁81～92。
[註59] 《圍爐詩話》卷五，頁627、628。
[註60] 《圍爐詩話》卷五，頁626。引自賀裳《載酒園詩話》論梅堯臣，《清
　　　　詩話續編》，頁414。
[註61] 賀裳《載酒園詩話》論梅堯臣，《清詩話續編》，頁414。
[註62] 語見〈讀邵不疑學士詩卷〉，梅堯臣《宛陵集》卷四十六（《四庫全書》
　　　　本，台北：台灣商務印書館，1983年），冊1099，頁338。
[註63] 語見〈書黃子思詩集後〉，蘇軾《蘇軾文集》卷八十八，錄於曾棗莊、

長筆短」，在吳喬看來，應是善用比、興手法才能達到的成效，如果用
「賦」筆敷陳，則多發舒而少蘊藉。梅詩語無蘊藉，平淡無味，朱熹譏
為「枯槁」。錢鍾書也說：「他『平』得常常沒有勁，『淡』得往往沒有味」
〔註64〕，這些負面的批評固然不能概括梅詩全貌，卻也見出造語平淡而
能淡而有味的困難。可是，在宋初西崑體形成風尚且生弊端之際，歐、
梅等人實具「矯枉之意」〔註65〕。清‧葉燮《原詩》的評論：「變盡崑體，
獨創生新」，「開宋詩一代之面目」〔註66〕，即肯定其糾弊補偏、開創時
代的意義。

　　再就詩歌作品而論，「歐學韓，韓本別體，佳處不易得」〔註67〕，
非學而能及。歐陽修最受爭議的作品〈飛蓋橋望月〉，賀裳抨擊：「詩道
至盧陵，真是一厄。如〈飛蓋橋望月〉中云：『乃于其兩間』、『矧夫人
之靈』、『而我于此時』，便開後人無數惡習。永叔本秀冶之才，忽爾嗜
痂，竟成逐臭。」〔註68〕歐詩散文化的句式，無疑是受韓愈的影響。
譬如韓愈〈符讀書城南〉：「木之就規矩，在梓匠輪輿。人之能為人，由
腹有詩書。……欲知學之力，賢愚同一初。由其不能學，所入遂異閭。
兩家各生子，提孩巧相如……」鋪陳敘述，猶如散文，而其句式結構，
如「乃一龍一豬」、「學問藏之身」、「不繫父母且」。〈病鴟〉詩中句「瓦
礫爭先之」、「於吾乃何有」、「自知無以致」等等〔註69〕，將唐詩原有

　　　　舒大剛主編《三蘇全書》冊十三（北京：語文出版社，2001 年），頁
　　　　555。
〔註64〕錢鍾書《宋詩選註》（北京：人民文學出版社，1982 年），頁 16。
〔註65〕《圍爐詩話》卷五，頁 605；賀裳《載酒園詩話》論梅堯臣，《清詩話
　　　　續編》，頁 414。
〔註66〕葉燮《原詩》卷四外篇下，錄於《清詩話》（台北：藝文印書館，1977
　　　　年 5 月再版），頁 754、755。
〔註67〕《圍爐詩話》卷五，吳喬引賀裳《載酒園詩話》，《清詩話續編》，頁 624；
　　　　文字略有出入：「公喜學韓，韓本詩之別派，其佳處又非學可到。」頁
　　　　411。
〔註68〕見賀裳《載酒園詩話》論歐陽修，《清詩話續編》，頁 412。吳喬《圍
　　　　爐詩話》卷五，頁 625 亦引。
〔註69〕兩詩同見《全唐詩》卷三百四十一，頁 3822、3823。

的整齊、和諧、工穩的節奏及形式均予以破壞變形。嚴羽《滄浪詩話》即指出「歐陽公學韓退之古詩」〔註70〕；張戒《歲寒堂詩話》：「歐陽公詩學退之，又學李太白。」〔註71〕退之之筆力，「無施不可」〔註72〕，歐公用之於古詩；太白「特淺淺者」〔註73〕，則建立其平淡詩風。章法方面，清代方東樹《昭昧詹言》云：「學歐公作詩，全在用古文章法」；「章法剪裁，純以古文之法行之」〔註74〕。「以文為詩」之法，很明顯的是步韓愈後塵。此外，歐、梅等人詩歌的題材、內容也翻新拓展，錢鍾書先生指出：「文章之革故鼎新，道無它，曰：以不文為文，以文為詩而已。向所謂不入文之事物，今則取為文料；向所謂不雅之字句，今則組織而斐然成章。謂為詩文境域之擴充，可也；謂為不入詩文名物之侵入，亦可也。」〔註75〕韓愈的詩歌特點之一，即是如此。譬如〈永貞行〉「狐鳴梟噪」、「睒睗跳躍」、「怪鳥鳴喚」、「蠱蟲群飛」、「雄虺毒螫」〔註76〕；〈鄭羣贈簟〉「青蠅側翅蚤蝨避」〔註77〕；〈送無本師歸范陽〉「眾鬼囚大幽」、「鯨鵬相摩窣」、「蜂蟬碎錦繢」〔註78〕等等，詩中出現的「名物」所營造出的意象，突兀怪誕，令人驚異。而梅堯臣的作品

〔註70〕 見何文煥訂《歷代詩話》（台北：藝文印書館，1983 年 6 月），頁 443。

〔註71〕 張戒《歲寒堂詩話》卷上，《歷代詩話續編》（台北：藝文印書館，1983 年 6 月四版），頁 543。

〔註72〕 張戒《歲寒堂詩話》卷上云：「退之詩，大抵才氣有餘，故能擒能縱、顛倒崛奇，無施不可。」《歷代詩話續編》（台北：藝文印書館，1983 年 6 月四版），頁 543。

〔註73〕 張戒《歲寒堂詩話》卷上云：「歐陽公喜太白詩，乃稱其『清風明月不用一錢買，玉山自倒，非人推之』句。此等句雖奇逸，然在太白詩中，特其淺淺者。」《歷代詩話續編》（台北：藝文印書館，1983 年 6 月四版），頁 543。

〔註74〕 分別見於《昭昧詹言》續錄卷二，《續修四庫全書》（上海：上海古籍出版社，2002 年），〈歐陽永叔〉，頁 611、《昭昧詹言》續錄卷一，《續修四庫全書》，〈總論七古〉，頁 602。

〔註75〕 錢鍾書《談藝錄》（台北：書林出版公司，1988 年），頁 29～30。

〔註76〕 《全唐詩》卷三百三十八。

〔註77〕 《全唐詩》卷三百三十九。

〔註78〕 《全唐詩》卷三百四十。

也有許多出自日常生活中瑣屑的「名物」，如〈聚蚊〉、〈余居御橋南夜聞袄鳥效昌黎體〉、〈八月九日晨興如廁有鴉啄蛆〉、〈秀叔頭蝨〉、〈捫蝨得蚤〉……等，〔註79〕歐陽修也有〈憎蚊〉、〈和聖俞「聚蚊」〉、〈初食車螯〉、〈菱溪大石〉等，〔註80〕無論雅俗，都能入詩，生發議論〔註81〕。賀裳認為此風一開，惡習難止，如蔡襄之詩初學西昆，但是「後溺于歐、梅，始變其體」〔註82〕。他甚至提出「明詩壞自萬曆，宋詩壞始景祐、寶元」的看法，並歸罪于歐陽修「廬陵詆楊（億）、錢（惟演），無異公安毀王（世貞）、李（攀龍）」，「古今有同恨耳！」〔註83〕由此可見歐陽修針對當時西崑之弊而作的「矯枉」，清之論詩者乃批判指摘，由於時移勢異，不免引發歧見。葉燮視為「開宋詩一代之面目」予以肯定，而吳喬、賀裳卻以「風氣既移，當日所為美談，今時悉成笑柄」〔註84〕作評，相去甚遠。

不過，具體論詩，吳喬引賀裳之說，歐、梅二家亦有其可觀之處：歐陽修的古詩「敘事處累千百言，不枝不衍，宛如面談」，筆者以為蘇洵嘗以「迂徐委備」〔註85〕評論歐文，移之於詩，亦頗恰當。其失在於「惜其意盡言中，無復餘意；而曲折變化處亦少」，雖然歐公學韓愈，

〔註79〕見梅堯臣《宛陵集》（上海：商務印書館，1912 年）。〈聚蚊〉卷三，頁 27；〈余居御橋南夜聞袄鳥效昌黎體〉卷三，頁 28；〈八月九日晨興如廁有鴉啄蛆〉卷三十六，頁 309；〈秀叔頭蝨〉卷二十七，頁 234；〈捫蝨得蚤〉卷三十，頁 256。

〔註80〕歐陽修《歐陽文忠公集》（《四部叢刊》本，台北：台灣商務印書館，1979 年），〈初食車螯〉收於卷六，頁 84；〈菱溪大石〉收於卷三，頁 66。

〔註81〕王水照《宋代文學通論》有詳細解說，見頁 94～96。

〔註82〕《載酒園詩話》論蔡襄，《清詩話續編》，頁 409；《圍爐詩話》亦摘錄，卷五，頁 623。

〔註83〕以上引文見《載酒園詩話》論楊億、錢惟演、劉筠，《清詩話續編》，頁 406。

〔註84〕《載酒園詩話》論梅堯臣，《清詩話續編》，頁 414；《圍爐詩話》亦引，文字略有出入，頁 625、626。

〔註85〕蘇洵〈上歐陽內翰書〉，《蘇洵集》卷六，錄於曾棗莊、舒大剛主編《三蘇全書》冊六（北京：語文出版社，2001 年），頁 77。

卻無韓公陡峭曲折的筆勢，蓋個人風格使然。「淺直」二字是賀、吳的評語，係肇因於「有賦而全無比興」。這是兩人共同一致的看法，因此〈廬山高〉歐公自許甚重，可是賀裳評曰：「僅僅鋪敘，別無意味」〔註86〕；〈琵琶引〉賀裳云：「前篇散敘處，已是以文為詩……」。至於歐公的近體詩，賀裳認為「作近體詩便露本質，雖慕平淡，逸韻自饒」。如〈蘇主簿洵挽歌〉、〈遊石子澗〉、〈送目〉三首「俱極風流富貴之致」。第一首「諸老誰能先賈誼？君王猶未識相如」；「我獨空齋掛塵榻，遺編時讀子雲書」詩中以賈誼、司馬相如、揚雄讚美蘇洵的才識學問。第二、三首均為春遊寫景，歐公的風流才調，溢於字裡行間，「座間風起聞天籟，雨後山光入酒杯。泉落斷崖春壑響，花藏深崦過春開」，風雨、天籟、山光經營出酬應席間不俗的場景；而泉落斷崖應〈遊石子澗〉之題，寫出石子澗地處幽僻，逢春花開，遠離市塵的美感。「長堤柳曲妨回首，小苑花深礙倚樓」，妨、礙二字將長堤之柳、小苑之花均賦予情感，深化了景語的描摩，也將詩題〈送目〉點化得極為生動。此外，〈詠柳〉：「長亭送客兼迎客，費盡長條贈別離」，賀裳評為「態度綽約」，蓋作者係以客觀之姿寫長亭柳，並無濃情寄意，反而顯其瀟灑不膩。歐詩「平淡」係逸韻天成？抑或傷於「淺直」？實端賴讀者個人的品味。即如賀、吳二家，亦有分歧。如〈琵琶引〉結處：「明妃去時淚，灑向枝上花。狂風日暮起，飄泊落誰家？紅顏勝人多薄命，莫怨東風當自嗟。」賀裳評為「點染稍微有情」；「此以追踪樂天〈婦人苦〉、〈李夫人〉諸篇尚猶河漢，以較李、杜，豈非夸父逐日乎！」吳喬卻認為「結亦無味」，一筆抹煞。〔註87〕

　　至於梅堯臣的作品，吳喬亦引賀裳《載酒園詩話》所論，「宛陵雖尚平淡，其始猶有秀氣，中歲後始不堪耳。」乃舉出「精腴雅潔」的佳

〔註86〕 明華〈簡述歐陽修對宋詩的貢獻〉：「歐陽修的寫景名篇〈廬山高〉形容雄偉，氣勢逼人，頗有李白〈蜀道難〉的風采。」（《南通師專學報》第14卷第1期，1998年3月），頁16。

〔註87〕 以上資料見《圍爐詩話》卷五，頁624、625。又見於《載酒園詩話》論歐陽修，《清詩話續編》，頁411～413，文字略有出入。

句，如〈夢後寄歐陽永叔〉：「五更千里夢，殘月一城雞」，由夢、殘月、一城、雞鳴，描寫「旅況」，意象豐滿；〈春風〉：「吹花擁細草，送雨來高閣。江燕倚身輕，逆飛前復卻」，將春風吹拂所過之花、草、雨、燕，栩栩呈現目前；〈發匀陵〉：「孤村望漸遠，去鳥飛已先。向晚雲漏日，微光人倚船」以及〈夏日對雨〉：「日日城頭雨，還添湖上波。富中人自聽，門外潦應多。不畏禾生耳，還愁麥化蛾。吾廬無所有，頻看壁間梭。」兩詩寫景都從細處著筆，不論人在舟中或屋中，透過主體「人」去觀察自然界的微妙變化，「生動卻不平淡」。賀裳的讚美，吳喬則表示：「詩非一法所能盡，平淡孰如陶公，而壘塊處殊不少，況他人乎？」〔註88〕不以「平淡」二字概括梅堯臣所有的作品，這種評論態度是正確的。此外，又引賀裳論「梅詩極有佳處，其〈擬張曲江詠燕〉……〈送滕寺丞歸蘇州〉……溫柔敦厚，梅詩之可敬在此。……」吳喬引錄《載酒園詩話》除了讚賞此二詩「真溫柔敦厚」，更有「唐三百年間，無此一篇也。梅詩之可敬在此。」推賞愛重的語意，過於強烈，吳喬可能不盡同意，遂予抹去。

近年來研究歐、梅詩歌的學者甚夥，不論專書或論文均十分可觀，故本文僅就《圍爐詩話》中的論點作說明。賀裳評論人物、詩歌均持優劣兩端，對宋詩的批評，不論深度或廣度都超越吳喬。他於〈唐宋詩話緣起〉表明：「余讀前輩遺言，尤薄宋人，然宋人之詩，實亦數變，非可一概視之。至如近人之稱許宋詩，不過喜其尖新僛淺，乃南宋陸務觀一家，亦未能窺宋人本末也。」〔註89〕又云：「天啟、崇禎中，忽尚宋詩，迄今未已。究未知宋人三百年間本末也。……」〔註90〕即使不喜宋詩，他卻於《載酒園詩話》論列了九十二家，舉其詩作，品評優劣。由此可見，他探究宋詩的心態，確如吳喬所言係將「宋詩之升降得失」〔註91〕

〔註88〕以上引文見《圍爐詩話》卷五，頁626。
〔註89〕見《載酒園詩話》，《清詩話續編》，頁399。
〔註90〕見《載酒園詩話》論陸游，《清詩話續編》，頁453。
〔註91〕《圍爐詩話》卷五，頁618。

畢陳，故二人持論態度相較，吳喬則予人偏頗的印象。〔註92〕對於歐、梅，賀裳在論曾幾時，乃補上一筆：「事莫病于偽為，如歐、梅之矯揚、錢，未盡為詩害也。今歐任其冶秀，梅率其清溫，原自名家，所恨筆力不高，飭為勁悍，不覺流于粗鄙，而惡聲出矣。」〔註93〕由此亦可見賀裳評鑑詩歌的風格與手法。

六、餘論

　　吳喬對於宋詩的評論，集中於卷五，大量引用賀裳的言論。他說：「黃公于詩有深得，而又能詳讀宋人之詩，持論至當。閱其詩話，則宋詩之升降得失畢在，無讀宋詩之苦矣。故詳載之于左方。」〔註94〕共引八十九則，若含此條則九十則；全卷一百四十八條，故所佔比例過高。至於吳喬對於歐陽修、梅聖俞的評論，多遵循賀裳《載酒園詩話》，文字稍有出入而已。總覽宋代詩歌，吳喬認為「宋詩之最高者蘇、黃，終是宋詩之高者」。〔註95〕宋詩雖不被吳喬所喜，但終不乏佳句。詩話摘錄佳句已成習尚，《圍爐詩話》亦不能免。「宋人好句有可入六朝、三唐者，何可沒之？」吳喬在卷五亦摘錄五言四十八家之聯句，差可彌補涉入未深的遺憾。其中僧惠崇最受青睞，摘錄五

〔註92〕　張高評云：「《圍爐詩話》中，一味稱揚興比之妙，而貶抑賦法之病，謂賦法『淺直無情，是為以理礙詩之妙者』；謂『宋詩率直，失比興而賦猶存』……蓋門戶之習氣，務在爭勝，故隨意低昂如是，妄相標榜如此。《清初宗唐詩話與唐宋詩之爭：以「宋詩得失論」為考察重點》，頁123、124。蔣寅《清詩話考》指出：「吳氏究不通宋詩，其比較唐宋詩之得失，儘持比興為言，批評宋詩又以唐詩為準繩，未見宋人佳處，徒自形其見解之狹隘而已。」（北京：中華書局，2005年1月），頁261。

〔註93〕　《載酒園詩話》論曾幾，《清詩話續編》，頁443。

〔註94〕　《圍爐詩話》卷五，頁618。

〔註95〕　《圍爐詩話》卷五，頁606。吳喬指出蘇軾、黃庭堅「以詩為戲，壞事不小」，頁609。「子瞻作詩，亦用其作文之意，匠心縱筆而出之，卻去子美遠矣」，頁608。「讀子瞻長篇，唯恐其盡；讀子瞻長詩，唯恐其不盡」，頁609。論黃庭堅「山谷專意出奇，已得成家，終是唐人之殘山剩水」；「留意鍛鍊，與不留意，直出不同也」，頁610。

十聯。七言四十五家；其中劉潭州個人聯句有六。不過值得注意的是：
吳喬所欣賞的佳句，乃是像「六朝、三唐」者，純屬個人的偏尚與判
斷。

　　此外，吳喬於《圍爐詩話》卷五首條針對時人提出「朝貴俱尚宋詩」
的問題表示不以為然。他說：「厭常喜新，舉業則可，非詩所宜。詩以風、
騷為遠祖，唐人為父母，優柔敦厚，乃家法祖訓。宋詩多率直，違於前
人，何以宗之？作宋詩誠勝於瞎盛唐，而七八十歲老人改步趨時，何不
于五十年前入復社作名士？且人之出筆，定是宋詩，余深恨之，而犯者
十九，何須學耶？」這條資料，除了提供佐證，以明白「清初」宋詩流
行的時間，在《圍爐詩話》編定的丙寅冬日康熙二十五年（西元一六八
六）之前，已然成為風尚；而賀裳所謂「天啟、崇禎中，忽尚宋詩，迄
今未已」〔註96〕；朱彝尊（1629～1709）指出：「今之言詩者，每厭棄唐
音，轉入宋人之流派」〔註97〕宋犖（1634～1713）在《漫堂說詩》中談
及「近二十年來，乃專尚宋詩，至余友吳孟舉（1640～1717）《宋詩鈔》
出，幾于家有其書矣。」〔註98〕《漫堂說詩》係於康熙三十七年成書付
印，綜合以上資料，不難理解宋詩在清初流行的概況。〔註99〕可惜流行
近二十年的宋詩，在當時並未掌握宋詩的精髓。朱彝尊云：「今之言詩
者，多主於黃魯直，吾見其太生；陸務觀，吾見其太縟；范致能，吾
見其太溺；九僧四靈，吾見其拘；楊廷秀、鄭德源，吾見其俚；劉潛
夫、方巨山、萬里，吾見其意之無餘，而言之太盡。此皆不成鵠者

〔註96〕　《載酒園詩話》論陸游，《清詩話續編》，頁453。

〔註97〕　朱彝尊〈葉李二使君合刻詩序〉《曝書亭集》，《四部叢刊初編集部》（台
　　　　　北：台灣商務出版社，1965年）頁318。

〔註98〕　《漫堂說詩》第二條，見《清詩話》，頁500。

〔註99〕　胡幼峰〈論宋犖《漫堂說詩》的價值〉（《輔仁國文學報》第十七期，
　　　　　2001年11月），頁193～197。將「清初」宗宋的時間作一考核。事實
　　　　　上張尚瑗〈六瑩堂集序〉云：「本朝三十年以前，蒙叟（錢謙益）之旨
　　　　　未申，學詩者猶王、李也。」宋詩確然不受排擠，形成風尚，當是宋
　　　　　犖、王士禎及友人吳之振的共同倡導下逐漸形成。時為康熙十七年左
　　　　　右。而吳喬、賀裳乃是反對宋詩者。

也。…」〔註100〕宋犖云:「顧邇來學宋者,遺其骨理,而搆扯其皮毛,
棄其精深而描摹其陋劣,是今人之謂宋,又宋之臭腐而已。」〔註101〕
年長於宋犖的葉燮(1627~1703)曾經從詩歌發展史的角度,提出宋詩
當有其不可抹滅的地位,〔註102〕也目睹了習宋之弊:「近今詩家,知懲
七子之習弊,掃其陳熟餘派,是矣!然其過,凡聲調字句之近乎唐者,
一切屏棄而不為,務趨于奧僻,以險怪相尚,目為生新,自負得宋人之
髓,幾于句似秦碑,字如漢賦,新而近于俚,生而入于澀,真足大敗人
意!」〔註103〕由以上諸家評論和賀裳所言「近人之稱許宋詩,不過喜
其尖新僄淺」,吳喬對於「朝貴俱尚宋詩」認為是一種「厭常喜新」的
態度,不難想見清初詩壇宗宋的心態和流行的走向。直迄晚於葉燮五
十年的田同之(1677~?)〔註104〕於其詩話《西圃說詩》也指出:「今
之言詩者多棄唐主宋,下取蘇、黃、楊、陸之體製,而又遺其神明,獨
拾瀋滓,無怪乎高者肆而下者俚,博者縟而約者疏,一切粗厲、譙殺、
生澀、平熟、俗直之音瀰漫於聲調間也,是可慨夫!」〔註105〕這也顯
示「詩話」具有反映流派群體主張及文壇詩風走向的重要貢獻。

〔註100〕 見朱彝尊〈橡村詩序〉,《曝書亭集》(《四部叢刊初編集部》,台北:
台灣商務出版社,1965 年),頁 330;此外〈葉李二使君合刻詩序〉
云:「今之言詩者,每厭棄唐音,轉入宋人之流派,高者師法蘇、黃,
下乃效及楊廷秀之體。叫囂以為奇,鄙俚以為正。」《曝書亭集》,頁
318;〈沈明府不羈集序〉云:「今海內之士,方以南宋楊范陸諸人為
師,流入纖縟滑利之習。」《曝書亭集》,頁 323。
〔註101〕 《漫堂說詩》第二條,見《清詩話》,頁 500。
〔註102〕 葉燮認為詩歌發展有其源流、正變、盛衰,從各個角度看歷代詩歌,
皆有其不可忽略之地位。「不讀唐以後書」的論調或「茍稱其人之詩
為宋詩,無異於唾罵」,「為害烈也!」詳見《原詩》內篇,《清詩話》,
頁 693~700。
〔註103〕 《原詩》外篇,《清詩話》,頁 733。內篇亦有「推崇宋元者,菲薄唐
人」之語,頁 731。
〔註104〕 田同之(1677~?),字彥威,號小山薑,康熙五十九年舉人,為康
熙朝著名詩人田雯之孫。集有《小山薑田先生全集》,論詩專著為《西
圃詩說》,收錄於《清詩話續編》。
〔註105〕 語見田同之《西圃詩說》,《清詩話續編》,頁 763。

七、引用書目

（一）古籍

1. 〔宋〕梅堯臣《宛陵集》（上海：商務印書館，1912 年）。

2. 〔宋〕歐陽修《歐陽文忠公集》（台北：台灣商務印書館，1979 年，《四部叢刊》本）。

3. 〔宋〕蔡夢弼集錄《草堂詩話》（台北：藝文印書館，1983 年 6 月四版，《歷代詩話續編》本）。

4. 〔宋〕梅堯臣《宛陵集》（台北：台灣商務印書館，1983 年，（《四庫全書》本）。

5. 〔宋〕張戒《歲寒堂詩話》卷上（台北：藝文印書館，1983 年 6 月四版，《歷代詩話續編》本）。

6. 〔宋〕俞文豹《吹劍錄》正集（北京：中華書局，1991 年，《叢書集成》初編）。

7. 〔宋〕黃庭堅《黃庭堅全集》（成都：四川大學出版社，2001 年）。

8. 〔宋〕蘇洵《蘇洵集》，錄於曾棗莊、舒大剛主編《三蘇全書》冊六（北京：語文出版社，2001 年）。

9. 〔宋〕蘇軾《蘇軾文集》，錄於曾棗莊、舒大剛主編《三蘇全書》冊十三（北京：語文出版社，2001 年）。

10. 〔元〕方回《桐江續集》（台北：台灣商務印書館，1983 年，《四庫全書》本）。

11. 〔明〕李夢陽《空同集》（台北：台灣商務印書館，1983 年，《四庫全書》本）。

12. 〔明〕何景明《大復集》（台北：台灣商務印書館，1983 年，《四庫全書》本）。

13. 〔明〕胡應麟《詩藪》（南京：江蘇古籍出版社，1997 年 12 月，

《明詩話全編》本）。

14. 〔清〕朱彝尊《曝書亭集》（台北：台灣商務出版社，1965 年，《四部叢刊初編集部》）。

15. 〔清〕馮班《鈍吟雜錄》（台北：廣文書局，1969 年）。

16. 〔清〕吳喬《逃禪詩話》（台北：廣文書局，1973 年 9 月）。

17. 〔清〕葉燮《原詩》（台北：藝文印書館，1977 年 5 月再版，《清詩話》本）。

18. 〔清〕宋犖《漫堂說詩》（台北：藝文出版社，1977 年 5 月再版，《清詩話》本）。

19. 〔清〕厲鶚《宋詩紀事》（上海：上海古籍出版社，1983 年）。

20. 〔清〕田同之《西圃詩說》（台北：藝文印書館，1985 年 9 月，《清詩話續編》本）。

21. 〔清〕賀裳《載酒園詩話》（台北：藝文印書館，1985 年 9 月，《清詩話續編》本）。

22. 〔清〕方東樹《昭昧詹言》續錄卷二（上海：上海古籍出版社，2002 年，《續修四庫全書》本）。

（二）近人著作

1. 吉川幸次郎《宋詩概說》（台北：聯經出版社，1977 年）。

2. 錢鍾書《宋詩選註》（北京：人民文學出版社，1982 年）。

3. 齊冶平《唐宋詩之爭概述》（長沙：岳麓書社，1984 年）。

4. 蔡鎮楚《中國詩話史》（長沙：湖南文藝出版社，1988 年）。

5. 錢鍾書《談藝錄》（台北：書林出版公司，1988 年）。

6. 錢鍾書《管錐篇》第三冊（台北：書林出版公司，1990 年 8 月）。

7. 張高評《宋詩之新變與代雄》（台北：洪葉文化出版社，1995 年 9 月）。

8. 王水照《宋代文學通論》(鄭州：河南大學出版社，1997 年 6 月)。

9. 戴文和《唐詩、宋詩之爭研究》(台北：文史哲出版社，1997 年)。

10. 夏傳才《詩經語言藝術新編》(北京：語文出版社，1998 年)。

(三) 期刊論文

1. 左萬珍〈宋詩的得失〉，《北京經濟了望》1995 年第 3 期。

2. 王力堅〈詩經賦比興原論〉，《社會科學戰線·文藝學研究》1998 年 1 期。

3. 明華〈簡述歐陽修對宋詩的貢獻〉，《南通師專學報》1998 年 3 月。

4. 胡幼峰〈論宋犖《漫堂說詩》的價值〉(台北輔仁國文學報第十七期，2001 年 11 月)。

5. 陳國球〈胡應麟詩論中「變」與「不變」的探索〉收入吳承學、李光摩編《晚明文學思潮研究》(武漢：湖北教育出版社，2002 年)。

6. 張高評〈清初宗唐詩話與唐宋詩之爭以「宋詩得失論」為考察重點〉，《中國文學與文化研究學刊》2002 年 6 月第 1 期。

吳喬對李商隱詩歌的評價

論文提要：

　　吳喬在《圍爐詩話》及《西崑發微》中對李商隱詩歌都有個人獨到的評價，然各有側重。本文即分別從二書的資料進行剖析。吳喬秉諸「比興」論詩的原則，舉出李商隱的作品〈有感〉、〈重有感〉、〈龍池〉，前二首「諫」的成份居多，而後者則是重在「諷」。以史書史料佐證，力求避免牽強附會。〈聖女祠〉詩，吳喬也認為這是「兼興比」的佳作。《西崑發微》所選之詩，著重李商隱與令狐綯的關係。吳喬認為某些〈無題〉詩本是有題，因二人關係生變，故將詩題中之「令狐」抹去，並簡化為無題。指證發微，言之鑿鑿，頗值得參考。

關鍵詞：吳喬、李商隱、西崑發微、無題、比興

一、前言

　　明末清初，詩派林立，由各家論詩主張區分，大致可得四類：宗宋詩者，如錢謙益、黃宗羲、呂留良、吳之振等；沿明代七子餘波，主唐音者，如顧炎武、李因篤、朱彝尊、王士禎等；不滿七子之論而仍主唐音者，如王夫之、毛奇齡、馮班、賀裳、吳喬等。其中馮、賀、吳轉而標舉晚唐。

　　馮班推崇晚唐溫、李，並有《才調集》之評注。〔註1〕於創作則重視比興的技巧，其詩論見於《鈍吟雜錄》。賀裳論詩，略於初、盛而詳於中、晚，亦嘗以比興論詩之優劣。詩論見於《載酒園詩話》。〔註2〕吳喬自稱論詩與馮班、賀裳所見多合，捨盛而宗晚。也認為「興」是詩歌創作的第一等手法，其次是「比」，再其次是「賦」。詩學理論主要見於《圍爐詩話》。另有《西崑發微》之評選。〔註3〕

　　李商隱〔註4〕為晚唐詩人中的大家，才華之高卓，詩篇之精美，素為後人推服讚賞。因此，以李商隱詩歌為研究重心的專著、論文或評選箋註，不可勝數。筆者近年來的研究範圍，乃集中於馮、賀、吳三家詩論，故對晚唐詩歌頗為關注。而李商隱即在三家詩論中，佔有重要的地位。本文乃就吳喬《圍爐詩話》及《西崑發微》中對李商隱詩歌所作的種種議論，試作析評。透過吳喬的詩觀鑑賞李詩，自有異於他人之評價。吳喬所論是否公允賅洽，即為本文研討之重心。

二、《圍爐詩話》有關李商隱的論述

（一）從比興的觀點評論

　　吳喬在《圍爐詩話》自序中揭示他的論詩標準，認為人心感於境遇，哀樂情動，詩意以生；達其意而成章則為六義。可惜詩歌發展迄乎唐代，六義亡半，祇剩下賦比興而已。之後，五代「鮮比興而多賦」，「其立意也，流連光采」；到了宋朝，比興亡失，賦義猶存，言能達意；

〔註1〕馮班與馮舒有《二馮先生評閱才調集》（台北：新文豐出版公司）。
〔註2〕賀裳《載酒園詩話》收錄於《清詩話續編》，郭紹虞點校。有關賀裳之詩論評析，拙著《清初虞山派詩論》第六章第二節〈受馮班詩學影響者〉有論，頁413～421。
〔註3〕《西崑發微》三卷，今有《適園叢書》本；廣文據《適園叢書》影本。
〔註4〕李商隱之本傳，可見《舊唐書》卷一百十九下；《新唐書》卷二百三。本文所採用的李商隱詩集，係劉學鍇、余恕誠編著《李商隱詩歌集解》，（台北：洪葉文化事業有限公司，1992年）。此書以明汲古閣刊《唐人八家詩》之《李義山集》三卷為底本，並以《四部叢刊》等八種為校本；彙集錢龍惕、朱鶴齡、吳喬、陸崑曾、姚培謙、屈復、程夢星、馮浩、沈厚塽、紀昀、張采田等各家箋注，尋索資料集為方便。

至於明代弘、嘉時期，則不僅不知詩當有意，甚至不知詩有六義。但賦比興乃詩歌的表現方法，意乃詩歌的內容旨趣，詩歌創作如果不能掌握這四者，又何足觀？

賦比興之中，以興為上乘；其次是比，再其次是賦。「蓋人心隱曲處不能已於言，又不能明告於人，故發於吟詠」〔註5〕，乃藉比興以表現。封建時代的詩人，不論在政治環境或生活境遇中，容易受到壓制及挫折，因此，內心的痛苦矛盾和哀怨感慨，往往訴諸筆端。「唐詩有意，而託比興以雜出之，其詞婉而微」〔註6〕，吳喬對唐詩的評價，是高出宋、明的。

晚唐國勢日下，朝政危亂；藩鎮割據、宦官專權、朋黨相爭。處於這種態勢的文人，艱難更倍於承平盛世。因此，《圍爐詩話》「論詩及人」時，李商隱便成為最佳範例。筆者遂從吉光片羽之中，企圖釐清吳喬對李商隱詩歌的評價。

吳喬論詩既重比興，透過他的「詩觀」評論李商隱的作品，我們可以發現《圍爐詩話》中有幾則資料十分突出。如卷一論及〈有感〉、〈重有感〉，以「比興」的方式表現，雖然微旨難求，吳喬則認為十分值得肯定與讚美。茲援引於後：

1. 所謂詩，如空谷幽蘭，不求賞識者。唐人作詩，惟適己意，不索人知其意，亦不索人之說好。如義山〈有感〉二長律，為甘露之變而作，則〈重有感〉七律無別意可知。何以遠至七百年後，錢夕公以始能注釋之耶？意尚不知，誰知好惡？蓋人心隱曲處，不能已于言，又不欲明告于人，故發于吟詠。……　（《圍爐詩話》卷一，頁473）。

2. 詩惟求詞采則甚易，明人優為之；有意則措詞不勝其難。以明之亡國言之……而死難之烈，高出千古。言其死難甚

<hr>

〔註5〕見《圍爐詩話》卷一，頁473。
〔註6〕見《圍爐詩話》卷一，頁472。

易，則其過端直陳之，既已不忍，又同于宋人；微言之，又同于義山〈重有感〉詩，直俟七百年後之人始知作者之意。其間不能解而詬病之如顧東橋者何限乎！……義山〈重有感〉云：「玉帳牙旗得上遊，安危須共主君憂。竇融表已來關右，陶侃軍宜次石頭。豈有蛟龍愁失水？更無鷹隼擊高秋！晝號夜哭兼幽顯，早晚星關雪涕收。」常熟錢龍惕夕公解曰：「太和九年十月，以前廣州節度使王茂元為涇原節度使，逾月李訓事作，茂元在涇原，故曰『得上遊』也。昭義節度使劉從諫，三上疏問王涯等罪名，仇士良為之惕懼，故曰『竇融表已來關右』也，初獲鄭注，京師戒嚴，茂元與鄜坊節度使蕭弘皆勒兵備非常，故曰『陶侃軍宜次石頭』也。士良輩知事連天子，相與憤怨，帝懼，偽不語，宦官得肆志殺戮，則蛟龍失水矣。涯等既死，舉朝脅息，諸藩鎮亦皆觀望不前，誰為高秋之鷹隼，快意一擊耶？曰『更無』者，傷之亦望之也。至于『晝號夜哭』，『雪涕星關』，而感益深矣。」夫〈有感〉長韻律二篇既為甘露之變而作，則〈重有感〉可知。而余讀之，殊不能領。見夕公注，不覺自失，以其命意視〈無題〉詩更奧故也。……　（《圍爐詩話》卷一，頁499、500）。

　　〈有感〉排律兩首，吳喬指出「為甘露之變而作」[註7]，蓋因此詩李商隱有一自注：「乙卯年有感，丙辰年詩成」。乙卯年即唐文宗太和九年，當年發生了歷史上有名的「甘露事變」。這是一次為翦除宦官而策動的事件。結果宦官非但未除，反而主事者李訓、鄭注被殺，坐訓、注而族者十一家。[註8] 從此文宗更受箝制，朝廷大權完全落

[註7] 吳喬於《圍爐詩話》卷一，頁473；卷二，頁536，分別指出〈有感〉排律兩首，是為甘露之變而作。

[註8] 甘露事變發生於唐文宗太和九年。蓋因文宗以宦官太盛，繼為禍胎，亟欲芟除。李訓、鄭注為文宗策畫「先除宦官，次復河湟，次清河北」。九月仗殺宦官陳弘志，十月酖殺宦官王守澄。十一月二十一日李訓、

入宦官手中。李商隱時年二十四，應舉不第。面對恐怖氣氛籠罩，腥風血雨漫天的朝野，竟勇敢的以詩歌表達了極端的悲憤和對無辜被害者的同情。詩中大量引用典故，卻又唯恐詩意不顯，所以有意作注，以標明作詩的主旨，引導讀者往乙卯年去領會及想像。詩中句云：「古有清君側，今非乏老成，素心雖未易，此舉太無名。誰瞑銜冤目，寧吞欲絕聲？」〔註9〕替李、鄭抱憾，怨君側重臣不伸援手，一如錢龍惕於《玉谿生詩箋》所作評論：「使當時國之重臣，有不畏強禦者，倡言訓等之無辜，士良諸兇（指宦官）猶未必刃加其頸也。乃箝口不言……」〔註10〕而李商隱勇敢的把矛頭直指，遂有別於眾人之說。〔註11〕至於〈重有感〉一詩，吳喬以為當無「別意」，仍就甘露事變而發議論。但是為什麼「遠至七百年後，錢夕公始能注之耶？」「余讀之，殊不能領，見夕公注，不覺自失」？案：〈重有感〉這首詩若就字面理解，玉帳二字意指「主帥所駐紮的帳幕和軍前的大旗，都處於上游的有利形勢。在國家危急的關頭，理應與皇帝共憂患」；竇融二句意指「竇融請求出兵的表疏已從關右奏上，陶侃的軍隊就應該進逼石頭城了」；豈有二句意指「哪會有蛟龍為失水而憂愁的道理？難道就沒有剛猛的鷹隼高翥秋空嗎？」；晝號二句則指「朝廷上下，晝夜一片號哭之聲，神人共憤，看來被宦官盤據的宮禁即將收復，舉國化悲為喜」。〔註12〕七百年後的錢龍惕箋注李詩，運用「知人論世」的方法解讀綯

王涯等密謀，詐使人言「金吾仗院石榴開，夜有甘露」請帝觀看，密伏甲兵於廳內，欲借此引來宦官，從而殺之。宦官仇士良率諸宦先帝而至，窺見甲兵，大驚告變，遽伏於帝輦內。一面聲言李訓等謀反，一面急召禁兵，開始了一場血腥的屠殺。宰相王涯及賈餗、舒元輿、王璠、郭行餘等均身亡。李訓於逃亡中途被擒斬首。鄭注被鳳翔監軍張仲清所殺。史稱「甘露之變」。
〔註9〕〈有感〉排律兩首各十六句，詩長不錄，詳見《李商隱詩歌集解》頁108。
〔註10〕詳見《玉谿生詩箋》卷中；《李商隱詩歌集解》有引錄，頁117、118。
〔註11〕錢龍惕指出甘露事變「論者不咎文宗之不密失計，則恨訓、注之狂躁誤國，而當日情勢，未有究論之者，可異也。……」「義山詩感憤激烈，有不同於眾論者」。
〔註12〕採《中國歷代詩人選集·李商隱詩選》譯文，台北源流出版社。

外之音，認為首句指王茂元，三句指劉從謙，四句指王茂元、蕭弘；依此尋繹，李商隱大膽的提出了自己的意見，主張各擁重兵的節度使如王、蕭若能呼應劉從謙，共清君側之奸，則國家有望矣。不過當時的情勢卻由「豈有」、「更無」二語充分顯現了李商隱對諸藩鎮觀望不前、「奄豎恣橫，舉朝脅息」感到悲憤、無奈與歎息！從錢注的角度去欣賞原詩，毋疑更增加了作品的深度。吳喬「見夕公注，不覺自失」，「以其命意視〈無題〉更奧故也」。吳喬更以為「意尚不知，誰知好惡？」寄託幽微的作品難以情測，的確增加了讀詩的難度。不過吳喬認為唐詩之所以高出宋詩，便在於「唐人作詩，惟適己意，不索人知其意，亦不索人之說好」；內心隱曲之處，則「託比興以雜出之，其詞婉而微」。這是明白直達的宋詩所比不上的。〔註13〕

此外，李商隱的〈聖女祠〉詩，吳喬也認為這是「兼興比」的佳作。他於《圍爐詩話》卷二嘗將此詩細析論：

> 兼比興者，如義山〈聖女祠〉詩云：「杳靄逢仙跡，蒼茫滯客途。何年歸碧落？此地向皇都。消息期青雀，逢迎異紫姑。腸迴楚客夢，心斷漢宮巫。從騎栽寒竹，行車陰白榆。星娥一去後，月姊更來無？寡鵠迷蒼壑，羈凰怨翠梧。惟應碧桃下，方朔是狂夫。」首句，出題也。次句，自述也。三句，言聖女也。四句，又自述也。「消息」二句，讚聖女也。「腸迴」句，謂異于襄王之媟侮。「心斷」句，言不同巫蠱之狂邪，尊聖女也。「從騎」二句，又自述行蹤，興也。「星娥」、「月姊」，比聖女之不可得見也。「寡鵠」，言想念之切也。結用「方朔」，以王母比聖女也。此本虛題，不可全用賦義，故雜出興比以成篇，其間架亦不得如前二詩之截然也。

李商隱詠聖女祠的作品共有三首，「杳靄逢仙跡」之外，尚有「松篁台殿蕙香幃」、「白石巖扉碧蘚滋」。後人對這三首詩的解析與評價

頗為分歧。或謂此詩係為女道士作，〔註14〕或為令狐作，〔註15〕吳
喬則認為有自述的部份，也有詠聖女的部份。朱彝尊肯定此詩有自述
的部份，但是「疑其有所悼而託以此題；或止因『聖女』二字，故借
以比所思之人耳。」〔註16〕看法和吳喬並不相同。至於這首詩的表現
手法，從引吳喬的賞析，可知李商隱除了「賦」筆之外，更「雜出比
興以成篇」。何處為「比」，何處為「興」，講得十分明白。換言之，
這首詩的寫作技巧在吳喬看來，無疑是成功的，因此作為範例加以解
說。

　　比興技巧的運用，固然值得讚賞，但這只是手段而已。詩歌創作，
藉比興來達成的，應該是「發乎情，止乎禮義」的微言諷諫。〈有感〉、
〈重有感〉「諫」的成份居多，而〈龍池〉則是重在「諷」。吳喬於《圍
爐詩話》卷一有兩處論及〈龍池〉，並加評注；第一則云：

> 義山〈龍池〉詩云：「龍池賜酒敞雲屏，羯鼓聲高眾樂停。夜
> 半宴歸宮漏永，薛王沈醉壽王醒。」龍池，玄宗潛邸南池，
> 沈而為池，即位後以為瑞應，賜名龍池，制「龍池樂」。杜審
> 言之〈龍池篇〉即樂歌也。開元、天寶共四十二年，賜酒于
> 此者多矣！薛王侍宴自在前，壽王侍宴自在後，義山詩意非
> 指一席之事而言之也。十四字中敘四十餘年事，扛鼎之筆也。

〔註14〕　主張此詩係為女道士而非作者，如《李義山詩集箋注》清程夢星：「此
　　　　（杳藹逢仙跡）亦為女道士之顯著者作，但與前二首不同。……」紀
　　　　昀《玉谿生輯評》：「合〈聖女祠〉三詩觀之，確是刺女道士之淫佚。
　　　　但結句太露，有傷大雅。」《李商隱詩歌集解》之編著者劉學鍇、余恕
　　　　誠亦認為「詩所詠者為一孤子之女冠。聖女祠，即道觀之異名。……
　　　　詩人過此，同情其人境遇，故賦此篇。」以上見頁1687、1688。
〔註15〕　主張此詩係為令狐楚作者，見清馮浩《玉谿生詩集箋注》所引徐樹穀
　　　　之語：「此益知為令狐作無疑。楚卒於山南鎮，義山往赴之，此北歸途
　　　　中作。」《李商隱詩歌集解》，頁1687。
〔註16〕　語見清沈厚塽輯《李義山詩集輯評》，所輯朱彝尊之評語：「集中〈聖
　　　　女祠〉三首。第一首尚詠神廟，次首已似寄託，此首竟似言情矣。人
　　　　雖好色，未有瀆及鬼神者。疑其有所悼而託以此題……」《李商隱詩
　　　　歌集解》，頁1686、1687。

　　　玄宗厚于兄弟而薄于其子，詩中隱然，入〈三百篇〉可也。……

　　（頁503）。

　　〈龍池〉是一首詠史詩，乃針對唐玄宗與楊貴妃之事而感喟。據《唐會要》所載「開元二年，以興慶里舊邸為興慶宮。初，藩邸有龍池湧出，日以浸廣，望氣者云有天子氣，至是為宮。」唐玄宗在此宮設宴「賜酒」，張開雲母屏風；只聽到羯鼓高亢的聲音，其它樂奏都停息了。〔註17〕三、四兩句字面明白，實則寓意幽微。「薛王」在此僅作陪襯，不必詳考；壽王之妃即是楊玉環。唐明皇在宮中開熱鬧的家宴，曲終人散，二王宴罷歸來，而痛飲後的薛王早已沉醉，壽王卻清醒著，只聽見宮中的銅壺滴漏聲，徹夜不絕。因楊玉環留宮，壽王獨返，實教壽王情何以堪？詩中故用薛王「沉醉」壽王「醒」，語意極盡諷刺。而此詩之高妙即在於字面不著痕跡。吳喬於同卷另一則指出「詩貴有含蓄不盡之意，尤以不著意見、聲色、故事、議論者為上」時，便舉李商隱「刺楊妃事」為例。並加小注：「宋楊誠齋〈題武惠妃傳〉之『壽王不忍金宮冷，獨獻君王一玉環』，詞雖工，意未婉。惟義山之『薛王沉醉壽王醒』，其詞微而意顯，得風人之體。」〔註18〕《答萬季埜詩問》也指出詠楊妃事，「唐人云『薛王沉醉壽王醒』，宋人云『獨獻君王一玉環』，豈直金矢之界而已哉！」唐詩含蓄，宋詩明白，由這兩句對照來看，確是如此。而以上這些批評文字，充分可見吳喬對李商隱的詩含諷喻十分欣賞，甚至認為「入〈三百篇〉可也」。這正是因為他的諷諫之作，寫得含蓄，掌握了「微言諷諫」的特色與要領。

（二）從創作的特色評論

　　吳喬的《圍爐詩話》，在清初詩學繁榮發展，詩話瑰麗多姿之際，算是一部立場鮮明，論說詳切的作品。創作論方面，除標舉比興之外，

〔註17〕據朱鶴齡《李義山詩集箋注》引南卓《羯鼓錄》云：「羯鼓，出外夷，以戎羯之鼓，故曰羯鼓。其聲促急，破空透遠，特異眾樂。明皇極愛之……。」《李商隱詩歌集解》，頁1514。

〔註18〕見《圍爐詩話》卷一，頁476、477。

也探討了詩歌的造句、用字、起結、屬對⋯⋯等相關問題。其中以李商隱為例而作說明者，有以下數端，間接表達了他對李詩的評價。

第一、論起聯：吳喬認為起聯應當具有引起下聯的作用，起勢不可太平淺，如李商隱的〈馬嵬〉詩，起筆「海外徒聞更九州，他生未卜此生休」，吳喬評曰：「勢如危峰矗天，當面崛起，唐詩中所少者。」起聯與次聯並可虛、實相間，如〈無題〉「昨夜星辰昨夜風，畫樓西畔桂堂東」，評曰：「乃是具文見意之法。起聯以引起下文而虛做者，常道也。起聯若實，次聯反虛，是為定法。」〔註19〕

第二、論結句：吳喬舉數家作品為例，說明「結句收束上文者，正法也；宕開者，別法也」；譬如「曲終人不見，江上數峰青」，「貴有遠神也」；「白馬翩翩春草綠，邵陵西去獵平原」，「宕開者也」；「振我粗席塵，愧客茹藜羹」，「收上文者也」。〔註20〕而李商隱的〈馬嵬〉詩，乃「一代傑作，惜于結語說破」。在吳喬看來，可能「如何四紀為天子，不及盧家有莫愁」兩句，明白諷刺，便少了餘韻。

第三、論造句：吳喬曾提出「詩必先意，次局，次語」的主張。〔註21〕基於這樣的觀點，遣辭造句的鍛鍊工夫，反倒是其次的。「意為主將，法為號令，字句為部曲兵卒」。〔註22〕配合得當，詩家之風格始定。故李、杜能「別開生路、自成一家」；韓愈繼其後，則勢必不得不行「其心所喜奇崛之路」，而於李、杜、韓之後，亦能別開生路自成一家者，吳喬認為「惟李義山一人」。他說李商隱「既欲自立，勢不得不行其心所喜深奧之路。義山思路既自深奧，而其造句也，又不必使人知其意，故其詩七百年來知之者尚鮮也。」換言之，李商隱由於個人遭際困頓蹇折，情思委婉，故而詩意隱晦，造句博奧；意、句如此配合，遂使後之解詩者意見紛歧。譬如〈馬嵬〉詩「此日六軍同駐馬，當時七夕

〔註19〕以上見《圍爐詩話》卷一，頁501。
〔註20〕以上見《圍爐詩話》卷一，頁501。（同註22）
〔註21〕見《圍爐詩話》卷三，頁561。
〔註22〕見《圍爐詩話》卷二，頁545。

笑牽牛」兩句，吳喬認為「敘天下大事而六、七、馬、牛為對，恰似兒戲，扛鼎之筆也」；可是高棅卻謂「義山詩對偶精切」。〔註23〕「陸游輩謂〈無題〉為艷情，楊孟載亦以艷情和之」；「能不使義山失笑九原乎？淺見寡聞，難與道也」。〔註24〕由於意深句奧，才造成後人對李商隱的作品發出「只恨無人作鄭箋」〔註25〕的慨嘆！

三、《西崑發微》有關李商隱的論述

　　吳喬另有選評李商隱的作品《西崑發微》三卷，由此可見他是何等重視李詩。是集之編，根據《西崑發微·序》云：「今於本集中抽取〈無題〉詩一十六篇為上卷，與令狐二世及當時往還者為中卷，疑似之詩為下卷。詳說其意，聊命曰《西崑發微》。而注釋事實，則全取朱長孺本云。」朱本據其〈凡例〉所云，成於順治十六年（1659）。而《西崑發微》自序中云「甲午夏日吳喬序」，由於從順治到康熙年間，甲午年有二：一為順治十一年（1654），一為康熙五十三年（1714）。注釋既全取朱本，故當成書於康熙五十三年。《西崑發微》共選李詩六十二首，序中除了重申吳喬所重視的意、興、比、賦外，並就所選〈無題〉詩作了簡要的析論：

> 〈無題〉詩於六義為比，自有次第。〈阿侯〉，望綯之速化也；
> 〈紫府仙人〉，羨之也；〈老女〉，自傷也；〈心有靈犀〉，謂綯
> 必相引也；〈聞道閶門〉，幸綯之不念舊隙也；〈白道縈迴〉，
> 訝綯舍我而擢人也。然猶未怨。〈相見時難〉、〈來是空言〉，
> 怨矣，而未絕望；〈鳳尾香羅〉、〈重幃深下〉，絕望矣，而猶
> 未怒。至〈九日〉而怒焉。〈無題〉自此絕矣。

　　案：《西崑發微》所選之詩，吳喬認為皆與令狐綯有關。李商隱與令狐家的關係，據新、舊唐書本傳的記載，李商隱弱冠之年以文章干謁

〔註23〕見《圍爐詩話》卷一，頁 503。
〔註24〕見《圍爐詩話》卷三，頁 561。（同註24）
〔註25〕語出元好問〈論詩絕句〉。

令狐楚，令狐楚奇其才，置門下，使與其子令狐綯等同游，並親授章奏之學。後來李商隱即以此體名聞當世。〈謝書〉詩云：「自蒙半夜傳衣后，不羨王祥得佩刀」，流露了詩人的自負及對令狐楚的感激。開成二年（837），李商隱得令狐綯之助，始擢進士第；〔註26〕同年十一月令狐楚病亡。此即李商隱入仕之前所受令狐父、子二代的恩情。開成三年，李商隱赴涇原節度使王茂元幕，掌書記。茂元愛其才，以女嫁之。因而招致令狐綯的不滿，謂其「背恩」。蓋因令狐綯屬牛黨，而王茂元與李德裕親善。「牛、李黨人蚩謫商隱，以為詭薄無行，共排笮之」。〔註27〕會昌三年（843），王茂元死。宣宗大中元年（847）乃更依桂管觀察使鄭亞，充任幕僚。而鄭亞也是李黨中的重要人物。亞謫循州，李商隱亦從之，三年乃返京師，時為大中四年（850）。次年令狐綯拜相，李商隱迫於窮蹙無路，便以文章干謁，補太學博士。之後，往梓州柳仲郢幕代掌書記。大中九年十一月隨柳返京，次年轉任鹽鐵推官；大中十二年，罷鹽鐵推官，還鄭州，未久病卒，享年四十七歲。究其一生悲苦的來源，一般人的論斷，係因就婚王氏而捲入黨爭。開成、會昌時期，有不少詩文可證明李商隱與令狐綯是芥蒂互生而友誼尚存；但真正深受黨爭之害則是大中元年任鄭亞幕僚開始，直到赴東川柳仲郢幕止。李黨失勢，備受迫害，李商隱對李德裕、鄭亞貶死的哀傷同情，自身的沉淪感慨，都寄寓詩中。〔註28〕如此則換來令狐綯「以為忘家恩，放利偷合，謝不通〔註29〕」的

〔註26〕 據《新唐書》卷二百三列傳第一百二十八，文藝下，李商隱傳記載：
　　　　「開成二年，高鍇知貢舉，令狐綯雅善鍇，獎譽甚力，故擢進士第。」
　　　　《舊唐書》未載。

〔註27〕 語見《新唐書·李商隱傳》。

〔註28〕 見〈故驛迎弔故桂府常侍有感〉，此詩作於鄭亞貶死，由循州歸葬之時。周建國〈試論李商隱與牛李黨爭〉一文，將李德裕、鄭亞之間密切的關係，李商隱對他們所遭受的迫害寄予的同情，都有論述。該文收錄於《文學評論叢刊》第22輯，頁159～179。

〔註29〕 據李中華〈李商隱與牛李黨爭〉的考證，「謝不通」與事實不符。在當時即使是牛、李黨人，仍有表面上的往來，更何況二人乃故舊深交。該文收錄於《文史》第17輯，頁193～202。

對應。〔註30〕吳喬認為，李商隱「心知見疏，而冀幸萬，故有無題諸作」；但是令狐綯任其流落藩府，不加援引；李商隱終乃鬱憤絕望，客死滎陽。詩人留下詩作三卷，卻因辭旨難明，而留給後世紛紜不一的揣測。吳喬在序中指出：「李義山〈無題〉詩，陸放翁謂是狹邪之語，後之作無題者，莫不同之。余讀而疑焉。……義山始雖取法少陵，而晚能規模屈、宋，優柔敦厚，為此道之瑤草奇花。凡諸篇什，莫不深遠幽折，不易淺窺。何故於艷情詩諱之為〈無題〉，而遣辭惟出於賦？」他懷此疑問數年，後因《唐詩紀事》所云：「錦瑟，令狐丞相青衣也。」「恍若有會」，循線索驥，取詩繹之，以李商隱與令狐楚、綯二世恩怨作為鑰匙，終於開啟了「七百年來，有如長夜」之謎。吳喬的解答是：〈無題〉詩絕非艷情。經過他的「發微」，〈無題〉十六首乃出以「比」的手法，託為男女怨慕之辭，無一言直陳本意，而處處牽合令狐。譬如「心有靈犀一點通」，指「言綯與己位地隔絕，不得同升而已兩心相照也」；「來是空言去絕蹤」，指「言綯有軟語而無實情」；「東風無力百花殘」指「東風比綯，百花自比，上不引下也」；「蓬山此去無多路，青鳥殷勤為探看」，指「無多路、為探看，侯門如海，事不可知，亦屢啟陳情事也」。至於引文所言，係將各首無題詩的主旨一語概括。從比興解詩的角度而論，吳喬一如朱鶴齡，將李商隱的愛情詩篇都以「寄遙情于婉孌，結深怨于蹇修」（朱鶴齡《李義山詩集箋注·序》）視之。

〔註30〕 李商隱在牛、李黨爭中究竟受到多大的傷害，古來論斷不一。持不同意見者如李中華〈李商隱與牛李黨爭〉，文中從「王茂元是不是李黨」、「就婚王氏為牛黨『排笮』諸事考辨」、「從鄭亞于桂幕事辨析」、「試論李商隱與令狐綯的交游」幾個方向分析，他的結論是：「在以往的研究中，黨爭對詩人的影響被誇大了。李商隱一生仕途坎壈，襟抱不開，並不是由於娶了王茂元的女兒，也不是由於他曾經從鄭亞于桂幕，而是由于極其複雜的社會原因。李商隱是一個詩人，他有著政治理想。作為一個有見地的正直的詩人，沉淪下潦，難以遇合，這是封建社會任何一個時代都存在的現象。……」筆者則認為，以上種種因素若只具一、二，或不至於愁苦若此，而是全部皆具，才市一個才華卓越，生性敏感的詩人，鬱抑絕望而死。

　　《西崑發微》卷末並附錄一段問答。或問曰：「〈無題〉之為令狐綯而作，有顯徵乎？」吳喬答曰：「新舊本傳寧非顯徵！」問曰：「本集亦有徵乎？」吳喬答曰：「自拾遺至學士，詩題旨皆稱其官，獨不及侍郎丞相，可知紫府玉山之類，初會有侍郎丞相之稱。暨後絕交，盡易為〈無題〉也。題無侍郎丞相，豈非本集之顯徵也哉！」，吳喬另從「詩題」上尋求線索，的確發人所未發。筆者檢視李商隱詩集之詩題，早期確有〈令狐八拾遺綯見招送裴十四歸華州〉、〈酬令狐郎中見寄〉、〈寄令狐學士〉、〈令狐舍人說昨夜西掖翫月因戲贈〉……等，標明官銜於題中的現象。而令狐綯為侍郎丞相之後，即不曾於詩題中出現。其中玄機，是否真如吳喬所言，二人絕交，便將為令狐而作的詩題抹去，改為〈無題〉？據新、舊糖書所載，令狐綯為宰相之後，李商隱確曾「屢啟陳情」，但「綯不之省」。即令如此，令狐綯還是幫了商隱「補太學博士」，由九品下階晉升到六品上階。可見令狐綯為宰相時，二人並未完全絕交，應有詩作。可是詩集中也的確不曾出現令狐侍郎丞相等詩題。至於是否李商隱在絕望之後，便將後來的作品改為〈無題〉？（成為〈無題〉詩中的一部份）或〈無題〉皆為令狐綯而作？則不得而知了。不過，筆者較能接受前者。總之，吳喬的發現，仍值得重視，也頗堪味。

四、結論

　　吳喬對李商隱作品的評價，經由上述資料顯示，他是以「意、興、比、賦」為標準而作的判斷。從他的賞析論證的作品中，我們不難體察吳喬的詩觀。在這樣的觀照之下解詩，他對李商隱的認知是否完全正確呢？

　　賦、比、興這三義，歷代都有文人加以詮釋。而鍾嶸《詩品·序》卻從正、反兩面論說，頗中肯綮。他認為：「文已盡而意有餘，興也；因物喻志，比也；直書其事，寓言寫物，賦也。宏斯三義，酌而用之……是詩之至也。若專用比興，患在意深，意深則詞躓。若但用賦體，患在意浮，意浮則文散，嬉成流移，文無止泊，有蕪漫之累矣。」其中指出

寫作時若「全用」比興，往往產品意深詞躓，隱晦難明的現象。鍾嶸的
見解，十分精確。李商隱的作品特色，正在於比興技巧的運用；而李商
隱的作品難讀難懂，也是不爭的事實。詩歌寫作的最終目的，仍在傳情
達意；讀者是否正確的瞭解其情意，這是我們該面對的課題。吳喬如此
重視比興，在當世曾引起諸多疑惑與批評。譬如《答萬季埜詩問》中，
萬季埜問吳喬：「唐詩亦有直遂者，何以獨咎宋人？」又有「學晚唐者，
寧無此過？」從這兩句反問語，便可推知時人固然接受比興為上乘的
寫作手法，但「賦」所造成的缺點如「直遂」，也並非只存於宋詩。更
何況唐人並非無賦體，宋人也非盡無比興。比興所附帶產生的缺失，也
不能不正視。《四庫提要》即針對吳喬以比興評論詩歌優劣的觀點加以
批評：

> 賦、比、興三體並行，源於三百。緣情觸景，各有所宜，未
> 嘗聞興比則必優，賦則必劣。況唐人非無賦體，宋人亦非盡
> 無比興，遺詩具在，吾將誰欺？乃劃界分疆，誣宋人以比興
> 都絕；而所謂唐人之比興者，實皆穿鑿附會，大半難通。即
> 所最推之李商隱、韓偓二家，李則字字為令狐而吟，韓則句
> 句為溫而發。平心而論，果盡如是哉？

提要特別舉出對李商隱作品的詮釋「字字為令狐而吟」失之偏頗，
明白表達了不滿。而這也正是吳喬論詩不能令人完全信服與接納的部
份。

吳喬對於詩中之「意」，體會深刻，多所發明；〔註31〕他對李商隱
作品之「意」的詮評，大致可分為下列三種類型：

〔註31〕 吳喬對詩中之「意」，於《圍爐詩話》中有多處論及，頗被時人稱述，
譬如「意為主將」說，見卷二；又論詩文之界，以「意喻之米，飯與
酒所同出。文喻之炊而為飯，詩喻之釀而為酒。文之措詞必副乎意，
猶飯之不變米形，噉之則飽也。詩之措詞不必副乎意，猶酒之變盡米
形，飲之則醉也。」見卷一。詩以意為主，是吳喬詩論的核心，筆者
另撰專文討論。大陸學者王英志有〈試論吳喬意為主將說〉，可資參
考。該文收錄於《清人詩論研究》，（南京：江蘇古籍出版社）。

　　第一類，作詩「惟適己意」，不索人知其意，也不索人之說好，詞婉而微。如本文所舉〈有感〉、〈重有感〉即是。

　　第二類，以微言通諷喻，作品以含蓄「不盡之意」見長，如本文所舉〈龍池〉，諷刺唐玄宗與楊貴妃之事，餘味無窮。

　　第三類，寄託身世，「用意難測」，如本文所舉〈聖女祠〉，如《西崑發微》所選諸詩。其中也有客觀的題材，但有關個人的際遇和感喟，往往成為箋釋困難與分歧的主要原因。

　　以上的分類，係就吳喬詩論體系中「意」的觀點而將李商隱的作品如此區隔。〔註 32〕第三類作品，解詩者多分為二途：一指艷情，一指寄託。除上文所舉之外，吳喬又指出「〈碧瓦〉、〈鏡檻〉、〈擬意〉、〈獨居有懷〉四首，用意難測，未審是艷情否？」〔註 33〕由於作者於詩中隱藏了太多敘事與自述，吞吐難言，因而箋釋者人人「以意逆志」，遂有穿鑿附會之嫌。〔註 34〕這個缺失，吳喬自也不可避免。但是，若從「知人論世」的角度解讀李詩，透過外緣的歷史考證，確定作詩的時間，而將這段時間中所發生的大事及人物牽連起來，作為各句的語意指涉，那麼李商隱所言「楚雨含情皆有託」的幽微心曲，仍舊可以得到知音的歡賞。如錢龍惕之解〈重有感〉，吳喬便頗受啟發，《西崑發微》中處處以令狐綯牽合，可能也其來有自了。

　　吳喬好議晚唐，認為「詩人于盛唐詩雖相推重，非盡知作詩之本末；于中晚詩，非輕忽則惑溺，亦未究升降之所以然」〔註 35〕，因而《圍爐詩話》對晚唐詩歌著墨頗多。晚唐詩家中則最重李商隱。詩話不時以李詩作為論證，並有《西崑發微》之選評，前文都已指陳。更值得

〔註 32〕　若純粹就作品題材而分類，顏崑陽《李商隱詩箋釋方法論》（台北：學生書局）第三章第二節之二〈題材類型對箋釋應有的限定〉，有詳細分類，可資參考。

〔註 33〕　見《圍爐詩話》卷二，頁 536。

〔註 34〕　顏崑陽《李商隱詩箋釋方法論》書中曾綜合宋元明以來詩話中涉及箋釋的文字，以及清代箋釋李商隱詩歌的專著，作出比較，並對箋釋的方法加以剖析，可資參考。

〔註 35〕　見《圍爐詩話·序》。

注意的是：吳喬在當時以善學西崑著稱。王士禎「又言今日善學《才調集》者，無如元鼎，學西崑體者，無如吳殳」。元鼎係指宗元鼎，吳殳，即指吳喬。〔註36〕錢泳《履園譚詩》也有王士禎稱吳喬善學西崑的記載；錢泳並讚美吳喬作詩「語必沈雄，情多感激，正不僅以妝金抹粉，步趨楊、劉諸公而已」〔註37〕。由此可見，吳喬不論論詩或作詩，理論與實踐都能一致。即使從評論李商隱的有限文字中，都能充分體現；而個人的創作，也曾向李商隱學習。換言之，不論作詩、評詩、選詩，無不見其明確的態度，堅定的立場。無怪乎《圍爐詩話》「膾炙藝林」〔註38〕；擁戴者如《談龍錄》的作者趙秋谷，曾「三客吳門，遍求其書不可得」。〔註39〕吳喬詩論之可觀及成就，確是值得重視的。

五、引用書目

（一）古籍

1. 〔宋〕宋祁、歐陽修等《新唐書》（台北：鼎文書局，1976 年 10 月）。

2. 〔清〕趙爾巽主編《清史稿》（台北：鼎文書局，1981 年 9 月）。

3. 〔清〕馮班《鈍吟雜錄》（台北：廣文書局，1969 年）。

4. 〔清〕王士禎《帶經堂詩話》（台北：廣文書局，1971 年 11 月）。

5. 〔清〕趙執信《談龍錄》（台北：藝文印書館，1971 年 10 月，《清詩話》本）。

6. 〔清〕吳喬《西崑發微》（台北：廣文書局，1973 年，據《適園叢書》影本）。

〔註36〕 見《清史稿》列傳第二百七十一。〈劉體仁傳〉文中轉述王士禎的訓詞，指劉詩似孟東野，而善學西崑體者，無如吳殳。並指出「殳，字修齡，原名喬，亦常熟人也。」

〔註37〕 見《履園譚詩》，《清詩話》本，總頁 1117。

〔註38〕 嘉慶年間刊刻的《圍爐詩話》，末有黃廷鑑跋語：「修齡先生所撰《圍爐詩話》，膾炙藝林。……」

〔註39〕 見《談龍錄》，《清詩話》本，總頁 383。

7. 〔清〕賀裳《載酒園詩話》（台北：藝文印書館，1985 年 9 月，《清詩話續編》本）。

8. 〔清〕馮班、馮舒《二馮先生評閱才調集》掃葉山房石印本。

（二）近人著作

1. 劉逸生主編《中國歷代詩人選集‧李商隱詩選》譯文（台北：源流出版社 1992 年）。

2. 顏崑陽《李商隱詩箋釋方法論》（台北：學生書局，1991 年）。

3. 劉學鍇、余恕誠編著《李商隱詩歌集解》（台北：洪葉文化事業有限公司，1992 年）。

（三）期刊論文

1. 李中華〈李商隱與牛李黨爭〉，《文史》第十七輯，2014 年。

2. 周建國〈試論李商隱與牛李黨爭〉，《文學評論叢刊》第二十二輯。

吳喬對韓偓香奩詩的評價

論文提要：

　　自從嚴羽《滄浪詩話》提出香奩體「皆裾裙脂粉之語」，韓偓之詩便被歸類於艷情，此與他在《翰林集》獲致的評價有天壤之別。本文即從吳喬論詩應以經史為據的觀點，重新加以檢視《香奩集》。以《圍爐詩話》所舉六首韓偓含比興而寄託深意者為主要資料，佐以《翰林集》、《新唐書》等史料，並參酌各家觀點進行論證，見第二、三節。由於《香奩集》經過重編，收錄的詩已不限於早期未仕的作品；重編時有韓偓之序，證明其中幾首編年詩的確暗含史事。故吳喬對韓偓香奩詩的評價是正確而值得後人重視的。

關鍵詞：吳喬、韓偓、香奩體、香奩集、韓翰林集、比興

一、前言

　　嚴羽《滄浪詩話》論及詩歌的分體時，嘗舉出選體、柏梁體、玉台體、西崑體、香奩體、宮體之名目。並於香奩體注云：「韓偓〔註1〕之詩，皆裾裙脂粉之語，有《香奩集》〔註2〕。」此後，韓偓便被歸類

〔註1〕韓偓（842〜923）《新唐書》卷一百八十三有傳。
〔註2〕韓偓《香奩集》的版本很多，有一卷本及三卷本，蒐錄作品大致相同，

於艷情一派，如葛立方所言：「韓偓《香奩集》百篇，皆艷體詞也。」〔註3〕並以《香奩集》名世。

但是，韓偓另一部傳世的詩集《翰林集》〔註4〕，不論內容或風格，均與《香奩集》迥異，獲致的評價，也可謂正反兩極，譬如《四庫全書總目提要》云：「其詩雖局於風氣，渾厚不及前人，而忠憤之氣，時時溢於語外。性情既摯，風骨自遒，慷慨激昂，迥異當時靡靡之響。其在晚唐亦可謂文筆之鳴鳳矣。變風變雅，聖人不廢，又何必定以一格繩之乎！」由於韓偓堪稱忠貞骨鯁之臣（詳見本傳），而人們對翰林詩集的評價又甚高，因而歷代對《香奩集》的歸屬，作了頗多揣測。要而言之，可歸納為以下三種：

第一種說法，《香奩集》非韓偓所作。宋沈括《夢溪筆談·藝文三》：「和魯公有艷詞一編，名《香奩集》。凝後貴，乃嫁其名為韓偓。今世傳韓偓《香奩集》，乃凝所為也。」

第二種說法，《香奩集》是韓偓早歲少作。明胡震亨《唐音癸籤》卷八記載：「韓致堯冶游情篇，艷奪溫、李，自是少年時筆。翰林及南竄後，頓趨淺率矣。」

第三種說法，《香奩集》是為抒憂憤而發綺語。方回《瀛奎律髓》云：「香奩之作，詞工格卑，豈非世事已不可救，姑流連荒亡，以抒其憂乎？」

上文第一種說法，已被宋胡仔《苕溪漁隱叢話》前集卷二十三引〈遯齋閑覽〉之語所推翻：「筆談謂《香奩集》乃和凝所為，後人嫁其名於韓偓，誤矣。唐吳融詩集中有和韓致元侍郎〔註5〕無題三首，與

惟文字稍有出入。詳見《叢書子目類編》。

〔註3〕語見《韻語陽秋》，卷五。

〔註4〕韓偓的詩集，歷代著錄的書名、卷數都不相同。《翰林集》或稱《韓翰林集》、《韓翰林詩集》、《韓內翰別集》版本及卷數詳見《叢書子目類編》。諸多版本中，今以《關中叢書》所收較為完備。除了韓偓的詩集、香奩集外，還增補兩篇賦及十一則短札，並有清末吳汝綸的評注。台北國家圖書館有藏。

〔註5〕韓偓的字，《新唐書》本傳作致光；計有功《唐詩紀事》作致堯；胡仔

香奩集中無題韻正同；偓敘中亦具載其事。又嘗見偓親書詩一卷，其
〈裊娜〉、〈多情〉、〈春盡〉等詩多在卷中。……」葛立方《韻語陽秋》
卷五也指出：「今觀《香奩集》有無題詩序曰：『予辛酉年戲作無題詩
十四韻，故奉常王公、內翰吳融、舍人令狐渙相次屬和。是歲十月末
一旦兵起，隨駕西狩，文稿咸棄。丙寅歲在福建，有蘇暐以稿見授，
得無題詩。……』余按：唐書韓偓傳，偓嘗與崔嗣定策，誅劉季述。
昭宗反正，為功臣，與令狐渙同為中書舍人。其後韓全誨等劫帝西幸，
偓夜追及鄠，見帝慟哭。至鳳翔，遷兵部侍郎。天祐二年，挈其族依
王審知而卒。以紀運圖考之，辛酉乃昭宗天復元年，丙寅乃哀帝天祐
二年。其序所謂丙寅歲在福建，則正依王審知之時也。稽之於傳與序，
無不合者。則此集韓偓所作無疑。而筆談以為和凝嫁名於偓，特未考
其詳爾。」葛氏的考據，可謂詳審，因此《香奩集》確定為韓偓所作，
後遂無異議。

　　第二種說法為清沈德潛《唐詩別裁集》卷十六批文所採信：「偓早
歲喜為香奩詩，後一歸節義得風雅正焉。」而葉師慶炳所著《中國文學
史》也認為：「進士浮華，挾妓遊宴，原為中、晚唐之一般現象，而晚
唐為尤甚。新唐書選舉志曰：『然進士科當唐之晚節，尤為浮薄，世所
共患也。』偓又豈能獨免？」並徵引胡震亨之語，而作結論：「韓偓少
時，曾有香奩之作，固無損於其晚節之堅貞忠耿也。溫、李之作，詠艷
情者甚多，不過，未以『香奩』名集而已。」另如劉開揚《唐詩通論》
也指出：「《香奩集》中的詩大都是他早年所作的艷詩，庸俗可厭，但也
有較好一些的，如《唐詩三百首》所選的〈已涼〉一首……。」

　　至於第三種說法，方回以為韓偓覺察世事不可為而作艷情語，流
連荒亡抒其憂，並沒有明白道出香奩詩是否具有「寄託」。不過，清初

_____

《苕溪漁隱叢話》作致元；四庫全書韓內翰別集提要認為當作致堯，
「致光、致元皆以形相近誤也」。大陸學者康正果，在〈晚唐詩人韓偓〉
一文中舉證，說明當作致光，頗具參改價值。文見《陝西歷代作家傳
論》，頁73。

吳喬在《圍爐詩話》中卻舉出數首香奩詩，認為具有諷喻時事，詞婉而微的特質，不宜以一般香奩詩解讀。而《關中叢書》中的《香奩集》末，附有跋語，逕指：「韓翰林作《香奩集》世遂賞其艷體，此皆淺識炫於目前，與作者之意相去絕遠。譬之相馬者徒，顛倒于牝牡、驪黃之間，而不復知有千里也，豈不哀哉！」清末震鈞《香奩集發微》〔註6〕也明確指證《香奩集》是一部借詠男女私情，實寫君臣際遇，深富寄託的詩集。

　　本文乃綜合各方論證，以釐清《香奩集》的性質。香奩詩究係艷體之詞？抑或寄託忠臣之幽憤孤詣？實為本文寫作的動機及旨趣所在。惟恐蒐證不齊，僅以吳喬對韓偓香奩詩的評價為主，進行析論；而《香奩集》及序中文字，亦有珍貴資料可供佐證。終期韓偓孤懷所寄，能昭明於世。

二、吳喬《圍爐詩話》之舉證

　　論詩重視「比興」，吳喬認為「興」是第一等的創作手法，其次是比，再其次是賦。「蓋人心隱曲處不能已於言，又不能明告於人，故發於吟詠」〔註7〕。而晚唐詩人韓偓，適逢唐朝滅亡之際，所處的政治環境十分複雜，因此發為吟詠，勢必有隱曲難言的苦衷。吳喬對韓詩的評價很高，在《圍爐詩話》中共舉證六首韓偓之詩含比興寄託深意者；其中所論五首見於《香奩集》，一首〈惜花〉見於《翰林集》。〈惜花〉詩曾作兩次評論。一則云：「明人以集中無體不備、汗牛充棟者為大家。愚則不然。觀于其志，不惟子美為大家，韓偓〈惜花〉詩即大家也。」〔註8〕從詩言志的角度作評，吳喬認為韓偓堪與杜甫媲美，俱稱「大家」。另一則明白拈出〈惜花〉詩係「別有所指」。原詩為：

〔註6〕震鈞《香奩集發微》見於台灣大學研圖書目，書已亡佚，故筆者未曾寓目。施蟄存：《唐詩百話》（上海：上海古籍出版社，1988 年 8 月第二次印刷）有所徵引。

〔註7〕見《圍爐詩話》卷一，頁 473。

〔註8〕見《圍爐詩話》卷一，頁 475。

　　皺白離情高處切，膩紅愁態靜中深；

　　眼隨片片沿流去，恨滿枝枝被雨淋。

　　總得苔遮猶慰意，若教泥污更傷心；

　　臨軒一盞悲春酒，明日池塘是綠陰。

　　吳喬云：「余讀韓致堯〈惜花〉詩結聯，知其為朱溫將篡而作，乃以時事考之，無一不合。起語云『皺白離情高處切，膩紅愁態靜中深』，是題面。又曰『眼隨片片沿流去』，言君民之東遷也。『恨滿枝枝被雨淋』，言諸王之見殺也。『總得苔遮猶慰意』，言李克用、王師範之勤王也。『若教泥污更傷心』，言韓建之為賊臣弱帝室也。『臨軒一盞悲春酒，明日池塘是綠陰』，意顯然矣。此詩使子美見之，亦當心服。詩可以初盛中晚為定界乎？」〔註9〕〈惜花〉原作〈落花〉〔註10〕，若純就作品字面來賞析，這是一首惋惜花落，且又悲春的詩。「皺白」、「膩紅」二詞可見花開已久，芳華將逝，遂用「離情」與「愁態」修飾。「高處」、「靜中」寫花之孤高脫俗；「切」、「深」摹狀離情愁態。三、四兩句描寫花瓣隨流去，花枝被雨淋的落花情景，正面著題；而五、六兩句則深寄「惜花」之意。此詩詩題，自以「惜花」更富意蘊。結聯「臨軒一盞悲春酒，明日池塘是綠陰」，詞面顯示：詩人為春去花落感傷而飲酒；待夏天來臨，將會是另一番景象。吳喬則讀出了此詩的「寄託」之情，絃外之音。他以當時的政治事件作考量，逐一證「實」。這與吳喬箋釋詩歌所採取的方法有關。

　　孟子嘗言：「頌其詩，讀其書，不知其人，可乎？是以論其世也」；「說詩者不以文害辭，不以辭害志。以意逆志，是為得之」。〔註11〕影響所及，「知人論世」與「以意逆志」便成為後世箋釋詩歌的主要方法。

〔註9〕見《圍爐詩話》卷一，頁496。
〔註10〕據《清詩話續編》本注云：「惜花原作落花，據《全唐詩》改。」筆者見中央圖書館所藏舊鈔本《韓翰林詩集》及《翰林集》兩種，已作〈惜花〉。
〔註11〕見孟子〈萬章〉篇。

吳喬云：「風、雅、頌中時事不少，《詩》本經史之學，漢詩此意已微。……人讀經史，須知是詩材，讀詩須回顧經史。」〔註12〕又云：「詩意之明顯者，無可著論；惟意之隱僻者，詞必紆回婉曲，必須發明。」〔註13〕也曾更明白的論道：「心不孤起，仗境方生。熟讀新、舊唐書、《通鑑》、稗史、雜記，乃能于作者知其時事，知其境遇，而後知其詩命意之所在。」這段文字原本是論「唐人心意」，並非針對韓偓作品而言，〔註14〕但吳喬論詩的態度和方法，已相當明確。引證史書，對照史事，以作證據依憑，即可避免「臆測」解詩的弊病。

　　「讀詩須回顧經史」，根據《新唐書》的記載，韓偓入仕之後的李唐王朝正岌岌可危；外有藩鎮割據，內有宦官專政。〈昭宗本紀〉光化三年（西元900），昭宗李曄被左右神策軍中尉劉季述逼迫退位，囚于東宮少陽院。天復元年（西元901）韓偓因與宰相崔胤定策殺劉季述，昭宗復位，視為功臣，乃擢升為翰林學士。此後甚得昭宗信任，屢次召對，參詳機密大事。崔胤為朱溫在朝廷的代理人，宦官韓全誨等人為保全自己的勢力，遂又與鳳翔駐軍李茂貞勾結。朝官與宦官的鬥爭轉而受到藩鎮之間的牽制。崔胤為獨攬大權，挑唆昭宗盡除宦官，韓偓以為不可。天復元年十月末，宦官韓全誨乃先下手，劫持昭宗至鳳翔。韓偓隨駕而行。不久朱溫即發兵包圍鳳翔。此時，韓偓被升為翰林學士承旨。天復三年正月，鳳翔圍解，韓偓隨昭宗返回長安，但他的許多作為已引起崔胤及朱溫的不滿。（詳見韓偓本傳）此二人乘機殺盡宦官，除去朝中異己。韓偓便在二月十一日貶為濮州司馬。臨行，昭宗執其手流涕說道：「我左右無人矣！」韓偓赴濮陽途中，連續遭追貶之令，於是他乃棄官南行。

　　韓偓深感於昭宗的知遇之恩，因此翰林詩集中隨處可見他的忠君

〔註12〕見《圍爐詩話》卷一，頁497。

〔註13〕見《圍爐詩話》卷一，頁500。

〔註14〕吳喬云：「如子美〈麗人行〉，豈可不知五楊事乎？試看〈本事詩〉，則知有意，非漫然為之者也」見《圍爐詩話》卷一，頁495。

愛國之情。而〈惜花〉所流露的悲愁，也正是為昭宗而發。天復四年（即
天祐元年）八月，昭宗果被朱溫殺害，哀帝立。吳喬以史實「逆志」解
詩，確為落花詩賦予了更豐富的意涵。至於《香奩集》中的百餘首作品
是否也以相似的觀照，一致的手法進行創作的呢？抑或真如詩題字面，
純粹為以女子神態口吻寫的豔情詩？吳喬論及《香奩集》的詩有下列
五首，茲依次析論於後：

第一首為〈代小玉家為蕃騎所虜後寄故集賢裴公相國〉：

> 勤天金鼓逼神州，惜別無心學墜樓。
>
> 不得迴眸辭傅粉，更須含淚對殘秋。
>
> 折釵伴妾眠青塚，半鏡隨郎葬杜郵。
>
> 惟有此宵魂夢裏，殷勤相覓鳳池頭。

吳喬認為這首詩隱射景福二年九、十月間發生的禍事。據《新唐
書》昭宗本紀記載：

> 九月壬午，嗣覃王嗣周及李茂貞戰于興平，敗績。甲申，茂
> 貞犯京師。乙酉，茂貞殺觀軍容使。……貶杜讓能為梧州刺
> 史……十月乙未，殺杜讓能及戶部侍郎杜弘徽。（案：杜讓
> 能於景福元年四月辛巳授太尉）。

吳喬指出：「觀其起句及『杜郵』、『鳳池』，當是李茂貞兵逼京城，
昭宗賜杜讓能死，代其姬人之作。「殘秋目對『傅粉』，似乎趁韻。然其
事在景福二年九、十月間，正是殘秋也。而題絕不相類，將諱之，抑傳
寫誤也。讓能之死可憫，致堯于此，宜有詩以哀惜之也。」根據詩題所
指，這應是一首女子遭逢變故（蕃騎所虜），託人傳情達意的詩。詩的
前兩聯，即點明兵災劫難，及女子所處的困境；後兩聯則矢志明節，情
意深重。但吳喬直指史事，並且認為詩題不是鈔寫錯誤便是故作避諱。
他的判斷，是否仍屬於「推測」的層面？

再看第二首詩〈詠浴〉：

再整魚犀攏翠簪，解衣先覺冷森森。

教移蘭燭頻羞影，自試香湯更怕深。

初似洗花難抑按，終憂沃雪不勝任。

豈知侍女簾帷外，賸取君王幾餅金。

吳喬云：「詩言成帝、合德事。『沃雪』謂死期將至，當是崔胤擅權，昭宗寵信過甚，而朱溫駸駸之勢，君相命在旦夕，故以漢事比之也。此時內有宦者韓全誨輩，外有藩鎮李茂貞、王行瑜、韓建、朱溫輩，致堯忠耿之士，深懷不平，而言出禍隨，故寓意如此。結語當是指三使相〔註15〕賞賜傾府庫也。」此詩詩題為「詠浴」，前兩聯應頗切題，但末兩聯則言辭隱曲，「終憂沃雪不勝任」，是否暗指「死期將至」？語意難曉；特別是結聯「豈知侍女簾帷外，賸取君王幾餅金」，若純為詠浴之詩，何以要如此作結呢？這些疑點，沒有足夠的資料可以下斷語，而吳喬則「聯想」到三使相李繼昭干政，韓偓勸帝「厚與金帛官爵，毋使豫政事」〔註16〕之事。韓偓真正的心意如何？似乎是無由得知的。

第三首〈倚醉〉：

倚醉無端尋舊約，卻因惆悵轉難勝。

靜中樓閣春深雨，遠處簾櫳夜半燈。

抱柱立時風細細，遶廊行處思騰騰。

分明窗下聞裁剪，敲遍闌干喚不應。

吳喬云：「昭宗在鳳翔，制于李茂貞，使趙國夫人詗學士院二使不在，亟召韓偓、姚泊，竊見之于土門外，執手相泣。觀此情事，必是又曾召偓而為事所阻，故有「尋舊約」之語。下文則敘立伺機會之情景也。」

〔註15〕指李繼昭等以功，皆進同中書門下平章事，時謂「三使相」。意指權同宰相。

〔註16〕據《新唐書》韓偓本傳記載，李繼昭等人，態度悍慢，干預朝政，「繼昭等欲殿中自如」昭宗怒。韓偓曰：「三使相有功，不如厚與金帛、官爵、毋使豫政事。今宰相不得顓決事，繼昭輩所奏必聽，它日遽改，則人人生怨……。」

案：此詩題為〈倚醉〉，乃寫因醉而產生的由內而外的連串行動。詩中主角似為男子。醉酒之後，想起「舊約」；遙望雨中的閨閣，燈猶未滅。幾經掙扎，冒著夜雨前去尋訪。「抱柱立時風細細」與「遶廊行處思騰騰」，情景的對照，將主人翁的心理狀態十分生動的表現出來。最精采的部份是結聯：「分明窗下聞裁剪」，訂約的女子分明在屋裡，卻「敲徧闌干喚不應」，使得獨立窗外、心思翻騰的男主人翁，陷入悵惘、焦灼的情緒中。吳喬認為這首詩是韓偓赴昭宗之約被阻而作。根據《新唐書》韓偓本傳，昭宗被宦官韓全誨挾持到鳳翔，韓偓嘗「夜追及鄠，見帝慟哭」；「至鳳翔，遷兵部侍郎，進承旨」，與昭宗的關係愈形密切，有一段文字記載：「帝行武德殿前，因至尚食局，會學士獨在，宮人招偓，偓至，再拜哭曰：『崔胤甚健，全忠軍必濟。』帝喜，偓曰：『願陛下還宮，無為人知。』帝賜以麵豆而去。」可見昭宗確曾私下召見韓偓，並且可能不止一次。

第四首〈擁鼻〉：

> 擁鼻悲吟一向愁，寒更轉盡未迴頭。
>
> 綠屏無睡秋分簟，紅葉傷時月滿樓。
>
> 卻要因循添逸興，若為趨競愴離憂。
>
> 殷勤憑仗官渠水，為到西溪動釣舟。

吳喬云：「天復二年，昭宗在鳳翔，宰相韋貽範遭喪圖起復，偓不肯草制，忤李茂貞意。『趨競』，謂貽範也。『離憂』，謂有去志而思西溪釣舟也。」據《新唐書》韓偓本傳所載，昭宗在鳳翔時，宰相韋貽範母喪，詔還位，韓偓應當草制，但韓偓認為「貽範處喪未數月，遽使視事，傷孝子心。今中書事，一相可辦。陛下誠惜貽範才，俟變縗而召可也。何必使出峨冠廟堂，入泣血柩側，毀瘠則廢務，勤恪則忘哀，此非人情可處也。」遂堅持不草制，李茂貞入朝見昭帝曰：「命宰相而學士不草麻，非反邪？」怫然而出，「帝畏茂貞」，後來由姚洎代草，「自是，宦黨怒偓甚」，韓偓在朝中的處境十分危殆。是否因而頓興「去意」，則不得而知。這首詩若按詩題尋繹，「擁鼻」兩字純為小女子的動作；詩中

女子擁鼻悲吟，輾轉難眠，直迄深夜。第三聯似乎點出了悲吟之因：
「卻要因循添逸興，若為趨競愴離憂」；末聯則流露「去志」，思西溪釣
舟。吳喬認為韓偓借此詩傳達了個人的感喟。

第五首〈懶起〉：

> 昨夜三更雨，臨（今）朝一陣寒。
>
> 海棠花在否，側臥捲簾看。

以〈懶起〉作為詩題，韓偓有三首絕句，吳喬所論是其中第三首。
吳喬的評語很短，僅言：「亦必傷時之作。」而我們不論就詩題或字面
來看，絲毫沒有政治意味。可是如果將此詩說成有比興寄託，「昨夜三
更雨，今朝一陣寒」，暗指宦官（或藩鎮）干政；國勢危殆如寒雨之於
海棠，為人臣者亦僅能耽憂，卻無濟於時局，故曰：「海棠花在否？側
臥捲簾看」。這樣的箋釋，似乎也能自圓其說。

三、香匲詩是否全為艷詞？

《香匲集》中的詩，究係香草美人，別有所指，抑或純為踞裙脂
粉之詞？實在是很難驟下斷語。施蟄存《唐詩百話》曾言及讀古詩，特
別是「政治比興」的詩，常發現有些詩是作者確無比興寄託，而讀者可
以用比興寄託來講解，並且以比興寄託的意義來引用這首詩。另一種
詩是作者確有寓意，但文字表面不很看得出來，讀者也不容易體會作
者的寓意，這就失之交臂了。〔註17〕站在韓偓的立場，如果一代忠臣，
果真寄託微旨於香草美人，反被冠上香匲艷詞的頭銜，這是極為不公
平的事。筆者乃就《香匲集》反覆求索，終於序中窺見端倪。序云：

> 余溺章句信有年矣。……自庚辰辛巳之際，迄己丑、庚子之
> 間，所著歌詩不啻千首。其間以綺麗得意者亦數百篇，往往
> 在士大夫口，或樂工配入聲律，粉牆椒壁軒行小字，竊詠者
> 不可勝記。大盜入關，緗袠都墜，遷徙流轉，不常厥居。求

〔註17〕施蟄存《唐詩百話》（上海：上海古籍出版社，1988 年 8 月第二次印
刷），頁 693。

生草莽之中，豈復以吟詠（一作諷）為意。或天涯逢舊識，
或避地遇故人，醉詠之暇，時及拙唱。自爾鳩輯，復得百篇，
不忍棄捐，隨即編錄。遐思宮體，未敢稱庾信工文；卻誚《玉
台》，何必倩徐陵作序。粗得捧心之態，幸無折齒之慚。柳巷
青樓，未嘗糠秕；金閨繡戶，始預風流。咀五色之靈芝，香
生九竅；咽三危之瑞露，美（一作春）動七情。若有責其不
經，亦望以功掩過。玉山樵人韓致堯序。

　　序中文字，雖然交待了香奩詩創作的時間，散亡的原因，復又結
集成帙的情由，不過，值得注意的是：庚辰至庚子，皆在韓偓中進士龍
紀元年之前。因此，所作歌詩千首，當即少年時筆。但是《香奩集》有
五處注明寫作時、地，依序為：〈閨恨〉詩題注云：「壬申年在南安縣
作」；〈裊娜〉詩題注云：「丁卯年作」；〈多情〉詩題注云：「庚午年在桃
林場作」；〈荔枝〉三首詩題注云：「福州作」；另有〈無題〉四首，詩題
注云：「余辛酉年戲作無題十四韻，故太常王公相國首於繼和；故內翰
吳侍郎融、令狐舍人渙……相次屬和……丙寅年九月在福建寓止，有
前東都度支院蘇暐端公挈余淪落詩稿見授，中得無題一首，因追味舊
作缺亡甚多，唯第二首第四首髣髴可記，其三首得數句而已。今亦依次
編之，以俟他時偶獲全本，餘五人所和不復憶省矣！」由以上資料顯
示：《香奩集》收錄的詩已不限於早期未仕的作品，否則何須另於詩題
注明時、地呢？

　　此外，作品曾因「大盜入關」而散伕亡失，後經韓偓重新鳩輯編
錄，僅得十分之一。集中有一首七言絕句，題云：「思錄舊詩於卷上，
淒然有感，因成一章」。詩云：「緝綴小詩鈔卷裡，尋思閑事到心頭，自
吟自淚無人會，腸斷蓬山第一流」。如果茲集之編純屬早期「綺麗得意
者」，何須「自吟自淚無人會」呢？可見《香奩集》在題材上，固然繼
承了宮體詩的傳統，以「女性」為吟詠的重心，但在情感的表達上，卻
很可能以美人自比，託意君王。換言之，韓偓在流寓南方時重新編輯香
奩詩，當然可能有舊作，有新作；既有純詠男女的艷情，也有含比興寄

托的忠臣孽子之情。所以「韓偓《香奩集》百篇，皆艷體詞也」的說法，由以上兩點論證，就可以推翻。

另有一種推測，即《香奩集》運用比興的寫作手法，很可能受了李商隱的啟發。韓偓的父親韓瞻，與李商隱為同年進士，又先後當了涇原節度使王茂元的女婿，關係匪淺。韓偓十歲時曾即席賦詩送李商隱，一座皆驚。而李也以詩回贈云：「十歲裁詩走馬成；冷灰殘燭動離情，桐花萬里丹山路，雛鳳清於老鳳聲。」〔註18〕晚唐詩人中，李商隱的創作手法極具特色，隱晦與象徵的藝術表現，正是因應複雜的政治環境而生。韓偓雖受知遇於昭宗，但處於宦官和藩鎮互鬥的險惡環境中，下場是可以預見的。因此，晚年編訂《香奩集》，他對君王的感念，對亂臣賊子的厭惡，對國破家亡的悲哀，對改朝換代的不滿……種種情緒，都可以以朦朧隱晦的手法，表現於香奩；一如李商隱的某些艷情詩，暗合他與令狐綯的關係。是故以上的推測之詞，亦可作為旁證。

四、結論

《香奩集》並非全屬艷情之作，經由上文之論證，應是可以肯定的。但某首詩指某人某事，是否真如吳喬所言呢？吳喬解讀《香奩集》，自認為「非傅會也」〔註19〕，也曾啟人疑竇。而有問曰：「君于致堯詩何太拳拳？」吳喬回答說：「弘、嘉人惟求詞，不求意，故敢輕忽大曆。余故舉唐末詩之有意者，以破天下之障。人能于唐詩一二字中見透其意，即脫宋、明之病，仙人靈丹，豈須升斗？」吳喬反對明代前後七子，「詩自中唐而下，一切吐棄」〔註20〕；「詩自天寶而下，俱無足觀」〔註21〕的主張，而於晚唐詩頗有論見。他在《圍爐詩話》中多處評論晚唐詩歌，溫庭筠、李商隱之詩固為所重，至如韓偓，亦許為「大家」（已見前引）。而他評斷詩歌優劣的標準之一，即在於「意」。詩之意必須以

〔註18〕 見《欽定四庫全書，韓內翰別集跋》。
〔註19〕 見《圍爐詩話》卷一，頁498。
〔註20〕 見《明史·文苑傳序》。
〔註21〕 見《明史·李攀龍傳》。

「比興」的方式和技巧來表達。他曾經論唐、宋、明詩之別:「唐詩有意,而託比興以雜出之,其詞婉而微,如人而衣冠。宋詩亦有意,惟賦而少比興,其詞徑以直,如人而赤體。明之瞎盛唐詩,字面煥燃,無意無法,直是木偶被文繡耳。……人之惟求好句而不求詩意之所在者,即弘、嘉習氣也。」〔註22〕由此可知:吳喬評價韓偓的《香奩集》並不在於遣詞造句,而是掌握了一二字中透顯的「意」。亡國詞臣的「意」是沉痛哀傷,迂迴而難以明言的,因而更是難讀難懂。吳喬有鑑於此,特別提出讀「詩」除了文本之外,應當熟讀各種史書雜記,才能知作者當時的時事背景;知其境遇後,始能明白詩中真正的命意所在。根據《韓內翰別集》四庫提要所言韓偓為翰林學士時:「內預秘謀外爭國是,屢觸逆臣之鋒,死生患難,百折不渝,晚節亦管寧之流亞,實為唐末完人」。其性行既得後人如此推崇,而翰林詩集也令人覺其「風骨自遒,慷慨激昂,迥異當時靡靡之響」,無怪乎世人難以將他和《香奩集》之艷詞等同。從吳喬所舉證的幾首詩,仔細琢磨他的論證史料,再重新閱讀《香奩集》中的詩篇,的確有許多首詩都透露了絃外之音。但如果必欲坐實某事某人,仍未免予人以穿鑿附會之感。〔註23〕

　　總之,《香奩集》既然收錄了丙寅年(即後梁開平三年)韓偓至福州的作品(荔枝三首題下注:福州作),顯示這部詩集是韓偓晚年流寓南方時所編定。既為晚年編定,就有可能不全為年少時期的艷情之作,

〔註22〕 見《圍爐詩話》卷一,頁472。
〔註23〕 施蟄存《唐詩百話》選了韓偓「香奩集、長短句六首」,他的態度是:「《香奩集》中的詩,如果說是有比興意義,也只是以政治情緒比作戀愛情緒,或者如震鈞所說,以『閨情』為『離騷』。這樣比興,很難將一詩一句實指為某人某事。戴震的『發微』,止是根據詩中所表現的情緒,揣摩韓偓政治生活中某一時期所可能有的情緒。這樣的箋釋,可信的成分不大。我不同意震鈞的箋釋,但同意他對《香奩集》的評價,它不是簡單的艷情詩,作者是有所寄託的。」見頁693。由這段文字顯示:筆者的看法與施蟄存頗為一致,不同處在於:筆者是透過對清初詩人吳喬的詩論而對《香奩集》作一析論;而施則係透過對清末震鈞的發微,而作解析。在材料的運用上,《香奩集》及序,都被作為論證的主要資料,因這是必須的。

其中必然也摻雜了晚年暗諷時事的詩篇。

　　為求題材的一致性，《香奩集》全部透過「女性」，或寫密約幽期，或寫愁情媚態，文字中有純粹的言情寫物，看不出任何諷喻；但也有部份作品似與時事暗合，恰可表達幽微難言的苦衷與悲懷。換言之，《香奩集》不皆是艷情之詞，也不皆是諷詠之作。吳喬對韓詩的「發微」，於詩中「求意」，並給予極高的評價，自有其批評的理論根據，但也有其個人的局限性。他的貢獻有二：一是推翻了歷代視《香奩集》為艷情詩的說法，使韓偓隱晦的心曲，能昭明於世；二是提出正確的讀詩方法，不可只見文字表面，應熟讀史書，徹底明白作者所處的時代背景與境遇，否則很可能忽略詩中命意之所在。

　　韓偓在編輯《香奩集》時，抄錄舊詩，淒然有感於「自吟自淚無人會」，想吳喬對他的評價，或可告慰於地下吧！

五、引用書目

（一）古籍

1. 〔宋〕宋祁、歐陽修等《新唐書》（台北：鼎文書局，1976 年 10 月）。

2. 〔宋〕葛立方《韻語陽秋》（北京：中華書局，1985 年）。

3. 〔清〕紀昀等撰《欽定四庫全書總目》（台北：台灣商務印書館，1983，第二冊）。

4. 〔清〕吳喬《圍爐詩話》（台北：藝文印書館，1985 年 9 月，《清詩話續編》，張海鵬刻本）。

（二）近人著作

1. 施蟄存《唐詩百話》（上海：上海古籍出版社，1988 年 8 月第二次印刷）。

（三）期刊論文

1. 康正果〈晚唐詩人韓偓〉，《陝西歷代作家傳論》，1983 年第 1 期。

吳喬對李夢陽詩歌的評價

論文提要：

    在清初唐、宋詩處於對立的時期，宗唐派的陳子龍、李雯、宋徵輿等人有《皇明詩選》之評點。吳喬有懼於七子之風死灰復燃，乃於《圍爐詩話》中對二李——李夢陽、李攀龍以激切的言詞加以抨擊。本文針對他論李夢陽的部分作出評析。吳喬從「詩之中須有人在」的觀點舉出李夢陽作品中主意不明、情景不侔、罔顧史實、措辭不當、襲用成句的缺點；惟於其節操才具予以推崇，推為明代才子大家。但由於吳喬個人習詩歷程嘗為七子之學所累，又畏七子之風復起，所以他對李夢陽的評論不免予人持摭過當，批評有欠公允之感。

關鍵詞：吳喬、弘嘉詩人、李夢陽、意、情景

一、前言

    清初宋詩尚未普遍流行之前，大約有三十年左右的時間〔註1〕，唐宋詩處於對立的局面。由各家論詩主張來區分，大致可得三類：第一類沿明代七子之餘波，主唐音、反宋詩者，如雲間派陳子龍〔註2〕以及

〔註1〕胡幼峰〈論宋犖《漫堂說詩》的價值〉一文，曾對清初宗唐宗宋的時間作一考述（《輔仁國文學報》第十七期，2001年11月），頁191～128。
〔註2〕張健《清代詩學研究》第二章論及雲間、西泠派對七子派詩學價值系統的重建與調整，可參閱頁49～103。

李因篤、朱彝尊……等；第二類不滿七子之論而仍主唐音、反宋詩者，如王夫之、毛奇齡、馮班、賀裳、吳喬……等，其中馮、賀、吳轉而標舉晚唐。第三類則主張宋詩不當被貶斥者，如錢謙益、黃宗羲、葉燮、王士禎、宋犖……等。其中值得注意的是第二、三類所存在的矛盾。他們在宗唐或宗宋的立場鮮明對立，而對明代七子的擬古卻都持反對的態度，其中抨擊七子最為激烈者，當推虞山詩派的錢謙益與馮班。拙著《清初虞山派詩論》曾就錢、馮二家批評明詩的論說，做過評析。〔註3〕而吳喬嘗自稱「惟常熟馮班定遠、金壇賀裳黃公所見多合」〔註4〕，《圍爐詩話》中於賀裳則多摘錄其評論唐宋詩家及作品的文字；其於馮班，則除了摘錄「詩體論」〔註5〕，對於明代前後七子的看法，非但立場一致，而且批評的言詞更為激切，直可遠紹錢謙益。

　　《圍爐詩話》卷六悉為批評明詩之論；而對二李——李夢陽（1472～1530，字獻吉，號空同子，明史有傳）、李攀龍（1514～1570，字于鱗，號滄溟，明史有傳）之指斥，則散見於各卷。李夢陽為弘治六年進士，李攀龍為嘉靖二十三年進士，兩人各為「弘德七子」與「嘉靖七子」之首（詳見下文），因而吳喬多以「弘嘉詩人」概稱。《圍爐詩話》斥責二家的文字多達十餘條。二李雖然以復古併列，但在摹古的方法上，李攀龍模擬太過、「臨摹帖」似的作品，所招致的譏評，幾乎眾說一致〔註6〕；

〔註3〕 胡幼峰《清初虞山派詩論》第三章第五節之四「論明代」；第四章第二節之五「對復古派、竟陵派的批評」均有析論（台北：國立編譯館印行，1994年10月）。

〔註4〕 語見〈圍爐詩話自序〉。

〔註5〕 《圍爐詩話》摘錄賀裳《載酒園詩話》中語，見卷三頁562～576；卷4頁589～591，多係評論唐宋詩家及作品。摘馮班論詩體者如卷一頁492～495；卷二頁520～524等。

〔註6〕 李攀龍的擬古樂府，被評為「贗古」者，如《明史》卷二百八十七本傳：「更數字為己作」；錢謙益《列朝詩集小傳》丁集上（台北：世界書局），更有持擿。其七律，除《列朝詩集小傳》譏其雷同，王士禎《藝苑卮言》卷七亦指出：「然其大意，恐以字累句，以句累篇，守其俊語，不輕變化，故三首而外，不耐雷同……于鱗擬古樂府，無一字一句不精美，然不堪與古樂府並看，看似臨摹帖耳」。《續歷代詩話》下冊（台

對於李夢陽，則褒貶互見，論說紛歧，故本文乃針對吳喬評論李夢陽的
部分作一解析，以檢視吳喬的論斷是否公允。

二、吳喬對弘、嘉詩人的評論

《圍爐詩話》中論弘、嘉詩人，係指以李夢陽及李攀龍為首的文
人集團。康海〈渼陂先生集序〉曾云：「我明文章之盛，莫極於弘治時，
所以反古昔而變流靡者，惟時有六人焉：北郡李獻吉、信陽何仲默、鄠
杜王敬夫、儀封王子衡、吳興徐昌穀、濟南邊庭實，金輝玉映，光照宇
內，而予亦幸竊附於諸公之間。……於是後之君子，言文與詩者，先秦
兩漢、漢魏盛唐，彬彬盈乎域中矣。」〔註7〕其後李開先於〈何大復傳〉
中，正式稱此七人為「弘德七子」〔註8〕。許學夷《詩源辨體》則指出：
「弘正諸子，觀諸家序列不同，則知李、何、徐、邊而外，初無定名
也。」〔註9〕可見七子之名無定，但李夢陽為七子之領袖，則固無疑問。
〔註10〕李夢陽卒後，當時文壇風氣另起變化，王世懋指出：「于鱗輩當
嘉靖時，海內稍馳騖于晉江、毘陵之文，而詩或為臺閣也者，學或為理
窟也者。于鱗始以其學力振之，諸君子堅意唱和，邁往橫厲」。〔註11〕

北：藝文印書館），總頁 1294。

〔註7〕 見康海《對山集》，四庫全書本，卷三，頁3上、3下。

〔註8〕 見《李開先集》（上海：中華書局，1959年），頁608。錢謙益《列朝
詩集小傳》在〈邊尚書貢〉也指出弘治時朝士有所謂七子者，與李開
先所云一致。

〔註9〕 見許學夷《詩源辨體》（北京：人民文學出版社，1987年），頁411。

〔註10〕 當時文人集因有不同的組合，如何景明有〈六子詩〉，指的是李夢陽、
王九思、邊貢、康海、何瑭、王尚絅六人，見《大復集》卷八，頁1
上～3上。唐錡〈升庵長短句序〉所說七子，則是李夢陽、何景明、
鄭善夫、徐禎卿、薛蕙、孫一元。見王文才、張錫厚輯《升庵著述序
跋》（昆明：雲南人民出版社，1985年），頁145。

〔註11〕 見王世懋〈賀天目徐大夫子與轉左方伯序〉，《王奉常集》卷五，頁12
上，萬曆17年吳郡王氏家刊本。文中「晉江」指王慎中，「毘陵」指
唐順之，他們的詩文主張與復古派不同，遂激起李攀龍的反對。見李
作〈送王元美序〉，《滄溟先生集》卷十五（台北：偉文圖書公司，1976
年影印明刊本），頁17上、下。

一時又有「嘉靖」七子的稱號蠭起。事實上，弘德七子及嘉靖七子的領導者，前為李夢陽、何景明，後為李攀龍、王世貞。吳喬率以「二李」概稱，並作出批判。依《圍爐詩話》中的資料細加區分，其批評指向主要分成兩方面，茲分類條錄於後：

（一）有詞無意

1. 明之瞎盛唐詩，字面煥然，無意無法，直是木偶被文繡耳。
   此病二高萌之，弘、嘉大盛，識者衹斥其措詞之不倫，而
   不言其無意之為病……人之惟求好句而不求詩意之所在
   者，即弘、嘉習氣也。　（卷一，頁 472）。

2. 夫詩以情為主，景為賓。……弘、嘉人依盛唐皮毛以造句
   者，本自無意，不能融景……。　（卷一，頁 478）。

3. 弘、嘉人惟求詞，不求意，故敢輕忽大曆。（卷一，頁 498）。

4. 弘、嘉人湊麗字以成句，湊麗句以成篇，便有詞無意。　（卷
   一，頁 499）。

引文 1 首先指斥明代復古派以盛唐詩歌為法，卻門徑有誤。「瞎」字即指「盲目」。盲目習效的結果，僅得「字面」絢爛光彩，缺少詩歌應有的作者之「意」及創作之「法」，如同給木偶披上刺繡精工，彩色艷麗的服飾，終究是木偶，少了活人的精神意趣。案：李夢陽確實認為欲復古必須擬古，並且深信擬古有法式可循。他在〈答周子書〉云：「文必有法式，然後中諧音度，如方圓之於規矩，古人用之非自作之，實天生之也，今人法式古人，非法式古人也，實物之自則也。」〈再與何氏書〉云：「夫文與字一也，今人模臨古帖即太似不嫌，反曰能書，何獨至於文而欲自立一門戶耶！」〔註 12〕事實上，在吳喬之前的虞山詩派領袖錢謙益，即就李夢陽的模擬，作出抨擊：「（夢陽）率率模擬，剿賊於聲句之間，如嬰兒之學語，如桐子之洛誦，字則字，句則句，篇則篇，

〔註 12〕 以上俱見《空同集》卷六十二。四庫全書本。

毫不能吐其心之所有，古之人固如是乎？」〔註13〕並且指出：「獻吉之
學杜，所以自誤誤人者，以其生吞活剝，本不知杜，而曰必如是乃為杜
也……獻吉輩之言詩，木偶之衣冠也，土蕾之文繡也，爛然滿目，終為
象物而已。」〔註14〕吳喬的評論觀點，顯然受到錢謙益的影響，並且
立場一致。吳喬更進一步指出模擬之病乃「二高萌之，弘、嘉大盛」毋
疑是將擬古之風上溯到明初詩人高啟、高棅，這點值得注意。因為高
啟的聲譽卓著，李東陽曾曰：「國初稱高、楊、張、徐。高才力聲調，
過三人遠甚。百餘年來，亦未見卓然有過之者。」錢謙益於《列朝詩集
小傳》中，也引用了王禕、謝徽及李東陽的評論，將高啟的詩歌作品及
成就，作了具體而崇高的評價。〔註15〕但對於閩中詩派的林鴻、高棅
等，錢謙益曾就閩派的學唐方式加以批判。在《列朝詩集小傳》乙集高
棅傳中，他指出：「推閩之詩派，禰三唐而祧宋元，若西江之宗杜陵
也，然與否耶？膳部（林鴻）之學唐詩，摹其色象，按其音節，庶幾似
之矣。其所以不及唐人者，正以其摹倣形似，而不知由悟以入也」；閩
派對明代詩壇的影響，相當深遠，「自閩詩一派盛行永、天之際，六十
餘載，柔音曼節，卑靡成風。風雅道衰，誰執其咎？自時厥後，弘、正
之衣冠老杜，嘉、隆之嚬笑盛唐，傳變滋多，受病則一」。由錢謙益的
評論來看，閩中詩派的擬古之習，乃成為弘、正、嘉、隆前後七子衣冠
老杜、標舉盛唐的先導。而吳喬卻認為「模擬」之習，係「二高」萌之。
事實上，尠有人將二高併稱，而真正開明代擬古風氣之先者應為高啟。
高啟在〈獨庵集序〉指出杜甫兼具多樣風格，故成名家，「故必兼師眾
長，隨事模擬，待其時至心融，渾然自成，始可以名大方而免夫偏執之
弊矣。」〔註16〕，顯然錢氏有所未及。此外，吳喬認為一般批評者只

〔註13〕見錢謙益《列朝詩集小傳》丙集李夢陽傳。
〔註14〕錢謙益〈曾房仲詩序〉，《初學集》卷三十二（上海：上海古籍出版社，
　　　　1985 年），頁 928～930。
〔註15〕胡幼峰《清初虞山派詩論》第 3 章第 5 節之 4 論高啟的部分，有所引
　　　　述及評論。頁 108～110。
〔註16〕見高啟《鳧藻集》卷二，四部叢刊本。

注意到弘、嘉詩人在「措詞」方面的誤謬，卻忽略了根本問題，即詩中無「意」。引文2、3、4條，指出弘、嘉詩人惟求字句之麗，而不求詩意，自不能寫出情景交融的作品。依盛唐皮毛造句用字，大曆以降，完全忽略，遂走上偏仄的擬古之途。至於「詩中之意」究竟指涉為何？此為吳喬主要的詩觀之一，詳見下文討論。

（二）陳言剿句之弊

1. 弘、嘉詩派濃紅重綠，陳言剿句，萬萬一篇，萬人一人，乃不知作者為何等人，謂之詩家異物，非過也。　（卷一，頁490）。

2. 弘、嘉瞎盛唐，只走一路，學成空殼生、硬套子，不問何題，一概用之，詩道遂成異物。　（卷三，頁552）。

3. 若抄舊而可為盛唐，韋、柳、溫、李之倫，其才識豈無及弘、嘉者？識法者懼也。　（卷三，頁554）。

模擬太過，而導致「剿句」、「空殼子」、「硬套子」、「抄舊」之譏，二李的作品集中，確實不乏實證，[註17]並以李攀龍為尤甚。吳喬雖未舉出例證以說明，但早在王世貞《藝苑卮言》中，即批評「于鱗棄官以前，七言律極高華，然其大意，恐以字累句，以句累篇。守其俊語，不輕變化，故三首而外，不耐雷同……擬古樂府，無一字一句不精美，然不堪與古樂府並看，看則似臨摹帖耳。」[註18]錢謙益更以「剽竊文意」、「句摭字捃」、「刻畫雄詞，規摹秀句」等字眼作評。舉出〈翁離〉、〈東門行〉、〈戰城南〉、〈陌上桑〉等篇與古作兩相對照，僅更動數

〔註17〕陳書彔《明代詩文的演變》指出：「李夢陽的詩歌中，確實有『泥於格調而偽體出』的病症：樂府如〈艷歌行〉，五古如〈功德寺〉，七古如〈石將軍戰場歌〉等過於雕飾，有的甚至是點化古人成句，拼湊成篇……」見第三章第2節（南京：江蘇教育出版社，1996年11月），頁207、208。至於李攀龍則言：「分體而論，李攀龍的古樂府臨摹太過，五古取境太狹，七古、五律等侷限於格調而寡新法。」並取錢謙益的批評為佐證。見第五章第1節，頁307～309。
〔註18〕見王世貞《藝苑卮言》卷七，《續歷代詩話》下冊，總頁1249。

字而已。〔註 19〕吳喬對李攀龍的評價，顯然不出二家範圍，並且較無爭議。至於他針對李夢陽的評價，詳見下文。

總之，弘、嘉詩人「有詞無意」的作品，及「抄舊」的創作手法，是吳喬批評的重點。二李在當時詩壇居領導地位，故影響十分深遠。風氣所及，爭相倣效。對於這些習效二李之詩篇，吳喬痛下鍼砭，他說：「禪者云：『凡人胸中惡知惡見，如臭糟瓶，若不傾去，清水洗淨，百物入中，皆成穢惡。』二李習氣亦然。人若存彼絲忽於胸中，任學古詩、唐詩，只成二李之詩。」〔註 20〕；「今有一言可以醒二李之徒之痼疾者：人之學業，無不與年俱進者也。惟學二李之詩，則一入門即齊肩於高、岑、李、杜，而頭童齒豁，不過如此。如優人入場，變可做侯王卿相，而老死只是優人，……。」〔註 21〕二李之徒，不僅充斥於明代，即清初亦有追摹古學者步其後塵，因此，吳喬的明白棒喝，是有其深意的。

三、吳喬對李夢陽的批判及其持論根據

明代前七子在「復臻古雅」與「宗漢崇唐」的文化心態影響下，所提出的詩歌復古主張，論之者甚眾。本文不多作贅述。茲就吳喬對李夢陽的評論摘錄於下：

> 明初之詩，娟秀平淺而已。李獻吉岸然以盛唐自命，韓山童之稱宋裔也。無目者駭而宗之，以為李、杜復生，高、岑再起，有詞無意之習已成，性情吟詠之道化為異物。何仲默、李于鱗、王元美承獻吉之洩氣者也。牛吼驢鳴，其聲震耳，宜為人所駭聞。數十年前，蚓響蛩鳴，亦復主盟中夏。然蚓蛩止誤留俗阿師，牛驢實誤有志之士，冒盛唐高名故也。
> （卷一，頁 473、474）。

吳喬以「娟秀平淺」概括明初的「臺閣體」，顯然此種詩風，是無

〔註 19〕 拙著《清初虞山派詩論》第三章第 5 節之 4 論李攀龍的部分有作析論，頁 156～162。
〔註 20〕 見《圍爐詩話》卷一，頁 475。
〔註 21〕 見《圍爐詩話》卷一，頁 476。

法滿足崇唐思潮中士人的期許。李夢陽「岸然以盛唐自命」，在吳喬看來，恰似元朝末年的白蓮教徒韓山童。他曾在河南、江、淮之間宣傳教義。後來被劉福通等，尊為宋徽宗八世孫，當主中國。至正十一年，擁眾三千多人，殺白馬黑牛，用紅巾為誌宣示起義。山童被推為明王，後被捕而死。〔註22〕吳喬的貶抑，實屬過當。明史稱李夢陽「才思雄驚，卓然以復古自命……倡言文必秦漢，詩必盛唐，非是者弗道。」姑且不論其復古手段如何，畢竟以「韓山童」之流作比，實在刻薄至極。吳喬並針對李夢陽所產生的影響，作出抨擊。其論點在於：

第一、宗主並追隨李夢陽的詩歌復古主張者，篇篇李、杜、高、岑，往往忽略了作品應當有作者之「意」；有詞無意之作，與以「性情吟詠」為主的詩道相違，自是「異物」而非詩也。

第二、與李夢陽的復古主張相呼應者，如何景明及李攀龍、王世貞，諸人可謂沆瀣一氣。「文必秦漢，詩必盛唐」的提出，高聲大氣，一般士子聞之，自受震撼，吳喬以聲作譬，若「牛吼驢鳴，其聲震耳」。

第三、吳喬指斥數十年前「蚓響蛩鳴，亦復主盟中夏」者，此蓋就明末竟陵派鍾、譚而言。而他的批評，亦有所承。錢謙益嘗言：「自近世之言詩者，以其幽眇峭獨之指，文其單疏僻陋之學，海內靡然從之，胥天下變為幽獨之清吟，詰盤之斷句，鬼趣勝、人趣衰，變聲數、正聲微，識者之所深憂也。」〔註23〕又言：「嘗取近代詩而觀之，以清深奧僻為致者，如鳴蚓竅，如入鼠穴……淒聲寒魄，此鬼趣也……有識者審聲歌風，岌岌乎有衰晚之懼焉。」〔註24〕清初排擊竟陵派者除吳喬外，其後朱彝尊（1629～1709），也有類似的評語：「鍾、譚並起……正聲微茫，蚓竅蠅鳴……此先文恪斥為亡國之音也。」〔註25〕然而竟陵派的影響，畢竟只及於「流俗阿師」淺俗之輩。吳喬認為受七子影響

〔註22〕詳見明史韓林兒傳。
〔註23〕詳見錢謙益〈南游草敘〉，《初學集》卷三十三。
〔註24〕詳見錢謙益〈徐司寇畫溪詩集序〉，《初學集》卷三十。
〔註25〕語見朱彝尊《明詩綜》下冊（台北：世界書局），卷六十六「譚元春」條，頁380。

者，卻為「有志之士」，原因在於七子派的復古，係以「盛唐」為名，這是吳喬在清初詩壇看到的現象。當然，兩者都非他所樂見。

吳喬復於《圍爐詩話》卷六，專論明詩之卷，第一條回答東海諸英俊提問時，論及李夢陽：

> 明初之詩，尚自平秀……獻吉立朝大節，一代偉人，而詩才之雄壯，明代亦推為第一。其詩之深入唐人閫奧者，安敢沒之？如『臥病一春違報主，啼鶯千里伴還鄉』上句言坐獄，即退之琴操『臣罪當誅兮天王聖明』之意也。下句言人情寥落，即楚辭『波濤以來迎，魚鱗以媵余』，義山『歸去橫塘晚，華星送寶鞍』之意也。使獻吉平心易氣，全集皆然，余安敢不推為唐人，奉為盟主？惟其粗心驕氣，不肯深究詩理，祇託少陵氣岸以壓人，遂開弘、嘉惡習。李于鱗之才遠下獻吉，踵而和之，淺夫又極推重，遂使二李並稱，瞎盛唐之流毒深入人心。不求詩意，惟求好句，不學二李，無非二李。今欲發明三唐詩道，推為禍首，則余所極敬慕之偉人，口誅筆伐不敢恕矣！蓋獻吉本非有得于杜詩而為之也，自負其才，不得入翰林，致怨於李賓之，見其詩句平淺，故倚少陵而作高大強硬之語以反之。……　（卷六，頁663）。

李夢陽所處的政治環境十分險惡，他曾因反對外戚及宦官，十年之間，「下吏者三矣」［註26］，在當時可謂有節之士。吳喬對李夢陽的節操，自十分推崇；至於詩才之雄壯，亦推為明代第一。這在《圍爐詩話》中誠屬罕見。他舉七律〈解官親友攜酒來看〉一詩為例，［註27］說明李夢陽「深入唐人閫奧」的佳作。此詩頸聯「臥病一春違報主，啼鶯千里伴還鄉」，上句吳喬指出「言坐獄」，蓋因詩題「解官」二字，透

〔註26〕 李夢陽曾於弘治六年、正德元年、二年，三次下獄。詳見錢謙益《列朝詩集小傳》丙集李夢陽傳，頁311。
〔註27〕 此詩詳見《空同集》卷三十：「嚴城擊鼓天欲曙，風起平林纖月長，故人開尊且復飲，客子狂歌殊為央。臥病一春違報主，啼鶯千里伴還鄉，他時若訪漁樵地，洛水泰山各淼茫。」

漏此一訊息。不逕言獄事而託言「臥病」，這是曲筆。吳喬認為頗具韓愈〈琴操〉十首之一〈拘幽操〉所傳達的情意。韓詩係揣摩周文王被拘禁於羑里時所處的環境和心情。當文王幽囚時耳目無所聞見，甚至連生死都「有知無知」之際，內心仍忠於商紂王，而以「嗚呼，臣罪當誅兮，天王聖明」道出心意。李夢陽雖對閹宦擅權諸多不滿，但對君主的忠貞不二，卻是不容懷疑的，故而言辭委婉含蓄，以違報君上恩德而自責。兩詩確如吳喬所言，有其相通之處。下句「啼鶯千里伴還鄉」字面係指還鄉迢遙之路，惟鶯啼相伴送，意表「人情寥落」之感嘆。吳喬並且比以〈楚辭·河伯〉篇「波滔滔兮來迎，魚鄰鄰兮媵予」屈原託言江海之神送迎自己，而感喟「時人遏己之不然也」〔註28〕；以及李商隱〈無題〉四首其三「歸去橫塘晚，華星送寶鞍」〔註29〕寫深夜在橫塘路上，只有閃爍著華采的星星相送，一個人寂寞地回去。十分突顯作者的孤獨。三首作品並列，其中幽微孤寂的情境，的確彷彿。換言之，吳喬對於李夢陽這首詩的解讀，頗能掌握箇中深意。他認為如果《空同集》中的作品悉如此作，「安敢不推為唐人，奉為盟主？」可惜李夢陽「粗心驕氣，不肯深究詩理，祇託少陵氣岸以壓人」，此蓋就其個性及表現於作品的風格所做的評論。李夢陽嘗自道：「疾余生之蠢特兮，性重剛而習坎。吾既婞直獲斯戾兮，孰訟心于顓頊。」〔註30〕這種重剛婞直的個性現諸於外，不免予人「狂直」、「粗豪」、「雄鷙」、「粗浮」等印象。〔註31〕「復古」的理由固然堂皇，但復臻古雅並非僅在詩歌的表層結構上追求「格古、調逸、氣舒、句渾、音圓」。〔註32〕李夢陽自

〔註28〕 參閱洪興祖《楚辭補注》卷二（台北：藝文印書館），頁134、135。
〔註29〕 李商隱〈無題〉四首其三，全詩為：「含情春晼晚，暫見夜闌干，樓響將登怯，簾烘欲過難。多羞釵上燕，真愧鏡中鸞。歸去橫塘晚，華星送寶鞍」。
〔註30〕 見李夢陽〈宣歸賦〉，《空同集》卷一。
〔註31〕 陳書泉《明代詩文的演變》第三章第2節曾就李夢陽個性之形成及後人之批評作分析，可參閱，頁199～209。
〔註32〕 語見李夢陽〈潛虯山人記〉，《空同集》卷四十八。

我情性與古雅格調的衝突，表現在作品方面，有令人興「粗豪率直，槎牙圭角」之感的〈乙丑除夕追往憤五百字〉〔註33〕；也有「揎拳把利刃，作響馬態」的〈雜詩〉〔註34〕。吳喬並進一步指出其宗主少陵，係因李東陽所激。見臺閣體「詩句平淺」，故而選擇杜甫為模擬標的，以「高大強硬之語以反之」。案：臺閣體的弊端，《四庫全書總目提要·空同集》也曾論及，「考明自洪武以來，運當開國，多昌明博大之音。成化以後，安享太平，多臺閣雍容之作。愈久愈弊，陳陳相因，遂至嘽緩冗沓，千篇一律。夢陽振起痿弊，使天下復知有古書，不可謂之無功。」此外，王夫之《明詩評選》在評論李夢陽〈江行雜詩〉時亦云：「北地（李夢陽）五言小詩冠冕今古，足知此公才固有實，丰韻亦勝……為長沙（李東陽）所激，又為一群噇蒜面燒刀漢所推，遂至戟手頹顙之習成，不得純為大雅，故曰不幸。」〔註35〕由以上資料顯示，李夢陽為抗衰起弊而走上復古一途，並以杜甫為倚，在當時取得領導地位，有其不得不然的態勢。為除一弊，新弊又生，明代詩人終無法跳脫此一循環。

　　綜合以上吳喬對李夢陽或「二李」的批評，其關鍵即在於「有詞無意」。「意」是文學作品的主要內涵，就文而言，南朝范曄曾云：「情志所託，故當以意為主，以文傳意。以意為主，則其旨必見；以文傳意，則其詞不流」〔註36〕；晚唐杜牧也提出：「凡文以意為主，以氣為輔，以詞采章句為之兵衛」〔註37〕。就詩而言，宋劉邠《中山詩話》云：「詩以意為主，文詞次之」〔註38〕；張表臣《珊瑚鈎詩話》云：「詩以

〔註33〕見錢謙益《列朝詩集》丙集卷十一，〈乙丑除夕追往憤五百字〉評語。
〔註34〕見王夫之《明詩評選》卷四，李夢陽〈雜詩〉評語。
〔註35〕見王夫之《明詩評選》卷七（陳新校點本，北京：文化藝術出版社，1997年3月），頁336。
〔註36〕語見南朝范曄〈獄中與甥姪書〉，《全宋文》卷十五（台北：中文出版社），頁11。
〔註37〕語見晚唐杜牧〈答莊充書〉，《欽定全唐文》卷七百五十一（台北：文海出版社），頁7。
〔註38〕見何文煥編訂《歷代詩話》（台北：藝文印書館），頁3。

意為主，又需篇中鍊句，句中鍊字，乃得工耳」〔註39〕。餘如明代《四溟詩話》、《麓堂詩話》、《薑齋詩話》……等，均曾就詩中之意做出評論。〔註40〕但是，吳喬乃以「意」為其論詩的主軸，品評詩歌的要件。《圍爐詩話》中，諸英俊嘗問其「詩在今日，以何者為急務？」吳喬回答：「有有詞無意之詩，二百年來，習以成風，全不覺悟。無意，則賦尚不成，何況比興？」他評論唐、宋、明詩之別，即在於「意」：

> 唐詩有意，而託比興以雜出之，其詞婉而微，如人而衣冠。
> 宋詩亦有意，惟賦而少比興，其詞徑以直，如人而赤體。明
> 之瞎盛唐詩，字面煥然，無意無法，直是木偶披文繡耳。　（卷
> 一，頁472）。

賦、比、興是詩歌創作的手段，其主要目的乃是達「意」。唐、宋之詩均不乏「意」，只是表現的手法不同，或用比興的技巧，或用賦來直陳。惟明代復古派，以「盛唐」模擬是尚，只學得字面，「無意無法」。吳喬明白指斥，前文已有引述。他更慨歎明詩流於「有詞無意」之途，導致「瞎盛唐詩氾濫天下，遺禍二百餘年，學者以為當然，唐人詩道，自此絕矣！」〔註41〕

詩篇之中，有意有法有修辭，三者固不可偏廢。但就其先後次第而言，吳喬嘗有妙喻：「意為主將，法為號令，字為部曲兵卒。由有主將，故號令得行，而部曲兵卒，莫不如臂指之用，旌旗金鼓，秩序井然。」〔註42〕由此可見，詩若無「意」，則主將不能確立，「法」難以施行，詩中字句如部曲兵卒，其渙散可知矣。《文心雕龍·體性》篇贊云：

〔註39〕見何文煥編訂《歷代詩話》（台北：藝文印書館），卷一，頁9。

〔註40〕明·謝榛《四溟詩話》，乃就「宋人謂作詩貴先立意」略作評論。卷一，總頁1359。明·李東陽《麓堂詩話》曾就「詩貴意」而作「意貴遠不貴近，貴淡不貴濃」的討論。卷一，總頁1638。以上見《續歷代詩話》下冊。清·王夫之《薑齋詩話》更將「意」作了貼切的譬喻：「意猶帥也，無帥之兵謂之烏合……以意為主，勢次之……」。卷下，《清詩話》，頁13。

〔註41〕見《圍爐詩話》卷一，頁473。

〔註42〕見《圍爐詩話》卷一，頁545。王英志〈試論吳喬意為主將說〉有析辨（《蘇州大學學報》，1982第1期）。

「辭為膚根，志實骨髓」，不論志「意」或情「意」其在詩中的重要性，自是不言而喻。吳喬重視「意」，確實掌握了論詩肯綮。

吳喬既深知「意」在詩中的地位，故主張不論摹景抒情，亦應體認「意為情、景之本」的原則。他說：

1. 意為情、景之本。只就情、景中有通融之變化，則開承轉合不為死法，意乃得見。 （卷一，頁480）。

2. 弘、嘉人依盛唐皮毛以造句者，本自無意，不能融景；況其敘景，惟欲闊大高遠，于情全不相關，如寒夜以板為被，赤身而掛鐵甲。 （卷一頁478）。

引文1更進而指出「通」、「融」的變化，將情景有機的結合起來，這便是人們讚賞的情景交融。苟能如此，篇法所講求的起、承、轉、合，亦應於段落之間有融通變化，便不為「死法」，「意」乃得見。引文2則指出弘、嘉詩人不能融景，又缺乏主「意」，一心規摹盛唐詩歌的「闊大高遠」，必然詩弊滋生。李夢陽作品，即不免犯此弊病，下文有論。

形式風格的形成，在吳喬看來，也與意有密切的關係，甚麼樣的意，就有甚麼樣的形式風格。他說：「蓋唐人做詩，隨題成體，非有一定之體……詩乃心聲，心由境起。境不一，則心亦不一。言心之詞，豈能盡出於高華典重哉！」〔註43〕又說：「人之境遇有窮通，而心之哀樂生焉。夫子言詩，亦不出於哀樂之情也。詩有境有情，則自有人在其中。」〔註44〕每個人的境遇有其獨特性，因而在特定境遇中所產生的悲喜情感，也具有其特殊性；如此一來，每個詩人的作品也必然表現個人獨具、他人所無的色彩。這便是吳喬著名的詩觀：詩之中須有人在。〔註45〕此係就「詩中之意」做進一步的闡發，張海鵬跋語推為「千古名言」；而趙執信《談龍錄》亦云：「余服膺以為名言」〔註46〕。今檢視

〔註43〕 見《圍爐詩話》卷三，頁551。
〔註44〕 見《圍爐詩話》卷一，頁490。
〔註45〕 可參閱張建《清代詩學》第四章吳喬「詩中有人」部分，頁164、165。
〔註46〕 趙執信《談龍錄》云：「崑山吳修齡（喬）論詩甚精，所著《圍爐詩話》，

吳喬對李夢陽或弘、嘉詩人的批判，均係根據以上詩觀而做的論斷，也因此形成他與其他評論者的歧異。

四、吳喬對《皇明詩選》〔註47〕中李夢陽〈秋望〉等詩的評論

《圍爐詩話》卷六，悉為吳喬對明詩的批評。其中舉出《皇明詩選》所選錄李夢陽的多首作品，一一揭摭其非。筆者以為其中最值得探討的是七律〈秋望〉。蓋因《皇明詩選》以及其後沈德潛的《明詩別裁集》，都選錄此詩，且有佳評。而大陸學者陳書彖於其《明代詩文的演變》一書中，讚美此詩乃《空同集》「百裡挑一的上乘之作」〔註48〕。茲將〈秋望〉及吳喬所論，援引於後，試作分析及比較：

> 獻吉〈秋望〉詩曰：「黃河水繞漢宮牆。」水而繞牆，近之至也，是漢何宮？瓠子宮與下文不合。謂以古比今，則明無離宮。「牆」字本趁韻，而違礙實甚。又云：「河上秋風雁幾行。」在蘭州及娘娘灘猶可，餘處則為瞎話，篇中無處可據也。又云：「客子過濠追野馬，將軍韜箭射天狼。」刺避敵也。在大同則「濠」字不落空，其城沿邊有濠有地網，餘處則「濠」字落空湊數矣。又云：「黃塵古渡迷飛輓。」渡須有水，是說何處？又云：「白月橫空冷戰場。」釋典謂朔為黑月，望為白月，言時非言月也。彼見「白月」二字新僻，于明月即爾用之，不知出處意義也。月體如杯，何可言橫？月光遍地，橫又不可。選者謂此詩驚心動魄，當是以文理全無，故如是耳。

余三客吳門，遍求之不可得。獨見其與友人書一篇，中有云：詩之中須有人在，余服膺以為名言。必傳後世，因其詩以知其人，而兼可以論其世，是又於禮義之大者。」頁383，《清詩話》本。

〔註47〕《皇明詩選》係明末陳子龍、李雯、宋徵輿共同評選的明詩選本。共13卷。本文採用明崇禎癸未（16年）李雯等會稽刊本。

〔註48〕陳書彖《明代詩文的演變》第三章第3節，對〈秋望〉詩有詳細的解讀，茲分別援引。頁214、215。

如次聯意，結當用唐休璟、張仁愿有邊功者，而曰：「聞道朔方多勇略，只今誰是郭汾陽？」汾陽有破賊功，無邊功，其便橋之事，乃和戎，非戰功也。若指郭登，上文又無土木事意。直是湊字湊句，見韻即趁，一經注釋，百雜碎耳。　（卷六，頁 670、671）。

首聯寫黃河秋景。起筆黃河之水繞「漢宮」之牆，是近景；秋風起兮，河上有大雁高飛成行，是遠景。視野由近及遠，陳書彔認為「景物的迭換中有情思的起伏」。不過，抽離感情的因素，吳喬從求「真」的角度去解讀，則李夢陽這兩句詩皆「無處可據也」。蓋因明既無離宮，斷無黃河水繞宮牆之實景。又此詩當為李夢陽西夏之行，過西安時的作品，〔註 49〕自非吳喬所指蘭州及娘娘灘。換言之，斯景並非李夢陽親身所臨所見，故遭致譏評。王夫之《薑齋詩話》也主張：「身之所歷，目之所見，是鐵門限，即寫大景……亦必不逾此限」。〔註 50〕

領聯「客子過濠追野馬」，以客子「追野馬」的奔放不羈，和將軍「射天狼」的雄武英姿相應對，筆力遒勁。吳喬在「濠」字上加以考據指瑕，其實並無妨詩意。

頸聯「黃塵古渡迷飛輓，白月橫空冷戰場」的爭議則頗大。陳書彔的賞析指出：「頸聯的出句寫戎車飛馳，備戰之勤；對句寫白日橫空、戰場清冷，動中有靜，熱中有冷，將西北邊塞的危機寫得若隱若現，欲露還藏。」其中明顯的錯誤是將「白月」誤植為「白日」，故而解說與吳喬相去甚遠。白月也稱白分。〈大唐西域記二·濫波國〉記載：「月盈至滿謂之白分，月虧至晦謂之黑分。」〔註 51〕李夢陽用「白月」一詞，

〔註 49〕 據李夢陽〈封宜人亡妻左氏墓誌銘〉云：「壬戌（1502），李子榷舟河西務，左氏從河西務。明年，李子餉軍西夏，挈左氏還。」陳書彔指出：「〈秋望〉當為李夢陽西夏之行過西安時的詩作，是他在邊境生活體驗的基礎上，情之自鳴的佳作。」《明代詩文的演變》第三章第 2 節，頁 214。

〔註 50〕 見王夫之《薑齋詩話》卷下，頁 15。《清詩話》上冊。

〔註 51〕 見〈大唐西域記〉卷二，濫波國。日本東京大藏經刊行會編輯《大正新脩大藏經》（台北：新文豐出版公司，1998 年）。

當指滿月。詩意所寫，係言當空明月照著古戰場，愈顯戰場之清冷。白月橫空，亦可倒為橫空白月；即如黃塵古渡句，意指年代久遠的渡口，有戎車奔馳，黃塵飛揚。而吳喬認為「月體如杯，何可言橫？月光遍地，橫又不可。」「橫須有水，是說何處？」吳喬如此拘泥於字面，且又考覈地理以解詩，詩味乃蕩然無存。《皇明詩選》宋徵輿評曰：「白月一語，驚心動魄」〔註52〕吳喬則認為，此句令人生驚心動魄之感，當是「文理全無，故如是耳」。但是詩歌的語言不同於常語。美學家雅可布遜（Roman Jakobson，1896～1982）曾指出：詩性語言是對實用語言的變形和扭曲，是一種反常化（陌生化 defamiliarization）的結果。〔註53〕姚斯（Hans-Robert Jauss）的接受美學也認為文學語言應是對日常語言之疏遠和陌生化，以造成逆轉偏離或變異。〔註54〕換言之，吳喬的批評，仍有商榷之餘地。

尾聯「聞道朔方多勇略，只今誰是郭汾陽？」吳喬指出李夢陽用典不當。郭汾陽即郭子儀，新舊唐書均有傳。〔註55〕唐玄宗時為朔方節度史，嘗平安史之亂，破吐蕃，後封為汾陽君王。吳喬指其「有破賊功」，蓋指其平安史之亂；因策反回紇，兩軍會合乃破吐蕃，吳喬認為此係「和戎」而非「戰功」，故結語當用唐休璟〔註56〕、張仁愿〔註57〕有邊功者。而宋徵輿卻認為，「然如汾陽公亦自不妨」〔註58〕。案：吳

〔註52〕　見《皇明詩選》卷十，頁12。

〔註53〕　參閱閻國忠等主編《西方著名美學家評傳》〈雅可布遜〉下冊（合肥：安徽教育出版社，1991年），頁297、298。

〔註54〕　參閱姚斯（Hans-Robert Jauss）《走向接受美學》（Toward an Aesthetics of Reception）、霍拉勃（Robert. c. Holub）《接受理論》（Reception Theory）輯為周寧、金元沛譯《接受美學與接受理論》（瀋陽：遼寧人民出版社，1987年），頁20。

〔註55〕　見《舊唐書》卷一百二十。《新唐書》卷150。

〔註56〕　見《舊唐書》卷九十三。《新唐書》卷124。

〔註57〕　張仁愿任朔方總管，有邊功，曾於河北築三受降城，置烽侯一千八百所，六旬而就。新舊唐書皆有傳。見《舊唐書》卷九十三，《新唐書》卷111。

〔註58〕　見《皇明詩選》卷十，頁11。

喬極重視史志。嘗言:「熟讀新舊唐書、通鑑、稗史、雜記,乃能于作者知其時事,知其境遇,而後知其命意之所在。如子美〈麗人行〉,豈可不知五楊事乎?」〔註59〕

　　總結此詩,吳喬認為李夢陽「直是湊字湊句,見韻即趁,一經注釋,百雜碎耳」。作詩時就韻以成字曰趁韻。在吳喬看來,此詩紕漏二處,一湊牆字而曰漢宮牆,一湊陽字而曰郭汾陽。從史實考核,則未免引人訕議。但是,如果摒棄史實,陳書彔的鑑賞指出:「全詩氣勢飛動,音情頓挫,意象開闊,雄渾流麗,不僅可以與王維的《出塞作》等爭雄,而且也深得杜詩的精髓。」陳氏之評,顯然受了潘之桓箋注的影響。潘箋此詩云:「氣調高古,足與王摩詰《出塞作》爭雄」〔註60〕。今查閱清沈德潛《明詩別裁集》,見沈氏批語:「王元美云雄渾流麗」。此亦為陳氏所據。而筆者以為「情景」本為詩歌之重要質素,吳喬也曾指出:「情為主,景為賓。景物無自生,惟情所化。」〔註61〕〈秋望〉所欲傳達者,一如詩題所言,李夢陽西夏之行,過西安時,秋日瞭望景觀所興之情。頷聯寫得筆勢飛動,頸聯雖然不合「文理」與實景,但卻因作者突破實用語言產生的「變異」,「迷」、「冷」二字的鍛鍊,「黃塵古渡」與「白月橫空」的對照,「飛輓」和「戰場」的呼應,李夢陽的想像空間乃營造出迷離惝恍的奇景與幻境。但是從吳喬及王夫之的觀點來看,這卻是不可原諒的謬誤。吳喬說:「明詩之為異物,於敘景最為顯著。詩以身經目見者為景,故情得融之為一。若敘景過於遠大,即與情不關,惟登臨形勝不同耳」〔註62〕而王夫之亦主張身之所歷,目之所見不可失真,他批評「前有齊梁,後有晚唐及宋人,皆欺心以炫巧」〔註63〕。蓋「詩之中須有人在」,惟於身經目見之景興情,才能寫出情景交

〔註59〕見《圍爐詩話》卷一,頁495。
〔註60〕潘之桓箋注的《空同集》,筆者未見,此處乃引自陳書彔《明代詩文的演變》第三章第2節,頁214。
〔註61〕見《圍爐詩話》卷一,頁478。
〔註62〕見《圍爐詩話》卷六,頁672。
〔註63〕見王夫之《薑齋詩話》卷下,頁15。《清詩話》上冊。

融的作品。李夢陽的〈秋望〉確如二位所言，敘景遠大，意境炫巧。至於尾聯所傳達的旨趣，當是全篇主意。李夢陽慨歎當今朝廷，又有誰具郭子儀的才能，既可撫平內亂，又可建立邊功？吳喬卻計較「邊功」或「戰功」之別，無視其文字之外所欲傳達的「意」，竟以「百雜碎」而論斷，筆者不免替李夢陽抱屈。

除〈秋望〉之外，吳喬乃就《皇明詩選》所選錄的〈秋懷〉三首、〈桂殿〉、〈潼關〉、〈喬太卿宇宅夜別〉作出評論。〔註64〕而其所摘之詩病，歸納言之，有以下五點：

第一、主意不明者：〈秋懷〉其三，吳喬譏其結聯云：「是收上文何意？莫非滿紙散錢？」評〈潼關〉云：「總為胸中不曾立得一意，五十六箇盛唐字面在筆端亂跳，勉強押韻捱拼，湊在紙上而已。」

第二、誇大不符旨趣者：〈喬太卿宇宅夜別〉第三、四句「燕地雪霜連海嶠，漢家簫鼓動長安」，吳喬指出「大且遠矣，與當時情事何涉？雖有哀樂之情，融化不得，豈非如牛頭阿旁異物耶？」弘、嘉詩人在敘景方面「惟欲闊大高遠，于情全不相關」的毛病，由此可見。

第三、措詞不當，罔顧史實者：如〈秋懷〉其一第一句「慶陽亦是先王地」，吳喬云：「若在趙元昊時，可以『先王地』寄慨，弘治時何故說此？」；〈秋懷〉其二第一句「宣宗玉殿空山裏」，吳喬云：「明無離宮，西山梵宇，乃內侍以懿旨為之，何以言『宣宗玉殿』？」第五句「芙蓉斷絕秋江冷」，「燕地何以有江？」〈桂殿〉第三句「桑乾斜映千門月」，吳喬云「桑乾水自大同而來，相去甚遠，何以映宮門之月？」〈潼關〉第一句「咸東天險設重關」，吳喬指出「重關」用語不當，蓋因「函谷關在漢武時，楊樸移之而東，置於新安，去舊地三百里，仍名函谷關。何以曰『重關』耶？」第四句「秦山」，第五句「千官」，吳喬云：「秦山者，終南深處也，與潼關無涉。」；「宮門乃可用『千官』，與關門無涉。」

〔註64〕吳喬對諸詩的評論見《圍爐詩話》卷六，頁 670～673。

　　第四、對句或重複無意或與詩意無關係者：〈秋懷〉其一第三、四句「白豹寨」對「野狐山」，吳喬認為「重複無意」。〈秋懷〉其二第三、四句「移大內」對「戲西湖」，吳喬指其「是何事何意？二句與（首句）『空山』、『玉殿』有何關涉？」

　　第五、有抄襲杜詩之嫌者：〈秋懷〉其二第五、六句「芙蓉斷絕秋江冷，環珮淒涼夜月孤」其上句抄「魚龍寂寞秋江冷」〔註65〕換四字；下句抄「環珮空歸月夜魂」〔註66〕換三字倒一字。

　　從以上文字可知，吳喬對《皇明詩選》所錄的李夢陽作品，確曾仔細閱讀，也毫不保留的批評。他嘗言：「丙申（1656）、丁酉（1657），余在都中，與臥子高足張青琱相晨夕，熟聞此集中議論。積久難忍，因調之曰……」吳喬譏諷雲間詩派人士，以「少陵第一，空同第二，臥子第三，第四更無他人也。」他對張青琱說：「君須進生大黃一斤，瀉去腹中陳臥子，始有語話分。」〔註67〕此外，吳喬不但明白詆諆《皇明詩選》選詩不當，更惋惜錢謙益的《列朝詩集》晚出，否則實可取而代之。他說：

> 全唐詩何可勝計？于鱗抽取幾篇，以為唐詩盡於此矣。……
> 臥子選明詩亦每人一二篇，非獨學于鱗，乃是惟取高聲大氣，
> 重綠濃紅，似乎二李者也。明人之詩不工，所取皆陳濁膚殼
> 無味之物，若牧齋《列朝詩集》早出，此選或不發刻耳。……
> 斤斤二李，蓋不見唐詩耳。　　（卷六，頁668）。

　　吳喬對陳子龍的不滿，在於他的《皇明詩選》復使二李已然偃息的氣焰，又死灰復燃，以「臥子此選，即七子之遺調也」〔註68〕。蓋清初詩風不變，宗唐派仍居主流。雲間詩派在陳子龍等人的領導下，又倡七子之說，這是反對者所不樂見到的現象。錢謙益的虞山詩派，便抨擊

〔註65〕此句出於杜甫〈秋興〉八首之三。
〔註66〕此句出於杜甫〈詠懷古蹟〉五首之二。
〔註67〕以上見《圍爐詩話》卷六，頁667、668。
〔註68〕見《圍爐詩話》卷六，頁663。

七子不遺餘力，而深受錢氏影響的吳喬，自加入抨擊的行列。故吳喬對李夢陽詩作的總總批評，一則有其門戶之見，難作持平之論；一則李詩確有引人詬病之處，這是無法為他迴護的。而李詩之病，主要導因於未能契合「詩之中須有人在」及「詩以意為主」之旨要。吳喬的糾謬，雖不無可議，但也切中其弊。不過，是否該當全面否定呢？《圍爐詩話》肯定李夢陽的文字有二處，一即前文曾提及「獻吉立朝大節，一代偉人，而詩才之雄壯，明代亦推為第一。其詩之深入唐人閫奧者，安敢沒之？」第二處為評其〈潼關〉詩第六句「餘恨逡巡六國還」，吳喬認為「用〈過秦論〉有根本，真是才子大家」〔註69〕。由此可知：吳喬固然對李夢陽有諸多貶抑指摘，猶推其為才子大家，明代第一。臧否人物或作品，仍有其不可失之矩度。只可惜褒貶的幅度不成比例，往往被人忽略。

五、總結

綜合以上評述，吳喬《圍爐詩話》對弘、嘉詩人（以二李為主）普遍之不滿，主要在於「有詞無意」及「陳言剿句」。惟其不知「詩之中當有人在」，因而無作者個人的情意或志意，寫景則虛浮不實，「本自無意，不能融景」，一心追摹盛唐詩歌的「闊大高遠」，遂予人拼湊、剿襲麗字麗句以成篇之感。

針對李夢陽個人的評價，則有褒有貶。就褒而言，肯定他的節操和才華，許以「立朝大節，一代偉人」，「詩才雄壯，明代可推為第一」。李夢陽的諸多作品中，吳喬推賞其〈解官親友攜酒來看〉一首，讚美其能「深入唐人閫奧」。而此詩不論詩意或筆法，均屬委宛曲折，而非明白吐露。吳喬論詩崇尚比興，認為「人心隱曲處不能已於言，又不能明告於人，故發於吟詠」〔註70〕；並以比興之有無分唐界宋〔註71〕，故

〔註69〕 見《圍爐詩話》卷六，頁673。
〔註70〕 見《圍爐詩話》卷一，頁473。
〔註71〕 〈四庫全書總目提要・圍爐詩話〉曾指出吳喬以比興分唐界宋的偏頗：「賦、比、興三體並行，源於三百，緣情觸景，各有所宜，未嘗聞與

唐詩「在乎澹遠含蓄」，「宋失含蓄，明失澹遠」〔註72〕。而李夢陽這
首詩，恰符合其有興寄的要求。此外，讚美其〈潼關〉詩之用典有根本，
「真是才子大家」。就貶而言，批評李夢陽粗心驕氣，不肯深究詩理，
只託少陵氣岸以壓人。指出李夢陽的〈秋望〉等詩，忽略史實地志等根
據，流於湊字湊句。此外，有主意不明者、誇大不符題旨者、對句重複
無意或與詩意無關涉者，以及抄襲杜詩之嫌者。

《圍爐詩話》除對李夢陽多所抨擊外，至於李攀龍，也一併深表
不滿。〔註73〕揆其原因，吳喬嘗自述其一生學詩歷程，辭情十分激切：

> 余之深恨二李也有故：天啟癸亥（1623）年始十三，自不
> 知揣量，妄意學詩，得何人所刻《盛明詩選》，陳朽穢惡之
> 物，童稚無知，見其鏗鏘絢麗，竟以盛明直接盛唐，視大
> 曆如無有，何況開成！自居千古人物，李、杜、高、岑乃堪
> 為友，鼻息拂雲者十年。癸酉（1633）冬，讀唐人全集，乃
> 知道不然，返觀《盛明詩選》，無不蠟厄其外，敗絮其中；
> 自所作詩與平日言論，如醉後失禮于人，醒時思之，慚汗
> 無地。吳地有秋根之名，謂本無所知能，而自以為甚知甚
> 能者也。如吳喬者，秋根何辭？年七、八十，一句不辦，始
> 謀不臧之致也。……辛未（1691）、壬申（1692），余于歐蘇
> 稍有一隙之明矣，猶謂明人文不合宋，詩不達唐；次年始
> 知其謬。邪說之易于惑人，下愚之難于改步如此。　（卷
> 六，頁 666、667）。

吳喬的自述，約略分為三階段：第一階段是他十三歲起涉獵詩學
的前十年。竟日浸淫於七子所倡的盛唐詩中，以李、杜、高、岑為習誦

比則必優，賦則必劣。況唐人非無賦體，宋人亦非盡無比興……。」
總頁 4415、4416。

〔註72〕 見《圍爐詩話》卷一，頁 504。

〔註73〕 可參閱鄭滋斌〈吳喬《圍爐詩話》對李攀龍之批評〉，張偉保主編《明
代文學復古與革新研討會論文集》（香港：九龍新亞研究所刊行，2001
年 3 月）。

模擬的對象。第二階段是吳喬自省的時期。待其讀畢唐人全集,「乃知詩道不然」,幡然覺悟,深自悔恨。第三階段即年已七、八十的吳喬,想當初「始謀不臧」,以致於回顧舊作,極度不滿。辛未(1691)、壬申(1692),距吳喬卒年乙亥(1695)不過三、四年。自稱於文始於歐、蘇有一隙之明;於詩,始悟明詩之謬。惜當時文壇在雲間陳子龍的領導下仍不乏步趨七子後塵者,吳喬乃有「邪說之易于惑人,下愚之難于改步」的慨歎。由這段自述的文字,也使我們瞭解吳喬抨擊二李,係有其不得不然的苦衷。更值得注意的是,錢謙益亦曾於青年時期沈浮于俗學之中。待其悔悟,盡焚二十餘年的詩文。〔註74〕故吳喬對七子的態度,與虞山詩派一致,良有以也。

　　所以,檢視吳喬對李夢陽詩歌的評價,難免有其偏頗之處。第一,將二李概稱以「弘、嘉詩人」一併揮斥,並不妥當。蓋因二李復古的背景不相同,擬古的程度也不同,所造各異。李攀龍雖然擬古之作,臨摹太過,但是「七言近體,高華矜貴,脫去凡庸,正使金沙互見,自足名家。過於維護與掊擊,皆偏私之見耳。」〔註75〕而李夢陽的文學思想,李贄即十分推崇;至於李夢陽的作品,則是瑕瑜互見。譬如格調派的領袖沈德潛,即認為錢謙益全盤否定李夢陽詩歌的成就,有欠公允,他說:「空同五言古宗法陳思、康樂,然過於雕刻,未極自然。七言古雄渾悲壯,縱橫變化。七言近體,開合動盪,不拘故方,準之杜陵,幾於具體,故當雄視一代,邈焉寡儔。而錢受之訾其模擬剽賊,等於嬰兒之學語。至謂讀書種子從此斷絕,吾不知其為何心也。」沈德潛並於《明詩別裁集》揀擇其精,「追逐少陵實有面目太肖處,集中掃而空之,不欲使掊擊前賢者得以藉口。」〔註76〕而吳喬嘗言:「六十年前,視唐、明皆如蘭蕙;五十年來,視唐、明之

〔註74〕 胡幼峰《清初虞山派詩論》第三章第 1 節之 2「學詩由擬古轉向唐、宋、元」,有作析論。

〔註75〕 語見沈德潛《說詩晬語》卷下,總頁 548。《清詩話》本。相似論點亦見於《明詩別裁集》卷八(台北:廣文書局),頁 171。

〔註76〕 以上引文見《明詩別裁集》卷四,頁 87。

善如野岸草花，而弘、嘉之詩，同于大穢。不然，不為能辨唐、明也。」
〔註77〕將以上資料並讀，何者客觀，不言可喻。而近代研究者對李夢陽的評價不一，也有從宏觀的角度，肯定李夢陽的成就，頗值得參考。
〔註78〕

　　第二，由於吳喬強調「詩之中須有人在」，故寫景敘事，甚至言情，均不得失真。但筆者以為，畢竟「詩以意為主」，寫景抒情時，「情為主，景為賓」，此亦為吳喬之主張。因此李夢陽的〈秋望〉之作，主意乃在感慨朝中無人，只要此情惟真，其於敘景固誇張失實，然與情侔，或可不必拘泥。

　　第三，詩的語言和實用語言不同，因此有時不能衡之以「理」，求之以「實」。故「白月橫空」之類的詩句，應該被允許的。換言之，從創作的角度來看，詩的語言限度受到抑制，想像的空間受到壓縮，產生的作品很可能流於精實有餘，虛靈不足。

　　第四，襲用古人成句，或更換數字，這是歷代詩人作品中都存在的現象，係模擬或剿襲？仍應視全詩的藝術效果而定，不能一概而論。

　　總之，《圍爐詩話》中吳喬對李夢陽的種種評論，有切中其弊，令人激賞者；也有掎摭過當，予人挑剔之嫌者。不過，僅就《皇明詩選》所錄幾首作評，實不夠全面，褒貶的文字，也不成比例。當然，其意乃在批判陳子龍，並全力阻撓七子之學死灰復燃。〈四庫全書總目提要·圍爐詩話〉也指出吳喬「欲以毒詈狂談劫伏俗耳，遂以王、李為牛垢驢鳴，而比陳子龍於王錫爵之僕。夫七子摹擬盛唐，誠不免於流弊，然亦各有根據，必斥之不比於人類，殊未得其平……。」這是我們研讀《圍爐詩話》時不能不注意的地方。

〔註77〕見《圍爐詩話》卷三，頁 555。
〔註78〕大陸學者章培恆〈李夢陽與晚明文學新思潮〉（1958 年在日本發表）見於《安徽師大學報》1986 年第 3 期）、〈明代的文學與哲學〉（《復旦學報》1989 年第一期）；陳建華〈晚明文學的先驅李夢陽〉（《學術月刊》，1986 年 6 月），均值得參考。

六、引用書目

（一）古籍

1. 〔宋〕宋祁、歐陽修等《新唐書》（台北：鼎文書局，1976 年 10 月）。

2. 〔明〕陳子龍、李雯、宋徵輿《皇明詩選》（明崇禎癸未（16 年）李雯等會稽刊本）。

3. 〔清〕朱彝尊《明詩綜》（臺北：世界書局影印本，1962 年）。

4. 〔清〕王夫之著、陳新校點《明詩評選》卷 7（北京：文化藝術出版社，1997 年 3 月）。

5. 〔清〕沈德潛《明詩別裁集》（台北：廣文書局，1970 年）。

6. 〔宋〕洪興祖《楚辭補注》（台北：藝文印書館，1973 年）。

7. 〔明〕李開先《李開先集》（上海：中華書局，1959）。

8. 〔明〕李夢陽《滄溟先生集》，（台北：偉文圖書公司，1976 影印明刊本）。

9. 〔明〕謝臻《四溟詩話》（台北：藝文印書館，1983 年 6 月四版，《續歷代詩話》本）。

10. 〔明〕李東陽《麓堂詩話》（台北：藝文印書館，1983 年 6 月四版，《續歷代詩話》本）。

11. 〔明〕王世貞《藝苑卮言》（台北：藝文印書館，1983 年 6 月四版，《續歷代詩話》本）。

12. 〔明〕許學夷《詩源辨體》（北京：人民文學出版社，1987 年）。

13. 〔明〕王世懋《王奉常集》，萬曆 17 年吳郡王氏家刊本。

14. 〔明〕高啟《鳧藻集》卷 2，四部叢刊本。

15. 〔清〕王夫之《薑齋詩話》（台北：藝文印書館，1971 年 10 月《清詩話》本）。

16. 〔清〕趙執信《談龍錄》（台北：藝文印書館，1971 年 10 月《清詩話》本）。

17. 〔清〕沈德潛《說詩晬語》（台北：藝文印書館，1971 年 10 月《清詩話》本）。

18. 〔清〕王士禛《藝苑卮言》（台北：藝文印書館，1983 年 6 月，《續歷代詩話》本）。

19. 〔清〕康海《對山集》（台北：台灣商務印書館，1983 年，《四庫全書》本）。

20. 〔清〕賀裳《載酒園詩話》（台北：藝文印書館，1985 年 9 月，《清詩話續編》）。

21. 〔清〕吳喬《圍爐詩話》（台北：藝文印書館，1985 年 9 月，《清詩話續編》，張海鵬刻本）。

22. 〔清〕錢謙益《初學集》（上海：上海古籍出版社，1985 年）。

23. 〔清〕錢謙益《列朝詩集小傳》（台北：世界書局，1985 年 2 月）。

（二）近人著作

1. 王文才、張錫厚輯《升庵著述序跋》（昆明：雲南人民出版社，1985）。

2. 胡幼峰《清初虞山派詩論》（台北：國立編譯館印行，1994 年 10 月）。

3. 陳書彔《明代詩文的演變》（南京：江蘇教育出版社，1996 年 11 月）。

4. 張健《清代詩學研究》（北京：北京大學出版社，1999 年）。

5. 姚斯（Hans-Robert Jauss）《走向接受美學》（Toward an Aesthetics of Reception）、霍拉勃（Robert. c. Holub）《接受理論》（Reception Theory）輯為《接受美學與接受理論》（瀋陽：遼寧人民出版社，

1987 年）。

6. 日本東京大藏經刊行會編輯《大正新脩大藏經》（台北：新文豐出版公司，1998 年）。

7. 周寧、金元沛譯，閻國忠等主編《西方著名美學家評傳》（合肥：安徽教育出版社，1991 年）。

（三）期刊論文

1. 王英志〈試論吳喬意為主將說〉（蘇州《蘇州大學學報》，1982 第 1 期）。

2. 陳建華〈晚明文學的先驅李夢陽〉（《學術月刊》，1986 年，第 6 期）。

3. 章培恆〈李夢陽與晚明文學新思潮〉（1958 年在日本發表）見於《安徽師大學報》1986 年第 3 期、《明代的文學與哲學》（《復旦學報》1989 年第一期）。

4. 鄭滋斌〈吳喬《圍爐詩話》對李攀龍之批評〉，張偉保主編《明代文學復古與革新研討會論文集》（香港九龍新亞研究所刊行，2001 年 3 月）。

5. 胡幼峰〈論宋犖《漫堂說詩》的價值〉（台北《輔仁國文學報》第十七期，2001 年 11 月）。

吳喬對李攀龍詩歌的評價

論文提要：

　　李夢陽開弘、嘉惡習，李攀龍「踵而和之」，有畏於七子之學死灰復燃，吳喬《圍爐詩話》乃針對「二李」大力抨擊。有關李夢陽的評論已另行文，本文第二節論李攀龍模擬太過的缺失，以〈古詩後十九首〉為例，吳喬譏之為「句樣」；第三節論李攀龍《古今詩刪》選唐詩不能掌握詩之「意」而以「詞」為去取，則人人能選，這樣的選本實不足觀，「塗汙唐人而已」。第四節吳喬論李攀龍七律之作的缺失：好句無「意」、實字過多、文理不通、地理不符。舉詩為證，切中其弊。第五節檢討吳喬之評價。

關鍵詞：吳喬、弘嘉詩人、李攀龍、模擬、選詩、《古今詩刪》

一、前言

　　明代復古運動，可謂明代詩學的主流。前後七子[註1]有關復古

〔註 1〕前七子即指弘德七子，見康海〈渼陂先生集序〉，《對山集》四庫全書本，卷三，頁 3 上、3 下。又見於李開先〈何大復傳〉，《李開先集》（上海：中華書局，1959 年）頁 608。後七子即指嘉靖七子，見王世懋〈賀天目徐大夫與轉左方伯序〉，《王奉常集》。卷五，頁 12 上。又見王世貞《藝苑卮言》，歷代詩話續編（台北：藝文印書館）卷七，頁1253、1254。

的議論層出不窮，並且產生深遠的影響。雖然排擊者眾，至明末其勢稍衰，但標舉「詩必盛唐」的主張，仍得到認同與呼應。明末清初雲間詩派的領導人陳子龍（1608～1647），與李雯、宋徵輿便有《皇明詩選》〔註2〕，對於前後七子的作品多所收錄，評點讚揚，甚至模擬學習〔註3〕。引發稍後的吳喬作出激烈的抨擊。

有畏於七子之學死灰復燃，吳喬《圍爐詩話》所抨擊的對象，集中於「二李」身上。並認為李夢陽開弘、嘉惡習，李攀龍「踵而和之」，「淺夫又極推重，遂使二李並稱」，不過，「李于鱗之才遠下獻吉」〔註4〕。李攀龍的才華是否不及李夢陽，暫且不論，但在當時產生的影響力卻毫不遜色。吳喬指出「于鱗成進士後，有意于詩，與其友請教于謝茂秦。茂秦在明人中錚錚……教以取唐詩百十篇，日夜詠讀，倣其聲光以造句。于鱗從之。再起何、李之死灰，成七才子一路。〔註5〕」今有《滄溟集》三十卷〔註6〕，《古今詩刪》三十四卷行世〔註7〕。四庫全書總目提要指坊間並有節本《唐詩選》七卷，「盛行鄉塾間，亦可

〔註2〕《皇明詩選》係由陳子龍、李雯、宋徵輿共同評選的明詩選本。共十三卷。台北國家圖書館所藏係明崇禎癸未（十六年）李雯等會稽刊本。

〔註3〕王士禎認為陳子龍的七言律「遠宗李東川、王右丞，近學何大復（何景明）」見《漁洋詩話》卷下，《清詩話》（台北：藝文印書館），頁285。

〔註4〕見《圍爐詩話》卷六，頁663。

〔註5〕見《圍爐詩話》卷六，頁663。

〔註6〕關於《滄溟集》的版本甚夥，有王世貞刊《滄溟先生集》三十卷附錄一卷；徐嚴道起鳳館刊《滄溟先生集》三十卷附錄一卷；胡來貢刊《滄溟先生集》三十一卷（此係胡氏重新刊刻北方流行之版本，實為三十卷。第三十卷之後直接標示「附錄」二字）；吳用光刊《滄溟先生集》三十卷附錄一卷；楊日賓校刊《滄溟先生集》三十一卷附錄一卷附錄補遺一卷；張弘道《滄溟先生集》三十卷附錄一卷；明刊《滄溟先生集》三十二卷；四庫全書刊《滄溟集》三十卷附錄一卷；景福堂刊《滄溟先生全集》三十卷附錄一卷；舊抄本《滄溟先生集》存二十九卷；本文採用四庫本（台北：商務印書館）。許建崑《李攀龍文學研究》第四章著述與流傳部份，將各版本作詳細說明，可參閱（台北：文史哲出版社）。

〔註7〕《古今詩刪》之版本，有徐中行訂，萬曆汪時元刊印本，三十四卷；四庫全書江蘇巡撫採進本，三十四卷，本文採用四庫本。另有烏程閔氏刊本二十三卷，「明詩選」刪除不錄，故更名為《詩刪》。

異也！」〔註8〕今乃針對李攀龍的部分作一分析，以見吳喬的論說是
否確當。

二、李攀龍的模擬缺失

模擬前人作品，乃是詩人學習與創作過程中必然發展的一個途徑。
以「擬古」為題也是許多詩人做過的嘗試。大陸學者葛曉音曾將擬古的
表現方式作一分析：「一是在體制、內容及藝術方面恢復古意；二是綜
合並深化某一題目在發展過程中衍生的全部內容，或在藝術上融
合……再加以提高和發展；三是沿用古題，而在興寄及表現形式方面
發揮最大的創造性。」〔註9〕今觀察吳喬對於擬詩的析論，他說：

> 凡擬詩之作，其人本無詩，詩人知其人與事與意而擬為之詩，
> 如〈擬蘇李送別〉詩及魏文帝之〈劉勳妻〉者最善；其人固
> 有詩，詩人知其人與事與意而擬其詩，如文通之於阮公，子
> 瞻之於淵明者亦可。〈十九首〉之人與事與意皆不傳，擬之則
> 惟字句而已；皮毛之學，兒童之為也。 （《圍爐詩話》卷二，
> 頁516）。

吳喬所論的「擬詩」，略加分析，應是以下三種模式：一是本無其
詩，代人作而模擬其人其事與意，可視為借代與創造；二是前人已有作
品，後人模擬其人其事與意，藉以抒發個人情志，這是以既定的經驗或
事例，轉化投注到個人的創造；第三種是既無其情意，亦無其經驗，僅
能視為字句的模擬。〈古詩十九首〉為五言古詩中的絕佳作品，後人予
以極高的評價。擬作之多，實不勝枚舉。但吳喬卻認為「〈十九首〉之
人、事與意皆不傳，擬之則惟字句而已；皮毛之學，兒童之為也」。另

〔註8〕〈四庫全書總目提要‧唐詩選〉指出，此選本係摘自《古今詩刪》並
　　　　裁取唐汝詢之註。皆坊賈所為。集部總集類存目二（台北：台灣商務
　　　　印書館，1978年增訂2版），頁4277。
〔註9〕此段引文係葛曉音針對李白擬古之作的表現方式而作的分類，見〈論
　　　　李白樂府的復與變〉，《詩國高潮與盛唐文化》（北京：北京大學出版社，
　　　　1998年），頁162、163。

於它處評論弘、嘉詩人時，也針對李攀龍作出相似的論調：

> 弘、嘉人惟見古人皮毛：元美倣史漢字句以為古文；于鱗倣
> 〈十九首〉字句以為詩，皆全體陳言而不自知覺。　（《圍爐
> 詩話》卷二，頁 519）。

〈古詩十九首〉是否如吳喬所言不可擬呢？其雖非一人之辭、一時之作，「事與意」卻如沈德潛於《說詩晬語》的指陳：「大率逐臣棄妻、朋友闊絕、遊子他鄉、死生新故之感；或寓言、或顯言、或反覆言，初無奇闢之思，驚險之句，而西京古詩，皆在其下，是為國風之遺。」〔註10〕李白即有〈擬古〉十二首，而其所擬之古，亦可明確判斷為〈古詩十九首〉。可是，李白的模擬痕跡固然明顯，沈德潛對其擬古的特質與用心並未忽略：「凡效古擬古之作，皆非空言，必中有所感藉以寄意。故質言之不得，則以寓言明之；正言之不得，則反其辭意以見意。」〔註11〕李白〈古風〉以及〈擬古〉之類的作品，佔現存李白詩作的五分之一以上，可見〈擬古〉是李白「詩藝」的主要構成因素。〔註12〕換言之，〈古詩十九首〉並非不可擬，主要關鍵是在於如何擬。反觀李攀龍的〈古詩後十九首〉，其於詩前引文自述：「前有十九首，故後言之猶稱古者，其文則十九首也。其文則十九首而以屬辭，辟之制轡策于埒中，恣意於馬，使不得旁出，而居然有一息千里之勢，斯王良、造父所為難爾。」他對自己的擬古作品自負若此。可是歷來遭受最為激切的批評，便是擬古之作。今舉其〈古詩後十九首〉第一首為例：

> 1. （一）<u>行行萬里路</u>，依依夢故鄉。見君累長夜，攜手立徬
>   徨。寤言心尚爾，<u>忽在天一方</u>（二）<u>越鳥東南飛，胡馬鳴
>   相望</u>。眇眇人自好，<u>棄捐人自老</u>。徘徊亦何益，努力苦不

〔註10〕《清詩話》下（台北：藝文印書館，1971 年），頁 650。
〔註11〕《唐宋詩醇》卷八（台北：中華書局，1981 年），頁 190。
〔註12〕見呂正惠〈發端於「擬古」的詩藝｜《古風》在李白詩中的意義〉，中央研究院第三屆漢學會議發表論文，2000 年 6 月。

早。（三）思君度餐飯，歲月漫浩浩。慷慨即別離，故鄉
勿復道。　（《滄溟集》卷三）。

2.（一）行行重行行，與君生別離。相去萬餘里，各在天一
涯。道路阻且長，會面安可知。（二）胡馬依北風，越鳥
巢南枝。相去日已遠，衣帶日已緩。浮雲蔽白日，游子不
顧返。（三）思君令人老，歲月忽已晚。棄捐勿復道，努
力加餐飯。　（古詩十九首之一）。

將兩詩並讀，李攀龍應是透過對既有的本文之瞭解、體認，而後
以「擬」作者的立場再行創作。兩詩各有十六句，按其結構分為三段。
原作主意清晰：第一段直訴與君「離別」，相去萬里，不知何時能再
會面。第二段描寫思念，第三段勸君「珍重」。鋪陳順序流暢。反觀
李作，起筆即已分離萬餘里，心中對故鄉之人依依不捨，借入夢與君
相「攜手」、「寢言」，夢醒時，「天各一方」。第二段應寫分離之後的
情思。他用「越鳥東南飛」、「胡馬鳴相望」，既不能貼切摹寫相隔萬
里「忽在天一方」的距離感，也無法深切傳遞相隔萬里的情思。繼而
勸慰對方勿復徘徊，應及時努力，但「昒昧」、「棄捐」句不知所云。
第三段卻又就已然別離之現狀，勸慰對方勿再思念故鄉。「思君」與
「度餐飯」，「故鄉」與「勿復道」之結合，實未能產生幽邈懷遠之興
會與美感。整首詩，但見其於原作「句擒字捉」，卻在詩意的表述及
情思的傳達上未奏其功。無怪乎錢謙益於《列朝詩集小傳》評論此詩
組云：「十九首繼國風而有作，鍾嶸以為驚心動魄，一字千金，今也
句擒字捉，行數墨尋，興會索然，神明不屬，被斷齏以衣繡，刻凡銅
為追蠡，目曰後十九，欲上掩平原之十四，不亦愚乎？」並慨歎其以
「僻學為師，封己自是，限隔人代，揣摩聲調」，導致「謬種流傳，
俗學沈錮」。錢氏之評論固屬嚴苛，對七子頗為迴護的沈德潛認為：
「受之（錢謙益之字）掊擊譙呼叫呶，幾至身無完膚，皆黨同伐私之見
也」不過，也指出：「分而觀之，古樂府及五言古體，臨摹太過，痕

跡宛然」。〔註13〕再以其它各首之句式為例：如其十「眮眮織女星」，
〈古詩十九首〉第十有「迢迢牽牛星」；其十一「高樓出西北」，〈古
詩十九首〉第五有「西北有高樓」；其十八「客從洛浦至，遺我合歡
衾」，〈古詩十九首〉第十八有「客從遠方來，遺我雙鯉魚」；其十九
「皎皎羅帷月，攬之有餘輝」，〈古詩十九首〉第十九有「明月何皎皎，
照我羅床帷」。胡應麟《詩藪》曾云：「于鱗擬古，割裂餖飣，懷仁之
集聖教也」〔註14〕日人吉川幸次郎於《元明詩概說》亦舉其二「搖搖
車馬客，依依燕趙女……天寒錦衣薄，空床難獨守」與〈古詩十九首〉
之「青青河畔草，鬱鬱園中柳……蕩子行不歸，空床難獨守」相比照，
以呈顯李攀龍「句摭字捃」的缺失，也做了「形同抄襲，了無新意」
的評語。〔註15〕吳喬所痛斥弘、嘉詩人之「陳言剿句」，以及李攀龍
「倣〈十九首〉字句以為詩，皆全體陳言而不自知覺」的評論，確是
切中其弊。

　　除古詩十九首外，李攀龍的樂府模擬痕迹亦是宛然可見，甚至同
為復古派的好友王世貞，也予以譏誚：「于鱗擬古樂府，無一字一句不
精美，然不堪與古樂府並看，看則似臨摹帖耳」〔註16〕吳喬雖於李攀
龍的樂府詩未直接作評，但是他說：「于鱗倣漢人樂府，為牧齋所攻者，
直是笑具。」可見他的看法和錢謙益是一致的。錢謙益在《列朝詩集小
傳》指出：「其擬古樂府也，謂當如胡寬之營新豐，雞犬皆識其家。……
易五字而為〈翁離〉，易數句而為〈東門行〉、〈戰城南〉，盜〈思悲翁〉
之句而云烏子五、烏母六，〈陌上桑〉竊〈孔雀東南飛〉之詩，而云『西
鄰焦仲卿』、『蘭芝對道隅』，影響剽賊，文義違反，擬議乎？變化乎？
吳陋儒有補石鼓文者，逐鼓支綴，篇什完好，余甚之曰：『此李于鱗樂

〔註13〕以上見清・沈德潛《明詩別裁集》卷八，李攀龍之評文（台北：廣文
　　　　書局），頁171。
〔註14〕見明・胡應麟《詩藪》續編卷二，《明詩話全編》（南京：江蘇古籍出
　　　　版社），頁5739。
〔註15〕見吉川幸次郎，鄭清茂譯《元明詩概說》（台北：幼獅出版社）。
〔註16〕見明・王世貞《藝苑卮言》卷七，《續歷代詩話》下，頁1251。

府也』其人矜喜，抵死不悟，此可為切喻也。」〔註17〕總而言之，「擬
作」仍有經驗的借代及深化的作用存在。李攀龍的擬作，若只能在形式
技巧方面作變化，便失去創作的意義與價值。而其猶沾沾自喜，頗為自
得，無怪乎招致後之論者交相指責。吳喬更提出「句樣」說：

> 弘、嘉不用自心，只以唐人詩句為樣子。……于鱗以「秦地
> 立春傳太史，漢宮題柱憶仙郎」，「顧眄一過丞相府，風流三
> 接令公香」為句樣。不須閒暇，于昏酣匆遽中，得題便作，
> 不立意、不布局，惟置句樣于心目間，依而為之，冠冕鏗鏘，
> 即以盛唐自命。故其得意句，皆自樣中脫出，如糖澆鴛鴦，
> 隻隻相似，求以飛鳴宿食，無有似處，祇堪打破唬兒童而
> 已。…… （《圍爐詩話》卷六，頁616、617）。

吳喬認為李攀龍於唐代眾多詩人中，是以「李頎」的作品為「句
樣」。「秦地立春傳太史，漢宮題柱憶仙郎」為七律〈送司勳盧員外〉中
的頷聯；「顧眄一過丞相府，風流三接令公香」為〈寄綦毋三〉中的頷
聯。吳喬於《圍爐詩話》批評李頎時，嘗言：「李頎諸體俱佳，七律中
之〈題璿公山池〉、〈宿瑩公禪房〉、〈題盧五舊居〉亦是佳作。惟〈寄盧
員外〉、〈寄綦毋三〉、〈送魏萬〉、〈送李回〉者，是燦爛鏗鏘，膚殼無情
之語。于鱗于盛唐只學四首，而自謂盡諸公能事。」〔註18〕案：李攀
龍《古今詩刪》唐七言律共選77首。除杜甫13首居冠，王維11首居
次，沈佺期、李頎、岑參均選七首。〔註19〕李頎的五言律詩僅選一首，
七律所選，即為吳喬所論之七首，〔註20〕確實可見其側重與偏尚。至
於吳喬指其「盛唐只學四首」，而其中兩首正是所舉「句樣」之範例。

〔註17〕 見清・錢謙益《列朝詩集小傳》丁集上（台北：世界書局），頁428、
429。
〔註18〕 見《圍爐詩話》卷六，頁675、676。
〔註19〕 分別見於《古今詩刪》卷十六、十七。
〔註20〕 《圍爐詩話》所指七首李頎七律作品，即是李攀龍《古今詩刪》所選，
惟詩題略有出入，選本作〈送魏萬之京〉、〈送司勳盧員外〉、〈宿瑩公
禪房聞梵〉。

朱彝尊（1629～1709）《明詩綜》選錄李攀龍七律九首，並指出：「惟七律人所共推，心慕手追者，王維、李頎也。合而觀之，句重字複，氣斷續而神孤離，亦非絕品。」〔註21〕其所見與吳喬一致之處，即七言律師法李頎。〔註22〕事實上，胡應麟最早指出李攀龍之七律「句法得之老杜，篇法得之李頎」〔註23〕；而後陳子龍也認為其七律有「王維之秀雅，李頎之流利，而又加整鍊。高華沈渾，固為千古絕調」〔註24〕。以某位詩家的作品為樣式，依樣作詩，這就「模擬」的手法而言，不失為捷徑與速成。吳喬所指李頎作品「秦地立春傳太史，漢宮題柱憶仙郎」之句式結構為上四下三，再加細分，則為「2212」，其中「1」為動詞，「12」為動賓結構。「顧昐一過丞相府，風流三接令公香」之句式結構亦為上四下三，不同處為「2221」，其中「1」為補語。茲略舉李攀龍作品數首為例：〔註25〕

（一）十里芙蓉迎劍舄，一樽風雨對江湖　〈崔駙馬山池燕集得無字〉
　　　　　▲·· 　　　　　▲··

宛馬如雲開漢苑，秦兵三月走胡沙　〈平涼〉
　　　　▲·· 　　　　▲··

行軍麥秀隨春雨，臥閣花深對夕陽　〈送趙戶部出守淮陽〉
　　　　▲·· 　　　　▲··

〔註21〕語見清·朱彝尊《明詩綜》下冊卷46（台北：世界書局，1962年），頁86。

〔註22〕從《古今詩刪》於唐人七律所選詩作比例來看，王維也應是李攀龍所慕效的對象。只是吳喬未曾提及。

〔註23〕明·胡應麟《詩藪》云：「于鱗七言所以能奔走一代者，實源流〈早朝〉、〈秋興〉、李頎、祖詠等詩。大率句法得之老杜，篇法得之李頎。」見《詩藪》續篇二，《明詩話全編》頁5733。

〔註24〕見《皇明詩選》卷八。

〔註25〕所選作品，係從沈德潛《明詩別裁集》中摘錄沈氏評為「高華矜貴，脫去凡庸，去短取長，不存意見」者。沈氏其選李攀龍詩35首，其中七言律14首。14首中合乎李頎句樣者共八首。見卷八（台北：廣文書局），頁173～175。

　　臥病山中生桂樹，懷人江上落梅花　〈懷子相〉
　　　　　▲‧‧　　　　　　　▲‧‧

　　即看芳樹催顏鬢，莫厭寒花對酒杯　〈張別駕宅梅花〉
　　　　　▲‧‧　　　　　　　▲‧‧

　　（二）青春開府西陵色，到日登台北雁愁　〈送惲員外按察郢中〉
　　　　　　○○▲　　　　　　○○▲

　　惟餘青草王孫路，不屬東門帝子家　〈平涼〉
　　　　　○○▲　　　　　　○○▲

　　蒼龍半挂秦川雨，石馬長嘶漢苑風　〈杪秋登太華山絕頂〉
　　　　　○○▲　　　　　　○○▲

　　從（一）、（二）項所舉句式結構，與李頎作品「秦地立春傳太史，漢宮題柱憶仙郎」；「顧昐一過丞相府，風流三接令公香」相比較，確如「糖澆鴛鴦，隻隻相似」。李攀龍七言律詩中的頷聯或頸聯，因須對仗之故，往往變化以上兩種句樣相組合。其遭吳喬貶抑，問題不僅是句式結構，如例句「對江湖」、「對夕陽」、「對杯酒」的確予人雷同之感。不過，詩歌創作時兼採各家之長，勢所難免。除李頎外，李攀龍亦仿效杜甫、祖詠，〔註26〕吳喬則僅就李頎發議論，甚至譏誚其「盛唐只學四首」，足以顯示吳喬對於李攀龍懷有成見之故。（原因見於總結）。

三、李攀龍《古今詩刪》的選詩缺失

　　明代刊刻詩選的風氣極盛，其主要目的，應是為其復古理論，提供最佳的模擬標的；各種選本也便成為編選者的詩歌主張具體的呈現。《唐音》、《唐詩品彙》、《唐詩正聲》、《古今詩刪》等，是明代流行的幾種唐詩選本，由選本的興替，正足以揭示唐詩在明代「接受」的情況，以及復古詩論在當時的發展。

　　李攀龍〈選唐詩序〉云：「後之君子本茲集以盡唐詩，而唐詩盡於

〔註26〕見《詩藪》續篇二，《明詩話全編》頁5733。

此。」〔註27〕換言之，李攀龍認為他已將唐詩最精粹的作品、多面向的展現，盡選錄於《古今詩刪》當中。這部唐詩選本的規模遠小於《唐詩品彙》。《唐詩品彙》收錄了近六千首作品，而《古今詩刪》的唐詩部份，只有七百四十首。這和唐詩現存近五萬首的數量比較，相去甚遠；而其中屬於盛唐的作品，佔總數的 60.1%。由此充分可見他的論詩偏勝及取向。〔註28〕李東陽曾說過：「選詩誠難。必識足以兼諸家者，乃能選諸家；識足以兼一代者，乃能選一代。一代不數人，一人不數篇，而欲以一人選之，不亦難乎！」〔註29〕確是切中選詩的難處。王世貞在〈古今詩刪序〉中說：「存詩而曰『刪』，曰『刪』者，刪之餘也。……令于鱗以意而輕退古之作者間有之，于鱗舍格而輕進古之作者則無是也。」〔註30〕又於《藝苑巵言》云：「于鱗才，可謂前無古人，至於裁鑒，亦不能無意向。余為其古今詩刪序云：『令于鱗而輕退古之作者間有之，于鱗舍格而輕進古之作者則無是也。此語雖為于鱗解紛，然亦大是實錄。』」〔註31〕」可見這部《古今詩刪》，任隨選者「輕退」唐詩的結果，在當時即引起頗多的議論。〔註32〕

吳喬對於詩歌選本，有其保留的態度。時人嘗問：「先生何不自選一編，為唐人吐氣？」他回答：

〔註27〕 《滄溟先生文集》卷十八（台北：偉文圖書公司，1976 年影印明刊本），頁 1 下。

〔註28〕 參閱陳國球《唐詩的傳承：明代復古詩論研究》第五章唐詩選本與復古詩論（台北：學生書局，1990 年），頁 256～260。

〔註29〕 見明·李東陽《麓堂詩話》，《續歷代詩話》下，頁 1647。

〔註30〕 見《弇州山人四部稿》，卷六十七（台北：偉文圖書公司，1976 年影印明刊本），頁 9 上。

〔註31〕 見《藝苑巵言》卷七，《續歷代詩話》下，頁 1247。

〔註32〕 僅以王世貞為例。《藝苑巵言》卷四即提出：「于鱗極嚴刻，卻收此，吾所不解。」「余謂七言絕句，王江陵與太白爭勝毫釐，俱是神品，而于鱗不及之。」頁 1167、1168。卷七：「始見于鱗選明詩，余謂如此何以鼓吹唐音；及見唐詩，謂何以衿裾古選；及見古選，謂何以箕裘風雅。乃至陳思贈白馬，杜陵、李白歌行，亦多棄擲，豈所謂英雄欺人，不可盡信耶？」頁 1247、1248。此外，胡應麟《詩藪》、許學夷《詩源辨體》都有批評，可參閱《唐詩的傳承》之討論，頁 267～269。

> 不能也。唐人作詩之意，不在題中，且有不在詩中者，甚難
> 測識。必也盡見其意，而後可定去取。自揣何所知識，而敢
> 去取全唐乎？唐人詩須讀其全集，而後知其境遇、學問、心
> 術。唐人選唐詩，猶不失血脈。元人所選，已不能起人意。
> 于鱗選之，惟取似于鱗者；鍾、譚選之，惟取似鍾、譚者，
> 塗汙唐人而已。……若不求其意而以詞為去取，則選者多矣，
> 何取余之一選哉？ （《圍爐詩話》卷四，頁 593、594）。

引文所論，重點有三。第一，吳喬認為選詩之難，在於詩「意」難明。換言之，選者必須有識見，盡見作者的境遇、學問、心術方能掌握其詩意而後定去取。所以他主張唐人詩須讀其全集。第二，唐詩之選，唐人選唐詩，猶能掌握唐詩的精神面貌，不失血脈；元人所選，已不能起人「意」，亦即元人所選的作品，吳喬認為距唐詩真貌已有所偏差。至於明代的李攀龍所選，他逕指「惟取似于鱗者」，一則顯示選者的態度失之主觀，所選唐詩，已非唐詩，而是選者自己的精神面貌；再則也否定了該選本的可讀性及價值。第三，選唐詩不應著重字面修辭。李攀龍對於盛唐詩歌的趨尚及模擬，即在字面。在吳喬看來，若不能掌握詩之「意」而以「詞」為去取，則人人能選，這樣的選本實不足觀，「塗汙唐人而已」！他又評論道：

> 全唐詩何可勝計。于鱗抽取幾篇，以為唐詩盡於此矣。何異
> 太倉之粟，陳陳相因，而盜擇升斗，以為盡王家之蓄積哉！
> 唐人之詩工，所失雖多，所收自好。……生長三家村，見百
> 金者以為崇、愷，入縣城而知為不然，況入通都大邑乎？斤
> 斤二李，蓋不見唐詩耳。 （《圍爐詩話》卷六頁 668、669）。

吳喬譏諷李攀龍「唐詩盡於此」的態度及識見，是狂妄而偏狹的，遂以盜賊及村夫子的眼界作比喻，以見其選詩的格局。「斤斤二李，不見唐詩耳」，將李夢陽也連帶抨擊，此皆導因於二李取法盛唐少數詩人的狹隘主張。清人張潮（1650～？）在徐增《而庵詩話》題跋中指出「明人選唐詩為在世通行者，一曰李攀龍《唐詩選》，一曰鍾、譚《詩歸》。

二者廊廟山林，未免偏有所重。偏有所重則必偏有所廢矣，毋惑乎後人紛紛眾訟也。」〔註33〕論見與吳喬並無二致。

至於明詩部分，大陸學者陳書錄曾將李攀龍所選，就其分體前三名作一量表分析。發現他選錄的今人作品，高度集中在前後七子之少數，以及他的同學、同鄉（如許邦才）之流。個人數量最多者，王世貞72首，佔全部入選明詩791首的9.1%；李夢陽64首，佔8.1%；徐中行61首，佔7.7%。何景明59首，謝榛59首，各佔7.5%。而李攀龍所選的詩友、同學、同鄉之作，竟然大量充斥和他唱答酬贈的作品，如王世貞入選的26首七律中，〈懷于鱗〉、〈病甚懷于鱗〉、〈于鱗至分韻二首〉、〈贈于鱗〉、〈寄送于鱗〉……等，多達17首。〔註34〕王世貞可能對此現象亦有所覺察，所以他在《古今詩刪‧序》中指出：「其人雅自信，落落寡與，家僻處濟上，則于鱗之于今賢士大夫多所與而少所見可知也」。由此可知，《古今詩刪》對明人作品的選錄，乃侷限於個人的交往，私人的感情，並充滿結黨納社的色彩。〔註35〕吳喬對其明詩之選，未作詳細的評論，但云：「于鱗《詩刪》去宋人，而以明人直接盛唐人。……余謂弘、嘉習氣流注人心，即此可驗」〔註36〕。由於吳喬反對宋詩，〔註37〕所以對於《古今詩刪》唐後逕接明代，未表異議，可是明詩亦有其缺失，他遂再次強調，惟求好句而不求詩意之所在的「弘嘉習氣」，已隨選本之流行而產生影響。這可能也是《古今詩刪》

〔註33〕《而庵詩話》跋語，《清詩話》上冊（台北：藝文印書館），頁525。

〔註34〕以上參閱陳書錄《明代詩文的演變》第五章第一節（南京：江蘇教育出版社，1996年11月），頁301～305。

〔註35〕楊松年〈李攀龍及其《古今詩刪》研究〉一文，對它選取明詩的態度，及排拒宋詩的影響，有所評論，可參閱（《中外文學》第9卷第9期，1992年），頁38～53。

〔註36〕見《圍爐詩話》卷六，頁665。

〔註37〕拙文〈試論吳喬「分唐界宋」的詩觀〉，乃將《圍爐詩話》中對宋詩批評的文字作一歸納，如：「宋人惟變不復」；「宋人不知比興」；「唐人詩被宋人說壞」；「宋詩發露，少含蓄，直率、直達、直遂、快心」。見（《輔仁大學國文學報》第七集，1991年6月），頁137～160。

最值得批判的地方。

四、對李攀龍七言律詩的評價

王世貞曾就李攀龍的五七言律詩做出「自是神境，無容擬議」〔註38〕的高度讚美，但也坦率指出：「于鱗自棄官以前，七言律極高華。然其大意，恐以字累句，以句累篇，守其俊語，不輕變化，故三首而外，不耐雷同。」〔註39〕吳喬嘗言：「無好句不動人，而好句實非至極處。唐人至極處，乃在不著議論聲色，含蓄深遠耳。以此求明詩，合者十不得一，惟求好句，則叢然矣。」〔註40〕明人惟求好句的毛病，乃是普遍現象，而李攀龍的七律作品，他舉出〈入進賀建儲〉一聯「伏謁不違顏咫尺，十年西省愧為郎」，評云：

> 此二句有意可誦，不同他篇。明朝黨禍，成于冊立之緩。詩
> 若為此事，恨不早諫，則少陵也；若以昔不在翰林，不得近
> 君，至外轉入覲，得見天顏，則淺矣。然非集盛唐字以成句
> 者也。 （《圍爐詩話》卷六，頁674）。

此詩見於《滄溟集》卷十一，原題〈皇太子冊立入賀〉。「西省」應做「兩省」。吳喬揣度此聯，應是暗指時事，話中有話，蓋因詩題言及皇太子冊立。一「愧」字，用語含蓄，意蘊頗深，因此獲得吳喬「有意可誦」的讚賞。另如「春流無恙桃花水，秋色依然瓠子宮」是佳句；「海內知名兄弟少，天涯宦迹左遷多」甚清新。不過吳喬卻指出元人已有「舊河通瓠子，新浪漲桃花」之句，〔註41〕顯然認為他是變化前人詩句而得。然而，王世貞不但欣賞此聯，並且評曰：「于鱗嘗為朱司空賦新河詩……不知者以為上單下重。按：三月水謂之桃花水，危害極大。此聯不惟對偶精切，而使事用意之妙，有不可言者。」〔註42〕可見桃花水另有出處，

〔註38〕語見明・王世貞《藝苑卮言》卷七，《續歷代詩話》下，頁1251。
〔註39〕語見明・王世貞《藝苑卮言》卷七，《續歷代詩話》下，頁1249。
〔註40〕見《圍爐詩話》卷六，頁679。
〔註41〕見《圍爐詩話》卷六，頁674。
〔註42〕見明・王世貞《藝苑卮言》卷七，頁1248、1249。

而李攀龍以此詩賀大司空朱衡治水有功，自有其深意。〔註43〕後者易引
人聯想王勃「海內存知己，天涯若比鄰」之句，吳喬云：「卻將唐人塞斷
自心，甚可惜也！」〔註44〕蓋指其未能跳脫前人格局。除上述三首略獲
好評外，吳喬論其七律之缺失，可歸納為以下四點：

1. 好句無「意」者：例如前文第三節所舉「句樣」。又如七律〈懷
   泰山〉，吳喬認為此詩乃李白〈夢遊天老吟留別〉之類，「非遊
   也」。反觀其三、四、五、六句「河流曉掛天門樹，海色秋高日
   觀峯，金匱何人探漢策，白雲千載護秦封」，吳喬評曰：「直是
   遊泰山矣，且四句全無意思」。〔註45〕

2. 實字過多令人窒塞者：例如「河堤使者大司空」〔註46〕，「上客
   相如漢大夫」〔註47〕，「東方千騎古諸侯」〔註48〕，「仙郎起草
   漢明光」〔註49〕，「牂牁萬里越王台」〔註50〕諸詩，吳喬評為：
   「有何意味？是飽噉棗栗，窒塞欲死者之語也」。〔註51〕

3. 文理不通者：例如〈送汪伯陽出守慶陽〉：「大漠清秋迷隴樹，

〔註43〕 此詩題為〈上朱大司空〉，係為朱衡而賦，讚美其治河有功。許建崑〈李
　　　　攀龍文學研究〉有作考訂，可參閱。頁189、190。
〔註44〕 見《圍爐詩話》卷六，頁679。
〔註45〕 見《圍爐詩話》卷六，頁675。
〔註46〕 「河堤使者大司空」為李攀龍〈上朱大司空〉二首之二的第一句。見
　　　　《滄溟集》卷十一。
〔註47〕 「上客相如漢大夫」為李攀龍〈崔駙馬山池燕集得無字〉第二句。見
　　　　《滄溟集》卷七。
〔註48〕 「東方千騎古諸侯」為〈杜青州按察楚中〉第一句。見《滄溟集》卷
　　　　十。
〔註49〕 「仙郎起草漢明光」為〈宋趙戶部出守淮陽〉第一句。見《滄溟集》
　　　　卷七。
〔註50〕 「牂牁萬里越王台」為〈送劉員外使黔中〉第一句。見《滄溟集》卷
　　　　七。
〔註51〕 吳喬指出「句中虛字多則薄弱，實字多則室塞，猶是皮毛之論」，因為
　　　　杜甫「數回細寫愁仍破，萬顆勻圓訝許同」，吳喬認為不見薄弱；「落
　　　　花遊絲白日靜，鳴鳩乳燕青春深」，「不見室塞，有意故也」。而李攀龍
　　　　諸作，令人有室塞之感，肇因於有詞無「意」。見《圍爐詩話》卷六，
　　　　頁674。

黃河日落見層城」，吳喬評曰：「十四字中畫作六截。大漠在塞外數千里，隴山在慶陽南千里，何以大漠清秋迷得隴山之樹？慶陽城去黃河東西北三面皆千里，何以黃河日落得見慶陽之城？文理通乎？縱令沙漠之清秋得迷隴山之樹，黃河之落日得見慶陽之城，與別情何涉？王右丞、高達夫送別七律具在，豈曾如此？喬至不才，代筆送別，詭遇之談，亦不如是」。〔註52〕

4. 地理不符者：例如「地坼黃河趨碣石」〔註53〕吳喬評曰：「真是唐人語。若是明人，即知黃河在宋真宗時入淮矣。借大白雪樓竟無一山經地志。」〔註54〕

第一種缺失，肇因於李攀龍守俊語求好句，以「句樣」創作，易成而悅目，但流於有詞無意。第二種缺失，係修辭技巧上易犯的毛病，吳喬舉偏糾繆。但若有「意」，實字雖多亦無妨礙。第三、第四種缺失，則出於個人論詩觀點。吳喬論詩中之「景」，喜考覈地理，並強調身經目見，〔註55〕此乃其「詩之中須有人在」觀點的體現。以此觀點論詩，強調情真景真固有其獨到之處，但是過於拘泥，則詩歌較無想像、跳躍的空間，恪遵「文理」，則往往「夸飾」不存。詩的語言是否合乎邏輯，有時不能一概而論，〔註56〕所以此處如此評論，未必得到普遍的認同。

〔註52〕見《圍爐詩話》卷六，頁675。〈送江伯陽出守慶陽〉詩見《滄溟集》卷七。

〔註53〕「地坼黃河趨碣石」為〈登黃榆馬陵諸山是太行絕頂處〉第三句。見《滄溟集》卷八。

〔註54〕見《圍爐詩話》卷六，頁675。

〔註55〕吳喬評李夢陽〈秋望〉詩時，亦曾就詩中地理不符現實狀況而予以抨擊。如「黃河水繞漢宮牆」，吳喬云：「水而繞牆，近之至也，是漢何宮？」「黃塵古渡迷飛挽」，吳喬云：「渡須有水，是說何處？」「白月橫空冷戰場」，吳喬曰：「月體如杯，何可言橫？月光遍地，橫又不可……文理全無」。景需實景，情需真情，為吳喬評詩的原則。詳見拙作〈論吳喬《圍爐詩話》對李夢陽的評價〉第四節（《輔仁國文學報》第19期，2003年10月），頁141～145。

〔註56〕吳喬曾言：「大抵賦需近理，比則不然，興更不然。」《圍爐詩話》卷一，頁478。

五、總結：吳喬對李攀龍的評論是否確當

《圍爐詩話》第六卷悉為批評明詩的文字。其於「二李」雖然並舉，但對李攀龍的指斥較夢陽嚴峻。一則由於他認為「于鱗之才遠下獻吉」，再則從作品而言：「于鱗甜邪俗賴，惑人更甚獻吉。凡外贍中乾者，皆其習氣所誤也」〔註57〕，李攀龍又有《古今詩刪》選本流傳，遺誤後學更巨。明末清初的陳子龍等人有《皇明詩選》，吳喬即直指「臥子（陳子龍之字）選明詩，亦每人一二篇，非獨學于鱗，乃是惟取高聲大氣，重綠濃紅，似乎二李者也」〔註58〕。吳喬對李攀龍的評論是否公允確當？本文擬從下列幾個方向探討。

首先，從詩歌發展「變」「復」的角度來看。吳喬雖反對宋詩，卻也不認同明詩。他說：「唐人詩被宋人說壞，被明人學壞」〔註59〕；「宋人必欲與唐人異，明人必欲與唐人同」〔註60〕；「宋人唯變不復，唐人詩意盡亡，明人唯復不變，遂為叔敖之優孟」〔註61〕。從宏觀的角度探索不同時代的文學所呈現的不同風貌，自有其必要。吳喬在《圍爐詩話》卷一第一條即開宗明義討論歷代詩歌的變化情形，指出：「詩道不出乎變復。變謂變古；復謂復古。變乃能復，復乃能變，非二道也。」詩歌自詩經時代發展迄乎明代，其間歷經無數次的變古復古。但是明人惟復不變，尤其在二李的倡言領導下，以盛唐為師，遂失去了時代詩歌應具的時代特色。〔註62〕而吳喬的糾謬批判，如本文第二、三節所指述，李攀龍之陳言剿句及模擬求似，無疑在復古一途走上了岔路。所以從變、復的角度來看，吳喬的評論並無不當。

〔註57〕見《圍爐詩話》卷六，頁668。
〔註58〕見《圍爐詩話》卷六，頁668。
〔註59〕見《圍爐詩話》卷五，頁602。
〔註60〕見《圍爐詩話》卷五，頁605。
〔註61〕見《圍爐詩話》卷一，頁471。
〔註62〕《圍爐詩話》卷一第一條吳喬指出：「漢、魏詩甚高，變三百篇之四言為五言，而能復其淳正。盛唐詩亦甚高，變漢、魏之古體為唐體，而能復其高雅；變六朝之綺麗為渾成，而能復其挺秀。」頁471。可見各時代之詩歌有變有復，並各有其特色。

其次，「詩以意為主」是吳喬詩論中的軸心。「有意則有情」〔註63〕，「意為情、景之本」〔註64〕。趙執信《談龍錄》曾云：「崑山吳修齡論詩甚精。所著《圍爐詩話》，余三客吳門，遍求之不可得。獨見其〈與友人書〉一篇，中有云『詩中須有人在』，余服膺以為名言」〔註65〕。吳喬嘗解說此語：「人之境遇有窮通，而心之哀樂生焉。夫子言詩，亦不出于哀樂之情也。詩而有境有情，則自有人在其中。」〔註66〕從這個角度出發，弘嘉詩人的「陳言剿句」並非發自真情實境，「萬萬一篇，萬人一人」；或者「有詞無意」，詩中並無作者的親身經歷及哀樂之情。李攀龍等人為求復古而走上擬古，擬古欲求速效，自然以「句樣」為模擬標的，如第三節所論。吳喬指出「二李之體，易成而悅目」；時人應酬之作，亦「不免用二李套句」，蓋因「泛交本自無情，豈能作有情之語？而又用處甚多。今日仕途，用其有詞無意之詩，可以應用而不窮，且寫在白綾金扇上，亦能炫俗眼。但不可留稿，人若看至五六首，必嘔噦也。」〔註67〕吳喬的批評雖然尖苛，確也切中時弊。〔註68〕

第三，就吳喬評論《古今詩刪》的文字來看。選本不易獲得公允的評價，主要在於選者的態度不易公正客觀。更何況概括時代，甚至跨越數代的選本，其缺漏更是勢所難免。選者的識鑑必須足以兼諸家、兼數代，這是何等困難；若選及同時代者，又必須捐棄成見，雍容大度，否則易淪為詆諆異己的工具；若盡是同鄉故舊或同道，則不免予人結黨納社之感。李攀龍之選引發了明末清初錢謙益《列朝詩集》與之頡頏；陳子龍則有《皇明詩選》與之呼應；朱彝尊則有《明詩綜》欲集大

〔註63〕 見《圍爐詩話》卷六，頁677。
〔註64〕 見《圍爐詩話》卷一，頁480。
〔註65〕 見《談龍錄》，《清詩話》上冊（台北：藝文印書館），頁383。
〔註66〕 見《圍爐詩話》卷一，頁490。
〔註67〕 以上語見《圍爐詩話》卷四，頁598。
〔註68〕 吳喬曾抨擊：「詩壞於明，明詩壞於應酬」；「明人之詩，乃時文之尸居餘氣，專為應酬而學詩，學成亦不過為人事之用，舍二李何適矣！」見《圍爐詩話》卷四，頁594。

成。在在顯示選詩之難,選本不足以令人服膺的事實。因此,吳喬否定
《古今詩刪》的成果,並不令人意外;何況,二人論詩立場不同,詩觀
不同。吳喬「自揣何所知識」,不敢去取全唐詩,甚至認為唐人須讀其
全集,這和他所服膺的馮班,見解一致。〔註69〕馮班即主張「讀書當
讀全書,節抄者不可讀」。不論選本或節抄本,都易流於斷章取義、一
知半解,難窺全貌。所以吳喬評論《古今詩刪》之選「惟取似于鱗者」,
「斤斤二李,蓋不見唐詩耳」,並無不妥。

　　第四,就李攀龍的詩作而言,其樂府及擬古之作,模擬痕迹宛然,
頗受抨擊,但近體七律,則受讚美,吳喬並未全盤抹煞。但因他「深恨
二李」,所以並未揚其所長,僅以寥寥數語帶過李攀龍作品的優點。忖
度原因,蓋與其一生學詩歷程有密切的關係:

> 余之深恨二李也有故:天啟癸亥(1623)年始十三,自不知
> 揣量,妄意學詩,得何人所刻《盛明詩選》,陳朽穢惡之物,
> 童稚無知,見其鏗鏘絢麗,竟以盛明直接盛唐,視大曆如無
> 有,何況開成!自居千古人物,李、杜、高、岑乃堪為友,
> 鼻息拂雲者十年。癸酉(1633)冬,讀唐人全集,乃知道不
> 然,返觀《盛明詩選》,無不蠟卮其外,敗絮其中;自所作詩
> 與平日言論,如醉後失禮于人,醒時思之,慚汗無地。吳地
> 有秋根之名,謂本無所知能,而自以為甚知甚能者也。如吳
> 喬者,秋根何辭?年七、八十,一句不辨,始謀不臧之致
> 也。……辛未(1691)、壬申(1692),余于歐蘇稍有一隙之
> 明矣,猶謂明人文不合宋,詩不達唐;次年始知其謬。邪說
> 之易于惑人,下愚之難于改步如此。」(《圍爐詩話》卷六,
> 頁666、667)。

　　吳喬的自述,約略分為三階段:第一階段是他十三歲起涉獵詩學
的前十年,竟日浸淫於七子所倡的盛唐詩中,以李、杜、高、岑為習誦

〔註69〕　《圍爐詩話》附張海鵬跋語,有云「其所服膺在馮定遠(班)、賀氏黃
　　　　公(裳),故採錄二家之說為多。」頁684。

模擬的對象。第二階段是吳喬自省的時期。待其讀畢唐人全集，「乃知詩道不然」，幡然覺悟，深自悔恨。第三階段即年已七、八十的吳喬，想當初「始謀不臧」，以致於回顧舊作，極度不滿。辛未（1691）、壬申（1692），距吳喬卒年乙亥（1695）不過三、四年。自稱於文始於歐、蘇有一隙之明；於詩，始悟明詩之謬。惜當時文壇在雲間陳子龍的領導下仍不乏步趨七子後塵者，吳喬乃有「邪說之易于惑人，下愚之難于改步」的慨歎。此外，吳喬於《圍爐詩話》卷四亦云：「諺云：『賊捉賊，鼠捕鼠』余幼時沈酣于弘、嘉之學者十年，故醒後能窮搜其窟穴，求以長處，惟是應酬赴急耳。昔年代筆，不免為此。」〔註70〕由這些自述的文字，也使我們瞭解吳喬痛斥弘、嘉之學，實有其心路歷程。所以，檢視吳喬對李攀龍作品的評價，有其肯綮之論，也難免有失偏頗之處。反觀胡應麟，他既指出李攀龍作品的源流，也見其缺失，但云：「屬對多偏枯，屬詞多重犯，是其小疵，未妨大雅。」至於沈德潛則云：「李于鱗擬古詩，臨摹已甚，尺寸不離，固是招詆諆之口。而七言近體，高華矜貴，脫去凡庸，亦使金沙並見，自是名家。過於回護與過於掊擊，皆偏私之見耳。」〔註71〕確是持平之論。

六、引用書目

（一）古籍

1. 〔明〕李攀龍《古今詩刪》（台北：台灣商務印書館，1983 年，《四庫全書》本）。

2. 〔明〕陳子龍、李雯、宋徵輿《皇明詩選》台北國家圖書館所藏係明崇禎癸未（十六年）李雯等會稽刊本。

3. 〔明〕李開先《李開先集》（上海：中華書局，1959 年）。

4. 〔明〕王士禎《漁洋詩話》（台北：藝文印書館，1971 年 10 月《清

〔註70〕見《圍爐詩話》卷四，頁 596。
〔註71〕見蘇文擢《說詩晬語詮評》卷下（台北：文史哲出版社），頁 416。

詩話》本）。

5. 〔明〕王世貞《藝苑卮言》（台北：藝文印書館，1983 年 6 月，《續歷代詩話》本）。

6. 〔明〕李攀龍《滄溟集》（台北：台灣商務印書館，1983 年，《四庫全書》本）。

7. 〔明〕康海《對山集》（台北：台灣商務印書館，1983 年，《四庫全書》本）。

8. 〔明〕王世懋《王奉常集》（萬曆十七年吳郡王家刊本）。

9. 〔清〕沈德潛《說詩晬語》（台北：藝文印書館，1971 年 10 月《清詩話》本）。

（二）近人著作

1. 許建崑《李攀龍文學研究》（台北：文史哲出版社，1987 年）。

2. 葛曉音《詩國高潮與盛唐文化》（北京：北京大學出版社，1998 年）。

後　記

　　研究明清詩學，不能忽視兩個重要議題：一是明代前後七子提倡詩學的復古，一是詩歌宗唐或宗宋。錢謙益則為跨越明、清的關鍵人物。他是虞山詩派的領袖，由壯及老，抨擊前後七子不遺餘力，反對擬古；而他對詩歌之宗尚，更傾盡其力，由狹窄的「詩必盛唐」開拓至「不拘盛唐」。他影響並結合了眾多詩人的力量，使宋詩在清初重獲一席地位，甚至有一段時間凌駕於唐詩之上。筆者1991年撰寫《清初虞山派詩論》，曾就錢謙益及此詩派的重要詩人作過論述。在輔仁大學中文研究所講授「明清詩學專題」時，也不曾中斷對這兩個議題的關注。其間指導研究生撰寫相關論文多篇，而個人亦陸陸續續於學術期刊發表論文，集合師生之力於明清詩學研究。有關吳喬的詩論，筆者就《清初虞山派詩論》之後作了較多的評述，本書即掇拾諸篇而成。

　　吳喬一生困阨，不曾有功名，因此詩學傳播不易。他論詩重比興、宗晚唐，意欲形成潮流，受到重視，勢必攬入馮班、賀裳。筆者原打算集中討論此一現象和發展，不過，近三十年來投入清代詩學的研究者甚眾，分別從不同的面向獲致極為可觀的成就，有關賀裳的論文已有多篇，遑論吳喬。教學之餘，筆者仔細研讀《圍爐詩話》，愈發覺察其內容極其複雜，見解獨到，切中時弊。提筆擇要寫了十餘篇，自覺尚有未逮之處頗多。尤其是他的「批評論」，對唐宋許多詩人的個別評價舉

證切劚，頗具參攷價值。若表列評比各家，並加以辯證，應該更能清晰完整的呈現。這個工作，十分細碎繁瑣，又需綜合各家論見以示客觀，所以目前只好作罷，以待來茲。

自十八歲考進輔仁大學，繼而留校任教，迄今已逾五十年。期間承受許多老師的厚愛與啟發，業師因百先生、靜芝先生、慶炳先生的笑貌音容，諄諄教誨，歷歷在目；東吳大學博士班徐師可標先生，引領我進入詩話，竟然成為日後我的專研領域。感念之餘，謹以此書獻給他們。

幼峰於輔大研究室

2021 年 2 月